跨度长篇小说文库

Kuadu Novel Series

单纯

刘海生◎著

中国文史出版社

1

李晓燕是我见过的最漂亮的女人。她和她的马群与我的故乡哈拉海紧紧地联系在一起。每当我瞭望那片草原的时候，眼前出现海潮般的骏马在广阔的草原上奔腾，扎着两条辫子的李晓燕带领着她的战友们挥舞着马鞭，疾驰而来。马蹄声锣鼓一样地响起，整个草原淹没在马群的嘶鸣里。

童年的景象就这样深深地雕刻进我的脑海。

我常常想，父亲不焦急地挤上十万官兵奔赴北大荒的绿皮火车，把我们全家从上海带到一个叫哈拉海的草原，李晓燕不积极地投入到上山下乡运动，和一群叫“知青”的人乘坐着解放牌卡车来到哈拉海军马场，我漫长的童年还会发生那么多有趣而令人难忘的故事吗？

三队指导员革红旗慷慨激昂地说：“这叫命运。命运把我们拴在一起，必将创造出人间奇迹。”

革红旗一边讲，一边模仿电影《列宁在十月》里列宁的样子，左手叉腰，把他粗短的右手手臂有力地指向前方。前方是李晓燕晾晒的背心，革红旗的手正好戳到背心的乳房上。他把手停下来，说：“没有弄脏吧？”坐在旁边的李晓燕回答“没有”，把背心摘下来，放到炕上。这细小的动作我父亲看在眼里，没有说话。革红旗回头对我父亲说：“刘队长，我刚才太激动了吧？”

我父亲看看会场，说：“这确实是一个激动人心的时刻。我们队里从来没有来过这么多知识青年，从来没有掀起过水利和养马两个热潮。现在不仅仅是你指导员激动，我们每一个人都是按捺不住的高兴啊。”

会场上的男女知青鼓起掌来。

革红旗说：“是呀，三队就要掀起建设社会主义新高潮了。我们响应党的号召，兴修水利，把草原沼泽的水排到嫩江，解放草原，多养军马。部队建设，永远离不开骡马。我们把军马养好，支援军队，实现军队骡马化。提高警惕，保卫祖国。”

会场设在女知青宿舍。知青来之前，三队抓紧时间，抢盖了一栋集体宿舍。长长的一趟泥土房，西面是男知青宿舍，东面是女知青宿舍。挨着女知青宿舍，是集体食堂。因为人来得太多，男生宿舍在南北大炕上面，又搭建一层木板，隔出一个二层铺。女生宿舍的人比男生的少，只在北炕上面隔出了二层铺，南炕没有隔。这样，南面窗户射进来的阳光把宿舍照得亮堂堂的。三队没有俱乐部，开支部会队委会在办公室开。开全队的大会，就只能在女生宿舍开了。男生们愿意来闻女生宿舍香喷喷的味道，上了炕就躺在女生的被褥上，互相开着玩笑。女生们急忙收拾内衣内裤。李晓燕去写黑板报，晚来了一步，内衣细软没有收拾就开会了。她一边收起背心，一边对革红旗说：“我们早就想来广阔天地经风雨见世面了。”

我父亲说：“要有充分的思想准备呀。这里条件艰苦，你们会遇到意想不到的困难啊。”

横躺竖卧聚集在女生宿舍会场上的年轻人，没有理会我父亲的提醒。他们燃烧的热情烧毁了理智。每一个人都陶醉在自己的锦绣前程里。我父亲说的话，像九月的风一样，轻轻地在他们面前扫过，转眼就消失了。

带着我们全家到北大荒扎根，父亲一生都不安。父亲在最后时刻，还遗憾地对我姐姐说，把你们都扔到东北了。

在我朦胧的记忆里，我们是在深冬的一个夜晚，住进了三队的一座土屋。爷爷点燃煤油灯，漆黑而寒冷的屋子立刻亮堂起来。两个房间，里屋南北搭了两铺土炕。外屋有两口大锅，一口在进门的地方，另一口在北面靠墙的地方，连着一个小土炕。锅台和土炕之间，垒着一道半米高的土墙。爷爷就住在这铺小炕上。我和父母、哥哥、两个姐姐住里面的两铺大炕。

没有人接待我们。爷爷抱了两捆芦苇，开始烧炕。铁锅也被烧热，翻花的开水冒出滚滚蒸汽，填满了整个屋子。墙壁和屋顶厚厚的霜雪开始融化，大块大块地掉到地上。

我在妈妈的怀抱里躲避着寒冷，小心地观察着这个崭新的世界。

我们来到哈拉海的第一个夜晚，就这么过去了。我们谁也没有琢磨哈拉海是什么意思，就成了哈拉海军马场的人。马群那天早晨从我们家门前轰隆隆地走过，我刚刚睡醒。趴在窗口的玻璃上，透过厚厚霜雪的缝隙，我看到父亲已经骑着一匹白马，走在马群里面了。

我哥哥去了一个有拖拉机的生产队当了学徒，我大姐到场部供销社当了职工。我二姐去瑞庭乡读初中，五十多里路，她一个人走着去了。爷爷身体健壮，到农事队去种水稻。家里就剩下我和父亲母亲。父亲当队长，天天在队里忙活，每次回家，天都黑黑的了。

我知道父亲是跟着马群来的。我们全家从此也离不开马群了。

我的脑子里很快就挤满了马群出牧收牧的情景。黑压压的马群从厩舍里像开了闸的洪水一般咆哮而去，掺杂着马粪的灰土，遮住了西天晚落的星辰。晚霞里又从草原上席卷而回，马蹄叩动草原，响遏行云。马群，是父亲的欣慰，是父亲快乐的源泉。他在马咀嚼饲草的声音里感到满足。他在马群的呼啸声中扬起马鞭。他冲着奔跑的马群放开喉咙高喊，马群竖起耳朵，伫立良久，等待着父亲的命令。父亲高大威武，他行走在马群里，骚动的马群会立即沉静下来。他像检阅自己的列兵一样，一二一的步伐震撼着马群。哪匹母马发情了，要配种，哪匹母马要产驹，都在父亲的心里装着。早熟的儿马子（公马），抬着腿往骒马身上爬，被父亲瞥见，父亲回手一鞭子，教训教训它。

父亲感叹说：“马好教训，人不好管啊！”

我不明白父亲的话。他是说来了这么多知青不好管呢，还是和指导员革红旗有矛盾，不好管呢？父亲是队长。生产队的一把手是指导员。三队指导员叫革红旗，会说，工作能力强，毛病是喜欢靠近妇女，风言风语传到政委的耳朵里，政委找他谈过话。政委还把我父亲找到他的办公室，嘱咐我父亲对指导员搞好监督，保证三队平安无事。父亲一脸无奈，江山易改本性难移呀。

知青主要是住宿安排问题，父亲都办完了。食堂伙食，队里也没有什么东西，就是土豆白菜，白菜土豆。父亲弄回几袋子黄豆，食堂做饭的潘师傅也不会做什么，把黄豆泡了，在锅里炸。每周六炸一次黄豆，算是改善生活了。父亲到场部又多要了两桶豆油，让潘师傅炸油条。潘师傅说不会。蒸花卷，潘师傅又嫌麻烦，就会把面团团蒸馒头。父亲训斥他一顿，这个河北老坦儿叨叨咕咕的，把油条炸成了油饼，大家吃了还是欢天喜地的。

父亲建议革红旗少在女生宿舍开大会，把她们正常的生活都打乱了。没有会议室，就少开会。革红旗怎么能不开会呢？会议是他炫耀权力的舞台，是囚禁与会者思想的唯一形式。革红旗没有会议就不知道怎么工作。他不但继续开会，还天天到女知青宿舍去转一转。父亲特别注意他，怕他在年轻的姑娘们身上弄出事来，影响组织形象。这些女孩子涉世不深，把指导员的关怀看得很简单。开完大会，小组讨论的时候，姑娘们就激动地说，我们的革指导员真好，经常到宿舍问寒问暖，看看我的衣服厚不厚，问我们吃得舒服吗。李晓燕说着说着还会掉下泪来。李晓燕长得漂亮，白净的瓜子脸，一激动就红扑扑的。牙齿雪白，头发乌黑，还有两个小酒窝，在姑娘堆里一坐，特别显眼。在宿舍里开大会，没有领导特定的位置。李晓燕的铺在北炕的最里面，革红旗把椅子放在她铺位的边上，她就成了主席台上的了。她抢着表决心，说出自己的心里话，大家都很羡慕她。革红旗第二次开会的时候，把老婆扎的一副鞋垫给了李晓燕，对她说，我看你鞋里没有鞋垫，你垫上看看合适不合适。过了几天，突然遇见李晓燕，说，你嫂子给你做了一瓶咸菜，你尝尝吧。李晓燕感激地接过来。李晓燕发现在这里遇见了亲人。

革红旗经常带领知青们到马厩去看马。男孩子们急不可耐地骑马奔驰，女孩子们也跃跃欲试。李晓燕抓住革红旗的胳膊，也非要骑马。革红旗说：“我到马厩里给你抓一匹老实的。”李晓燕跟着革红旗进了马厩。男女知青们站在马厩的栏杆上看着。傍晚，马儿吃饱草料，悠闲地磨着牙，打着秃噜，马厩里非常的安静。跟在革红旗后面的李晓燕突然惊叫起来。革红旗急忙回头，问她怎么回事。看热闹的男知青纷纷跳过栏杆，进了马厩。跑在最前面的是外号“矮脚虎”于忠诚。他年纪刚刚十八，还没有发育起来，个子显得矮小。他喜欢武术，辗转腾挪，身体灵巧。自认为一身武艺，什么事都好冲到前面。特别是女孩子有事相求或者面临困难的时候，他更是侠肝义胆。漂亮的燕子姐遇到困难，他更要冲到前面了。于忠诚往前跑，后面呼啦啦一帮男人跟上，站在了李晓燕的后面。

小燕子惊慌地指着一匹红马，说：“它的肠子出来了。”

红马是革红旗的骑马。我父亲的骑马是白色的，他是红色的，一红一白，也是三队两个领导的特色。我父亲的白马比革红旗的红马矮，是一匹蒙古铁蹄马，冬天不用钉铁掌就能在冰河上奔跑。革红旗的马高大，是伊犁马的杂交。革红旗骑在马上，格外的威风。

平时父亲和革红旗不骑马的时候，就放在马群里。用马的时候，父亲吹个口哨，马就过来了。革红旗用马的时候，叫牧工王天河去抓，王天河外号“大喇叭”，他在喉咙里嗷嗷地叫两声，革红旗的马就从马群里跑出来，站在王天河跟前。王天河一边给马抓两下痒痒，一边把马鞍子背到马背上。然后，一拍马的屁股，马就奔革红旗跑过去了。

晚上吃完草料，革红旗的红马站在马厩的中央，开始想入非非。大家顺着李晓燕指的方向去看，红马的肚子底下果然伸出一尺多长的东西。那东西表面五彩斑斓、热气腾腾的，好像刚从肚子里掉出来的一样。男知青们看了都哈哈大笑起来，笑得李晓燕脸色通红。她抓住革红旗的衣服说：“我说得不对吗，不是肠子是啥?”

革红旗虽然老练，也不知道怎么回答。他看看李晓燕，又看看自己的红色骑马，骑马下面的东西继续坚挺，还往上一撅一撅地动。革红旗咧嘴一笑，思考着怎么回答身边这个单纯的姑娘。跑过来的于忠诚心直口快，抢了一句："那不是马鸡巴嘛，这个都不知道。"

李晓燕脸色通红。

革红旗家住农村，跑盲流子来到哈拉海军马场。工作表现突出，做了配种员，用他自己的话说，是掏马屁股的。配种员要检查母马发不发情，要把母马牵进四个木桩子的围栏里。这种围栏大家简称"桩子"。给马挂掌烙号看病喂药都在"桩子"里进行。桩子上面有一根细麻绳，套在铁圈里，一头系住马尾巴，拽另一头，往上面一吊，马肛门就全部暴露出来。配种员胳膊上涂满肥皂沫，手从马的肛门伸进去。先把里面的马粪掏出来，再用手指去接触马的卵巢。马要是排卵，卵巢就膨胀起来，不排卵就摸不到。这是一个技术性很强的工作。既要抓住准确时机，在马发情期间就要检查，又要判断出排卵的时刻，及时配种。错过了、提前了都不行。革红旗因为这项业务好，马的受孕率高，很快当上了指导员。

父亲是个军人，军旅生涯造就了他耿直豁达的性格。父亲看不惯革红旗的小农意识、小家子气，有时父亲说他几句，革红旗要面子，虽然承认错误，内心却觉得父亲没有涵养。父亲资格老，革红旗大面上让着父亲。父亲资历深，不和革红旗计较荣誉。父亲在部队养成了下级尊重上级的习惯，革红旗说什么，父亲当作指示，一律照办。我父亲做事严肃认真，受军队训练，手下的副职叫起来一定加"副"字，不像革红旗把"副"字省去，一副拉拢人心的样子。

王天河过去是一马厩的副班长，我父亲就叫他王副班长。王天河和我们家住一趟房，见面都是"王副班长"。王天河山东人，领着新媳妇从山东回来的时候，我父亲看他去，见面贺喜，说："王副班长娶媳妇，是三队的大事啊。"王天河脸上的几颗麻子通红，急忙给父亲点烟。旁边小媳妇穿着厚棉袄厚棉裤，像装进棉花包里一样。她两只小眼睛盯住王天河不放。王天河对媳妇说："美娥，这是我们队长。"美娥一声不语，低着头。王天河送我父亲出门，对我父亲说："我在山东说我是班长，管着几十口子人呢。队长说我是副班长，美娥不高兴了。"父亲说："副就是副，这件事可马虎不得。"

王天河工作积极，不久提了班长，又提了排长。但是一说起那个"副"字，还是耿耿于怀。王天河对一起放马的于忠诚说："队长那一个'副'字，美娥晾了我三个晚上，没让我动一动。你说我是啥滋味。"

于忠诚装作不懂，他追问王天河啥滋味。王天河说："就是一碗酒放到那里，不喝；一碗肉放在那里，不吃，光看着，看三天，你知道啥滋味了吧？"

于忠诚说："你不会动手拿吗？"

王天河摇着头说："拿不得呀。"

于忠诚一头雾水，疑惑地看着王天河，不知道为什么眼看着不能去拿。他喜欢李晓燕，是不是也不能拿啊？

于忠诚很长时间才知道王天河媳妇为什么在意那个"副"字。不只是王天河骗美娥他是正班长，里面还含着一层意思。和美娥一起从山东老家嫁到三队的还有一个女人，美娥十八岁，她才十六岁，大家叫她小媳妇。三队人都说，美娥不美，小媳妇很浪。小媳妇嫁给了我同学的哥哥，我同学的哥哥是马厩的正班长，年龄比小媳妇大十几岁。美娥长相上不如小媳妇，王天河要是个"副"的，那不是更输给小媳妇了吗？

于忠诚知道以后，觉得女人的心思不可捉摸。

2

哈拉海军马场归总后勤部管理。总后勤部下设办事处，哈拉海军马场归属白城子办事处军马局。白城子办事处我们简称"白办"，驻地在吉林省白城市，下辖的军马场有牡丹江军马场、扎兰屯军马场、四方山军马场、逊克军马场、白城子军马场、八一军马场、索伦军马场、五七军马场、跃进军马场、哈拉海军马场，共十个军马场。

总后勤部管理的还有大同办事处，设军马局，驻地在内蒙古锡林浩特白音库伦，下辖白银库伦军马场、黄城子军马场、红格勒军马场、达里诺尔军马场四个军马场。

青藏办事处，设军马局，驻地原设在青海省西宁市，1966 年迁至甘肃省张掖市山丹军马场。下辖山丹军马场一场、山丹军马场二场、山丹军马场三场、山丹军马场四场、伊吾军马场、贵南军马场、贺兰山军马场七个军马场。

军马场是团建制，下面的生产队应该是营建制。连队的名称经常变动。叫三连的时候，下面就不是营，而是连；叫三队的时候，就是营建制，我父亲叫刘队长，革红旗叫革教导员。可是大家习惯了叫队长和指导员，所以，无论上面怎么变，我父亲都被叫队长，革红旗被叫指导员。指导员是一把手，同时是队里的党支部书记，所以革红旗还被叫革书记。建场时的场长是一位带军衔的将军，他认为军马场的级别应该是师级。他调走之后，新场长的军衔低，是营级，政委的军衔高，是副师级。我父亲在部队的时候是营级，正准备提拔副团级，材料报上去了，这边开赴北大荒的队伍准备出发了。父亲要等批复下来，就来不了北大荒，也可能留在上海，也可能一纸命令回乡种地。犹豫间，热血沸腾，顶着营级的肩章带全家登上了北去的列车。

这种来来去去的折腾跟了父亲一辈子。父亲当兵，母亲在家带孩子。听说父亲安居上海，母亲把家业都留在一个小村子里，带着儿女和我爷爷来到了上海。在上海安定生活多年后，一声汽笛，又奔赴北大荒去了。不说上海的繁荣，就是当年母亲居住的小村庄也非常的好，哪见过这么荒凉的地方，一眼望去就是草原，回头一看，都是不会说话的马群。为了排解这种寂寞，父亲开始吸烟。本来父亲烟味都闻不了，吸烟人动了他的东西都会生气，现在却每天烟不离手。母亲也跟着吸烟。握手、迎春、蝴蝶、大生产，都是香烟的名字。母亲用烟盒纸糊了一个盒子，装旱烟。爷爷不吸烟，经常到小榆树村给母亲买旱烟。在一缕缕香烟里，化去乡愁，解脱困境，释放心情。爷爷不吸烟，喜欢杀猪宰羊的活儿。到了这荒凉的地方没有猪可杀，没有羊可宰。爷爷从农事队种水稻回来，在队里做一些杂活儿，没事的时候，开始自己养猪。爷爷在屋子前面搭了一个猪圈，到小榆树村买了一个猪崽子，放到猪圈里。母亲又让爷爷在窗户台旁边搭了一个鸡窝，家里养了十几只鸡，生活就在这里开始了。

父亲起早贪黑地工作，还要和革红旗动着心眼儿，一天很累。母亲操持家务、养鸡。爷爷下班到地里挖猪菜，给猪烀猪食，也很忙。我开始上小学。

革红旗找父亲开党支部会，父亲急忙提着包，到队部去了。这里的干部很少坐在办公室里。平时上班不是到马厩，就是到兽医室。革红旗喜欢到知青的单身宿舍去看看，父亲也常到食堂看看伙食。有时候也端一碗炸黄豆回家，改善一下家里的生活。革红旗和父亲都提着一个场部发的提兜，里面放文件和笔记本。班排长们把材料都装在黄军装的口袋里。队里的会都是革红旗召集。革红旗说，这是支部会，他就主持；革红旗说，这是队委会，就叫我父亲主持。我父亲要是主持，我父亲就说了算，革红旗说出异议来我父亲也不理他。所以，革红旗经常开的会就是支部会。今天会议突然，是队里的会计杨刚通知的。小伙子是哈尔滨知青，嘴里一个门牙镶了一颗金的，见谁都龇牙。父亲问他什么事这么急，杨刚说你们当官的事，我哪知道。父亲一边走一边想，革红旗肯定有急事要在会上解决，这小子又出什么鬼主意了。

革红旗开门见山，直奔会议主题。他说："咱们三队要成立女子放牧班。"

他说他是看了《红色娘子军》这个芭蕾舞剧受到的启发。革红旗开始讲他这次去白城子办事处参加学习班的事，总后勤部派来文工团给他们演红色娘子军。革红旗边说边眯起眼睛，好像回到了演出会场，半天吐出一个词，形成一句话："那姑娘……漂亮……脚尖跳舞，跳得好。这辈子没见过。"父亲说："你刚多大岁数，就这辈子啊。"革红旗看看父亲，继续说："你说都一样齐刷的，水灵的，上哪儿找去。"瞎老徐说："国家这么大，找两个好看的还不容易。"王天河说："好看，能干活儿吗？让她放几天马，都趴下。"

革红旗坏笑着说："王天河，你是有意反对我要成立女子放牧班哪。"王天河急忙说："跳舞的和咱这儿的妮子不是一回事。"

我父亲严肃地说："咋不是一回事，都是女的。我不同意成立女子放牧班。我们有那么多男知青，让女的放什么马呀。再说，身体条件也不一样，到时候出了问题谁负责。"

革红旗笑着对父亲说："你看你多保守。这次学习班就应该让你去，改一改旧观念。我们十个军马场，哪个马场都有新事物，就我们没有。我回来在火车上看到政委发愁，我就替他着想，替他分担难处。我们搞一个女子放牧班，全军都没有，我们是第一个，到时候不光是我露脸，还有你刘队长、我们全体党员、场长政委都跟着脸上有光。"

父亲说："我不要这个光。"

革红旗说："毛主席都说了，时代不同了，男女都一样。你还不听毛主席的。"革红旗见父亲没有回答，转过脸来对其他人说："你们有意见吗？"大家都不语。革红旗说："不吱声就是没有意见了。王天河，你说说。"

王天河看看队长，看看指导员，有意亮一亮山东吕剧的嗓音，他勒着喉咙唱了一句："古有花木兰，替父去从军哪，今有女子放牧班，给咱指导员长脸呀……"

大家都笑了。

革红旗摆摆手，叫王天河别唱了。"给我长什么脸，给大家长脸。"王天河停下来，革红旗继续说，"王天河唱得对，古代花木兰从军，就是女的。现在更不能保守了。说小了是队里长脸，说大了给场里长脸。”

父亲说：“我不同意这件事，和你说的保守没有关系。我们不能为了争面子、争光荣、长脸，让一帮女孩子受罪。”父亲总觉得革红旗没有事就折腾女孩子。革红旗呢，总是觉得父亲什么事都不顺着他，还反感他跟女孩子来往。一个队领导关心一下女同志你不同意，让她们放马你又心疼。革红旗对我父亲很有看法。我父亲怕革红旗骗那些女孩子，革红旗认为我父亲故意难为他。这两个人，你看着我，我看着你。会议陷入了沉默。

李晓燕门也没有敲，就带着一群姑娘涌进办公室。她把参加女子放牧班的申请抄在一张红纸上，举到支部党员们的面前。父亲一看，知道革红旗早有预谋。这些傻姑娘上了当了。放马不是好玩的，你们身体能吃得消吗？弄出一身病来，怎么办？

父亲本来想说几句，革指导员对大家说：“我们不能再保守了，群众都走在我们前面了。”革红旗把脸冲着我父亲说：“老刘，就这样吧。”没等我父亲回答，革红旗一挥手，说：“走，到场部报喜去。”

红旗招展，锣鼓喧天，革红旗带领着这些姑娘到场部去了。他要抢在前面，立个头功。父亲永远也忘不了那些天真烂漫的姑娘，她们的名字牢牢地刻在他的记忆里。班长自然是李晓燕。刚成立的时候除了李晓燕，班里那六个人是：王桂梅、刘玉凤、孙洪艳、张伟、林静、王彩兰。

后来场里又调来两个蒙古姑娘，长毛和其其格。这二人自小在马背上长大，玩起马来像猫玩老鼠。其其格要是驯马，鞭子满天飞，烈马浑身哆嗦。长毛驯马更有特色，往光溜溜的马背上一骑，拽着一根绳子的缰绳，打着马在草原上跑，直跑得马浑身汗透，一步也跑不动了，她才翻身下马，把缰绳往马脖子上一搭，她在前边背着手走，马在她后边慢慢地跟着。绿色的草地上，两个影子缓缓地向马厩移动。有时候长毛实在太累了，就往草地上一躺，花草扑满一身，马儿在她身边静静地站着，鸟儿在头顶放声地歌唱……

有了两个蒙古姑娘，女子放牧班才算正规。

父亲坚持提王天河为二排排长，革红旗没有意见。王天河对两个领导都很尊重，谁都把他当作心腹。父亲提他当二排排长，因为女子放牧班就在二排，王天河放马的经验多，能关照她们。私心里讲，王天河是我们家的邻居，关系处得很好，也给美娥一个面子。

三队六个马厩，南面三个，养的是育成马和种马，北面三个马厩，是两岁以上的成年马、母马。南面马厩为一排，排长吴连富，北面为二排，过去没有排长，只有一个副排长瞎老徐。现在王天河当排长。

过去军马场和地方国营牧场对马匹混养管理，弊病多。群里有种（公）母马、妊娠马、幼崽、未成年马，不便管理，不利于成长，不利于繁育，对饲草、厩舍条件、疾病防治，都有不同的要求。混养容易造成未成年马、幼崽抢食困难，营养缺乏，影响生长，进而增加饲养成本。加之公马乱交滥配，争风霸市，也影响后代正常繁殖，出现品种杂乱，致使马群整体退化。我父亲在三队带头搞分群，成立多个马厩。根据马的品种、年龄结构、饲养标准，对马群进行合理分群。

一类育成群（未成年），一岁至两岁公母马合群，马厩够的时候，分育成公马群、母马群。二类成年公马群（三岁以上）；三类成年母马群（三岁以上），马厩够的时候，分母马待孕群、妊娠母马群；四类老弱病残群（待处理）。

父亲倡导的分群，在哈拉海军马场普及后，“白办”迅速推广全军。王瘸子来到场里，专门把我父亲请到场部，喝了一顿酒。政委见王瘸子对父亲如此重视，也暗自高兴。于干事非要给我父亲写一篇报道，父亲严肃制止。

女子放牧班成立，在放牧马群上开始也出现争议。大家的意思是女子放牧班刚成立，没有经验，不如拿老弱病残来练兵。革红旗不干。说对新生事物要大力支持，用一群老马让她们管理，显然是看不起她们。最后争来争去，分配女子放牧班一部分母马，如果管理得好，容易出成绩。

马厩的选择上，选在北马厩，离草原近。南马厩离草原远，还要涉过一片沼泽。

南北马厩之间隔着一条人工渠，渠宽三十五米。渠首是北河，渠尾通到嫩江。三队的一部分知青主要任务是挖这条沟渠。场部水利科科长胡干才参与设计了整个工程。场里还专门组成了一个水利队，冬天搞爆破，夏天挖掘一些难干的地段。队长吴守伦。吴守伦和胡干才都是和我父亲一起来的复转军人。吴守伦到三队来就到我们家吃饭。他见了我父亲就喊喝酒吃辣椒。他举着我父亲打仗缴获的一个望远镜站在三队的高包上看远处施工的情况。父亲招待他和胡干才喝酒之后，一起在河里游泳。父亲游泳游得好，胡干才海军出身，在水里游刃有余。吴守伦只会狗刨。他们三个互相玩笑。胡干才踩着水，水面一直在他胸口处。他吸着烟，把吴守伦往深水里引。吴守伦以为水就在胡干才的胸口那么深，扑腾扑腾地游过去，站起来，一下淹没头顶。吴守伦从水里爬出来，打胡干才。把胡干才嘴里的烟弄湿了。胡干才一边在水里晃，一边喊吴守伦过来。我父亲告诉吴守伦，不能去，水深。吴守伦眼睁睁地看着胡干才和我父亲到了对岸，也没敢动一步。我小，站在河岸上，看着三个喝酒喝得脸色红红的军人自由而快乐地玩着水。也就是那年的冬天，在一次排除哑炮的时候，吴守伦人就没有了。我听到这个消息是在队里的小卖店，那天特别的冷，卫生员李洪贵正背着药箱去北河。他把这个不幸的消息告诉大家，小卖店里的人一片沉默。有人问，能救过来吗？李洪贵说，都一块一块的了。

沟渠于 1968 年 10 月 1 日挖通。滚滚的北河水流入嫩江。平时沟渠里有一米多深的水，水流时急时缓。没有桥，来回有渡船摆渡。车辆来去南北岸，就要到小榆树附近的闸门绕行。我们家住在沟渠的南岸，王天河和我们家一趟房。王天河想和吴连富换一下，到南岸来当排长。吴连富到长春兽医大学培训过，有兽医基础，育成马和种马都很重要，王天河没有这方面的经验。再说，要是没有女子放牧班，他也提不起排长来呀。

三队的知青平时工作就是修渠。冬天搬土块，夏天挑土篮。肩膀手上都是老茧。虽然主水渠通了，还有很多堤坝和毛渠需要修。每天大家都很累。比起修渠，放马是最好的活儿，大家都抢着去。革红旗成立女子放牧班，一方面是自己想出成绩，另一方面，就是想给李晓燕换一下工作，一举两得。

李晓燕是修渠的领队，她去女子放牧班，革红旗叫知青里岁数最大的赵英军当领队。赵英军三天打鱼，两天晒网，气得革红旗从马厩里抽出老职工梁宝去领队。革红旗对我父亲感慨万分地说："干活儿的好找，像李晓燕这样能带兵的人不好找啊!"

3

父亲遇到自己不顺心的事总是要找人说一说。父亲主要是对革红旗不满意，他把女子放牧班鼓捣起来了，以后还要有许多麻烦，父亲是队长，不想给他天天处理这些烂事。父亲想来想去，到场部找政委去了。

政委铁道兵出身。长脸上戴着黑框眼镜。头脑里充满了智慧。曾经在一个大场当副政委。行政十四级，工资很丰厚，但老伴不会做饭，天天喝玉米面粥，场里把玉米面粥叫"糊涂"。政委天天喝糊涂，背地里大家叫他"糊涂政委"。

军人心心相通。父亲把心里话掏出来，最后连革红旗对女孩子心怀不轨的担忧都说了。说完后，父亲就自己沏茶。政委看父亲往茶杯里倒茶叶，急忙把茶叶盒子要过来，在一只手里晃了晃，倒在另一只手里几个叶片。政委把手里的茶叶放进茶杯里，对我父亲说："好茶不能放多，多了味道太弄，回家睡不着觉。"我父亲吹着茶杯里漂起的几片茶叶，品尝着政委家的龙井，等着政委发表指示。

政委推推眼镜，就是要发表自己的想法了。可是这次政委推了两次眼镜，才问我父亲："你抓住他了吗?"

"没有。"

"怀疑不行，担心也不行，咱们需要证据。"

"我是怕真出了事，党的形象……"

"不要怕，怕不行。我们是唯物主义者，什么也不要怕。"

"他的品行……"

"他的品行有问题吗？没有问题。有问题我们就不会让他当指导员了。"政委严肃起来，然后很有哲理地给我父亲上了一课，"我们总是担心别人怎么样，没有形成事实之前，我们谁也没有发言权。革红旗是个好同志，业务好，能力强，有农民那种吃苦精神。你看他，从'白办'回来就成立了女子放牧班。全军就我们一家，独树一帜。"说到这里，政委推了推眼镜，继续说，"可是我们宣传没有跟上去。人家牡丹江军马场听说我们成立女子放牧班，就在《解放军报》上发表了文章，说他们成立了全军第一个女子放牧班。那边发着文章，这里影子还没有呢，就拿了个全军第一。我把宣传干事老于批评了一顿，他马上就会去你们队写材料，赶快宣传。"政委叹了一口气，又推了推眼镜，说："怎么也是晚了一步。我们要吸取教训啊。"

父亲听着政委长篇大论地说了一番，自己只顾得喝茶。眼看到中午了，父亲没有走的意思。政委看看父亲，父亲继续喝茶。政委对老伴说："去，弄两个菜，让老刘喝两口。"

军人都是一家，走到谁家吃谁家。我们家在三队住，公家没有食堂。行政来人，都是到我家吃饭，党委来人都是到革红旗家吃饭。刚来的时候，由齐齐哈尔市供应粮食，分细粮粗粮。我们家的细粮都给了外人吃，我跟着母亲和爷爷吃大饼子。家里蒸了馒头贴了大饼子，都放到梁宝给编的一个柳条筐里，挂到房梁上。有时候我饿了，就踩着锅台，去房梁上挂着的筐里拿干粮。我那时候就很懂事，筐里有馒头还有大饼子，我从来不拿馒头，知道如果客人来，馒头还要招待客人。

政委老伴把饭桌摆在炕上，端上一盘咸鸡蛋，每个咸鸡蛋切成六瓣；端上一盘白菜心，上面撒了盐。父亲和政委对着盘腿坐在桌子的两边。政委给父亲倒了一小盅酒，自己倒了一小盅酒。两个人碰了一下，父亲倒进嘴里，政委慢慢地抿了一点儿，放在桌子上。政委不能喝酒，抿了一点儿，好像喝了一瓶一样。他脸色微红地对父亲说："有的人忙工作，有的人忙女人。如果都忙女人，社会上没人干工作，就不平衡了。如果都忙工作，那女人咋办？咱们场不是吗？有的能花钱，有的能省钱，场里才平衡的。寻求这种平衡不容易啊，睁一只眼闭一只眼不行，全睁开也不行。"

父亲想，政委就是寻求这种平衡的，什么事都和稀泥。

政委一边吸烟，一边看着父亲喝酒。政委问父亲，你知道八大名酒都有哪些酒吗？父亲当然知道。政委指指酒瓶子，告诉我父亲，这是八大名酒，你可不要喝瞎了。父亲看着酒瓶子里的酒只能遮盖住酒瓶子的底，明白政委告诉他的意思，让他留点儿酒，别都喝了。

父亲头一次听政委和自己说女人，是让他理解革红旗。父亲怎么不理解呢？政委让他们互相监督，父亲提前和政委说一说，免得日后出事了政委埋怨。在全场重要位置上，也许政委早就知道革红旗喜欢女人，现在当官的有几个不喜欢女人呢？可是要有章法。人家小姑娘离开父母跑到我们这里来，我们要照顾好她们，千万不能有非分之想。父亲吱溜溜喝了一小盅，吧嗒着嘴说："好酒。"父亲把酒瓶子举起来，看看上面的字，对政委说："还真是八大名酒。今天我就把它消灭了，省得别人惦记。"说着，父亲自己又倒了一小盅酒。其实，除了父亲，政委家的酒没有人能喝到。谁来政委家，都是送酒的，哪有喝酒的。父亲饱经战火，看透人世，无论你是小气还是大方，父亲都不当一回事，该吃你的吃你的，该喝你的喝你的。你到了我家也是一样。这个性格在军马场也出了名，政委也无可奈何，眼看着父亲又喝了一小盅酒。

父亲把酒咽下去，对政委说："我还是头一次听你说女人呢，你太正统了。嫂子还是老家父母包办的婚姻，革命胜利，都把村子里的老婆扔了换新的，政委也没有换。”政委对我父亲说：“你不也是原配吗？”父亲说：“我的官小，你的官大呀。”政委说：“官大更不能这样了。”政委说罢，不再言语。父亲说：“王瘸子好久没来了。”政委一愣，很不高兴地看着我父亲，说：“你怎么提起他来了？”

“白办”下设军马局的副局长也是一个老革命，外号叫“王瘸子”。战争年代冲锋陷阵被打伤了一条腿，但他不拄棍，一歪一歪地奔走在各个军马场之间。每次来，政委都要挨一顿训斥，说他工作上不去。政委就毕恭毕敬地听。训的时间长了，政委才明白，政委没有办领导所满意的事。王瘸子喜欢漂亮女人。于是，政委就安排场“毛泽东思想文艺宣传队”的女演员去陪王瘸子，王瘸子才什么也不说了。

毛泽东思想文艺宣传队的姑娘们都是来自大城市。军马场属于部队管理，生活条件好，场里派出招演员的干部们穿着军装到各大城市专门挑有文艺天才又漂亮的知识青年来。他们以为到了军马场就是入伍了，来了一看，才知上当。军马场是部队企业职工，不着军装，只有在演节目的时候才可以戴红领章、红帽徽，平时就是穿部队下拨军装的“土八路”。因为生活条件比下乡强百倍，也就没人埋怨了。那时候各个军马场的宣传队比着演出，还要到北京调演，都使出手段招演员，招的演员一个比一个漂亮。政委给王瘸子选的都是最好的女演员。女演员来看望王瘸子的时候，政委还要在隔壁的房间坐镇。他怕哪个姑娘翻脸，闹出不愉快，属于政治事故啊！那时候招待所的墙是板条加麻刀隔开的，隔壁的声音听得清清楚楚。有些撩人的叫声政委听到了也受不了，他又不敢胡来，回家在老伴身上发泄一番，弥补缺憾。

王瘸子还要求政委给这些姑娘解决入党问题、提干问题。等到“文化大革命”后期，王瘸子事发，和他交往的姑娘有的已提干，有的早调回城去。王瘸子因为有战功，给了个降级处分，王瘸子也没在意。据说这种嗜好是相伴终身的。军马场的人也好奇过，王瘸子都瘸成这样，怎么搞女人。在他给全场干部做政治形势报告时，他把大腿亮给大家看，一条腿已经萎缩。他指着膝盖说，这里面还有弹片，腿根本回不了弯，大家猜想他都是站着完成他的爱好的。

父亲知道了政委的苦衷，但对政委的这些说法还不能接受。难道眼看着单纯的姑娘们掉进魔掌？

“你政委有这个肚量，我可没有。”

政委笑着说：“不能光知道打仗。和平时期，主要还是要懂政治。”政委说话爱打比方。他看着我父亲喝完酒，正用筷子挖咸鸡蛋里面的鸡蛋黄，就继续说：“你看你吃的咸鸡蛋，不腌咸的时候，你爱吃鸡蛋清，腌咸了，你爱吃鸡蛋黄。鸡蛋还是那个鸡蛋，形势变了，内容也就变了。我们全场多少女职工啊，可是把她们组织到一起放马，意义不是也变了吗？”

父亲一边听着政委讲道理，一边喝酒，桌子上的咸鸡蛋里面的鸡蛋黄都让父亲挖着吃掉了。

政委看着父亲吃，向父亲又交代了两件事。

先说第一件。

场部机关有个叫王幸福的助理员，是从县城来的知青，没见过什么世面，二十四五也没结婚，连个女朋友也没有。他见文艺宣传队的姑娘们那么漂亮，就产生了非分的想法。机关和宣传队用的是一个室外厕所，外面是砖砌的，里面用木板钉成，男女之间就隔着一道木板，下面的粪池男女相通。男女上厕所细微的声音互相都能听得见。脸皮薄的男女，从厕所走出来往对方看一眼还要脸红。每当王幸福看到宣传队的姑娘们上厕所，他就去。他把头从厕所大小便的踏板空隙里伸过去，往女厕所里看；除了瓢泼似的尿水之外，他什么也没看到。上帝把不该随便看的地方设计得都很隐秘。他苦思冥想。有一天，文艺宣传队最漂亮的姑娘李淑芬去厕所后，他急忙赶过去。他在把头探下去的同时，一只手把一面小镜子伸了过去。镜子在把女厕所里的秘密反射过来的同时，一束光也照进了女厕所的黑暗里。李淑芬发现后，惊叫起来。

批斗会开了几次，让他把目的说清楚。他写了多少次检讨，还是检讨得不深刻。就是想看看，不是想复辟资本主义了。那么漂亮的女人，在县城是看不到的。看不到看看脸就行了，为什么还要钻到厕所里干那么肮脏的事？他说这么漂亮的女人，别处也一定不一样。批斗会上大家都乐了。他的脸却红红地低垂下去。

这样的人是不能在机关的，下去放马吧。

我父亲把王幸福带到三队，也不知道安排他干什么活儿。让他每天起马圈，用劳动改造改造他。革指导员对我父亲说，你这么安排不行，这样的人得发挥他的长处。

革红旗把他安排到配种班，先让他干采精的活儿。军马场基本都是人工授精。保持马的纯正血统，便于品种改良和优化，提高母马受孕率，防止杂交和疾病传播，也节约公马的饲养成本。每个生产队都有配种室，负责配种采精。王幸福刚去的时候，搞采精工作。配种员在采精袋的夹层里放进温水，里层涂上凡士林，让他抱在怀里。配种员牵出顿河种马，这马高高大大，铁塔一样。它见到骒马后把头伸过去，贴着骒马的屁股细细地闻，像男人闻着肉香。它用蹄子兴奋地在地上刨两下，表示非常的满意。然后四条腿不停地跃动，表达自己的快乐。突然间它腾空而起，扑向骒马的后背。生殖器像黑色的闪电刺向骒马……配种员向他一比画，王幸福倏地跑过去，将马伸出的长长的生殖器往自己这边一带，脱离骒马的屁股，顺势把怀里的假阴道套了上去……顿河马开始加大动作，他几乎被带倒。动物是可悲的，以假当真，在欺骗里满足自己的欲望。他跟着顿河公马来回的动作，直到马射精的那一刻，他才定定地抱住马的阴茎和马一起体会喷射后的完美时刻。

一般种马七至十天采精一次，每次纯精量二百毫升，重型马四百毫升。每匹适孕母马授精量十毫升，配十毫升营养液、奶粉或者葡萄糖。一般配种员两三次才能使母马受孕。王幸福做了配种员后，业务提高得快，一两次就能成功让母马受孕。

正像革指导员想象的那样，王幸福成了优秀的配种员，受胎率每年都是全场第一。

4

政委说的第二件事，就是父亲进了政委家，政委反复提到的宣传报道的事。

新生事物如雨后春笋，让人眼花缭乱。会计杨刚到我们家抓鸡，说是现在流行打鸡血。我母亲没让他抓。杨刚说，先给刘队长打，别人还不知道呢，知道了排不上号。母亲还是不同意。鸡血怎么能往人身上打呢？我母亲也舍不得自己家养的鸡。我母亲喂养了二十多只鸡，家里平时的日子有了鸡蛋，就觉得非常幸福。唯一的一只大公鸡也很负责任。经常有母鸡从草堆里领出一群小鸡，让人喜出望外。没有了公鸡，我们家的鸡怎么繁殖呢？杨刚说就是在翅膀上抽血，鸡没事。那母亲也不同意。杨刚没有办法，只得从革红旗开始打鸡血。革红旗正领着女子放牧班训练，打了鸡血，精神焕发。鸡血刚过去，红茶菌又来了。这是革红旗从场部拿来的，放在一个大瓶子里，上班第一件事，就是喝一杯红茶菌。小的新生事物就更多了。窗户玻璃上贴白纸条，防核武器。挖防空洞，准备战争。用油漆在门窗上印“忠”字，跳忠字舞。几乎天天有新气象。

政委让宣传干事去三队的时候，于干事刚从“白办”回来。上级布置一个神医到各个军马场巡回医疗，一根银针治百病，聋哑人开口能说话。十一个军马场，神医王典型到哈拉海还不知道哪年哪月。宣传先行，于干事事先到“白办”了解情况。这一耽误，让牡丹江军马场抢了先，把女子放牧班宣传出去了。牡丹江一边宣传，一边成立女子放牧班，起名叫“十姐妹放牧班”，班长李月荣。牡丹江的白桦川上马群嘶鸣，引来全军马场的喝彩。政委非常严肃地批评于干事，于干事很上火。十一个军马场宣传干事里面，于干事排第一把交椅。曾经坐镇“白办”，专门写模范人物的事迹。十一个军马场的宣传干事都接受过他的培训。但是没有想到，牡丹江军马场的宣传干事比他悟性足，没发生的事先写报道，宣传出去再说，给场里争光，弄个全军第一。于干事傻了，他打电话给牡丹江的宣传干事，骂他“糊涂了，没有的事能报新闻吗”，人家在电话里嘻嘻笑，就是不说话。于干事放下电话，骑上自行车，到三队去了。

宣传干事于有新，我父亲的老朋友。中专毕业分配到军马场的时候，他还没有成家，在三队当出纳员。因为没有食堂，就在我家吃饭。结婚后，老婆不会做饭，还在我家吃饭。后来到了场部机关，当宣传干事。在机关干了很多年，还是个干事。号称机关第一大才子。场内场外没有不知道他的。场长、政委的发言稿、讲话稿都出自他的手。他早把写讲话稿玩熟了，开头要么是“东风吹，战鼓擂”，要么是“金猴奋起千钧棒，玉宇澄清万里埃”，结尾总是那么几句：“雄关漫道真如铁，而今迈步从头越”，“多少事，从来急，一万年太久，只争朝夕”。每次写完稿，场长、政委都要提意见，重新改写，以显示领导的水平。于干事就改变办法，不交稿。领导马上就要上台讲话了，他才把稿子交上去，让你领导想改也来不及。这才使场长出了个大笑话，把大干苦干加巧干，读成大干苦干加二十三干。后来场长醒悟过来，问他二十三干都是哪二十三干，他顺水推舟，总结出很多干工作的方法，弄得场长也不好批评他。他的小聪明换来的是活儿不少干，就是不提拔，让你干事也是老干事。他的心胸倒是很开阔，天天喝酒。外来客人他不在场，说明客人不重要。他能喝会说，大气过人，号称军马场的第一碗酒。那时候到队里去喝酒，都是用碗喝，全场十几个生产队，有一半的队有酒坊。下到队里，从酒坊接来热酒，炒一盘鸡蛋，洗两根大葱，就开喝，直喝得满头是汗，浑身像水洗的一般，酒劲上来，东倒西歪。只有于干事拍拍屁股站起来，说一句“还得给场长写材料啊”，骑着破自行车，吱扭吱扭地走了。

于干事喝酒写材料两不误。他和父亲回到三队，便在我们家喝个酩酊大醉。父亲好客，队里又没招待食堂，上级来人都在我们家吃。母亲累得腿和脚都肿了，还要给他们做饭。革红旗的老婆是个小学教师，什么也不会做。革红旗每次把客人领到家，都是自己亲自做饭。他有两个绝活儿，一个是蒸鸡蛋羹。用一个瓷盆，把鸡蛋打里面，搅碎，放到锅里蒸熟。那边蒸着鸡蛋羹，这边他切萝卜丝，用白糖拌。这样两个菜，他老婆也学不会，蒸的鸡蛋羹要不是大劲了，塌成一片，要不就是没熟。革红旗告诉她多次，鸡蛋里面不能放凉水，一定要放热水。他老婆放开水，鸡蛋都烫熟了。革红旗就要亲自下手。他非常疼爱自己的老婆，说是爱也是可怜。她对丈夫百依百顺，革红旗拿她当孩子一样对待。家里她也不会收拾，自己倒打扮得像花一样。革红旗把她安排当小学教师，她非常满意。她无愁无忧，什么事到她身上哈哈一笑就忘了。但是谁说革红旗不好，她立即翻脸，什么骂人的话都能说出来。队里都知道革红旗搞女人，只有她不知道。革红旗把李晓燕领家去，她还百般地关照，什么好吃的都给李晓燕留着。几天见不到李晓燕，她就让革红旗把李晓燕叫来吃饭。

于干事醉酒后，当天晚上就住在我家的北炕上。我很喜欢他的照相机。120 海鸥牌照相机是挂在脖子上的，打开上面的盖，对着人就能照相。我母亲不让我动别人的东西。我父亲说，没事，他从来不在里面放胶卷。只有关键时刻，他才把胶卷放里面。他给谁照相，看他咔嗒咔嗒地按快门，都不忘问他一句，装胶卷了吗？

第二天早上于干事去女子放牧班。女子放牧班在河北，革红旗和我父亲陪着他，到了河沟跟前过河。摆渡的是老牧工李放春，住在河北岸上。革红旗喊了两声，李放春才晃着走过来。河两岸拉着一条八号铁丝，摆渡的船用一条绳子链接在铁丝上，来回走拽铁丝船就动了。如果船在南岸，自己就能拉过去。李放春不在岸边的时候，过河人自己把船拉到对岸，过来人的时候再拉过来。李放春的活儿不是很重，但是把着身子，他也不高兴干。

早晨铁丝很凉，李放春戴了一副棉手套，一边摆船，一边对我父亲说："我这手套是老婆给做的，公家应该给发一副手套，要不早晚太凉。"我父亲说："你老伴对你挺好啊。"李放春得意地笑笑。

他是老牧工，一直单身，刚娶了一个精神不好的老婆，带了三个孩子。家里困难，队里经常照顾他。我父亲说："你到马厩里找一块帆布，包在手上，拉起船来就不凉了。"李放春说："我试试吧。"

船到河中心，水流大了，船顺着水流漂。革红旗问李放春："听说你找了老婆，天天晚上忙活，可别把老婆弄跑了。"李放春看看革红旗，说："你结婚这么多年，生了好几个孩子，妈拉个巴子的，也没有见你老婆跑了。妈拉个巴子的，女的就是那玩意儿，你晾着她，她还不高兴的呢。"

革红旗转过脸来，对于干事说："这也是新理论，你可以宣传出去呀。"于干事正把照相机打开，对着李放春照了一张照片。于干事对革红旗说："我回去就写一篇报道，配上照片，叫新婚摆渡人。"革红旗马上拍着李放春的肩膀说："你看你，刚娶了老婆，就上报纸了。"李放春咧嘴一笑，说："我哪能和你那一帮姑娘比呀。为娶这个老婆，还要给人家养活三个孩子，老命都搭上了。"

于干事到女子放牧班转了一上午，又是拍照又是记录。我父亲和革红旗跟在后面，让找谁，我父亲就让于忠诚去找。于忠诚是我父亲专门挑选到女子放牧班的。虽然他年纪小，但是脑子聪明，身体灵活，还会点儿武术，可以照顾女子放牧班的女孩子。革红旗站在一边，于干事说到找谁，不等于忠诚去，他就急忙去找了。李晓燕本来是上午的班，革红旗提前通知她，让她换了班。女的都留下，男的只有于忠诚和瞎老徐。于忠诚想看热闹，求着瞎老徐去放马了。

上面来采访女子放牧班，是一件大事，姑娘们都把工作服洗干净，穿在身上。一个个扎着小辫，挺着胸脯，青春靓丽。于忠诚比姑娘们打扮得还干净，一双球鞋反复地擦洗，白白净净的。于干事从来没有采访得这么认真。他对革红旗和我父亲说："新闻让牡丹江抢了先，我们在事迹上写得细，让大家都知道，我们才是真的女子放牧班。"

中午革红旗和我父亲又陪于干事到我家喝酒，于干事酒醉之后，便骑着自行车回场部了。父亲觉得一个上午太简单了，以为于干事还会回来采访。一个月后，军队的大报上就发表了一整版的通讯《草原上的红色娘子军》，还有李晓燕骑着马的一张照片。接着，省报、军区的报纸和总后勤部的杂志都登了这篇文章，女子放牧班的事迹传遍了——当时的话讲叫“大江南北、长城内外”。

我父亲佩服于干事写作的水平，对内容却有些想法。里面介绍李晓燕一次放马迷了路，为保护马群，她跟在马群后边，一天后，才把马群赶回来。那次是父亲带着于忠诚帮助李晓燕把马群赶回来的。李晓燕和王桂梅又饿又吓连马都骑不了了，父亲把她们扶到马上，让她们骑了回来。

于干事为了突出女子放牧班的事迹，偷梁换柱张冠李戴，把女子放牧班写得轰轰烈烈，催人泪下。父亲偶尔有点儿想法，让政委知道，把他叫去，狠狠地批评了一顿。父亲听了政委一席话，马上想通了。这是政治啊，无论怎么换，事是有的。这帮姑娘为了养好军马，什么代价都付出了。林静是女子放牧班最弱小的一个女孩子。一次雨天放牧，没带卫生纸突然来了例假，放牧回来，爬下马背，她的裤子上，马鞍子上都是血。后来一阴天，她就腰痛，痛得她连放牧骑马都骑不上去。她就站在马槽子上，踩着马槽子的帮上马，但她从来不请假。队里的女卫生员对她说，时间长了，怕影响生育……还有王彩兰，最好说风凉话，但活儿都是她干的。她在女子放牧班里，长得最高大，大家就叫她“老爷们”，什么累活儿都是她干，扛马料、切豆饼、饮马……她是女子放牧班里唯一结婚的女职工。

说起结婚，父亲感到自己做的一些事很对不起她。她来到军马场的时候就已经在家乡订婚，到女子放牧班一年后回家结的婚。婚后返场上班，队里答应她以后调整一下工作，王彩兰说不着急。夏天的时候，她丈夫来看她，队里也没有安排他俩住的地方，他们俩就住在了马厩的值班室里。父亲每天都会到马厩里去查夜，见他们俩在值班室里住，就把王彩兰批评了一顿。王彩兰的丈夫长得很魁梧，面容也很和善，他不住地向我父亲道歉。结完婚的女人说话也敢讲，王彩兰问：

“队长，你说让我们去哪儿住。”

父亲没加思考地说：“在哪儿住也不能住在值班室。”

父亲后来也寻思过味来，夫妻团聚，队里应该帮助一下。部队战士妻子探亲，都要专门安排房间呢。

王彩兰当时就追问我父亲：“那我们睡到大甸子上去。”

彩兰的丈夫忙说：“我们明天找地方，找地方。”

父亲不想和王彩兰多说，现在给他们解决房屋，队里也没有。第二天他们找了一个职工家，但又不能同住。白天有时候在值班室待一会儿，有时候两个人到马厩后边的草垛里坐一坐。

女子放牧班的姑娘们说我父亲够狠的，两口子都结婚了，还要钻草堆里去亲热。

原来王彩兰的丈夫是独生子，家里着急要孩子，就把她丈夫撵到她身边要孩子。她和丈夫住了一个月才回去，但是在放牧的过程中，王彩兰不小心把孩子流掉了，她哭了好长时间。蒙古姑娘长毛就骂她：“谁像你的口这么松。我们蒙古女人怀了孩子在马背上都能生。”王彩兰被长毛骂笑了：“行，我也在马背上生一个。”

父亲也觉得，王彩兰应该有个孩子。

5

父亲上班很忙，很少顾家。过去当兵在外，心也野了。家里的一切都扔给了母亲还有爷爷，活儿更累。爷爷养的猪一天天大了，吃的东西多了，过去爷爷一个人去草地里挖一筐菜，就够猪吃的了。现在一筐菜只够吃一顿的。爷爷虽然上班不累，回家也懒得动。母亲到草地里去挖猪菜，一个上午就要挖一麻袋。麻袋装满了，还要按一按，装得瓷实了，才扛起来回家。远远的路，母亲扛一阵，就要放到地上，休息一会儿。扛到家里，浑身被汗水湿透了。挖的猪菜主要是苣荬菜、灰菜。苣荬菜里面的白浆弄到身上是黑色的，洗不干净。母亲三天两头地洗衣服。我在周末的时候，也和同学们去挖猪菜。我们会跑很远，跑到小榆树村的地里，满地都是长得肥肥大大的苣荬菜，我们一会儿就能挖半麻袋。我扛不动，母亲会在半路上接我。全家人都在为这一头猪忙活。冬天元旦前，杀了猪，可以吃到第二年的春天。

每年杀猪的时候就和过年一样，好几天前就兴奋起来。准备绳子、当围裙用的麻袋、盆。爷爷把刀磨得雪亮。王天河家里有一口大锅，早晨爷爷抱来几捆芦苇，把水烧翻花。爷爷和王天河一起，到猪圈里抓猪。爷爷是老杀猪的，他在猪圈里弯着腰，给猪挠两下，让猪安静下来，一把拽住猪的左前腿，往外一掰，猪就倒下了。接着膝盖压住猪的脖子，爷爷把左侧的两条腿抓到一起，王天河把右侧的腿抓住，前后一合。用一条细绳系一个猪蹄扣，两个猪蹄一对，系在一起。穿一根木棍，爷爷就和王天河一起把猪抬到了猪圈的外面。我们家的饭桌是从上海带来的，四条腿可以折叠，桌面是圆的。二百多斤的猪放上就会把桌子压坏。爷爷用两块木板，六个砖头，搭了一个案子，把猪放上去。爷爷有一把从龙江县买来的杀猪刀，刀背旁边印着“王能”两个字。我那时还小，据说爷爷为了买这把杀猪刀积攒了两年的钱，这两年我父母给他买衣服他不买，就要钱；给他零花钱他也攒着。买了这把杀猪刀，全队都在用。用可以，借不行。爷爷亲自去帮助杀猪，走的时候割一块血脖肉，弄个大肠头，算是借刀的回报。山东人舍不得肉，常常给爷爷四个猪蹄一个猪尾巴，爷爷回来在门口支两块砖烤猪蹄子，乌烟瘴气。

爷爷杀猪动作快，王天河跟着端一个盆子接血，一边接，还要一边搅。血里面放上盐粒子，端到我家锅台上放好。我母亲对这事看也不看，就等着肉拿到屋子里，给他们炒菜。

一锅滚开的热水，上面担上一个木板。爷爷在后蹄子上片一个口，把一个铁棍子从口里插进去，捅几下，噗噗地给猪吹足了气，吹得圆滚滚的抬到锅上面。不管水多热，爷爷和王天河急急地往猪身上浇水，一面浇水一面快速地刮猪毛。刮不下来，就再浇水。两个人站在锅台上，鞋湿了，衣服湿了，头上都是汗。很快一个雪白的光溜溜的猪出现了。爷爷还有一道工序，用一块冰块，在刮完猪毛的白胖的猪身上蹭一遍，然后再用刀“找”一遍。这样，猪皮很干净，熬肉皮冻的时候，就省了很多事。

每年杀猪都在一种兴奋和快乐里进行。只有 1968 年的那个冬天，杀猪的时候，爷爷有些疲累，开膛这道工序由王天河来完成。王天河跟着爷爷已经是一个杀猪的成手。他和爷爷说好了，这头猪的猪蹄子给他，他老婆美娥还有一个月就生孩子了，他要用猪蹄子给美娥下奶。王天河岁数大，盼着孩子呢。王天河拿起刀，沿着猪肚子中间划出一条线，再沿着线一点儿一点儿地把刀切进去，肉皮跟着翻起来，破一个小口，两个手指伸到肚子里面，托住刀，刀刃向上，把肚皮划开。开到最后一刻，王天河叫了一声，惊动了爷爷。爷爷立即走过去，以为王天河划到了手指。王天河的手指正指着划开的猪肚皮。爷爷伸手抠了一下，细细地一看，又回头问王天河，说“是吗”。爷爷希望王天河说“不是”，王天河回答“像”。爷爷愣了很长时间，叹了一口气。转眼爷爷向没扎紧漏气的猪吹泡，瘫软在板凳上。王天河提着杀猪刀，愣愣地站在一边。

那时候杀猪最怕杀出“豆”来，学名叫猪囊虫，老百姓叫米糁子。我们家那一年就杀出一个米糁子的猪。猪肉上面是一片白色大米粒一样的东西。瘦肉里特别明显。用手一扒拉，哗哗地霜雪一样地落下来。我父亲那一天带人到草甸子上打苇子，来年盖马厩用。回来的时候，父亲抄了一条小路。现在想，父亲知道家里杀猪，想早些回来。一条没有结冰的清沟，父亲没有注意，掉了进去。幸亏父亲有经验，身体往冰面上一跃，爬了出去。回到家，浑身都是冰甲，棉裤冻成了冰筒。进门就听到这个消息，父亲也是一惊，浑身的精神头也随之散去。爷爷用从上海带来的钢精锅，在炉子上炖了一锅肉。这个钢精锅是我们家重要的炊具。我出生在宋美龄用牛奶洗澡的那个医院，父亲用这个钢精锅送去一锅鸡汤。我们走到哪儿都要带着它。现在它又给一年没有吃到猪肉的我们全家，煮出一锅肉来。我们每一个人在浓浓的肉香里都很迷醉。爷爷说，没事，捞出一块，就吃起来。父亲刚刚脱离冰河，劳累和饥饿也让他失去了控制，跟着爷爷吃起来。我非常的馋，也想吃。母亲看住我，坚决不让我吃。母亲对吃的东西非常的认真。在乡下，爷爷杀猪宰牛带回来的肉母亲从来不吃。也正是母亲的看护，那头猪带来的危害没有殃及我和母亲。

每年的过年，我们家里都很快乐。父母会用猪肉做出很多好吃的菜，我和二姐吃得很香。记得父母和爷爷商量，做一次粉肠。把剁碎的猪肉掺在土豆粉里面，放上作料，灌到洗干净的猪肠子里，然后在锅里蒸。我和二姐跟他们一起围着锅台。母亲烧火，锅里冒出浓浓的热气。父亲打开锅，看看粉肠熟了没有。爷爷突然想起，粉肠熟了里面的馅料会把肠皮挣破。于是母亲顶着热气用一根针把肠子上面都扎上眼。熟的时候打开锅，粉肠还是裂开，张牙舞爪地摊在帘子上。我们吃了里面的馅，却很好吃。可是这一年，猪肉不能吃，我们家没有猪肉，包的饺子都是素馅的。我的爷爷苦日子熬过来的，还是坚持要吃猪肉。母亲把肉㸆了猪油，油渣子上面都是白点儿。吴连富告诉爷爷，六十度就能把囊虫杀死。可是我们全家依然心惊胆战的。

没有肉吃，爷爷不甘心。正好队里一匹马难产死了，爷爷听到了这个消息，到值班室里看宋敏然解剖。宋敏然找到马的子宫后，很快确定了原因，让吴连富把马拖走了。

军马场的马无论什么原因死了，都不许吃。马是革命战友。疾病或者其他原因死的马，兽医宋敏然都会给马洒上“来水”，就是消毒液，把马扔到三队后面的坑里。饥饿使很多人忘记了处理马的最后一道工序。李放春把老婆带来的孩子召集到一起，带领他们去割扔掉的马身上的肉，拿回来吃。全家人为有这么多的马肉高兴，炖了一锅。李放春和老婆孩子吃了马肉就中毒了。李放春中毒最厉害。他们被送到203医院抢救，保住了性命。李放春激动地对医生喊毛主席万岁，对我父亲和革红旗宣誓：“妈拉个巴子的，以后再也不偷吃马肉了。”

吴连富把马拖到苇塘里，扔进了冰窟窿。爷爷事先求宋敏然不要洒消毒水，宋敏然给了爷爷面子。我爷爷到小榆树村找到和我们同是一个河北农村来的老宫头，深夜提着马灯，把马肉弄回家去。过年前后，爷爷吃到了马肉。

不顺心的事情都凑到一年里。猪的四个蹄子王天河不要了，他的美娥也在我们家杀猪的第二天流产。流产后，王天河再想种上新的种子非常的不容易。王天河开始套上马车，拉着美娥到处找中医看病。他家熬中药的味道弥漫在我们这趟房的空气里。我们家东面有一条土路，每天土路上都有美娥倒在上面的中药渣子。一次我母亲遇见美娥正在往路上倒中药渣子，一边倒，一边还在嘴里叨咕着“快好了吧，快好了吧”“苦死我了，苦死我了”“王天河这个王八蛋，要弄死我了”。我母亲一直站着听，也不和美娥说话。母亲觉得美娥挺可怜的，生不了孩子，还要受折磨。从山东那么远来到东北，一个人，父母亲人都不在身边，没有人关心她，没有人说一句热乎话，还要吃着苦中药，受着王天河的折磨。我母亲多少次想问问，是王天河的事还是美娥的事？要是王天河有毛病，给美娥吃药，不是白遭罪了吗？父亲对母亲说，是美娥的事，挂不住胎。母亲不语。

母亲看到快乐的王天河天天黑着脸，哇哇叫的“大喇叭”关闭了，又有几分同情王天河。男人也指望着一儿半女的呢。

住一趟房，父亲见到王天河，都会问一问排里的事，特别是女子放牧班的事，王天河回答“好着呢”。王天河一心想着美娥生育，也不和父亲多说话。父亲对王天河说，孩子的事，不要急，慢慢来。王天河嘻嘻笑着说：“我又让她怀上了。”父亲说要照顾好。王天河高兴不久，美娥又流产了。王天河唉声叹气。美娥头上缠着一条毛巾，站在墙根晒太阳。她看一眼忙碌的母亲，说：“你说我的命咋就这么不好呢？”母亲怀里抱着柴火，看一眼脸色憔悴的美娥。美娥见我母亲没有回答，告诉我母亲，和她一起来的小媳妇接连生了两个孩子了，自己一个也没有，“你说我命苦不苦啊?”母亲把头低下，想说什么，停了停，没有说。母亲也觉得自己苦呢。

王天河又开始工作。白天值班王天河半道上往家跑，回来就听到屋子里传出美娥嗷嗷的叫声。他们家经常窗户也不关，美娥叫得我以为他们两口子打仗，美娥挨打了呢。吃着饭，扔下筷子，拿起馒头跑出去看热闹。母亲拦住我。母亲什么也不说，就是不让我出去。直到美娥家的叫声淡了，才放开我。

我们这帮孩子曾经好奇地跟着王天河到苇塘里去，看着他把一个蓝布的包裹放在苇塘里。他走后，我们急忙掀开包裹，看那个闭着眼睛的小孩。王天河家的新闻成了整个队里的故事，大家都在议论着这件事。有的分析说，是美娥太干净，鱼不吃，腥气的东西都不吃，身体弱，才挂不住孩子的；搞配种的分析王天河岁数大，精子没有了力气。养马的人，对生育知识懂得多。于忠诚岁数小，把这些话都告诉了王天河。王天河更加郁郁不乐。

吴连富请王天河一起喝酒。都是排长，吴连富和王天河说说心里话，让他不要上火，孩子的事慢慢来。王天河告诉吴连富，没有孩子拴着，怕媳妇跑回山东去。吴连富说：“都结婚了，还能往回跑吗?”王天河说：“美娥家里有对象，穷，娶不起美娥，才被我骗到哈拉海来的。生个孩子，美娥心就落下了。你看和她一起来的小媳妇生了两个了，美娥一个也没有站下。”吴连富知道王天河的心思后，也不多劝了。他问起女子放牧班的李晓燕来。王天河说：“李晓燕漂亮、勤劳，什么活儿都抢着前面，女子放牧班让她管理得挺好的。”吴连富要王天河照顾好李晓燕。吴连富告诉王天河，李晓燕和他是一个城市一个学校的，来之前他们就处对象，到了哈拉海她就不理他了。他让王天河找机会说一说。王天河为难地告诉吴连富，李晓燕进步快，跟领导走得近。他怕说不上话，听革红旗说马上发展她入党。王天河让他找革红旗说一说去。吴连富摇摇头。两个人喝酒没有什么菜，一人一个野鸭子蛋。吴连富放马的时候捡的，在马厩的仓库里腌着。吴连富说，小媳妇刚才路过，捞走了几个咸鸭蛋。王天河说她脸皮厚，到哪儿都不空手。

吴连富属于上进青年，来到哈拉海军马场三个月到长春兽医大学培训，回来就提了排长。按说找李晓燕也很般配。吴连富发现自己从长春回来，李晓燕就疏远自己了。她经常跟着革红旗，场里什么会议都让李晓燕参加，还传说革红旗想把李晓燕培养成副指导员。李晓燕对吴连富说，我们过去在城里的事，就翻过去了。我们都争取自己的进步，先不谈对象。吴连富想告诉李晓燕，工作对象两不误，可是这句话没有等吴连富说出来，李晓燕就被叫走开会去了。吴连富也是支部委员，怎么就没有感觉出像李晓燕那么忙呢？他想，如果革红旗想介绍李晓燕入党，他可以当介绍人哪。

吴连富从装马料的豆饼箱子里挑了两块烤煳的豆饼，一边喝着高粱酒，一边嚼着。王天河在一边对吴连富说："你和李晓燕不是一路人。漂亮的姑娘多着呢，你看王桂梅，外号大洋马，长得比李晓燕漂亮，我帮你说说。"吴连富急忙摇头，说："我在家就看上李晓燕了，谁我也不找。"王天河说："这都是命。我家美娥也有对象，可是还是跟我来了。有时候，她一提老家的事我就打她，她现在不敢提了。"吴连富说："你不能打，你打她，她能怀上孩子吗？咱们那匹 68 号马，就是揣了它一脚，现在都带不上崽子呢。"王天河一听，觉得有道理。闷着头，喝了一口酒。他对吴连富说："你心眼儿好。这女人的心要是飞了，可就逮不回来了。你看俺家美娥，长得丑，我放心。跟美娥一起来的小媳妇，还有你那个李晓燕那么漂亮，谁能弄得住呀。漂亮的女人谁都惦记。"

吴连富点点头，无可奈何地说："有了李晓燕，我看谁都看不上眼呀。"

6

爷爷一边上班一边继续养猪。母亲忙着挖猪菜，半截袖的白背心被苣荬菜浆弄得到处是黑点儿。爷爷在门口搭了一个锅台，放上一口锅。天气热的时候，在外面烀猪食。小猪羔子还是从小榆树村抓来的。我们家养猪，要么是白色的，要么是黑色的。这次抓了一头花猪，抓来的时候，我母亲就不高兴。爷爷说："就这一头猪了，少要了一块钱。"养了一个多月，花猪有二十多斤的时候，发蔫，不吃食。爷爷也像病了一样，下班就跟着猪看。吴连富懂兽医，给打了两针。猪还是不欢快。爷爷自己又给花猪打了两针。春天暖洋洋的光芒里，爷爷不住地给花猪挠痒痒。花猪躺在草地上，理也不理爷爷。母亲没有信心，说，不行就扔了吧。爷爷哪里舍得。傍晚的时候，把猪杀了。母亲坚决不让爷爷把猪肉弄到屋子里来。爷爷在外面的锅里把猪肉煮熟。我被香味诱惑得一会儿跑出去看看，哈喇子都出来了。母亲不让我吃。爷爷把猪肉放到门前的一个小缸里，扣上盖，自己吃。在爷爷吃的时候，我偷偷跑过去，爷爷给我尝了一块。记忆里，好像跟兔子肉似的。爷爷和王天河好，给他拿过去两块。王天河知道美娥嫌弃，王天河急忙拿到吴连富的马厩里去了。王天河没有和吴连富说肉是怎么回事，喝完酒，王天河才告诉他。吴连富张着嘴，半天没有说话，在嗓子里叫。王天河听清楚了一句"瘟猪"。听清楚也没有用了，都吃完了。

我常常想，这个世界应该属于女人的。我的母亲有一种天然的抵御能力，她用内心的感觉保护她的孩子，她用母爱维护着孩子的成长。王天河的妻子美娥也是这样。男人在饥饿里是最下贱的动物。我不该说我的爷爷，因为他是一个苦大仇深的雇农。

发生的这一切，只有我知道，家里的事我父亲从来也不过问，母亲也不告诉父亲。一切都平平安安的。父亲当兵离开家，就养成了到处走的习惯，在家里待不住。除了睡觉，他很少在家。他觉得公家的事才是事，家里的事都属于母亲。每天傍晚下班，父亲都筋疲力尽的样子，好像刚干完一件轰轰烈烈的事情。

这几天确实很累。"白办"的王瘸子来了。哈拉海女子放牧班的事迹吸引了他，他看到报纸的报道就坐着绿皮火车越过科尔沁草原，来到了嫩江平原脚下，与内蒙古接壤的哈拉海。在颠簸的苏制 69 吉普上，王瘸子就不住地追问政委关于女子放牧班的事。场部来任何领导，政委、场长都在家里等着接待，只有王瘸子必须政委亲自到车站，在月台的水泥地上等着从车门下来的他，还要伸出手去扶住他，很小心地陪着他从“中”字形的日伪时期建设的火车站候车室里出来，军代表们仪仗队一样地跟着。

我父亲和革红旗正在队里忙着。谁能想到赫赫有名的王瘸子会亲自来三队检查工作，亲自接见女子放牧班呢。马厩前前后后都扫了一遍，父亲又安排人扫马路。王瘸子的汽车要从小榆树村拐过来，到闸门进三队北面的马厩。从闸门开始插上五颜六色的旗子，一直到女子放牧班都彩旗飘扬。砂石路上的草和马粪都扫到路坑下面去了。革红旗让把马厩里面打扫一遍，桌子椅子红灯牌收音机擦得干干净净。炕席也是新的，白亮亮的芦苇编织的炕席，把马厩值班室照耀得明晃晃的。李晓燕在马厩的墙上用水泥抹出来的一块黑板报上面用彩色粉笔写上宋体字“热烈欢迎”，旁边画了几朵小花。

政委就是政委，看问题看得全面，父亲从心里佩服。自从女子放牧班成为草原上的“红色娘子军”后，三队的身价，父亲和革指导员的身价都高了。革红旗真成了红旗，还成了副场长的后备人选。李晓燕也提了排长，不在王天河的领导下，直接归革红旗管。一些业务的事，王天河可以帮助解决。这也是吴连富唉声叹气摸不着头脑的根源。李晓燕当了排长，正往副指导员的位置上前进，吴连富被甩在后面了。

王瘸子从“69”上下来，第一句话就是“谁是小燕子啊”。李晓燕脸蛋红红地跑过来，和王瘸子握手。王瘸子肉乎乎的大手握住李晓燕的手，久久不放。“你做了一件伟大的事业，我应该给你们行军礼。”说罢，王瘸子真的举起手来，给李晓燕行了一个标准的军礼。李晓燕不知怎么办好，一会儿看看革红旗，一会儿看看我父亲。

我父亲把手也举起来，李晓燕聪明，立即对着王瘸子举起手，给王瘸子行了一个少先队员的军礼。李晓燕太激动了，手忙脚乱地把小辫子上的头绳弄了下来。王瘸子低下头，把头绳捡起来，给李晓燕系上。于干事在一边急忙照相。领导的关怀，让全体在场的人都感动得流出了热泪。这些都是于干事想好的词语，以后会用在他的通讯里。谁也没有想到，王瘸子会系头绳。他粗硬的手指灵活地把头绳拴在李晓燕的发辫上。然后拍拍李晓燕的肩膀，说："好好干吧。"

王瘸子转过身来，又对革红旗说："这样的好同志，要好好培养。"革红旗不停地点着头，眼睛却盯住王瘸子给李晓燕系头绳的手。王瘸子接着的问话革红旗没有听清楚，王瘸子又问了一遍："入党了没有？"

革红旗回答："是积极分子！"

"要尽快！"

革红旗点头说："好好！是，是！"

"这样的人不入党，是我们党的损失！"王瘸子把脸对着政委，见政委不停地点头，好像放心了，就又一次握住李晓燕的手，用力地摇了摇，"荣誉是党给的，要努力为党工作。"

李晓燕从来没受到这样大的首长接见，站也不知道怎么站，手也不知道往哪儿放。王瘸子要握手，她就把手放在王瘸子手里，王瘸子把手松开，她就把胳膊弯回来，把手垂着。她完全成了一个木偶。她在心里默默地念叨着，快结束吧，快结束吧。时间是那么漫长，李晓燕感觉十年都过去了。她想起在学校背课文，老师罚站的那一堂课，时间长得跟表针不动了一样。李晓燕依然是学校里单纯的学生，领导的关心使她忘记了自己。她喜欢读的小说就是《把一切献给党》，如今终于找到了献身党的事业的机会，李晓燕要紧紧地抓住。自己算什么，像革红旗说的那样，一个人就是革命事业上的一颗螺丝钉。革红旗告诉李晓燕，螺丝钉也分在什么位置上。李晓燕这颗螺丝钉是马掌上的那四颗防滑钉里最前面的那一颗。李晓燕还不知道马掌钉是什么。后来场部专门钉马掌的老牛来给革红旗和刘队长的马挂马掌，李晓燕跟着看了好长时间。老牛也不老，长得有点儿老，个高，胡子多。他把马拴到“马桩子”里，用绳子套住一个马蹄，一拽，把马蹄拽起来，马掌翻到上面，老牛把马蹄子系在木桩上。用一把快刀把马蹄子上面修剪整齐，就像我们人剪指甲一样。平整了之后，老牛从他的帆布袋子里掏出一个半圆的铁马掌。李晓燕看到，马掌上面有四个带尖的螺丝钉，前面两个，后面一侧一个，都很尖锐，马踩在冰上不会滑倒。小燕子知道了，她是属于这四个里面的一个，非常重要。

王瘸子突然问李晓燕：“多大年龄了？”

李晓燕怯怯地答：“二十一。”

“这么年轻，有发展前途！”说着，王瘸子转过头来，看着政委，说，“我这个年龄都是团长了。”

政委急忙说：“我们有考虑。”

王瘸子用手点点政委，说：“你们就是保守。年轻人有革命精神，放手让他们干，没问题。”又指着我父亲说，“他这样的，从战场上下来的，把把舵，真干事的，让他们干。”革红旗急忙凑到王瘸子跟前，非常认真地说：“我们一定落实首长指示，把李晓燕培养好。”

王瘸子看看革红旗，说：“指导员要懂政治。什么是政治，提拔干部是最大的政治。”

革红旗立即点头。

王瘸子把脸冲着政委说：“你说我说得对不对？”

政委说：“对，对。”

王瘸子说：“对，就要落实。”

革红旗说：“我们已经和政委报告了，先入党，以后让李晓燕当副指导员。”

王瘸子又把头转到政委的脸上，说：“我看行，你说呢？”

政委说："我们马上落实首长的指示。"

王瘸子又去捏李晓燕的手，另一只手在李晓燕的手背上拍了拍，说："以后有困难，可以直接找我！"

站在一边的政委忙说："李晓燕，听见了吧，有事可以直接去找首长！"

王瘸子恋恋不舍地看着李晓燕因激动而红晕的脸，美丽的李晓燕已经深深地留在王瘸子记忆里。革红旗和王瘸子打招呼，说："请首长到马圈里看看。"王瘸子撒开握住李晓燕的手，顺势搭在李晓燕的后背上。李晓燕的后背弯曲下去，形成一个弧形，腰往里面凹陷，屁股特别的突出。王瘸子的手陷落在后腰上，慢慢地在她高起的屁股上停住。李晓燕走得快一点儿，想把王瘸子的手甩掉。王瘸子很吃力地抓住李晓燕后背的衣服，说："姑娘，扶我一下。"李晓燕回转身，用手去搀扶王瘸子的胳膊。王瘸子跟着革红旗一瘸一拐地走出值班室，一行人来到马圈。马群已经出牧，马圈静悄悄的。知道首长要来，马圈里收拾得干干净净，只有几只燕子飞来飞去。革红旗滔滔不绝地讲着女子放牧班的发展历程，充满了自豪。王瘸子对政委说："中午叫革指导员和我们一起吃饭。"政委点着头。突然又说："小燕子也去吧。"还没等李晓燕回答，革指导员说："于干事要采访她。"王瘸子看看政委，又看看政委后面照相的于干事，说："小燕子这孩子有一种革命精神，要培养好，不能耽误。"政委点头。王瘸子问："吃饭就不让小燕子去了。"政委说："要不晚上吃饭去吧。"王瘸子非常失望地说："好，晚上。晚上再看看。你说呢?"王瘸子看着政委，政委立即接话说："好，再说。"

王瘸子走后，女子放牧班沉浸在一片兴奋欢呼里。这些姑娘庆贺自己，付出的辛苦终于有了回报。革红旗坐王瘸子的69吉普车去场部吃饭了。我父亲和姑娘们在一起，嘻嘻哈哈地谈唠着。本来政委希望我父亲也去，可是"69"坐不下那么多人。食堂有酒有菜，父亲当然想改善一下生活了。父亲看着革红旗急急忙忙的样子，不想和他一起去。父亲暗想，让年轻人去露脸吧。

7

我父亲也喜欢和姑娘们在一起，说说笑笑里能感觉出快乐和幸福。姑娘们对我父亲一点儿都不戒备。她们有时候拽着父亲的手，抱着父亲的腰，像欢快的马驹一样。李晓燕严肃一点儿，她只是看着父亲笑，非常认真地请示我父亲，问下一步工作怎么做。父亲观察过李晓燕。她是一个热情而单纯的姑娘，心里对任何人都没有防备。她积极进步，热爱荣誉，对领导毕恭毕敬。她经常去革红旗家吃饭，我父亲也找过她到家里吃饭。知青在单身食堂吃着吃着就吃腻了，都想到老职工家换换口味，吃点儿家常的饭菜，寻找温馨。到干部家吃饭，她们是不敢想的。一次母亲挖猪菜回来，顺便在草地里割回来一捆野韭菜。父亲从马厩过，遇见李晓燕和于忠诚在一起。他们维修马厩的围栏，回来晚了，正担心食堂有没有饭呢。父亲说："到我家吃点儿吧。"于忠诚立即跳跃起来。他还有着孩子般的调皮。他练过几天武术，我父亲也会点儿武把式，他羡慕地跟在我父亲后面学。经常"顺便"到我们家吃点儿饭，改善一下生活。李晓燕是第一次去，还有点儿放不开。我父亲也没有想到母亲会割回一捆野韭菜。大家急忙洗手，择韭菜，和面。我家最不缺的就是鸡蛋。母亲专门多打了几个鸡蛋在韭菜里，非常的香。吃饭的时候，说到革红旗，父亲想提醒一下李晓燕，提防革红旗，别上当。母亲把父亲叫出去，告诉他在家里不许说工作的事。父亲没有我母亲有心计，很多事父亲都听母亲的。父亲庆幸自己没有说，那时候李晓燕已经和革红旗好上了。于忠诚年纪小，不管不顾，他告诉李晓燕不要光往革红旗家跑，多往队长家来几趟。李晓燕脸色红红的，用筷子敲打着于忠诚的脑袋，说："你瞎说什么呢？"

李晓燕爱吃韭菜，剩下的饺子母亲让李晓燕带着。李晓燕也不客气，放到碗里，带走了。于忠诚跟在屁股后面，对李晓燕说：“燕子姐，晚上我找潘师傅给你煎着吃，多放豆油。”

我父亲品行好。他相貌堂堂，认真地陪伴着我的母亲。他管理着那么多女孩子，队里的妇女也有几十人，没传出对他的闲话。不仅如此，他还替那些女人着想，怕被革指导员的甜言蜜语欺骗。后来他才醒悟，这种善良是多余的。就像政委说的，男男女女总要发生一些故事。很多故事是你情我愿的，谁也拦不住。父亲想到自己的马群，不是总有个别儿马子，要偷偷爬到骒马的背上，试着体会一下乐趣吗？一些母马也到了风情万种的时候，享受着愣头青似的儿马子折腾，造成了意外怀孕。有的骒马配种多少次不受孕，革红旗就有意把它们放到群里，让不谙世事的儿马子“穿”几次，竟然怀孕了。革红旗会把这件事当作喜讯告诉父亲，还对女子放牧班的人讲他的发明。姑娘们已经习惯了配种、授精、怀孕这些词，好像跟人没有任何联系，跟性也没有任何联系，就是一个词而已。在军马场里，马的怀孕率是最大的事，哪个队怀孕率高，生的马驹多，是要受到表扬的。完不成受孕率的，队长、指导员第一年在全场的大会上抬不起头来，还要被政委点名批评。第二年要是还上不去，队长、指导员就要被点名批评了。再落后下去，班子就要被调整。我父亲对革红旗的勤奋和歪门邪道也很感兴趣。有了他，队里这几年都是标兵呢。靠着父亲这种傻干，是进不了先进的。所以，父亲虽然担心革红旗做坏事，也很佩服他主意多的能力。

父亲在马群里转，马群就是一个社会的缩影。小儿马子，阴茎还硬不起来，就趴到它妈身上，练习起上上下下来。公马和公马也争风吃醋，互相踢互相咬，一边叫一边奔跑。父亲分群饲养的做法，改变了马群里面的争斗，也让马群失去了热闹的场面。过去父亲动不动挥着鞭子去抽打调皮的儿马子的时候很多，现在在没有母马的马群里，儿马子也没有了激情，只有拼命地奔跑，来宣泄体内的情绪。动物对异性的喜欢程度更明显，更直接。而人就要隐晦诡计得多。马会觉得人很虚伪，人会觉得马没有脸。

队里男男女女几百人，一天到晚事情很多。特别是男女宿舍，一天到晚热热闹闹的。我没地方去玩，整天“长”在男宿舍里。宿舍前面是一个草堆，每天男女宿舍的人都要抱草堆上的草烧炕。晚上大家吃完饭休息的时候，在草堆上摔跤玩。我那时候还是孩子，但是父亲教我打仗摔跤，我就特别好斗。父亲教我一招是背负式摔跤，就是人在你后面，你突然发力，扭住他的脖子，把他摔到前面来，叫“仙人摘桃”，还有一招，就是钻裆式。对面的人不防备，你一哈腰，钻到对方的裤裆里，把他举起来，摔倒，叫“黑狗钻裆”。这一招我没有力气，和同学能用上，和知青在一起就不行。我也在倒下后练习过“兔子蹬鹰”，但是没有力量把摔倒我的人蹬出去。知青里还有蒙古人，他们摔跤是互相抓住对方的裤腰带，然后再摔跤。这个比较文明。我和于忠诚好，他年纪小，个子矮，但是谁也摔不过他。每天晚上我们都一身大汗地离开草堆。于忠诚就领着我，到水井边上，我给他压水，他在井口接着水，哗哗地洗脸，见左右没人，还要脱下上衣，光着膀子洗。这时候，吴连富就过来，问他：“见到小燕子没有？”于忠诚说：“没在宿舍吗？”吴连富说：“没有。”于忠诚说：“那肯定到革指导员家去了。”吴连富问他：“她今天不值班吗？”于忠诚说：“她都是排长了，想值班就值班，过几天当指导员了，就天天坐办公室了。你到办公室去找吧。”吴连富在于忠诚后面站着，等于忠诚洗完了，光着膀子甩身上的水珠，就对于忠诚说：“你跟我去革指导员家看看去呀？”于忠诚说：“我不去。”吴连富用祈求的眼光看着他。见于忠诚不去，吴连富解释说：“家里来信了，李晓燕她妈让我照顾好小燕子。”于忠诚说：“你还有指导员照顾得好啊？她光上指导员家吃饭，你看小脸吃得冒油了。”

吴连富见于忠诚怎么说也不去，就对于忠诚说：“明天上班你见着她，告诉她我今天和你说的话，她妈惦记她，不放心，让我保护她。”于忠诚说：“好好，燕子姐我还天天保护呢。”

于忠诚在女子放牧班天天跟着李晓燕屁股后面，听从李晓燕的安排。是革红旗让于忠诚这么做的，于忠诚也特别愿意做。他告诉我，三队最喜欢李晓燕的人是他。听了他的话，我都想撞墙。于忠诚长的那样子，又矮又胖，李晓燕就是扔到草甸子上喂狼，也不会跟他好啊。从于忠诚和我说起这件事开始，我手里就捏了一把汗，怕于忠诚得逞。我做梦梦见三只狼张着嘴，看着李晓燕，都想吃了她。这三只狼就是革红旗、吴连富、于忠诚。革红旗是领导，跟李晓燕天经地义的。吴连富长得也好看，四方大脸，高个儿，就是嘴大点儿。在我幼小的心灵里，特别特别不想于忠诚跟李晓燕。我和于忠诚虽然是好朋友，但也不希望李晓燕被于忠诚擒获。我这种担忧和害怕是有根据的，我了解于忠诚，他比狐狸还狡猾。自从于忠诚告诉我他喜欢李晓燕后，我的心一直阴着。我不应该是第四只狼，我的心里虽然总觉得漂亮的李晓燕是属于我的，但不是我的老婆，而是我的姐姐。

李晓燕现在是先进典型，事情多，很多事自己忙不过来，于忠诚就要多干点儿。于忠诚勤快，什么事都帮助李晓燕做。去食堂晚了，菜凉了，于忠诚就在配种室的电炉子上给李晓燕热好。食堂偶尔吃一顿好吃的，于忠诚就先跑去，把好吃的打出来，放好。要是晚了，都抢光了。于忠诚机灵，钻到前面去买饭，谁也不好说他，要是李晓燕就不行了。于忠诚还干净。有时候见李晓燕太忙，还帮助李晓燕洗衣服。于忠诚把盆子拿到值班室去，在值班室里给李晓燕洗。大家都叫他勤务兵。李晓燕不好意思，不让他给洗衣服。于忠诚说："你是我姐，我洗衣服是应该的。"他还跟着李晓燕去过几次革红旗家，吃了一顿兔子肉炖土豆。看到革红旗扫过自己的眼神，于忠诚猜测革红旗发现了自己的野心，以后就不去革红旗家了。李晓燕也不喊他一起去了。于忠诚感到一种失落，比吴连富还难受。

吴连富和李晓燕的关系，是下乡来哈拉海的前夜才定的。李晓燕的父母怕孩子到了哈拉海没有人保护，想起李晓燕的同学吴连富，就和吴连富的父母商量，让他们搞对象吧。其实在学校，吴连富和李晓燕关系很好。学校不许搞对象，他们也不敢公开。现在父母有这个意思，吴连富非常同意，一路上照顾李晓燕，像亲哥哥一样。

李晓燕在学校的时候，喜欢她的男生多，养成了谁和她好，她就和谁好，不会拒绝。吴连富是她的对象，她也找不到对象的感觉。她知道自己漂亮，哪个男生见了她都喜欢和她微笑，和她说话，连女生也都让着她。她不想因为和吴连富搞对象，成为吴连富一个人的，那样其他人就不好和她眉来眼去了。她尽量淡化和吴连富的关系，特别是现在有了名气，当了排长，她就不去见吴连富了。按说，吴连富也是一个很进步的青年，这么快就当了排长，还入了党，也和她是齐肩平等的。李晓燕发现革红旗知道他们的关系后，脸就变了，他看不上吴连富了，还处处说他不好，压制他。吴连富的进步都是革红旗帮助的，吴连富还一口一个革师父。现在革红旗明确告诉李晓燕，不许在这个节骨眼上谈恋爱，以后你们少来往，工作重要。从此李晓燕有意躲着吴连富。

吴连富也有警觉。革红旗和李晓燕走得近了之后，对自己不好了。革红旗是自己的领导，吴连富不敢得罪。吴连富怎么小心，革红旗都不满意。一次马意外流产，还说要撤了他的排长职务。吴连富就找我父亲诉苦。我父亲也看出这个苗头来，就想办法保护吴连富。父亲还专门找李晓燕谈过话，让她珍惜过去的友谊，搞对象是正常的事情，和工作没有矛盾，要她多多关心吴连富。李晓燕也是一个聪明的女孩子，她嘻嘻笑着对父亲说，他们只是同学，吴连富想搞对象，她还没有想好。父亲说，同学就更好了，互相多照顾一下。李晓燕点头说是。父亲以为他的劝说会有一个好的结果，没想到李晓燕把吴连富说了一顿，不让他胡思乱想，革命的友谊是纯洁的。吴连富吓得不敢找她，总是通过于忠诚询问她的行踪。

事业上一路顺风的吴连富，突然遇见挫折，自己也如坠入五里雾中。他想不明白革红旗为什么看不上自己，一开会就批评一排，表扬二排。王天河是二排排长，李晓燕也是排长，两个排长，都受到表扬，唯有他受到批评。年轻气盛的吴连富情绪低落，也没人开导他。王天河跟他喝酒，说起排里的事他就嘻嘻哈哈的，转变话题说他老婆美娥肚子一点儿动静也没有，是不是中药没起作用。吴连富也不耐烦了，说不行人工授精吧。王天河把吴连富开玩笑的话当真了，说："再吃几服中药试试，要是不行，就人工授精。用给马的那玩意儿，给人行吗？"吴连富说："行。人和马有啥区别吗？你没听说有一个军马场，人痒痒了，不是还到马身上蹭蹭吗？"王天河不会闹着玩，问吴连富："人配马，你说能生什么呀？"吴连富说："我知道吗？"王天河说："你不是在长春学过兽医吗？那个谢教授还给你寄过花生米呢。"吴连富说："谢教授没有讲过。"王天河自言自语地说："驴配马，生骡子。人配马，生出来的是四条腿呢还是两条腿呢？"

吴连富问王天河，人家都说天鹅生个美娥蛋，是啥意思。王天河说："那是开我的玩笑呢，我是天河，不是'天鹅'，美娥不是蛋，她会下蛋。现在她下不出来蛋了，我还愁呢。"

吴连富不接王天河的胡话，细想着自己哪里得罪了革红旗。王天河说："你就别委屈了，要是真喜欢李晓燕，你就跟她来真的。要是你不敢来真的，就别寻思了。"吴连富摇摇头。王天河说："没那个胆，就别想美人。我从山东拉美娥来，她哭天抹泪的，我要是心一软，她就跟着别人跑了。"

吴连富说："这事我是干不出来呀。"

王天河说："听说王瘸子来，叫李晓燕晚上去吃饭，革指导员没让她去，你说王瘸子能不能生气呀？"

吴连富说："你咋知道的？"

王天河说："听队长说的。"

吴连富生气地说："她怎么不去呢？这是多好的机会呀。她还能当上副指导员吗？革指导员是怎么想的呀？"

王天河没有接吴连富的话。队里小，很多事情传得快。李晓燕的事王天河听得多，吴连富反而知道得少。王天河问："那天晚上场部演电影，《红灯记》，李晓燕看电影去了吧？"

吴连富说："她没去。我还到宿舍去找她，她不在。我跟于忠诚去的。我还问于忠诚，他也不知道李晓燕干什么去了。"

王天河说："没看电影，也没有去王瘸子那儿吃饭，那她干啥去了?"

……

8

这个谜被包裹得很厚，直到暴风雪围困了李晓燕和她的马群才暴露出来。吴连富和李晓燕正式分手，整个生产队也发生了变化。

我父亲后来认真地分析过这件事情。王瘸子本来想邀请李晓燕中午过去一起吃饭，革红旗给挡了回去。然后又改在晚上，王瘸子当时犹豫，因为晚上还有别的事情要做。王瘸子是军人，军人说话是算数的，如果他想让李晓燕晚上来，晚上必须来。王瘸子当时没有要求李晓燕一定要来吃饭，他是想接受政委的安排。听到王瘸子来场的消息，政委立即安排政治部的石主任晚上放电影。军马场有这样的规矩，重要人物来，要么自己带文工团、带电影，要么哈拉海在重要人物来的时候，安排场里的文艺宣传队演出，要么放一场电影。王瘸子经常来哈拉海，文艺宣传队的姑娘们陪着他吃饭，晚上唠嗑、洗脚，他再来哈拉海就不安排演出了。宣传队来了新人，他还是要看的。看看女孩子舞台的形象，他还要上台接见她们，握一握她们的手。把名字问清楚了，告诉政委，谁谁是个苗子，要好好培养，政委就心领神会了。王瘸子这次来，青草刚刚发芽，天气回暖，政委让在露天放电影，活跃一下全场的气氛，让首长也跟着体会一下干部职工的热情。政委问王瘸子晚上看不看电影，王瘸子不看。政委说各个生产队的人都来看电影，还叫李晓燕吃饭吗？有文艺宣传队的女孩子陪着，王瘸子对李晓燕没有多少兴趣。即使有兴趣，王瘸子也绝不和树立的典型做出格的事。这一点政委清楚，我父亲好像也很清楚。

场部放电影，是全场的大事。生产队的人得到通知都会来。远点儿的生产队开着胶轮拖拉机拉着职工家属来。电影对军马场来说，是政治生活中的大事。八个样板戏拍的电影，下面更要来。放电影的老宋专门挑了彩色片《红灯记》。下午的时候，孩子们就把自己家的凳子搬过来占地方了。我们三队离场部毛算八九里地，不算远，我们晚上到的时候，人群已经里三层外三层了。王瘸子的椅子放在中间，他没有来。一张空椅子放在那里，大家也觉得和领导在一起一样，非常的幸福。

也就是在这个热闹的夜晚，王瘸子在招待所里和女演员谈心，革红旗迫不及待地把李晓燕压在了草堆上，终结了李晓燕处女的历史。

革红旗嗅觉灵敏，他感觉自己培养起来的李晓燕受到王瘸子青睐后，会迅速超过自己。军马场，天大地大，李晓燕放飞后，他就永远别想抓在手里了。他本来还想让李晓燕再跑一段，就像刚出窝的鸟一样。飞着飞着，鸟的翅膀硬了，直接上天了。革红旗突破自己忍耐的界限，露出了本来的面目。他喜欢李晓燕天真的样子，好像早就等着革红旗扑过来，完成自己的涅槃。

我父亲百般呵护着这些天真的姑娘，他根本不会想到，人们该做的，都在做着。革指导员本来可以成为革副场长的，在队里当指导员，已经是场里的党委委员了。后来出了李晓燕事件，他在三队支部会上做检讨，然后调离。我父亲是在党支部会上，革红旗检讨的时候，才知道事情的细节。我父亲很震惊。那个时代有那个时代的特色，生活作风上出了问题，写检讨材料要把每个细节写清楚，时间、地点、动作，发生过几次关系，每次关系自己的想法和细微之处，不这样写，会议就不会通过。

革红旗是这样讲述他和李晓燕第一次发生性关系的。

这里我要交代一下，革红旗出事后，我父亲临时主持队里的工作。父亲上下班喜欢提着一个简单的长方形提兜，表皮涂着一层灰色塑料，上面印着白色的人民大会堂的图案。兜里有时装几份学习材料、一支钢笔、一个笔记本。如果我父亲骑马，他的马鞍子旁边专门有一条绳子，把兜系在上面。我就是在兜里看到革红旗的检讨材料的。黑不黑、黄不黄的草纸，字写得又大又乱，但笔画很清楚，让人能读懂。我那时候还不懂性，但我只看了一半，就浑身发热，尤其是下身难受得不得了。我把材料塞到父亲的兜子里，就跑出去撒尿，半天才尿出来。回来的时候，父亲已经在屋里了。

×年×月×日

场部晚上放电影《红灯记》，很多人要求去，我就安排队里的热特拉大家去场部看电影。燕子也要去，我说晚上到我家坐坐，孩子他妈喜欢看电影，我让她和孩子去看电影了。

燕子可能知道我的意思，也可能因为我是领导，她不好意思不来。反正她晚上真来了。

她就坐在炕沿上，和我说话。

我也坐在炕沿上，挨着她很近。她也没躲。

我把手贴着炕沿慢慢地出溜。碰了她的手一下，她还在说，手没动。

我就抓住了她的手。

她的脸红了。

她的手也把我的手抓住了。

我们俩的手握了很长时间，她的手都出汗了。

这时我的另一只手拍了拍她的头。她把身子侧过来，望着我。

我的胆子更大了。

我在她的胸前摸了一下，软软的，挺舒服的。

看她没有反应，我就把她抱住了。

她也扑过来，抱住我。

我们俩贴了脸。

后来又嘴对嘴地亲了一会儿。

……

我伸手去摸她的裤腰带，她的裤腰带就是场里发的，部队用的套扣的腰带，她肚子只要一瘪，我一碰就开。

裤腰带开了。

她就往炕上躺下去，我觉得不行，怕谁到窗户底下看见。

我把她领到外屋地，外屋地有一堆新抱的羊草，她就躺在羊草上。

我怕外边来人，推开门缝向外看一看，把门关上，又用布条把门闩上。

布条是旧衣服上扯下来的黄布条，我老婆用来闩门的，平时就系在门把手上。

我把门用布条闩紧。

回来看她的时候……

她自己已经把裤子脱了一半。我看还是碍事，就又往下脱。

膝盖下边是我脱下来的，鞋也是我脱下来的。

我一看，她把裤衩和裤子一起脱下来了，光着屁股在草堆上，我就管不住自己了，趴了上去……

……

（这一段不好在此如此摘抄，怕有黄色之嫌，剩下的人们都会心领神会。）

……

完事后，我把门打开，到外面看了看，没有人，在房山头尿了一泡尿，又回到屋里。

……

他写的每次过程，都不忘写上他出门尿了一泡尿。

这是革红旗发生性关系后的一个习惯。

他在材料里强调李晓燕自己脱的裤子，说明不是强奸，是自愿的。在组织处理时，这个情节很重要，革红旗心里清楚。到底是不是李晓燕自己脱的裤子，连李晓燕都忘记了。李晓燕遗憾的是，第一次没有出血，让革红旗产生怀疑。在以后的日子里，革红旗多次用疑惑的眼光看她，好像在问她，第一次是不是献给了吴连富。很多仇恨是莫名其妙的。吴连富稀里糊涂地得罪了革红旗。

三队发生惊天动地的事情后，外表依然很平静。那个夜晚天空深邃，星星像缝缀上去的晶莹剔透的钻石，显得非常的华丽和壮观。夜幕仿佛一件公主的披肩，等待着婚嫁的人去摘取。李晓燕出了革红旗家，也在革红旗尿尿的地方排泄了一番。她想起母马闻公马马粪兴奋地尿尿的情景，自己便有了几分赧然。

她没有想到，这件事来得这么快，她也没有勇气拒绝。革红旗在她心目里非常的高大，她愿意为他奉献。她从小市民家庭地位的卑微到军马场展露自己才华的变化，内心非常的知足。革红旗能给她带来更多的荣誉，使她从众多的知青里脱颖而出。她不觉得今晚失去了自己最宝贵的东西，而是很幸福地祝贺自己得到了自己想要的东西。命运从此会改变，一切都是新的开始。

李晓燕从革红旗家的房山头走过，没有马上回到宿舍。她在散发着草香的土路上来回地徘徊。看电影的人还没有回来。她不想一个人在宿舍里，大家会问她，她没有理由回答。她往马厩走，今天是孙洪艳和王彩兰值班。这两个人都很精明，她们会问她为什么不去看电影，从哪里来，她们会记住这个日子。她不想让她们联想。联想对她来说，后果很可怕。

她离开革红旗家的时候，革红旗让她仔细地擦洗一下。她突然感到了羞怯，她像带着伤痕一样急忙离开。转身的时候，她让革红旗抱一抱，外面的响动让革红旗把举起的手收了回去。李晓燕没有犹豫，扑过去，抱住革红旗。她的脸贴在革红旗的胸前，革红旗胸前衣服上散发出来的伟大男人才有的气息熏染得她几乎迷醉。她把鼻子插进革红旗没有系好的衣襟，寻找气息的来源。李晓燕用手指抚摸，从衣襟敞开处伸进手，摸革红旗的脖子胸脯胳肢窝，摸下面向上面蓬勃发展起来的肚脐。李晓燕不舍得离开革红旗，她找到了家，找到了亲人。革红旗把她推开，说听到远处热特的声音了。

李晓燕仰着脸，说："我喜欢你。"李晓燕眼睛里充满了泪水。她一边摸一边问，"你喜欢我吗?"

革红旗点点头。革红旗折腾一阵后，身体没有复原，一丝懈怠油然而生。李晓燕追问："你喜欢我吗？你说。"革红旗不愿意放下领导的尊严，又想表现出亲昵，在李晓燕的逼问下，艰难地说了两个字："喜欢。"

李晓燕说："我爱你。"

一个女孩子这样的表述，让革红旗大吃一惊。李晓燕爱他，他就要负起责任。他能负起责任吗？革红旗的潜意识里就是一种对性的习惯，没有想把对方的爱情弄到手。温情可以，缠绵可以，革红旗怕爱情把自己烧毁。

革红旗目送李晓燕出了自己家门。

9

革红旗担心王瘸子对李晓燕有更多的企图，是革红旗想多了。王瘸子那天想让李晓燕来，只是为了吃饭，为了和李晓燕聊一聊，让典型体会领导的关怀后，时时想起首长的鞭策和嘱托。王瘸子身边有很多女演员，不会到生产队里找一个放马的姑娘。革红旗看到王瘸子对李晓燕痴迷的样子，其实王瘸子对任何一个女性都是这种表现，没有什么可认真的。

王瘸子走后，政委积极落实王瘸子的指示，马上让李晓燕入了党，成了三队党支部支委。接着准备提拔李晓燕做副指导员。革红旗春风得意。女人和事业都在辉煌。全生产队，乃至全场也不会知道革红旗和李晓燕的事。因为王瘸子都关心李晓燕女子放牧班，“白办”专门给哈拉海一个去北京参加天安门观礼的名额。名额到了场里，政委知道这个名额是戴帽的，让政治部石主任安排给李晓燕。革红旗把消息带回来，全队都兴奋起来。总后勤部给所有的军马场的生产队都配备了乐器，丰富职工的业余生活。于忠诚打开锣鼓箱子，把锣鼓拿出来，在队部敲打了一阵。上级发的乐器都堆放在仓库里。除了锣鼓，还有二胡、板胡、唢呐等很多乐器。于忠诚聪明好学，就自己琢磨，把所有的乐器都学会了。休息的时候，他会给大家拉二胡，吹笛子。我父亲唱京剧，他就拉起京胡伴奏。李晓燕喜欢听板胡拉出来的音乐，于忠诚专门给李晓燕用板胡拉出二胡曲《赛马》。

李晓燕不知道这是党的关心，是上级的关怀，她把这一切都归功于革红旗，以为这是她对革红旗付出后革红旗的回报。女人一旦和男人有了性交往，她就把男人当成自己的一部分了。她内心感动，恨不得把一切都献给革红旗。只要有时间，她就会去革红旗家帮助干活。李晓燕心灵手巧，革红旗的老婆像使唤丫头一样让李晓燕干这干那。她做梦也不会想到，革红旗已经和李晓燕睡在了一起。她在跟前，他们就用眼神说话；她不在场，两个人就在她家里搂搂抱抱。有时候革红旗老婆出去的时间长，两个人就在炕上做一把功课。李晓燕把感激转化成爱，一刻也不想离开革红旗。她眼里革红旗身上都是优点，连他打卷的胡须她都要捋来捋去，爱不释手。

革红旗在李晓燕入党的日子里，带着她到草原上骑马奔跑。革红旗问她：“高兴吗?”李晓燕说：“高兴。”革红旗告诉李晓燕，政委说了，李晓燕去北京观礼，要早研究副指导员的事。等她当了指导员，双喜临门。两个人高兴地一起跳下马，在绿色的草原上烂漫地拥抱在一起。

军马场的政治工作就是培育典型，哈拉海一颗耀眼的明星就要冉冉升起。作为报答，李晓燕所能做的，就是革红旗招之即来，满足他的欲望。李晓燕生怕怠慢革红旗，也担心有一天革红旗厌倦自己。她想尽办法，在革红旗身上弄出花样，有时候甚至像马交配那样任由革红旗左右。

他们以为隐藏得很深，好像连我父亲都没发现一点儿蛛丝马迹。王彩兰早就看出来了，她不说。她是过来的女人。李晓燕每次来例假都很紧张，有时候活儿累，晚来几天，她像很害怕似的，好几次对王彩兰说："到天儿了，怎么还没来?"

王彩兰就安慰她："这哪有准儿，你也没结婚，来不来例假你怕啥!"

李晓燕脸就通红。

孙洪艳更是神，她高深莫测地说，她从革指导员看燕子的眼神里就看出来了。你想啊，小燕子没事总往革红旗家跑，干啥去呀?哪有那么多话要说呀?回来还故意说革指导员媳妇给做什么饭吃了。用得着说他媳妇吗，心里没鬼说这个干啥呀?谁都知道革红旗老婆除了疙瘩汤，啥也不会做。燕子飞过去，细心的人会看到飞过去留下的影子，粗心的人会回想起过去的细节。在姑娘们的心里，革红旗就是一面红旗，没有人敢去想他会做什么坏事。革红旗慷慨激昂地讲革命理论，一本正经地讲英雄事迹，怎么也不会去欺负一个单纯上进的李晓燕吧。领导找任何一个职工谈话都是正常的，职工找领导汇报工作就更正常了。多少人想找领导汇报，领导还没有时间听你胡咧咧呢。如果孙洪艳不是个神经兮兮的姑娘，她怎么会看出来李晓燕的变化呢?吴连富对革红旗一直毕恭毕敬的，革红旗见到他就变脸，他也没有想到自己爱着的女朋友已经是革红旗的盘中餐了。王彩兰和孙洪艳事后诸葛亮，无非想证明比别人聪明罢了。

孙洪艳信命，信报应，乱七八糟啥都信。出门骑马都要掐算一下，哪个马肚子里马驹是公是母她也算。她说她跟她妈学的，她妈看怀孕的女的进她家屋先迈哪条腿，就知道是生儿生女。她在马身上也试了一下，很准。林静就问她："你算你找啥样丈夫了吗?"

她说：“算了，我现在这个男朋友就合适。”

大家问她在哪儿呢，她就张大嘴，说：“你们不知道啊？这不来了嘛！”

大家一看，是我父亲进了屋。

顿时，“哈哈……”一片大笑声。

我父亲不知道怎么回事，也没在意，姑娘们却笑红了脸。

我父亲知道闹的什么玩笑以后，便对孙洪艳说：“你这样信得过我，我真得给你介绍一个。配种员王幸福怎么样？”王幸福就是从场部机关发配下来的助理，在队里工作做得很好。因为偷看厕所那个污点，找对象费点儿劲，父亲就想给他介绍一个。

孙洪艳说：“我的亲爹，你给我介绍一个囫囵个儿的行不行？这个有疤瘌。”

父亲说：“他人挺好，不信你看看。要行我就给你介绍。”

孙洪艳低着头笑，圆圆的脸像花一样。

林静说：“你算算咱女子放牧班以后会咋样，燕子姐进北京能不能见到毛主席？”

孙洪艳从兜里掏出一副扑克，唰唰地洗了半天，又在值班室的火炕上摆来摆去。大家都屏住呼吸地看着，一点儿声音也没有。孙洪艳很得意。摆完扑克，她看着大家，也不吱声，大家更觉得神秘了。

一张张脸，一双双眼睛，无形的压力让孙洪艳不敢抬头。

孙洪艳叹口气，说：“咳，这算得太大了。要算生个孩子，找个对象还行。”

大家非要孙洪艳说出来，这是女子放牧班的荣誉，大家当然想早知道啊。你孙洪艳弄神弄鬼的，到了班里的大事了，你怎么就装糊涂了呢？大家不依不饶的。

孙洪艳转变话题，故意嗓门挺大地对着我父亲说：“你说咱放牧班，肯定和别的班不一样，都是女的，嫁马随马，嫁驴随驴，不可能放一辈子马。以后生一堆孩崽子，哪有工夫放马。”说到这儿，孙洪艳看我父亲一眼，说：“队长，你说我说得对不对呀？女人就是生孩子的，无论多出名，立多少功，官当多大，最后还要生孩子。谁也改变不了呀。”

李晓燕进京的事，孙洪艳死活不说。她越不说，大家就觉得里面更蹊跷，更有故事，就使劲催她。蒙古女子长毛手狠，一使劲把她推下了炕。孙洪艳大惊小怪地叫起来。

“长毛，你要不把我抱到炕上去，你的事我就不告诉你。”

长毛说：“我有屁事？”

“你的事可大了。”

长毛犟，也不理她。孙洪艳自己拍拍屁股从地上站起来。屁股摔疼了，孙洪艳捂了捂屁股，瘸着走了两步，嘴里还叨咕着：“把我摔成王瘸子了，今天晚上我就找你谈话。”大家哄笑起来。孙洪艳在地上又转了一圈，一拐一拐地学着王瘸子的样子，把手指向长毛，说：

“长毛，你老头子这几天就来了，他肯定狠狠地揍你一顿。揍完了，我再代表组织找你谈话。”

孙洪艳说的是一句解气的话，没想到成真。长毛在呼和军马场的对象，也是蒙古人，几天后果然来到哈拉海。他真把长毛领到大甸子上，骑在长毛身上狠狠地揍了一顿。因为长毛爱和男放牧班的小伙子们钻草垛，到男同志宿舍趴在炕上聊个没完，传出很多议论。这事也不知道谁告诉了她的男朋友（肯定不是孙洪艳），他便匆匆地赶来了。她男朋友拽着沾了一身草和土的长毛，来到办公室，对革指导员和我父亲说，他要领着长毛回家去结婚。看小伙子正在气头上，革指导员说：“行，你们先写个报告，我们再开个支部会。结婚是好事。”

我父亲和革红旗一商量，赶快让他们结婚吧。

我父亲觉得两个蒙古人很有意思。生活中有了偏差，暴打一顿，和好如初。至于以前的事，就好像没有发生过一样。

10

在三队东面的土岗上，有一片耕地。过去给马种点儿青割饲料，主要是玉米燕麦和苜蓿。开始引进苏联种马时，苏联顾问提到他们的种马要吃燕麦和苜蓿，队里就把一块草地开垦出来，种植这些饲料。畜牧专家发现三队草原生产出来的草非常好，无论是大面积的碱草还是成片的杂花草，含蛋白成分都比苏联专家要求的高。苏联专家说的青割是蛋糕的话，三队的草原上的草就是鸡蛋。青割停止种植后，这块地上种上了胡萝卜，给种马吃。也只种了一年。碱性土地非常坚硬，草荒严重，没有人精心打理，草比苗高，土地也板结了。革红旗没有心思经营，就放弃了。

这块地草皮子破坏了，什么也不长，光秃秃的一片。队里故去的老人在高岗上掩埋，变成了坟地。狼和狐狸出没。李放春下了一个捕兽的铁夹子，逮着一只狐狸，被王天河放马发现了。他见到狐狸一条腿夹在铁夹子上，冲着王天河叫。王天河过去打开铁夹子，把狐狸放走了。李放春知道了很不高兴。他想用狐狸皮做一顶帽子呢。王天河迷信，说黄皮子和狐狸都动不得，动了它们来找你算账。李放春不信邪，两个人吵吵起来，李放春撵着要王天河赔他狐狸皮帽子。事情惊动了革红旗，他觉得那片地不能再废弃了。我们到三队的第五年，革红旗和我父亲商量，决定给每家分两根垄，种点儿菜。剩下的地，空置了几年，后来知青来了，革红旗把地给单身食堂，让他们种菜，改善伙食。炊事员老潘说什么也不种。他说他管理不过来，百十来人吃饭的事都忙得脚打后脑勺，哪有工夫种地。革红旗拿潘师傅没有办法，就让吴连富带领种马班种胡萝卜。

革红旗的做法符合“三自一包”精神的落实，各家分了自留地。

职工家属里农村人多，他们很高兴。精耕细作，土地马上就变了样。我们家的两根垄约半亩地都是母亲收拾。爷爷在农村的时候就不种地，到处转悠杀猪宰羊。我们家里一穷二白，被评为雇农。村里分地主浮财，我们家穷，父亲又当兵，地主家的大宅院分给我们家，母亲坚决不要。最后要了地主家旁边装柴火的房子。母亲小心翼翼地生活，这种传统遗传给了她的子女，四个子女都平平常常。

说起家庭成分来，父亲刘国起在天津一个做刀枪剑戟的铺子做学徒，给戏园子送道具，从小就成为京剧票友。来到哈拉海后当了队长，经常会在知青面前亮一嗓子。场部有大型文艺演出，政委就派吉普车拉父亲去，在舞台上唱一段《红灯记》里的李玉和，后来又唱《海港》里的马洪亮。母亲王秀兰在天津一个纺纱厂里做工。母亲的爸爸我的姥爷在纺纱厂做账房先生。姥爷省吃俭用的钱，拿到农村买地，划成分的时候险些被划成地主，那样我们的命运就会随之改变。姥爷最后被定为中农。父亲和母亲因为天津沦陷，到了乡下奶奶家躲避，全家就从天津到了农村。后来奶奶改嫁一个迟姓天津人，跟着他回到天津。父亲已经当兵，母亲带着孩子，和父亲的叔叔在乡下生活。父亲的叔叔就是我现在的爷爷刘宝生。爷爷孤身一人，和我们家一起生活，我们家走到哪儿他就跟到哪儿。父亲到了上海，安定下来，母亲就带着我的哥哥姐姐去了上海，爷爷也一同前去，家里的房屋和财产都留在乡下。在离开上海前，我出生了。

母亲在农村的时候，就经营自己家的土地。种地母亲不在意。爷爷套了队里的马，拉着一挂木犁，翻地起垄。我们家的地和王天河家挨着，他拉马粪的时候，也给我们家拉了两车。母亲在地里种的玉米、土豆、豆角、茄子、辣椒。三伏的时候，种了萝卜、白菜。

有了这片土地，家里感到富足了。“三自一包”给职工家属带来了好处。我们家的地在母亲的侍弄下，青菜吃不完。母亲送给邻居吃。王天河家的地，只种的玉米和土豆。美娥觉得种青菜，这么好的地可惜了。有了我们家的青菜，王天河和美娥都很高兴。王天河为了报答我们家的青菜，他休班的时候，到草甸子上捡野鸭蛋，回来送我们家一盆绿皮带麻点儿的野鸭蛋。母亲放点儿葱花，炒出一大盆来，看着我和爷爷吃。母亲一口不吃。特别是看到有的野鸭蛋快出小鸭子了，母亲很惋惜。

家里做了好吃的，父亲也会像革红旗那样，找单身来吃饭。来得最多的是于忠诚和吴连富。父亲很关心吴连富的婚事，每次说起来，吴连富都一脸无奈的样子。于忠诚就告诉父亲，小燕子不怎么和吴连富来往了。现在小燕子很忙，于忠诚说，她到场部去找于干事写材料呢。人家进步了，看不上吴连富了。父亲说："工作是工作，不能耽误搞对象啊。"

母亲炖豆角，在坛子里用勺子挖半勺子猪油。家里每年春天剩下的猪肉母亲都要精心处理，一部分炼成猪油，连肉带油，放在坛子里，里面加上盐，能吃一个夏天。用猪油炖的豆角，特别的好吃。父亲把李晓燕和吴连富叫到我们家，想把他们撮合到一起。李晓燕光跟我父亲和母亲说话，也不理吴连富。吴连富站在一边，被冷落得很尴尬。吴连富是那种工作上能说会道，在女人面前非常木讷，没有半句言语的男人。女孩子喜欢的甜言蜜语，他一句都不会说。我父亲对他也没有办法。父亲有一句话，好马长在腿上，好男长在嘴上。哪怕吴连富能把"我爱你""我喜欢你"这样的话说给李晓燕，李晓燕也得三思呀。在我们家，吴连富更像木头一样。

吃饭的时候，父亲说起他们的事来，李晓燕光低着头吃豆角，也不搭茬。吴连富看着李晓燕，不知道说什么好。桌子上的气氛很清冷，母亲在外面忙活，不进屋。我们家没有来客人女人不上桌的规矩，可是外人来，我母亲从来不在一个桌子上吃饭，我二姐在家，也不到一个桌子上吃饭。只有我凑到桌子上，专门挑菜里的肉吃。父亲和他们聊了两句，饭刚吃了几口，于忠诚来了。他说："队长你叫他们吃豆角，怎么不叫我呀?"父亲看了他一眼，他马上明白了，说："我走了，下次吧。"李晓燕说："你不能走啊，都来了，再走队长该不高兴了。"

李晓燕一句话就把于忠诚留下来了。我心里清楚，于忠诚愿意和李晓燕在一起，是故意找上来的。我也不能说，于忠诚对我挤挤眼。我不喜欢于忠诚追李晓燕的劲儿，我怕他真的追上，那李晓燕多吃亏呀。

他们一起围着桌子吃豆角，谁也不说话。父亲等他们走后，对母亲说："这桩婚事算完了。"母亲说："小燕子迷上工作，心气高了。"又叹口气说："小燕子还是年龄小，再工作也得有家庭啊。上哪儿找吴连富这样的好人去呀。"

我母亲在父亲当兵走了之后，当了村妇联主任，一边工作，一边养育孩子。日子虽然苦，我母亲勤劳，家里生活还过得去。全家躲到这个既偏远又穷困的村庄，以为日本人不会来。结果，日本人还是来了。全村的人都要躲出去。母亲抱着哥哥，哥哥正发烧出疹子。村里剩下的都是妇女。日本人进村后，安排做饭。母亲抱着哥哥，邻居二婶子对汉奸说明了情况。母亲在担忧和惧怕里等待。汉奸向日本鬼子翻译了母亲的事，把母亲放了。母亲每次说起来，一边说当时的恐惧还一边诉说心存的感激。父亲在当兵前，在天津生下了我的哥哥。到了乡村，父亲在前线负伤，回来养伤的时候，生下了我的大姐。到了上海，生下了我的二姐。即将奔赴北大荒的时候，我出生了。我是在母亲的怀抱里坐着火车一路向北的。当我懂事的时候，我就开始攀爬马厩的栏杆，追着马屁股玩耍了。

我在周六的时候，坐在房山头，看着远处的小榆树村。那里有一条土路，从场部来的人，都走这条路。我二姐在瑞廷乡中学放假，从这条路回家。夏天的傍晚，荒原异常的宁静，在很远的路上走着一个人影，那一定是我二姐。哈拉海没有办初中，我二姐在瑞廷乡上学，周六有时候回来看看父母和爷爷。我盼着她回来，她每次都给我带回各种食品。我长大了才知道，这些食品都是她省下来的钱给我买的。我印象最深的，是她买的“光头”、炉果、江米条。家里没有自行车，二姐走着回来。几十里路，她要走半天。回来母亲就忙着给她做咸菜，烙饼，周日的下午，二姐背着这些东西上学去了。记得偶尔借过一次同学的自行车，骑着回到家里，非常的兴奋。晚上放在院子里还不放心，半夜推门去看看。

我们家的院子是母亲用芦苇夹的。隔壁以前住过跑盲流的单身丁振奎，后来王天河搬过来了。一墙之隔，大人孩子都很别扭，特别是美娥的叫声我们都不愿意听到。母亲从沼泽里打回来芦苇。一天早晨，母亲用从上海带来的镐头，刨出一条沟，把高高的芦苇根埋在沟里，我们家就和邻居隔开了。用芦苇夹的院子从邻居家开始，转了一圈，冲着东面的土路和一片草地开门。从此和西面的三户人家还有我上学的教室分开。母亲这样做是非常聪明的。芦苇夹的院子躲过了邻居家孩子的玩耍和学校学生的冲击。厚厚的芦苇遮挡着我们家的土屋，自成一个封闭的世界。芦苇夹的院子时间长了往里歪斜，母亲在里面用几捆芦苇支撑。这样下面就有很多缝隙。我们家的鸡就在里面下蛋，还会孵出小鸡来。门口草地连着远处的沼泽。鸡吃了草地和水草里的各种昆虫，下的蛋多，经常下双黄蛋。大姐在场部成家，母亲就把鸡蛋送过去。那条宽宽的土路上，经常看到母亲的身影。

母亲听说美娥怀孕了，就送去一筐鸡蛋。美娥跟着王天河来到草原上，深陷孤独，一直想家。孩子一个接一个地流产，流走了过日子的心思，两个人经常吵闹。晚上王天河为了要孩子，不停地折腾美娥。美娥不知道是兴奋还是受不了王天河的折磨，嗷嗷地喊着，凄惨得就要死过去的样子，缓过气来，又像猫一样幸福地叫。叫声透过薄薄的窗棂，在黑夜里震荡。整个三队都被笼罩在美娥和王天河制造的气氛里。总算有一次怀孕了，不知道是吃中药管用，还是王天河吃野鸭蛋补足了营养，反正足月的时候生下一个女孩。女孩黑亮的眼睛一眨不眨地望着大家，帮着来忙活的小媳妇突然想起王天河放生的那只狐狸。美娥急忙去看孩子的腿，发现脚脖子上有一块紫色的胎记。

11

父亲说是不支持成立女子放牧班，对女子放牧班倾注的心血却是最多的。

父亲不是看不起女性，他觉得有很多活儿女孩子可以去做，放马不合适。革红旗成立女子放牧班，看起来是重视妇女，女子能顶半边天，其实是对女子的摧残。革红旗真正想的什么父亲最清楚，他是想利用女子放牧班为自己捞取荣誉，把女孩子当作自己进步的阶梯。如果说，刚开始只有革红旗有这种想法的话，现在李晓燕也有了这种想法。他们看到领导对这个新生事物的重视，看到了把女子放牧班做好就有前程。于是，革红旗和李晓燕一起来把女子放牧班做大。全国各地的军马场都来这里学习，李晓燕已经不用讲稿，就能滔滔不绝地给大家讲自己和女子放牧班的事迹了。

省评剧院的编剧要把李晓燕和女子放牧班的事写成评剧，剧的名字叫《战马飞川》。那个年代，所有的文学作品都要有一个坏人，或者一个保守的人。坏人怎么设置障碍，又怎么被女子放牧班识破，最后战胜阶级敌人的阴谋。可是女子放牧班成立后，没有阶级敌人的破坏，那就找一个保守的对立面吧。找我父亲吗？父亲说："女子放牧班成立后，我不但积极支持放牧班，而且还带领着她们工作。"革红旗劝我父亲说："那是艺术形象，不一定是谁。你不是开始有想法，后来才转变的吗?"我父亲说："我的想法是从女孩子身体方面考虑的，这个想法现在也没有改变。这不是反对新生事物。"革红旗说："戏剧就是写一个人的变化，也不是指你。"父亲坚定地说："这个保守的对象绝对不许是复转军人。"两个人争执不下，革红旗想矮化我父亲的意思昭然若揭，我父亲寸土不让。编剧转而找了一个农村的地主做对立面。这个地主对女子放牧班心怀不满，点燃了羊草垛，让她们冬天没有草喂马。

哈拉海确实发生过冬天羊草垛着火的事。那是二队。二队是哈拉海过去的一个村屯。军马场成立的时候，把这个村屯收编了。村屯里有好几个地主，他们也不是很富裕，就是住着大草房。冬天喂马的羊草着火，场里找不出原因，保卫科科长蒋德平就从地主身上下手。那个姓卞的枯瘦的地主老头，把脑袋窝到脖子里，像一团刺猬。在保卫科待了一个星期，最后招认是他干的，他想破坏抓革命促生产。可是着火的时候，老卞正躺在炕上发高烧，他是怎么去的草垛，一尺深的积雪是怎么爬过去的呢？蒋科长给大家演示，说他用一条防蚊子的干艾蒿点着，艾蒿的另一头放在一盒火柴里。艾蒿燃烧到火柴，火柴头哗地爆燃，把羊草点着了。

二队由于属于村屯的原因，家家都会采集艾蒿，搓成绳，放在仓房里阴干。夏天起蚊子的时候，在门前点燃，挂在门框上，驱赶蚊子。艾蒿着得很慢，烟雾大，一家点燃艾蒿，一趟房甚至半个村子都能闻到苦苦的艾蒿味。

人抓到了，点草垛的方法也找到了，阶级敌人就是过去的地主。蒋德平科长乘胜追击还破获了地主在草原上发信号弹，和苏联特务联系的案子。苏联特务早已经跑了，发信号弹的老卞抓住了，可是没有搜到信号枪。地主一定埋在草原上什么地方了。等他感冒好了，能从炕上爬起来了，一定让他带着去找信号枪。

那时候也确实很恐怖，阶级敌人到处捣乱。我们经常会在深夜看到远远的草原上升起信号弹，红的绿的，礼花一样划过寂静的夜空。这么冷的天，这么远的地方，发信号弹干什么呢？现在知道了，是老卞发的，是他要和苏修联系。和苏修联系要干什么呢，破坏女子放牧班这个新生事物。看来一个新生事物的出现多么不容易呀。全场都增强了保卫女子放牧班的意识。

编剧把二队和三队的事捏合在一起，于干事陪着采访完毕，编剧回到省城开始一边写一边排练。

这个时候，李晓燕进京前的革命口号也出来了。李晓燕对全体女子放牧班的女孩子们说“摔死为革命，不死再上马”。这么响亮的口号，于干事没有写进通讯里去。革红旗找到于干事，于干事说，马上写进李晓燕到北京的发言稿里。父亲一语不发。政委说得对，为了大局，做什么都是合理的。父亲喜欢李晓燕不服输的劲头，她也从马上摔下来过，是父亲救了她。她也从来没有说过这样伟大的话，肯定是革红旗琢磨出来的，或者是革红旗从别的地方听来的。

父亲认为女孩子不适合养马，男人那么多，没有必要把女孩子都撵到马厩去。为这事差点儿被放到戏剧里成为保守派，父亲哭笑不得，女子放牧班哪一点儿进步不都凝聚着父亲的心血。父亲是军人出身，上级组织一旦肯定了这种做法，父亲就想办法帮助女子放牧班，把养马带来的苦难降到最低，维护组织的荣誉。

姑娘们开始都不会骑马，对骑马又好奇又害怕。李晓燕作为班长，必须起带头作用。她第一个骑上马背。开始她坐在马身上，在马厩的四周转。骑马太容易了，她一边自豪地对姑娘们笑，一边晃着手里的缰绳。马背扭动，李晓燕身体跟着摇动。李晓燕的身材不胖，屁股却很大，坐在马鞍子上，把马鞍子遮掩得一丝不露。她开始还小心，一手抓住缰绳，一手扶着马鞍子前面翘起的鞍头。围着马厩转了两圈，她越发自信，身体松弛，两脚一磕马镫，马一仰头，便飞跑起来。马蹄扣动着泥土，扬起灰尘，直奔草原。

我父亲在旁边一直看着，这是女子放牧班的第一课，他不放心。李晓燕每一个举动都在父亲的掌握之中。于忠诚跟在我父亲后面，替父亲牵着白马。他和父亲说：“你看燕子班长，就是行。骑马都带着架，好看。”父亲说：“骑马要随着马的身体，人马合一。她没有和马配合好，马还不理解她，她也不理解马，人马分离，要出问题。”正说着，李晓燕用脚上的马镫磕打马，这是奔跑的信号。一匹好马，接到这个信号，按照轻重，便会奔跑。李晓燕没有掌握好火候，磕打得重了，马一开始就搂了起来。李晓燕往后一仰，险些摔下来。她急忙扶马鞍子，刚才是一只手扶马鞍子，现在勒马缰绳的手也扶马鞍子。缰绳从手里掉了下来，马最怕绳子似的缰绳，蛇一样落地之后，在地上刮起土来，发出响声，马就毛了。马上下摇着脖子，前腿离地，想把李晓燕甩下去，李晓燕抱着马鞍子不放。骑马猛地奔跑起来。我父亲一看不好，从于忠诚手里抓过马缰绳，翻身上马，打马快跑，追奔而去。

李晓燕骑的马是匹骒马，并不暴烈。但她方法不对，马受了误导，竟飞奔得十分快。她越紧张，两条腿就不停地磕打马肚子，马越跑得快。李晓燕身上惊出了一身汗，脸色也变了。她想，完了完了，这要是摔下去，会摔个半死，真要摔断胳膊摔断腿，这个女子放牧班班长怎么当啊？她甚至想，如果摔昏迷了，醒过来第一句话怎么说。她绝对没有想到“摔死为革命，不死再上马”。她心里惶惶地想，真要是摔坏了，怎么和革红旗说呀。

马不停地跑着。父亲以为马会顺着放牧的路跑向草原，这样就没有事了。可是李晓燕一只手从马鞍子上松开，去抓马鬃，马一偏道，拐到另一条路上。这条路是奔我们家自留地的方向，凹凸不平。父亲一看，暗暗说了声“坏了”，两腿敲打白马的肚子，白马立即领会了父亲的意思，斜着奔前面的马跑过去。我父亲这匹马，已经成为父亲的一只手一条腿，想拿什么就伸出去，想走就迈出去。连父亲想什么，它都知道。白马拐弯，比李晓燕骑的马跑的路近了十几米。眼看就要抢到前面，把李晓燕的马拦住了。

李晓燕的马正跑着，前面出现一个土坑。马奔跑的速度快，已经无法停下来。只见马脖子一歪，一个掰道，李晓燕被从马背上甩了下来。李晓燕身体上扬，如果头朝地，攮下去，就完了。在她身体落地的一瞬间，左脚还没从马镫里抽出来。这叫拖镫，是骑马最危险的处境，弄不好会把人拖死。一拖镫，马受到惊吓，跑得反而更厉害。人在地上，被马拖着跑，轻的也把头皮和后背拖破。如果拦不住马，人会被拖死。会骑马的人，一般都是脚尖踩着马镫。李晓燕还不懂这些，她实实在在地把脚都伸到马镫里了，马镫一弯，把脚扭住，想出来都出不来，扣死了。

那天幸亏了我父亲。

我父亲也不知哪儿来的那么大力气（我父亲学过武术，三五个小伙子打不过他），在李晓燕落地的一瞬间，我父亲像天使一样降临了。他在马背上探出身去，抱起了李晓燕，顺势又把李晓燕放到自己的马背上。

两匹马都停止了飞奔。

父亲把李晓燕放到地上，自己也下了马。父亲把李晓燕骑的马抓了过来，连同自己骑的马一起牵在手里，喊一声："燕子，咱们回去吧。"

李晓燕惊魂未定，一头散披的头发，大口喘着气，非常的狼狈。我父亲像什么也没有发生似的，向她摆摆手。他们一同往回走。刚刚长满野草和野花的草原上，静悄悄的。天气很热，父亲的脸上出了汗。离队里很远，父亲说上马，骑着回去。李晓燕吃惊地看着父亲。她两条腿发软，站都站不住了，怎么能上马呢？父亲见李晓燕站住不动，又重复了一句"上马"，李晓燕接过马的缰绳，父亲拍拍马，马稳稳地站着，看着李晓燕。李晓燕来回地捋着马的鼻梁子，马的鼻孔翕动着，好像也在安慰着李晓燕。李晓燕的脚插进马镫里，上了两次马背都没有上去，父亲抓住李晓燕的一瓣屁股，一推，李晓燕骑到马背上。

父亲说："怕啥，摔下来，再爬上去。"

李晓燕好像得到了真传，手臂一晃，两腿一夹，马儿轻轻地跑了起来。

12

姑娘们值夜班的时候也遇见了麻烦。

哈拉海这个地名专门指哈拉海草甸子。有这个名字的时候，这里人烟稀少。哈拉海是满语。满洲称部族为哈拉，即姓氏的意思。

哈拉为血缘大集团。哈拉海方圆百里叫哈拉的村屯很多。“海”，和中南海、北海、后海一样，为蒙古族语“海子”，广阔的水域之意。哈拉海草原是被周围的丘陵山坡包围的一片沼泽。在草原上建立军马场的时候，就采用了哈拉海草原的名字，叫哈拉海军马场。踏查的时候，草原上没有一处民居。哪个地方高，哪个地方就选作生产队队址。

哈拉海三队原来还有一个名字，叫东狼山。草原上的狼很多。三队、四队都有一座高岗，高岗上面是狼窝。三队叫东狼山，四队叫西狼山。人和狼各自在自己的领域活动，谁也不惹谁。草原上有各种各样的动物，黄羊子、狍子、野鹿、兔子、貉子、刺猬这些足够狼的生活所需了。刚建场的时候传说过狼吃人的事，后来就再也没有听说过。我二姐从瑞廷乡放假回来，在小榆树村的榆树林里见过一群狼，它们眼看着二姐过去，也没有动。二姐吓得浑身是汗，到家几乎瘫软。王天河曾经用鞭子赶走进到队里觅食的狼。王天河一边嗷嗷地大叫，一边挥着手里的鞭子，狼就跑了。

队里还有很多关于狼的故事，我胆子小，听了毛骨悚然，晚上不敢出去。这也许是母亲要用芦苇夹一个院子的原因。母亲还有爷爷也都胆小，一次狂风大作，冰雹袭击，我们家的窗户没有关，玻璃都打碎了，冰雹从窗户里打进来，我和母亲不敢出去，爷爷也不敢出去关窗户。平时父亲不在家，我们就会早早地关上院子的门，再关好屋子里的门。爷爷的一把杀猪刀放在脑袋下面的枕头底下，壮胆，从来没有用过。冬天杀猪以后，猪肉放在屋顶上。一个从上海带来做包装的宽大的木箱，猪肉蘸水后，一块一块地放进木箱里。上面再用冰块盖上，冰块上面浇水，冻得很结实。两米多高的房子，狼在夜晚就会跳上去，企图把箱子里的肉刨出来。弄不到肉的狼，就在屋顶上又跑又跳，生气地嚎叫。我们躺在屋子里，芦苇做的屋顶，泥土哗啦啦地掉下来，好像随时就会有一只狼的腿陷进屋子里。我们都很紧张。第二天爷爷急忙去屋顶上查看，屋顶上一片狼藉。没有冻住的冰块被狼弄得散落一地，里面的肉眼看就要被扒出来了。

李放春常常讲狼赶猪的故事。小榆树村把狼当作神仙看。他们亲眼看见一只狼骑着村里的一头老母猪，赶着一群小猪出村。大家屏住呼吸，谁也不敢打搅，眼睁睁看着狼在母猪背上摇摇晃晃地走远了，小猪一声不响地往前跑。我们从来没有看见过，可是我们经常担心门口的猪圈里的猪会被狼叼走。吴连富让种马厩养了几条狗，情况算是安定下来了。一排这边好了，二排那边却出事了。

于忠诚没有事的时候，骑着马到狼山上捉回两只狼崽子。他把狼崽子放进一个笼子里，等着大狼来救它们的时候，开枪把大狼打死。他这样做谁也不知道。李晓燕看见于忠诚神神秘秘的样子，坐在值班室里擦枪，便叮嘱一句“小心走火”。于忠诚对着窗户比画了一下说“没事”。各个马厩都有枪，三八大盖、AK47 冲锋枪、折叠式冲锋枪。三八大盖最有劲，射程远。于忠诚把五颗子弹压进三八大盖的弹膛里，晚上猫在一个大坑下面，把枪支好，等着狼来。

狼非常聪明，能闻到枪的味道。它们不到关着两只狼崽子的地方来，跑到马厩里，咬烂了革红旗红马的屁股，跳出栏杆跑了。革红旗的红马放在男马厩，这几天李晓燕骑了几次，就放在女子放牧班专门围起来的一个围栏里。没想到狼专门去掏了革红旗的红马。晚上正是王彩兰和林静值班，外面马叫，闹腾了半天，她们两个开窗户看看，没有出去。早晨瞎老徐来，问她们有什么事吗，她们说，晚上马厩里好像闹腾了一阵，她们没有出去。瞎老徐急忙到了马厩，发现革红旗的红马屁股出血了。白班是张伟和刘玉凤，大家来到马厩一看，吓了一跳。瞎老徐说：“进来狼了。”这时候李晓燕过来了。她看看马屁股，撕开的马皮翻着，里面的肉已经结痂。李晓燕说：“喊兽医来看看。”于忠诚披着大衣，抱着枪走过来。他见大家围着马转悠，就问：“怎么还不出牧呢？”李晓燕马上醒悟过来，大声说：“是不是你把狼引过来的？”于忠诚过去看看马屁股，说：“跟我有什么关系啊？昨天晚上狼也没有来。”

早晨上班，领导有到女子放牧班走一走看一看的习惯。革红旗先来，父亲也来了。革红旗一进马厩，刘玉凤对革红旗说：“指导员，狼把你的屁股咬了。”革红旗吓了一跳，怎么咬了我的屁股。李晓燕说：“你的骑马我没送回去，放在这儿，被狼咬了。”革红旗脸色放松，急忙走过去。大家围着红马屁股，宋敏然给马屁股消毒。他说狼咬的毒性大，容易得破伤风。接着给红马打了防破伤风的针。革红旗摸着红马的脖子，看看伤情不重，没有说什么。

大家七嘴八舌地分析狼为什么来袭击马厩。李晓燕把于忠诚叫过来，让他给大家解释清楚。于忠诚说话痛快，今天却结巴了。革红旗说：“狼是你引来的。”于忠诚说：“我等了一夜，也没有等着狼啊。”革红旗分析说：“狼闻到了你手上的枪味，就迂回到马厩，在马厩里下手了。”于忠诚还想争辩，我父亲说：“狼没有下狠手，只是咬了马屁股一下。要是下狠手，就会掏马肚子，把马肠子掏出来，那就事情大了。狼要是那样做，我们肯定结了大仇，非把狼消灭不可。狼非常聪明，过来警告你一下，你把它的崽子放了就没有事了。”

大家觉得我父亲分析得很深刻，李晓燕叫于忠诚立即把狼崽子放了。于忠诚非常不情愿地扛着枪，去放狼崽子。革红旗看着于忠诚的背影，喊了一句：“写检查，交给李晓燕。”

于忠诚随手把笼子打开，一脚把两只狼崽子踢出很远。两只狼崽子在地上打个滚，爬起来就往狼山上跑。于忠诚气得举起枪来，对准两只狼崽子跑的方向，瞄准，嘴上“啪”了一声。

一切都太平了。

女子放牧班的姑娘们还是提心吊胆的。晚上她们把值班室的门关得紧紧的，四齿叉子放在屋里，一有响动，她们就把叉子端起来，大气也不敢出。晚上给马添草怎么办？父亲就安排两个男的来值夜班。支部会上，大家争论了半天。女子放牧班已经有了于忠诚和瞎老徐，再来男的牧工好不好。用革红旗的话说还纯不纯。大家围绕着纯与不纯争论开了。在那个时代，纯自然会占上风。父亲必须妥协。但父亲有他的办法，他提出，现在女子放牧班声名已经大振，如果出了问题，会给女子放牧班抹黑。这么一大群马，这几个姑娘已经干不过来了。牡丹江叫十姐妹放牧班，我们九姐妹，马还比她们的多，我们安排几个男的应该是合理的。尤其这次狼咬伤马匹事件，说明女子放牧班应该有男的帮助值夜班。冬天起圈是个力气活儿，男的刨刨马圈，是理所当然的事。大家意见一致，又派来两个男牧工。

男的里面瞎老徐年龄最大。瞎老徐并不瞎，他眼睛总是眯眯着，看什么也不睁眼，人们就叫他瞎老徐。瞎老徐原来是二排副排长，这次父亲安排他兼女子放牧班副班长，协助李晓燕。革红旗没有意见。李晓燕当了排长，还兼着班长。父亲让瞎老徐这个老牧工帮帮忙，也考虑到姑娘们的安全。父亲做事周全，尤其考虑值班的男人要好，要本分，不要出问题。瞎老徐不到四十岁，一脸胡子，像六十多岁一样。从关里领来一个媳妇，多少年也没有孩子。传说瞎老徐有毛病，也有的说媳妇年龄大了不能生育了。他们看李放春老婆领来的孩子多，想过继一个，李放春老婆说什么也不干。瞎老徐过去放马，后来专门遛种马。光苏联的种马他就饲养过好几种，在女子放牧班，他动不动就给她们讲这些种马的事，讲起来如数家珍，还非常的自豪。瞎老徐把教科书上的介绍背诵得滚瓜烂熟：顿河马，来自苏联南部的顿河草原，金粟毛色，漂亮；卡巴金马，来自苏联高加索地区；还有东北挽马，这种马原产于苏联，是通过地方马和阿尔登马、顿河马、奥尔洛夫快步马杂交育成的，肋张良好，背腰宽平，鬐甲明显，抗寒力较强。

瞎老徐遛东北挽马的时候，车上要放很多石头，才能把车压住。场里就两匹。五队那匹着火烧死了。房子一着火，马就一动不动，怎么往外赶也赶不走。瞎老徐听说还亲自去了一趟，看到烧毁的马厩里一尺深的油，他守着马哭了一场。他养的种马光泽体壮，配种成功率高。因为他不能生孩子，大伙就开他的玩笑，说那些小马驹都是他的孩子。他得意过一段时间，后来就不想养种马了，责任心太大，他和老婆都受不了。他找到我父亲，说：“我不能再养种马了。我的力气也用完了。”

我父亲听了笑起来。瞎老徐不笑，非常严肃地看着父亲。

父亲说："这才叫奉献。那些小马驹都是你的孩子。"

这话说到瞎老徐的心里去了。他爱马如子。喂种马的鸡蛋、胡萝卜都放在他家，他一动不动。破了皮的鸡蛋他打开放到碗里，到喂马的时候就给马拌到料里。马吃了，和他吃了一样。还真找不出一个这样的牧工。

父亲把瞎老徐的事和宣传科的于干事说了，于干事就跑到三队，先喝了一顿酒，提着个120照相机，在马厩里和瞎老徐唠了一通，又照了几张相片，就回去了。骑着破自行车嘎吱吱地走在土路上，父亲见他酒醉得直晃，以为这次白来了，什么也写不出来了呢。过了几天，报纸上登出了瞎老徐的照片，下边一行黑字："爱马如子徐广财"。还有几行小字写的事迹。瞎老徐把报纸拿到家，贴到了墙上。他家的土屋里，除了一张毛主席像，就是他的这张报纸上的照片，光秃秃的土墙上别的什么都没有。

这一年瞎老徐被评为"五好职工"。

以后年年是"五好职工"。

从此他家的土墙上贴满了画着红旗的奖状。

这样的好职工不养种马，又去找谁呢？父亲从种马的重要性讲起，想让瞎老徐回心转意。瞎老徐说："你不要讲，种马是金子，我的命都不如它值钱。我天天提心吊胆的，心思都用在种马身上，我老婆说，不怀孕都是我的事。老婆在农村要了一个孩子。喂种马又是鸡蛋又是牛奶的，过去没有孩子好说，现在有了孩子，我怕说不清楚。"

父亲明白了瞎老徐的心思。他们要来的女孩子我父亲看过，母亲还给送过鸡蛋。父亲说："你不明白吗，种马不是谁都能养的。上哪儿找你这样的人去啊？"

瞎老徐说："我知道。队长你就照顾我一次吧。这些年我没给党找麻烦。"

父亲了解山东人的脾气，认准的事不回头。特别是瞎老徐，更认死理儿。过去他放牧的马群里有个儿马崽子调皮，无论是在圈里，还是在草原上，它找个机会就往骒马身上爬。瞎老徐气得拿鞭子就打。这马群里有它妈，有它姐姐，瞎老徐怕它乱搞串种。瞎老徐打它一次，它也没记性，还找个机会就上，这下把瞎老徐惹火了。他见到这儿马子就打，见了就打，打得儿马子不但不敢爬了，见了瞎老徐就躲。后来分群，把这儿马子分走了。瞎老徐到另一个厩去，这儿马子正在吃草，一个牧工在它屁股后边插体温计，突然这马一跳，就往圈里头跑，把那个牧工吓得急忙躲开，体温计的夹子都没来得及夹。

瞎老徐说："这马记性真好！"

13

于忠诚想进步，找不着机会。他想打只狼在队里造成一点儿影响，让大家知道自己的厉害，没有想到让狼给算计了。于忠诚心里窝了火，好儿天见谁都不说话。于忠诚好干净，胶鞋天天都要在井台上把鞋帮刷洗一遍。黄军装改得很可体。发的蓝色工作服，他用草或者石头摩擦，把颜色磨淡，发白了穿，非常好看。宋敏然家有一台"蜜蜂"缝纫机，没事于忠诚就找宋敏然老婆帮着改衣服。李晓燕说他，你再这样就小资产阶级了。于忠诚就把李晓燕的衣服也拿去改。李晓燕穿着改过的衣服到马厩里，姑娘们都说漂亮。李晓燕喜不自禁，再见到于忠诚，就对他说："我以后的衣服你多给我参谋参谋吧。"于忠诚笑了，高兴地说："没问题。"接着他叫燕姐也帮助他，他到现在还没当个副班长呢。李晓燕说："等我的位置腾出来，我就提议你当副班长。"于忠诚知道李晓燕的意思是她当了副指导员后，位置空出来了正好给他。于忠诚很高兴，天天当着李晓燕的面写读书心得。李晓燕看于忠诚经常读书，问他书哪里来的。他告诉李晓燕，是从队长家借来的。李晓燕很好奇，书那么有意思吗？

于忠诚就把《钢铁是怎样炼成的》借给李晓燕看。李晓燕说："我也不炼钢，我看这种书干什么。"于忠诚说："不是炼钢的书，是讲一个叫保尔的战士和一个叫冬妮娅的姑娘恋爱的故事。"李晓燕一听恋爱，脸就红了。她急忙把书拿过来，要看。看过之后，她对于忠诚说："保尔是一个革命战士，怎么能和资产阶级的冬妮娅恋爱呢?"于忠诚说："我就喜欢冬妮娅。"李晓燕说："你脑子有问题吧?"于忠诚看着李晓燕，看得李晓燕不好意思了，说："于忠诚你瞅我干啥?"于忠诚说："你漂亮，我就觉得你像冬妮娅。"李晓燕马上变脸，告诉他不许瞎说。

我们家的书都是我二姐上学的时候买来读的。读完之后，放在箱子里。有一阶段社会上闹得很凶，各地造反烧书。革红旗也在会议上说了烧书的事。大家你看看我，我看看你，生产队里谁家有书啊。除了几份《解放军报》《后勤通讯》《前进报》，连一张擦屁股纸都找不到。

于忠诚到我们家吃饭，无意中发现了我二姐买的书，他就让我拿来给他看。

我家从上海来的时候，做了四只木箱，包装物品。木箱上面也没有刷漆。很多家里的用品装在里面。到了哈拉海，这些木箱里的东西拿出来，木箱就当作贮藏物品的正经箱柜摆放在屋子里。两只箱子装的衣物，都是部队发的单衣棉衣，还有两只箱子里面都是书。这些书大部分是二姐买的小说，一本一本都让我借给于忠诚看了；还有一些书是父亲在部队培训的教材。我曾经在翻动父亲的教材时，看到一个小册子，是林巧稚编的《性知识》。淡紫色的封面，上面有好看的印花。我也记不住是哪一天了，我打开了这本书。我翻到正文的第三页，看到一个惊人的图案。我认识的字已经足够让我读懂上面的内容。画面对我的刺激几乎让我晕倒。我身体下面敏感的地方已经开始有了知觉。我想，我的性启蒙也就是从这时候开始的吧。

当然，我最后悔的是把这本书借给了于忠诚。

我们家还有两个像样的箱子。一个紫檀木的木箱，里面装着我们家从上海带来的贵重物品。我记得里面有母亲的一件旗袍，和一个能装下我和父母三口人的蚊帐。这个木箱做工精致，盖子不是平的，而是有三块木板，扣在下面的箱体上，非常的规整。母亲埋怨父亲，本来是一对，当时只买了一只。家里另一只箱子像皮箱一样，外面不是皮子，而是画纸一样的东西。红色的底，黄色的花纹，四角钉着铁角，一个手提把手是皮的，两端有锁。这个皮箱里面装着父亲的军装、军章，父母一人一个鸡血石篆体印章，放在透明的塑料盒子里，还有一瓶香水。刚来的时候，被蚊子叮咬之后，母亲还拿出香水涂抹。蚊子太多，香水就放在箱子里，再也没有动。

北炕上放着一个长形的军用箱子，是装炮弹用的。父亲是弹药库主任，用一只装炮弹的箱子装东西是很正常的。长箱子放在北炕上，和北墙有一尺的距离。我家黑白花的猫就住在角落里，每年都会下几窝小猫崽。外面下雨我不能出去玩，就在家和小猫玩。大花猫晚上睡觉就睡在我的被窝里。我家的东墙糊了几张《智取威虎山》年画。画的后面是土墙。老鼠就在画后面的土墙里掏洞来回地跑。我和母亲都很害怕。自从有了花猫，老鼠就不来了。

除了这些箱子，还有一个闹钟，是亨得利出品的，上弦后能走十五天。我好奇，从后面拆卸下来，再也没有装上，坏了。还有一台美多收音机。刚来的时候没有电，收听不了，后来有了电，收音机就坏了。父亲拿到市里去修理，修理好后，母亲嫌吵，很少打开。

我能想起来的物品，还有一张圆的可以折叠的饭桌、一个木板箍的面桶。锅碗瓢盆都是从上海带来的。

上海的幸福生活一直留在我们的脑海里。到了哈拉海，荒草萋萋，杳无人烟，起初我们凭着这些美好的回忆，生活得很丰富。随着时间的推移，荒凉终于埋没了憧憬，寂寞终于激发起内心的孤独。母亲无法忍受，天天到远处的林带和草地里坐着，一坐就是一天。我还小，不理解母亲的内心。看着母亲把几件衣物包在一个包袱皮里，系好，背在身上就要回家，回河北关里那个被舍弃的家。我抱着母亲的腿，哭。我不知道母亲那个家是什么样的，也不懂母亲对那个家的留恋。我觉得这里挺好的，有人有马有水泡子。父亲上班，爷爷管不了母亲。只有我看着母亲，不让她走。我出去玩了，经常回家看不到母亲。我知道母亲走了。于是我就顺着那条通往场部的路追。几次母亲在路边吸烟，一声不响，等到天黑了，领着我回来。有时候真的走到场部了，哥哥姐姐又想办法把母亲送回来。我记不清母亲走过多少次。从早晨到黄昏，经常会看到母亲背着包袱的身影。于忠诚套上小炮车拉着我，还追了好几次。哈拉海因为是军马场，部队后勤淘汰下来的军用品都放到这里。我说的小炮车，就是全身都是铁皮和钢管做的车，很小，两个胶皮轱辘，全套的马拉设备。母亲坐在马车上，还回望着场部那边的公共汽车站。

于忠诚和李晓燕在冬妮娅的问题上意见不一致，很长时间于忠诚不找我借书了。李晓燕当时正燃烧着革命的火焰，她和保尔的精神一拍即合，对冬妮娅看不上。她和于忠诚的争论，要不是于忠诚说她好看得像冬妮娅，熄灭了她内心的火气，她会对于忠诚有想法，甚至担心于忠诚堕落呢。于忠诚很聪明，又喜欢李晓燕，他看透了青春女子的心，只要是恋爱的小说，他都给李晓燕看，想启蒙李晓燕的爱情。李晓燕渐渐地痴迷了。于忠诚为了更好地接近李晓燕，他把李晓燕没有读过的书里面的爱情故事讲给她听。看着李晓燕听得入迷，于忠诚非常得意。他觉得和李晓燕的距离越来越近，只要一抬脚，就能摸到李晓燕滚烫的心了。

于忠诚为了得到李晓燕的好感，他在女子放牧班专门找最苦最累的活儿干。冬天起马圈里的粪，马粪和马尿一晚上都冻成坨了，于忠诚还要用镐刨，用铁钎子把一块一块的粪敲开，装到炮车上。于忠诚浑身都是力气，每次干活儿下来，衣服都湿透了。李晓燕很心疼，劝他休息，于忠诚干得更来劲了。李晓燕也帮助于忠诚干活儿，于忠诚总是把李晓燕手里的工具夺下来，她站着看，于忠诚就浑身有力气。

女子放牧班马厩里的活儿很多，干也干不完。给马饮水的井台上都是冰，于忠诚过一段时间就去把冰刨一刨。有时候哪个粗心的姑娘压完了水，没把压水井里面的一个皮碗拔出来，井里面存的水下不去，井就冻住了。一个马厩一口井，没有井，马群就没有水喝。于忠诚就要把外面埋着井管的冰刨开，刨得越深越好，然后抱来羊草放里面烧，直到把冻住的井管烤化，压上水来。这个活儿很辛苦，谁也不愿意干。女子放牧班的姑娘根本干不动。于忠诚一个人要干一上午，赶在马群回来，把井烤化，把水压满水槽子。每次评先进的时候，李晓燕都想着于忠诚。但是女子放牧班的先进必须给女的，于忠诚再忙活，也评不上先进。李晓燕找到革红旗，革红旗想一想说："这样吧，让于忠诚做团支部副书记，给他一个官当，不就找平了吗?"

李晓燕说："我看找机会发展他入党吧。"

革红旗见李晓燕对于忠诚这么好，心里不高兴了，耷拉着眼皮对李晓燕说："他刚入团几天哪，你怎么能把入党的条件降这么低呢？什么都可以将就，入党不能将就。要经受考验。"

李晓燕被革红旗一通革命道理讲得低下头来。

革红旗接着说："吴连富找过我很多次，要和王天河换一下，他要到二排当排长。我看他目的不纯。你们现在处得怎么样了?"李晓燕说："我们就是一个地方来的，也没有处。"革红旗严厉地说："必须了断，绝不能藕断丝连。"见李晓燕没有表态，又对李晓燕叮嘱了一番。他告诉李晓燕，现在是你爬坡最关键时期，个人的事先放在一边吧。革命工作重要还是私事重要，你要想清楚。

李晓燕坚定地点点头。

革红旗教育完李晓燕，见李晓燕虚心的样子，转过话题，对李晓燕说："今天你值班吧，我来看看。"李晓燕急忙说："还有孙洪艳呢。"革红旗说："孙洪艳最鬼了，我来了她还不走啊?"李晓燕说："我怕。"革红旗问："怕啥?"李晓燕正要说，于忠诚进来了，革红旗又一本正经起来。他对于忠诚说："我和排长正商量你的事呢，想让你多做共青团的工作。"

于忠诚发现指导员和排长商量工作，自己进来得很冒失，就一边退出去一边说：“领导让干啥干啥。”

革红旗对李晓燕说：“这小子挺聪明啊。”

14

吴连富计算着李晓燕值夜班的日子。他选在黄昏以后，来到女子放牧班。李晓燕听见门响，吓一跳。她和刘玉凤或是孙洪艳值班，都要找根绳子把门系上。吴连富能把手指伸进来，把绳子扣解开。李晓燕就觉得吴连富鬼鬼祟祟的，她问：“你来干什么?”吴连富告诉她，他已经在马厩后面转一圈了，看看有没有狼来。李晓燕不吱声了。吴连富告诉李晓燕，他进马厩里面又看一看，给马添了草，她们晚上就不用添草了。李晓燕无话可说。和李晓燕一起值班的姑娘就自觉地到门外看看，把他俩留在屋子里。外面黑漆漆一片，出去也不敢走远。

吴连富和李晓燕坐在炕沿上，谁也不说话。吴连富开始说他马厩里的事。讲到种马班，说：“女子放牧班有好几匹马没有带上崽子，要影响配种率了。”说到工作，李晓燕就会滔滔不绝地把话题跟上。她也知道有两匹马不好带驹，此事都惊动了革红旗。检查发情期的时候，革红旗亲自穿上白大褂，把袖子撸到胳膊肘上面，胳膊上涂抹了一层肥皂。革红旗用另一只手的虎口卡住胳膊，上下来回地捋，直到把肥皂抹得均匀滑腻，才把五个手指聚拢成锥形，对准黑炭一样的马的肛门，锥子一样伸进去。革红旗亲自检查马的发情，自然很多人在跟前看。吴连富和于忠诚还有王天河，李晓燕带着女子放牧班的人也在一边站着。时间长了，大家对马的各种部位已经很不在意。李晓燕刚开始以为检查马的发情是从母马的阴道里把胳膊伸进去，她吓得不敢看。革红旗告诉她，从马的肛门里才能摸到马的卵巢。时间长了，大家议论起马的配种怀孕来，都很随便，谁也不会把马的东西和人联系起来。

革红旗那天摸完之后，对吴连富说："就这两天，要抓紧。人工授精不把握的话，就用种马直接'穿'，不能再耽误了。"吴连富听了革红旗的话，牵来种马，"穿"了几次，都没有怀上，吴连富很失望，告诉革红旗。革红旗说："那就放一放，再看看吧。把它们算病马，不要算到配种率里面去。"吴连富心里明白。革红旗很会利用各种政策，来保证三队的配种率保持在全场的前列。

李晓燕现在也整天是配种率、发情、检查之类的事情。她看着自己群里那两匹健壮的母马，不相信它们会怀不上孕。吴连富和她谈起这件事，她自然喜欢谈。她纠正吴连富，不是"好几匹"母马配不上，就两匹母马。吴连富没有争辩，继续和李晓燕探讨配种的事。吴连富在这方面学识高，李晓燕和他切磋觉得有了依靠。吴连富半天不说一句话，一副老实人的样子。李晓燕这种火辣辣的性格，自然要喜欢革红旗那样的人。她在吴连富面前总是找不到感觉。一起下乡的时候，孤单，总想有个伴，很依赖吴连富。到了广阔天地，李晓燕有了革红旗，就把吴连富放在一边了。遇到困难，革红旗比吴连富更有解决的办法。吴连富也会来帮助自己，一副老实大哥的样子。

李晓燕说："动物都是一个月发一次情，马也是动物，怎么不一样呢？"她的言外之意是人每个月都发情，想怀就能怀上，马也每个月发情，怎么怀不上呢？

吴连富就给李晓燕普及马怀孕的知识。吴连富告诉她，成年马发情周期为十七天到二十一天，多在晚春和初夏进入高潮，秋冬也发情，一年四季都产驹。军马场一般都选水草充足，便于管理的五、六、七月份。"每次发情周期，我们抓住后很容易怀孕。像你们那两匹马，我猜测很可能发情诡秘，我们还是没有掌握好。"吴连富说着说着，就有了学者的味道。

李晓燕听吴连富讲，好像听课一样，说："要是怀不上，要影响配种率了。"

吴连富说："指导员说，按照病马上报，不影响你们的怀孕率。"

李晓燕说："我不想说谎。我们名声在外了，我干啥都非常小心的。你有什么办法吗？帮帮我。"

吴连富也没有办法。看着李晓燕亲昵撒娇，对他寄予厚望的样子，吴连富要是母马，他就亲自怀孕；要是一匹神勇的公马，他就穿过千山万水，在马的子宫里种下发芽的种子。吴连富多次被李晓燕的冷漠刺激，看到李晓燕的好脸，自己倒有几分受宠若惊。其实，李晓燕在求人时都这么可爱。

吴连富虽然木讷，但是心机还是有的。他看李晓燕焦急上火，趁机伸手按在李晓燕的手上，想摸一下李晓燕的手。李晓燕警觉地把手抽回来。她想，怎么男人都喜欢摸女人的手呢？难道这是女人伸出的长长的触角，抓住手就抓住女人的心了吗？吴连富没有想到李晓燕的手抽得那么快，更没有想到看似白皙干净的手，革红旗早把它抓在自己的手里揉搓熟堂了。吴连富装作不在意的样子，说："我再想想办法。"

李晓燕为难地说："王幸福'一下准'都不行，指导员亲自动手了也没带上，还有什么办法。"

说到革红旗，吴连富内心就掀起一股翻滚的恶浪。革红旗围着李晓燕转的样子，吴连富非常厌恶。一匹公马把一群母马圈进自己的范围，吴连富没有感觉，而革红旗把李晓燕一个人圈进自己的圈子，吴连富非常难过。他对李晓燕没有话语权，也没有能力支配她。他绞尽脑汁也吸引不了李晓燕，李晓燕想要的革红旗都给她了。吴连富浑身解数用尽，想让李晓燕看自己一眼都办不到。现在李晓燕来求自己，吴连富感觉浑身有了力量。他想出其不意，超过革红旗，给李晓燕一个惊喜。他暗暗地盘算着。

李晓燕见吴连富不吱声，说："好了，谁也没有办法。你再想两天，什么也没有用了。"

吴连富说："我们对象的事，不能你说黄了就黄了。"

李晓燕故作吃惊地说："我们什么时候谈对象了？我们就是朋友啊。你可别往歪了想。再说，马的事跟对象有啥关系？"

吴连富说："当然有关系了。我帮助你，你是我的对象我才帮助你呀。要不是我的对象，我扯那个干啥呀。"

李晓燕说："你真是小心眼儿。是你的对象了，你有啥办法？"

吴连富立即坐到炕沿上，一脸兴奋地看着李晓燕，说："要是我的对象，当然有办法了。"

李晓燕看着吴连富，好像看到了救星，眼睛亮亮的。女人的思维都是线形的，一直往前走，不拐弯。李晓燕被两匹母马不怀孕的事折磨得茶不思饭不想。吴连富真能解救她的燃眉之急，她当然什么都舍得付出了。她看着吴连富，吴连富也看着她。李晓燕发现吴连富衬衣里面的红色背心没有扎到裤腰带里面去。吴连富是三队篮球队的主力，红背心是三队集体购买发给球队的。李晓燕刚来时，看着吴连富在球场上龙腾虎跃，抢篮板球空中摘月，投篮投出一道彩虹，非常的兴奋。她还帮助吴连富洗汗湿的背心裤衩，刷"回力"牌球鞋。也不知道从哪一天开始，魂让革红旗勾走了。荣誉把她越抬越高，她现在看吴连富，吴连富已经矮矮的，没有了来时的形象。

刚来的时候，知青都一对一对地在一起，告诉人们，他们都有了组合，谁也别插手。李晓燕存了心眼儿。她没有承认她和吴连富是一对，只说是一起从一个城市来的同学，不是男女朋友，给自己留出发展余地。随着李晓燕飞得更高更远，队里几乎没有人相信他们互相的联系了。只有吴连富还抱着原来的想法生活，把李晓燕放在梦想里，安慰自己。李晓燕再发展一步，把吴连富远远地甩在后面，吴连富连回旋的余地都没有了。李晓燕高傲的样子，告诉人们，她根本没有想婚姻的事。假如没有遇见革红旗，没有革红旗给她铺垫发展的道路，她重新选择，吴连富也许会成为她选择的对象之一。

李晓燕说："我们都年轻，别这么早搞对象。你这么优秀，我也表现挺好的，先把事业放在前面，等以后真出息了，再说吧。"李晓燕想起和革红旗的关系，想到自己的未来，不仅对吴连富已经没有兴趣，对以后的爱情和家庭她都没有了兴趣。她把自己交给革红旗，准备走出一条康庄大道。李晓燕生活在理想里。

吴连富见李晓燕跟自己说大道理，很不高兴。他千方百计地想挽回李晓燕的感情，没想到会越来越远。他有几分失望，说："你要是不变心，我可以等你。再怎么工作，最后也要有家呀。"

李晓燕觉得吴连富怎么变得这么狭隘。她不想理他恋爱的事，急着问他有什么办法："你快说你的办法吧，别往别处说了。求你点儿事，就拿爱情来威胁我，还是不是朋友啊？"

吴连富说："我是想定下来，心里有底了。我怕革红旗心眼儿多，把你骗了。"

李晓燕认真地说："不许你说指导员的坏话。"李晓燕脑海里瞬间出现革红旗对她疼爱的样子，她心里一阵激动。

吴连富叹口气说："我什么时候都等着你。"

李晓燕说："等吧。"说罢，她看一眼吴连富。吴连富见拿事情要李晓燕低头的想法破灭了，很不舒服。李晓燕紧叮一句，问他："你还帮我吗？"然后故作生气的样子说："不帮就算了。"

吴连富被激得腾地来了精神，说："帮。"吴连富不想舍弃她，有一丝希望，他就可以铤而走险。

李晓燕脸上泛起笑容，她说："你真的有办法啊？"

吴连富看着李晓燕变了一个人的样子，心想，她真的把全部献给军马了。难道她以后不结婚，不成家，和军马过一辈子吗？她想当指导员，再当副场长，调到"白办"去吗？吴连富看出李晓燕要在革命工作这条路上走下去，她不留恋吴连富，她留恋自己的荣誉和位置。

吴连富过来就是想帮助李晓燕的。他说："你听我的，严格保密，谁也不许告诉。保证成功。"

李晓燕从炕沿上站起来，说："我听你的，你说什么我做什么。"

吴连富说："真的？"

李晓燕说："真的。"

吴连富说："要是成功了，你就做我女朋友。"

李晓燕想想说："要是成功了，我一定想办法答谢你，肯定让你满意。”

吴连富说：“说话算数。来，拉钩。”

李晓燕把手指伸出来，被吴连富钩住。吴连富把李晓燕的手指夹住，说：“摸你一次手这么费劲呢？”

李晓燕说：“你坏。”

吴连富停住玩笑，告诉李晓燕：“你一会儿把那两匹马牵出来，带到前面马厩。马厩里都是生荒子，让这些小公马闹腾一宿，明天早晨我给你送回来。弄上一两次，事情就解决了。”

李晓燕迟疑地说：“行吗？”

吴连富说：“人和马最大的区别就是人怎么也不会懂马。王幸福革红旗怎么摸，都是摸。可是马和马就不一样了。它们能闻出气味来，各种信息互相传递，能找到最佳的配种时间。把母马放到公马群里，让公马找机会，也许能配上。”

李晓燕听了觉得有道理。

吴连富说：“行不行，就这一招了。咱们有纪律，这事谁也不许告诉。”

李晓燕点点头。两个人正要出门，门推开了。一个声音在开门的风声中闯进来：“什么好事不告诉我？”

他们一看是于忠诚。

……

15

我父亲有自己的想法。我哥哥岁数很大了，还没有对象。我父亲也想从这些知青里面给我哥哥找一个对象。最早看上的当然是李晓燕。李晓燕到我们家吃饭，我父亲还提前给我母亲打了招呼。母亲特意把坛子里面的腌肉拿出来，多做了两个菜。每年春天化冻的时候，放在屋顶上箱子里的猪肉开始融化。母亲就在一天早晨，让爷爷把肉都拿下来，在水里洗净。把肥肉多的肉在锅里炼油，把瘦肉多的肉腌在坛子里。这是在上海居住时母亲向邻居学的。这些肉不接待父亲领来的客人，家里吃，正好度过清苦的春天和夏天。在这个地方，无论是队里还是附近的农村，没有卖猪肉的。

母亲当然对李晓燕很满意。真有这么漂亮懂事的儿媳妇，母亲会非常的高兴。整个一顿饭母亲对李晓燕都很殷勤。后来母亲见李晓燕来得少了，还问起父亲。父亲回答，李晓燕有对象。于是父亲把李晓燕和吴连富叫到家里吃饭，让母亲也不再想这件事。父亲另一层意思没有说。父亲发现革红旗对李晓燕格外的关心，怕这里面有情况，就不再提起给哥哥找对象的事。

我们家几个孩子的名字都是老师起的。哥哥刘长根，出生在天津。姐姐出生在老家，老师想到了杨贵妃，给我姐起名刘玉环。我二姐在上海出生，起名刘爱英。父亲在部队，爱父亲就是爱英雄。我们家这种随意的起名，队里的人很不理解。尤其关里来的移民，都是按照家谱起名。王天河的哥哥还是弟弟，中间的字都是“天”，瞎老徐家中间的字都是“广”。我们家也有家谱，父亲中间的字是“国”，上面远房的一辈中间的字是“春”，父亲的叔叔刘春芳，在辽宁省军区当副司令员。二姐本来毕业要去当兵，阴差阳错去了扎兰屯军马场。家谱放在南皮县的一个小村庄里，后来修过几次，把传承的字都忘记了。父亲参加革命，开辟一个新世界，过去那些东西都要丢弃。我母亲还简单地坚守着支离破碎的传统，过年“守岁”，初七吃面条。随着时间的推移，家里的传统也都忘记了。

永远也忘不了的，是儿女亲情。

哥哥开始到一队学开拖拉机，又调到六队开车。后来我才知道，开的是那种波兰产的“热特”胶轮拖拉机。后面带一个拖斗，给队里拉马料。每个生产队都配有一台热特。一天傍晚要下雨的时候，我看到一台蓝色的热特从土路上飞快地开过来，在我们家门前停下。我哥哥刚提着提包下车，大雨瓢泼似的下来了。我哥哥急忙进屋。我母亲见了哥哥很高兴。哥哥小的时候，父亲当兵，母亲一个人在乡下把哥哥带大，感情深厚。我哥哥经常在大坑里洗澡，练就一身好水性。一天我哥哥漂在水上，一动不动。母亲找到水坑，看到漂在水面的哥哥吓坏了，急忙喊人。

哥哥把提包交给母亲，里面是哥哥积攒的工资。过去哥哥每月开工资，都交给家里。父亲平时都给花了。母亲想给儿子积攒点儿钱，最后一分也没有攒下，就让哥哥自己攒钱。哥哥每月的工资就不往家里拿了。当时场里的工资都很低，只有父亲这些复转军人的工资高。知青来了之后，半年试用期。然后大家填写选票推荐，最后支部把关定每个人的工资。吴连富、李晓燕定工资定的最高档，三十六元五角。其他人都是三十二元五角。革红旗是四十二元五角。父亲转业副营级，工资七十二元多，算是高工资。可是父亲好交朋友，花钱不算计，每个月都攒不下钱，哥哥的钱也搭在里面。哥哥把存钱的提包放在单身宿舍，被同一个宿舍的人偷走了一部分钱。哥哥很心疼，住在一起都很好，没有报案。哥哥这次回来，把积攒的钱交给母亲，让母亲管着。母亲小心地把钱给哥哥积攒起来，准备给哥哥结婚用。

姐姐已经结婚。也是在一个下雨的日子里，父亲骑着于干事的自行车，驮着我到场部去。于干事来拍女子放牧班的照片，要发表在《后勤通讯》上。拍完下雨了，雨后道路湿滑，自行车骑不了，父亲让于忠诚赶着炮车送于干事回场部，自行车留在了队里。父亲对骑自行车有一种渴望，就让我坐在自行车前面的横梁上去场部。进场部的时候下雨，父亲推着自行车走，我们到了招待所，雨把我们都淋透了。晚上一个男人把衣服送来，我父亲告诉我，他是你姐夫。在招待所昏暗的灯光里，我看到一个高高的男人正看着我。我有了姐夫。这是很新鲜的事情。我还没有到知道姐夫是什么意思的年龄，只是看看他，没有说话。姐夫当时在军马场工资也是挣得最高的，和我父亲差不了多少。他是一个严肃的工程师，从我见到他就没有见他笑过。姐夫学的是农业机械。他到来的时候，哈拉海已经收编了农村的“二屯”和“九屯”。农村肥沃的土地需要耕种，斯大林100号等一些苏联的拖拉机和美国朝鲜战场上下来的一些汽车已经进了哈拉海的修配厂，种植小麦大豆的计划开始实施。哈拉海白面豆油的时代就要到来。

姐姐结婚，父母一定知道。那个年代，没有办婚礼，搬到一起，就开始一个新家庭的生活了。

我的二姐也毕业了。她在队里修水利。我们家的南炕上，如今睡着父亲、母亲、二姐和我。如果算上我被窝里的猫，就是五口之家了。

知识青年下乡，军马场自己的青年互相轮换，就算下乡了。我二姐到了扎兰屯军马场。一个偏远的山沟，最早日本人成立的马场。1954年春夏之交，扎兰屯军马场的林继青、董芳林一行五人，从扎兰屯来哈拉海考察，最后确定哈拉海为扎兰屯分场。我父亲的战友在扎兰屯当场长，二姐去给予很多照顾。我父母很放心。

我二姐很快也在扎兰屯结婚，找了一个哈尔滨的知青。他属于老三届，有文化，在扎兰屯三队做卫生员，和一个叫赵红祝的卫生员坐对面桌，工作了很长一段时间。

操心孩子是母亲的事，操心工作是父亲的事。父亲即使晚上很晚了，也会起来到马厩里去看看。晚上巡视，已经是父亲的习惯了。星斗漫天，大地宁静，草地在天空的帐篷里睡着了。父亲一边走，一边哼着京剧。多苦的日子，只要父亲唱起京剧来，什么都忘了。

父亲来到马厩，见值班人靠在被子上面似睡非睡的样子，就问他，坚持不住了。值班人见队长来了，急忙起来，揉着眼睛。马厩值班，躺在炕上迷糊一会儿是经常的事，父亲没有说什么。父亲听到马圈里时时传来马的“咴咴”声，就到马圈去看。马厩搭建在马棚前面的场地上，很多马转圈，还有的马爬上爬下，父亲问值班的怎么回事。值班的支吾着，回答不上来。父亲一瞪眼，他说是排长安排的。父亲要到单身宿舍去找吴连富，值班的说：“排长没在宿舍，在马槽子里躺着呢。”

父亲在给马喂料的马槽子里找到了吴连富和于忠诚。他们两个头对头躺着，脚踹着马槽子顶头的木板，呼呼地睡着了。父亲叫醒他们，他们见到队长，吓了一跳，翻身从马槽子里跳出来。吴连富说："队长这么晚还来呀。"于忠诚说："队长，我们看着马呢。"

父亲听明白了他们的意思，说："胡来。这么多公马要是出事怎么办？我们分群不就是怕出问题吗？"父亲当年分群的功劳，转眼叫他们给毁于一旦。

吴连富知道这件事危险，可是为了李晓燕，他故意冒险，想赢得李晓燕的一颗心。父亲心里清楚，不想怪罪他们。父亲嘱咐吴连富说："不能拿工作开玩笑，出了大事你负不起责任哪。"

于忠诚说："这都是怪事。那两匹马明明发情了，怎么就带不上呢？我看它们那个地方哗哗地流水。过去一配就带上了，这两匹马就不行。"

父亲没有说什么，告诉吴连富，不要声张，天亮赶快把母马牵走，免得出事。

吴连富看队长没有批评他，心里安定了很多。第二天早晨，急忙把两匹马牵到女子放牧班。吴连富和于忠诚偷偷地坚持了几次，就等着听动静。

日子很忙碌，好像什么也没有发生一样。奇迹当然出现了，连老配种员革红旗都非常惊讶，弄了半天都不怀孕的马，怎么怀孕了呢？他追问吴连富想了什么办法，吴连富说就是正常情况下进行的那些程序，也没有想花样。革红旗本来反感吴连富，现在也有了笑脸。他对吴连富说："今年的先进就是你的了，我先给你投一票。"回头对站在一旁的李晓燕说："吴连富这家伙真行，王幸福都带不上，他给带上了。"李晓燕脸微微一红，没有说话。

于忠诚说："还是搞破鞋好啊。"

革红旗没有听清楚于忠诚的话，问于忠诚说什么。革红旗隐隐约约地听到"破鞋"的字音，以为于忠诚暗示自己呢。他非常警觉地看着于忠诚。于忠诚十分的聪明，向革红旗大声说："带上就好了，要不也是你的一块心病。"革红旗说："我真把这两匹马当一回事了，过去从来没有遇见过怎么弄也怀不上的。”

革红旗最近心情不太好。李晓燕总是问他，怀孕了怎么办？革红旗也担心出现怀孕这种麻烦。除了看《红灯记》第一次发生关系，因为是第一次，而且也只有这么一个好机会，革红旗不想错过，没有算一下李晓燕的排卵日期，就出手了。后来都是经过计算的。他是搞配种的，计算这种事情他很熟练。现实是，往往革红旗想计算日期的时候，又没有机会。李晓燕不是自己的老婆，说来就来一次，要找机会。机会来了，也就不管什么安全期不安全期了。李晓燕闷闷不乐，好像真怀孕了似的。革红旗心里也没有底，等着她来例假的消息。听了母马怀孕的消息，革红旗心情好了一些。大局不太顺利，革红旗高兴不起来。

革红旗是场预提拔副场长的人选。当上副场长，他负责军马工作。政委和场长都和他说了这个意思。我父亲也准备接指导员了。就在这时候，一队出了一个烈士。英勇拦惊马，救出三儿童。于干事的长篇通讯已经在《解放军报》上发表。王瘸子读罢通讯，亲自到一队看望烈士家属。一队队长丁振奎陪同王瘸子一同看望。回来的路上，王瘸子对政委和场长说：“丁振奎培养出这么一个好同志，在宣扬烈士的同时，要把丁振奎安排好。我看就当副场长吧。”

政委和场长看着王瘸子，谁也没有说这个副场长已经有了人选。

王瘸子说：“你们没有意见，就上报‘白办’。我回去和班子里的人沟通一下。”

军人办事就这么利索。很快丁振奎就当了副场长，主管全场的军马工作。丁振奎和我父亲是战友，一起从上海来的，还住过一段时间的邻居，两个人搭过班子。丁振奎戎马生活，历练老辣。说话习惯就是喊，不喊不说话。父亲的战友当了副场长，父亲自然高兴。任命下来，父亲就跑去和丁振奎喝了一通大酒。丁振奎被儿子扶回家去。父亲坐着于忠诚的炮车回到家里。

革红旗消沉一段时间，吴连富搞的配种根本挑不起他的兴趣，他惦记的是李晓燕，有李晓燕陪着，心情会好起来。革红旗周末的时候撵老婆带着孩子去亲戚家串门。李晓燕到革红旗家帮助做饭。于忠诚到值班室找李晓燕没有找到，晚上也没有见李晓燕回宿舍。他猜测李晓燕去了革红旗家。于忠诚每天都和李晓燕在一起工作，“燕子姐、燕子姐”地叫着，对李晓燕有了难舍难分的感情。李晓燕也离不开于忠诚，嘴里也是“于子、于子”地喊，好像亲弟弟。李晓燕不知道于忠诚别有用心，深爱着她。她离开一步，于忠诚都要知道去向。他听说革红旗的老婆坐着热特去农村亲戚家了，傍晚看到革红旗家的烟囱里冒出了白烟，在晴空里绸丝带一般。于忠诚想，李晓燕一定在革红旗家。

于忠诚晚上又转了一遍宿舍和值班室，没有见到李晓燕。他沿着一条小路去了革红旗家，想看看究竟。如果李晓燕在，他就把李晓燕叫出来，告诉她，刘玉凤和张伟值班惹了麻烦。

16

刘玉凤和张伟值班。刘玉凤到圈里填草，见到一匹黑色的骒马趴在地上呼呼地喘粗气，刘玉凤就赶紧把张伟喊出来。她们俩看了一会儿，判断马要下驹。她们是第一次单独值班看到马下驹，又没有经验。刘玉凤对张伟说：“你快去找兽医，我在这儿看着。”

张伟风风火火地去找兽医。傍晚正是吃饭的时候，兽医室里没有人，张伟往宋敏然家里跑。刘玉凤在一旁急得直出汗，她想到了喊李晓燕。今天李晓燕没有在宿舍，吃饭的时候也没有看见她。刘玉凤是那种大大咧咧没主意的人，不想事也不记事，爱往人多的地方凑热闹。她讲她第一次来例假的时候，正在上课。看到裤子里的血，就吓哭了，哇哇叫着往家跑，见了她妈就喊：“妈，我要死了!”把她妈也吓了一跳。

到女子放牧班也惹出过笑话。革指导员领着放牧班的几个人拉草渣子。草渣子就是马吃剩下的碎草。草里跑出一只耗子，革指导员举起叉子就打，耗子在几个姑娘的脚之间乱窜，突然就找不到了。大家四处去找，以为钻到马粪里去了。刘玉凤突然大叫，钻到我腿里了。大家都围着她，她的两条腿直哆嗦。革指导员把手伸进她衬裤的裤腿里，拿出一样东西，让姑娘们都不好意思起来。刘玉凤更是红了脸，伸手把东西抢了过来，塞在了衣兜里——是一块正在使用的卫生纸。

耗子也不知跑到哪里去了。

……

张伟领着宋敏然呼哧呼哧地跑来。宋敏然刚坐在桌子跟前吃饭，嘴里还嚼着馒头。他跟在张伟后面，手里提着一个往诊包。路上遇见于忠诚，于忠诚也跟在宋敏然后面来了。张伟到了就问："下了吗？下了吗？"

宋敏然到跟前一看，上去给马一脚。刘玉凤吓了一跳，大声说："你要干啥！"

宋敏然把舌头上的馒头渣咽干净了，看着她们两个说："我来气。"

刘玉凤没听明白："你来的什么气？"

宋敏然拿脚指着马屁股上的号码："这268号马刚下驹两个月，怎么能下驹呢？"

刘玉凤和张伟不知说什么好。于忠诚到马棚里转了一圈，把小马驹哄到母马跟前。大马站起来，小马驹钻到肚子底下吃奶。两个姑娘站在一边，脸色绯红。于忠诚见宋敏然走了，对她们两个说："有事先找我呀，我看完了再找兽医呀。"

张伟说："谁知道你死哪儿去了。"

于忠诚故意说："找不到我，还有燕子姐呢。"

刘玉凤说："她也没在宿舍呀。晚上吃饭也没看见她，上哪儿找她去呀。"

于忠诚想告诉她们，李晓燕在革红旗家。话到嘴边，又停住了。这些碎嘴子，我要是说了，她们很快就会传出去。最后追查谁说的，她们也会毫不犹豫地把自己卖了。李晓燕知道了会恨他。革红旗知道了，会坏他。革红旗可惹不起，坏心眼儿多着呢。他和吴连富抢李晓燕，故意难为吴连富。一排的马料没有了，让吴连富自己去场部拉，自己装车自己卸车，也不安排人帮忙。种马跑多少路是有规定的，革红旗非说种马运动量不足。跑多了，又说过力了，精液少了，配种困难都是吴连富种马没有调理好。幸亏女子放牧班的两匹马怀上了，要是怀不上，还是吴连富的错。于忠诚不敢看革红旗那双眼睛，眯眯着，里面都是坏道道。

于忠诚跑到革红旗家，在离革红旗家不远的柴草垛跟前站下，看着革红旗家的窗口，里面有没有李晓燕。等于忠诚站稳后，发现革红旗家的灯关了，窗户一片漆黑。于忠诚的心提起来了。难道李晓燕真的和革红旗明目张胆地睡在一起了吗？这可是重大问题呀。想着漂亮的李晓燕躺在革红旗家炕上的情景，想着革红旗压到李晓燕身上的样子，于忠诚浑身激动得不能自已。他看莫泊桑的《俊友》里杜洛埃把马莱嘞太太压在身下的描写，激动得几天都没休息好，无时无刻不在回忆那个场面。没想到，这个场面在现实中出现了，于忠诚紧张得气都喘不上来。平时于忠诚看一眼李晓燕脖子下面白皙的肉皮，都有一种犯罪的感觉。李晓燕的皮肤太白了，于忠诚在李晓燕解开风纪扣的一瞬间，看那么一眼，就十分留恋。李晓燕发现于忠诚那双眼睛的时候，还害羞地捂了一下脖子，气呼呼地对于忠诚说："看什么看，小流氓。"于忠诚说："那我看什么地方？"李晓燕说："什么地方都不许看。"

李晓燕什么地方都不许他看，今天在革红旗家会不会脱去衣服，让革红旗什么地方都看呢？想到李晓燕的严肃劲，她怎么好意思脱衣服呢？脱了衣服的李晓燕是什么样子。他想起从我们家借的那本《性知识》了。

于忠诚又想到革红旗，平时道貌岸然的，今天也会脱去衣服吗？两个人都脱去衣服，就像吴连富种马班的种马和李晓燕马厩里的母马在一起的情景吗？于忠诚幻想着黑乎乎的窗户后面是什么情景。

也不知道过了多久，于忠诚站得累了，想坐在草堆上歇一会儿。他的腿弯下去的时候，革红旗家的门开了。门是轻轻开的，门太破旧，发出的响声很大，李晓燕溜出来。于忠诚刚想走，革红旗也出来了。他看到革红旗来到房山头，尿尿。尿尿的时候，于忠诚发现革红旗身上穿了一件遮到屁股的背心，裤衩都没有穿。

等革红旗回到屋里，于忠诚急忙追赶李晓燕。于忠诚看到李晓燕高兴地穿过房后的草地，大踏步地往前走着。革红旗家住土房的西头。这种屋顶盖瓦，四周是土墙，地基砌砖的房屋叫“穿鞋戴帽”，场里叫“试验房”。给人口多的人家盖的。一栋两户，每户都是小套间。革红旗家东面一户做了配种室的仓库，没人住。革红旗敢这么明目张胆地光着下身出来撒尿，李晓燕敢这么晚走，就是因为这趟房没有别的人家。

李晓燕一会儿看看天空，月亮照在头顶。四处看看，安安静静的。于忠诚跟在她后面，以为她去宿舍。她在一个岔路口，拐到女子放牧班去了。于忠诚明白了，李晓燕从放牧班回宿舍，做得很周全。

于忠诚不想跟着她走了。他不明白李晓燕跟革红旗睡觉这么耻辱的事她还这么愉快。于忠诚感觉自己手里的一块白面馒头被弄上了泥沙。他不恨李晓燕，李晓燕就如草原上的黄花，风雨怎么摧残，她依然芳香好看。他恨革红旗。是革红旗用荣誉用权力诱惑了李晓燕，让一个还不懂事的女孩倒在他的怀抱里。于忠诚认为革红旗夺走了自己的爱，夺走了自己尊敬的女神，污染了天上的月亮。他的恨和愤怒同时升起，胸口就要爆炸了。他有一种自己的亲姐姐亲老婆被强奸的感觉。他在草地上转了好几圈，他要一脚把那个土屋踹倒，把革红旗埋在里面。

他坐在草地上平息了一会儿心情。他不想像吴连富那样窝囊。他要教训一下革红旗。

于忠诚回到革红旗家前面的草垛跟前，手里拿了一块砖，他像打水漂一样，把砖块侧着扔了出去。砖块在空中旋转，准确地砸在革红旗家的窗户玻璃上。“啪”的一声，玻璃碎了，砖块旋转着进到屋子里。

屋子里传出一声喊叫：“谁？妈拉个巴子的！”

17

我的记忆里，爷爷住了两次院，跟着靳宝林的嘎斯车去的城市，住进一个部队医院，代号203。父亲四野的一个战友在那里当院长。医院的条件很好，第一次爷爷出院的时候胖了。爷爷走的时候家里抓的小猪几斤重，爷爷回来的时候，小猪都长得快三十斤了。爷爷给我带回来医院发的各种饼干。这些长方形的又厚又大的饼干是两个主餐之间的辅食，他没有舍得吃，专门给我留下来。爷爷看着我吃饼干的样子，非常的开心。我们一起坐在房山头的阴凉里，望着夏日的草原。爷爷的爱，让我感到幸福。爷爷第二次住院的时候，我还和父亲去看过。医生告诉父亲，爷爷不想看了，非要回家。爷爷和父亲闹了一阵，父亲劝说好了爷爷。爷爷用手不住地摸我的头，舍不得我离开。我在爷爷的皱纹里，看到了泪水。医生告诉父亲，爷爷胸前有一个猪囊虫的包，要手术。父亲同意了。在走廊里分手，爷爷靠在门上，看着我们走过长长的楼道。爷爷身上穿着蓝白相间的住院服望着我们的情景，深深地印在我童年的记忆里。

记得是刚开春的一个早晨，父亲接到消息，骑着他的白马，在小榆树的闸门站立了很久。那个早晨异常的寒冷，马蹄扣动着土路上的残雪，如同冰塘的碎裂声一样，我听得特别清晰。我也不知道我为什么起得那么早，远远地看着父亲的白马。白马后面晨曦微露，黑压压的云朵传递着浓浓的凄凉。父亲骑在马背上的身影在闸门高高的堤坝上停留了很久，好像在对着大地默哀。我还很小，不知道当时的情况。可是空气里弥漫的一种离别的味道我怎么就闻到了呢？冷风飕飕，天昏地暗，对爷爷的感情，让我体会着人间的孤独。是我的眼睛闻到的还是我的身体闻到的，我弄不清楚，天地间的悲凉使我幼小的心灵受到沉重的打击，很长时间我都无法摆脱爷爷不在给我带来的痛苦，这是我第一次感觉到太阳会落下去，我也没有办法扛住太阳。现在只有我一个人还在回忆爷爷给我的恩情的时候，心里不由得激动难耐。

看着于忠诚骑着马赶到父亲身边，然后两匹马一前一后远去。于忠诚跟着父亲去了场部。父亲在场部坐车去市里看爷爷。于忠诚把父亲的白马牵回来。

母亲开始一个人支撑这个家。母亲遇见很多困难，从来没有低头。秋天母亲还要打出冬天用的烧柴。想想母亲那时的年纪，正是好时候。一车一车的烧柴拉回家，垛起高高的柴火垛。母亲那么有力气。养猪扛着一麻袋一麻袋的野菜，衣服都被汗水湿透了。我也没有想到母亲会病倒。场部卫生所的医生吕杰来了。她是场长的妻子。一个大医院的护士长，在火车上遇见复员转业到哈拉海当场长的丈夫，两个人唠了一路，下车的时候，吕杰突然决定不回医院，跟着场长直接到了哈拉海。吕杰是哈拉海卫生所第一名合格的妇产科医生。跟着她来我家的，还有孙医生。孙医生的名字叫孙庆贞，是著名的部队医学院246医院毕业的高才生，医术精湛。他很年轻，脸上却堆积了很多皱褶，戴一副眼镜。父亲和他熟悉，管他叫“孙瞎子”。他们坐着场长的吉普车来的。给我母亲看完病后，认为没有问题，就在我们家吃了一顿饭，父亲给他们炖鱼干，蒸了一碗咸肉，陪着他们喝酒。吕杰性格豪爽，边吃饭边乐。孙医生一副悲天悯人的样子，和吕杰开着玩笑。我在他们的欢笑里，知道母亲健康，心里很高兴。

母亲天天想关里的老家，想她的父母，一激动，就哭起来没完。母亲回河北老家我跟着回去过两次。第一次去二舅领我们坐船从天津到的文安县，没有住几天，洪水来了，大舅推着独轮车顶着雨送我和母亲去河岸的码头。我买的第一把玩具步枪丢在泥泞的路上。最后一次带我去，是父亲到北京后勤部培训。说好的，等他培训休息期间带我们去北京看看。父亲先和我们到天津的二舅家住了几天。父母要再享受一番曾经结婚度蜜月的天津卫。父亲带着母亲和我，来到海河边。父亲在停着军舰的对岸下水，带着我在海河里游泳。离开海河，去劝业场购物。买了母亲喜欢的一条毛料裤子，一件府绸的短袖衫。晚上我们吃狗不理包子。母亲去天津两次，买了两条毛料裤子，都没有机会穿，放在箱子里。来北京的路上，北京一行三十人，只有我父亲在火车停下来后，到月台上买了一只沟帮子烧鸡，我们三口在火车上吃，我吃得手上脸上都是油。我们全家热爱生活，在三队的多少年里，我们家的吃穿都没有对付过。我和母亲冬天都是列宁装的棉袄，母亲是黑色的，我是蓝色的。胸前两排圆圆的黑扣子，穿上特别精神。

最后这次回去在姥姥姥爷家只住了八天，母亲就带我回来了。姥爷已经很老了，不像他在纺织厂做账房先生时那么健壮。他还在干活儿。背柴火，抹墙，什么都干。依然的仔细，我吃到的两个鹌鹑蛋一样大小的鸡蛋，是姥姥偷偷煮给我的。我哭闹着要回哈拉海的原因我母亲一直不知道，我也没有敢告诉过母亲。

前院一家老人去世，邻居领着我去看热闹。我被躺在门厅里的死人吓住了。我怕姥爷会和那个老人一样躺着外屋的板子上，头的前面放着供桌。我害怕得一分钟都不敢在姥爷家待，晚上哭闹，惹得姥爷生气。第二天我母亲就领着我返程，一周后回到了三队那个遥远的家。使母亲再也没有看到她的父母，以至于姥姥去世的时候闭不上眼睛，等着看我母亲一眼。大舅在门口喊了一声假装我母亲回来了，我姥姥才闭上眼睛。这种对母亲的负罪，随着我年龄的增长而加深。

母亲对家乡对父母的思念，使她精神发生变异。一看到外面的荒凉，一想到生活的寂寞，母亲就坐卧不安。人们以为我母亲精神不好。这种人为的印象给母亲带来了灾难。

全国刮起一根银针治百病的风。无论三队离北京多远，只要风起来，这里就会山摇地动。党的九大召开，我跟着爬上卡车，在李晓燕大声的朗读声里走遍了附近所有的村屯，高音喇叭把老百姓惊得鸡飞狗跳。后来还到龙江县甘南县转了一圈。我们这个总后勤部直属的军马场，神经的那一头连着天安门。

“一个人有动脉静脉，通过心脏进行血液循环……吐故纳新……”李晓燕洪亮的声音飘荡在草原的上空，连马厩里的马都支棱起耳朵久久不敢晃动。

场部卫生所来了一个女医生王典型。人们把她夸得很神。她走了好几个军马场，最后还是不忘哈拉海，到哈拉海传经送宝来了。据说她给聋哑人治病，聋哑人张嘴说话了。我有幸看到她胖乎乎的老虎脸，是因为她要亲自给我母亲扎针。母亲很害怕。那长长的银针扎进脑袋里，我母亲怎么承受得了。政委找到我父亲。他以关心干部家属的名义亲自派王典型给我母亲看病。他要让我父亲感谢他对干部的关怀，父亲还要执行他的命令。我父亲怎么愿意在自己的老婆身上试验这种胡说八道的东西呢。父亲不敢违背政委的指示，不敢抗拒这种新生事物的落实。我父亲有责任帮助王典型。两代人，我到现在都不理解父亲当时是怎么想的。父亲找了胖老吕还有一个有力气的男人。母亲在家里劳动，刚刚休息，就被他们按在炕上。王典型是一个没有结婚的大姑娘，她的心一定硬得和铁似的。她在我母亲头上扎一尺多长的银针，我母亲吓得大叫起来。我在门外的窗户下面，坐在鸡窝上，听着母亲在屋里拼命地挣扎，接着是声音扭曲的哭号。我母亲一定痛苦惊吓到了极点，我从来没有听见这种撕心裂肺的声音，穿破我的耳膜，击碎了我幼小的心灵。我以后的岁月，只要我安静下来，就会听到母亲挣扎求救的哭声。我是她的儿子，我救不了我的母亲，眼睁睁地看着他们在我母亲身上试验，我不知道我是哭好呢，还是这么沉默着。我坐在鸡窝上玩土，浑身都是土和灰。一连几天，母亲都在痛苦地祈求和无奈地呼喊里经受着折磨。茫茫草原，空旷无人。谁能来救助我的母亲呢？我的姥姥姥爷远在河北，我的舅舅远在天津。我母亲身边是她的丈夫，丈夫要执行政委的指示；我母亲身边还有一个不到十岁的儿子，软弱胆怯地低着头，连一点儿声音都不敢发出来。我挖掘我心灵的积蓄，我是不是在那个时候立志长大要保护自己的母亲呢？我心里是一片空白。

母亲真的病了。她扛着一麻袋野菜在远远的草原上走到家都不嫌累的身体倒下了。她盖着从上海带来的粉色龙凤绸缎被面的被子，几天没有起来。我父亲请示王典型，就别扎了吧。王典型说："扎，再扎几针就好了。"后来母亲连哭号的力气都没有了。我在窗户下面，听着母亲祈求的声音，听着母亲在喉咙里哑哑的哭声，我无奈地坐在芦苇围起的院子里，一动不动。日子一天天过去，母亲一天天憔悴。王典型终于走了，临走，还告诉卫生员李洪贵，再扎一个疗程就好了。"好了"是什么意思，一根银针解决了我母亲的乡愁吗？以后我的母亲再也不想她的父母，再也不回老家去了吗？我不知道母亲这一个疗程是怎么忍耐过去的。我知道母亲已经彻底绝望了。她连哭的眼泪都没有了，连生气愤怒的力气都没有了。想起在乡下抱着我哥哥，面对着日本人和汉奸的时候，母亲没有受到损害，也许这个灾难正留在现在呢。

李洪贵因为跟着王典型学习扎针表现好，作为工农兵学员去上学去了。

母亲熬过那个炎热的夏天，走出家门，开始给家里的鸡和猪挖野菜。在母亲躺倒的日子里，父亲做饭，忙家里的一切。父亲蒸的馒头不到火候就不烧柴火了，母亲就喊我再烧点儿，不熟。我父亲就说行了行了。揭开锅，馒头黏黏的，没有熟。盖上锅，继续烧。母亲躺在炕上的日子，就吃这种不生不熟的馒头。父亲和母亲在做饭上经常争执不休。母亲蒸馒头我烧火，母亲看着表，说行了，我就不烧了，等十分钟揭锅。煮饺子母亲一定在开锅后，浇一次凉水，再烧，开锅后，再浇一次凉水。我父亲开锅就说熟了，要捞饺子。母亲争不过父亲，就让我留下几个饺子在锅里，等一会儿再捞。

王天河的妻子美娥又生了一个儿子，夫妻两个都很高兴。美娥一边骂那个狠心的王医生，一边把自己蒸好的馒头送过来，我父亲得到了解脱。母亲吃不了别人家的东西，自己爬起来，开始做饭。父亲看到母亲能做饭了，就立即去工作。队里很多事等着父亲呢。革红旗让王天河来过几次，问父亲能不能抽点儿时间，参加队里的支部会。父亲问王天河，队里有什么急事吗？王天河开始不说，见父亲眼睛瞪着他，不得不告诉父亲，革红旗要撤吴连富的排长。父亲问，为什么呀？王天河说："我也不知道为啥。革指导员气呼呼地说，非要撤他不可。"父亲告诉他："你和革指导员说，我这几天还去不了，根他娘起不来炕了。"王天河走了。

我哥哥叫长根，父亲叫母亲"根他娘"。我姥姥姥爷也这么叫。姥姥闭上眼睛前，我大舅叫了一声"根他娘回来了"，声音落下，我姥姥姥爷家沉寂片刻，一片哭声。

母亲一旦从炕上起来，就闲不住了。我们家的鸡是不用喂的，门口是草地，鸡转一转就吃饱了。猪吃的东西就要去挖野菜。好在这些天于忠诚赶着炮车，到农村地里挖了一炮车，还够吃几天的。父亲看母亲身体好了，家里不用自己了，就去上班。父亲想弄明白革红旗为什么要撤吴连富。

18

放马的人都会骂"妈拉个巴子"，谁也不知道里面的含义。女子放牧班的人也会骂"妈拉个巴子"。就像喂马的水桶叫"喂得罗"，谁也不研究为什么叫"喂得罗"，去说明它是日伪时期留下的舶来品。还有很多东西的名字也很特别。放马人穿的毡靴子，叫"毡疙瘩"。胶底布帮的棉鞋叫"棉靰鞡"。棉手套叫"手闷子"。每一个马厩都有一口压水的水井，叫"洋井"。马套包子，马夹板子，马笼头，马嚼子，马钢绳，马后鞧，马鞍替，马肚带，绞锥，车样子，马鞭梢。骑在马光背上，屁股磨坏了，叫"铲屁股了"。马背受伤，叫"打背了"。军马场马厩的语言很丰富，没有在马厩里生活过的人，永远掌握不了这里的词汇。他们呵呼马，像对待人一样，嗷的一声，马就听明白了。父亲讲的人马合一，队里的牧工和马，就是一家人。

牧工们和马待久了，除了吼一嗓子，没有什么语言了。王天河、李放春、瞎老徐，张口闭口都是“妈拉个巴子的”。他们的老婆听了，和自己打个招呼一样，没有感觉里面有什么恶意。“妈拉个巴子的”是他们的口头禅。我父亲不会说，革红旗习惯这么骂了。革红旗无论是看着调皮的马还是做事不对的人，张口就是“妈拉个巴子的”，放牧班的姑娘们也经常被革红旗这样骂。大家习惯了，没有谁去想“妈拉个巴子”是什么意思。于忠诚研究过，“妈拉个巴子”就是“妈拉个 ×”的意思。于忠诚总结，还是“妈拉个巴子”文明。

革红旗那天晚上被砖头打醒，玻璃碎了一炕，砖头正落在刚才李晓燕躺的地方。要是李晓燕不走，砖头落在李晓燕的脸上，后果就严重了。革红旗从被窝里出来，拉着电灯。他发现自己下身一丝不挂，急忙又把电灯关上。想起刚才衣服脱太光了，心里有些后悔。他习惯睡觉不穿裤衩。背心是一定要穿的。不穿背心肚子受凉，咕噜咕噜地叫。革红旗一慌，找不到裤衩了。他记得放在身边，身边什么也没有。刚才他也不想脱背心，李晓燕说，脱光了舒服，他才脱的。李晓燕走的时候，他幸亏把背心穿上了。刚才革红旗光着全身，李晓燕仰着脸，两只手在他胸脯上摸来摸去，革红旗确实感到很舒服。

黑暗里，革红旗往被子底下摸，也没有摸到裤衩。他冷静下来，慢慢一想，想起来，裤衩是李晓燕给脱的，脱完放到李晓燕那边了。革红旗到刚才李晓燕躺的地方，也没有找到。他害怕起来。是不是李晓燕在黑暗里穿衣服，把他的裤衩穿走了？那时候还不时兴三角裤衩，都是齐头的短裤，男女几乎一样，没有什么区别。革红旗这么判断，接着他又想，如果李晓燕把自己的裤衩穿走，李晓燕的裤衩应该留下。怎么李晓燕的裤衩也没有呢？革红旗想可能李晓燕穿着两个裤衩走了。他把裤子找到，光着屁股把裤子穿上，跑到外面去看。

一轮明月。外面静悄悄的。

革红旗骂了一句“妈拉个巴子的”，回转身，进屋。

革红旗用一块布堵好窗户，已经很晚了。他在炕上睡不着觉，分析是谁打的窗户。他第一个想到的就是吴连富。肯定是吴连富没有找到李晓燕，跑到这儿来了。李晓燕害怕不敢久留，刚才要是吴连富，一砖头打在李晓燕的脸上，明天就无法见人了。革红旗躺在被窝里，想着怎么收拾吴连富。

革红旗早晨见到李晓燕没有说晚上玻璃被砸的事，他怕李晓燕受到惊吓，以后不敢来往了。值班室里没人的时候，革红旗问李晓燕，那个东西你是不是穿走了。李晓燕对这个暗语思考了一下，才笑着说：“急急忙忙的，穿上一个裤衩又穿上一个裤衩，谁知道穿了两个呀。”革红旗问：“别人没有发现吧？”李晓燕说：“我拿到值班室给你洗了。”革红旗四下看看，没有发现裤衩。革红旗对李晓燕说：“可别乱来，要是别人看到就坏了。”李晓燕说：“挂在马圈里了，一会儿干了，我给你叠上。”革红旗不放心，走到马圈里去看。马已经出牧了，马圈空荡荡的。革红旗的眼睛在马圈东面的栏杆上停下来。栏杆上有一根铁丝，革红旗白色的裤衩挂在上面，早风吹动，一晃一晃的如飘动的白旗。革红旗急急忙忙地走过去，从铁丝上把裤衩拿下来。这是一种粗棉布的裤衩，很厚。风和太阳已经把它弄个半干。革红旗装进衣兜里，回到值班室。

李晓燕正在做记录，没有注意革红旗刚才的举动。李晓燕做什么都很认真，她管理的马匹记录很详细。王天河拿了几块豆饼回家喂鸡，李晓燕找到王天河家要了回来。王天河生了个儿子很激动，想慰劳美娥，让她多吃几个鸡蛋，就从我家拿了几只小鸡养活。王天河拿回豆饼喂鸡，让小鸡早长大。张伟看见了，告诉了李晓燕。李晓燕追到王天河家，王天河弄得满脸通红。

革红旗坐在值班室的炕上，等李晓燕把记录做完。见李晓燕回过头来，问李晓燕，吴连富最近干什么呢？

李晓燕没有明白革红旗的意思。吴连富干什么你指导员最知道啊。我怎么知道吴连富干什么呢？革红旗的意思是你们有没有往来。李晓燕一双大眼睛一眨不眨地看着革红旗。革红旗知道李晓燕脑袋转得慢，不跟她绕圈子了，就直说："吴连富没有找你吗？"李晓燕摇摇头。革红旗进一步说："昨天你看见他了吗？"李晓燕说："见到了。"李晓燕想了想又说："他像没头的苍蝇似的，东一句西一句的，问我晚上有没有时间，他的衣服扣子掉了。"

革红旗判断昨天晚上的事是吴连富干的。他肯定是要缝衣服扣子找李晓燕，宿舍没有就奔自己家去了。革红旗不再往下问。他对李晓燕说："你告诉我，那两匹马是怎么怀孕的，是不是吴连富搞了什么阴谋？我这么有经验都没有配上，他怎么弄上的？"

李晓燕看着革红旗，想告诉他经过。可是现在革红旗问起这件事来，里面是不是有什么鬼。虽然李晓燕不想和吴连富处对象，但是毕竟从一个城市来的，而且吴连富对她那么好，她不想出卖他。

革红旗进一步告诉李晓燕，说："你不告诉我，我猜也猜出来了。"

李晓燕说："你要是猜出了，还问我干什么？"

革红旗说："我考验你是不是对党忠诚。"

李晓燕吓得脸一阵红，怎么上升到这么高的位置上来了？马怀上马崽子，你不是还表扬吴连富了吗，怎么这么快就翻脸了？李晓燕不知道里面的事，也不敢多问。革红旗虽然对她柔情蜜意，可是说翻脸就翻脸，一哄一吓的，李晓燕对革红旗喜欢是喜欢，内心还有几分怕他。她一言不发地看着革红旗，表现在脸上的莫名其妙让革红旗感到李晓燕很无辜。李晓燕这种表情后面的撒娇往往让革红旗心旌摇荡，恨不得一口把李晓燕吞到肚子里。要不是在值班室里需要警惕，革红旗要把持不住自己了。他摆摆手说："好了，我不问了。我猜这小子肯定出馊主意了。他是不是把马牵到他前面的马厩里去了？你不用回答，你就点点头就行。"

李晓燕没有点头，她依然用那种挑逗的眼光看着革红旗。革红旗服了，本来一个啥也不是的姑娘，怎么今天心眼儿多起来了呢？

李晓燕好像看明白了革红旗的潜台词，说："跟你学的。"

革红旗说："等队长上班，就开支部会。我要撤了吴连富排长的职务，看他还嚣张不嚣张。"

革红旗说完往外走，手插到衣兜里，一只手就摸到了湿乎乎的裤衩。

李晓燕说："不行。你不能撤他。"

革红旗停下脚步，回头看李晓燕。

李晓燕说："你这样做，没有道理。"

革红旗想到昨天砸自己的玻璃的事，想对李晓燕说，是他欺人太甚了。可是革红旗要面子，不能说这件事。他生气地说："好好，支部会上说吧。"接着气哼哼地骂了一句："妈拉个巴子的，跟我斗，嫩。"

19

于干事过去是哈拉海的第一支笔，现在是全军马场一支笔，也是市里的一支笔了。他给市里写话剧《薄秀芳》，给总后勤部写歌剧《战马》。薄秀芳是兵工厂的一个模范人物，跟我们没有太大的关系。哈拉海的文艺宣传队在总后勤部是数一数二的。《战马》就是哈拉海文艺宣传队排练出来，到北京献礼的。那次演出后，很多主要演员被北京留下，组成新的文艺宣传队，到各个军马场演出。场部的卡车来到三队把所有的职工家属都接到场部俱乐部去看《战马》，我是第一个爬上卡车的。破破烂烂的卡车是美国的十轮卡，驾驶室是帆布的，车厢很矮，后面还有脚踩的铁圈，车两侧的大厢板打开就是长长的座位。开卡车的是修理工刘德春，和我姐夫是一个技校毕业的。

那时候很热闹，只要有大型活动，场部的车辆都会出动，拉着一帮人，插着红旗，敲锣打鼓，到处宣传。在我童年的生活里，留下很深的印象。

于干事不被这些喧哗所吸引。他很勤奋，每天都在写稿，各种大报小报都有他的文章。

他来得最多的地方还是三队女子放牧班。他随时把放牧班和三队的事报道出去。他喜欢来的另一个原因是和我父亲关系好，他们见面就开始喝酒，无所不谈，非常快乐。

我父亲和于干事喝酒的时候，经常把李晓燕叫来。李晓燕也愿意来。和于干事在一起，李晓燕说能学到很多东西。父亲知道，李晓燕想靠着于干事出名，写材料还要于干事帮助。李晓燕初中毕业，上学的时候因为漂亮吸引很多男生，这种优越感使她性格变得高傲。学校里她喜欢参加各种活动，锻炼了口才，到了哈拉海军马场，她发现写材料很重要，自己还不熟练。于干事教她一个办法，让李晓燕把所有的“讲用稿”“批判稿”都烂熟于心。写“讲用稿”都这么开头，然后中间写自己的故事，编的也可以，最后是体会。故事越生动越好。李晓燕把第一次骑马被我父亲救下来的事，写成自己被马甩下来，倒在地上天昏地暗，好久没有苏醒过来。等她睁开眼睛，见放牧班的战友都在跟前看着她。她浑身疼痛，无法动弹。怎么办？如果自己不爬起来，大家就被吓住，女子放牧班以后就没有人敢骑马。她想到毛主席的话：“下定决心，不怕牺牲，排除万难，去争取胜利。”主席的话给了她无穷的力量。她腾地站起来，抓住马的缰绳，毅然骑上去。她扭过头，对大家说：“摔死为革命，不死再上马。”说罢，李晓燕两条腿一夹，高喊了一声“驾”，向草原奔去。在场的人都流下热泪。转业军人出身的老队长激动地说：“李晓燕真是一个好姑娘啊，她是铁打的呀。”李晓燕的讲用赢得全场的掌声，这掌声还在总后勤部的大会堂里响起过，在“白办”的会议室里响起过。王瘸子握住李晓燕的手，握了好长好长时间。父亲就是那个老队长，就是那个把她救起来的复转军人。李晓燕这么生编硬造，我父亲竟然也感动得热泪盈眶。我父亲一边擦眼泪，一边想着政委的话，这是政治，是最好的宣传，是我们党的生命啊。父亲被这个夸夸其谈的李晓燕征服了。

这一切李晓燕在感谢革红旗之外，最感谢的是于干事。于干事后来已经改不了李晓燕一般的“讲用稿”了。于干事对李晓燕说：“以后你接我的班吧。”父亲说：“你太小看李晓燕了。李晓燕以后是哈拉海的栋梁。”于干事为自己的失误干了一杯。于干事问李晓燕，以后你成了栋梁了，还认我这个师父不？李晓燕说：“走遍天涯海角，你都是我的师父。”于干事说：“好，来，你干了这碗酒。”那个年代，我们家家用的碗叫“二大碗”，比小碗大，比大碗小。一碗三两酒。五十多度的小烧酒，我父亲和于干事每次都是三碗以上，不到三碗，算是白喝。我父亲的钱大半买酒了。

李晓燕也算是女汉子。那个时代的女知青，都有一股劲头。出门在外，要是不闯荡，就会憋屈死。李晓燕二话没说，把一碗酒端起来，喝水一样干了。于干事在一旁得意地看着，哼哼着山东吕剧《王二姐思夫》，我父亲提着心，怕李晓燕喝多了。李晓燕见的场合多了，什么酒都能应付。在三队，革红旗喝酒怕两个人，我父亲，从来没有喝多过，他怕；李晓燕，用他的话说，“虎”喝呀，他也怕。在兽医室，李晓燕把酒精对上水，不吃一口菜，把宋敏然喝到桌子底下去了。革红旗说：“女的一旦能喝酒，就成精了。”

平时李晓燕文静谦虚，喝了酒也款款而笑，从来不失大雅。

李晓燕把碗里的酒喝干，把碗控了控，对于干事说：“老师，行不行？”于干事没有回答，用筷子敲打着我们家的圆桌子，嘴里不停地哼哼。李晓燕看看我父亲，我父亲点点头，意思是告诉李晓燕，于干事服你了。

李晓燕一得意，就和于干事讲起她们女子放牧班的事来，一个小事一个小事地讲。讲到母马怎么怀孕，讲到刘玉凤和张伟值班，见母马趴在圈里以为下驹了，叫来宋敏然，惹了笑话。于干事也不接话，闭着眼睛哼哼地唱。李晓燕也听不明白，就是“王二姐”三个字能听清楚。李晓燕相信我父亲的话，于干事真的喝醉了。没想到过了几天，报纸上登出来刘玉凤和张伟闹出的笑话，于干事改成“骡子也能下驹”。

骡子是驴和马的产物，骡子本身不会下驹。于干事用这则故事讽刺兽医毕业的大学生，给骡子看病，说骡子怀孕了，惹出个天大笑话。当时正批判知识分子，知识越多越反动。这篇稿子在当时还产生了反响。政委看了稿子表扬于干事能结合国家形势写出重磅文章，让于干事高兴了好几天。政委把于干事叫到办公室，于干事以为政委能提拔一下自己。自己也是老干事了，连个副科级都不是。于干事得意地跟着政委进了办公室。

场部办公室是一趟平房，东面是政委带着政工部门办公，西面是场长带领行政部门办公。于干事按说是给政委服务的，可是全场就这么一个能写的人，场长也要用。宣传部的宣传干事是为全场服务的，既要服务政委也要服务场长。于干事也不在宣传部办公，也不在办公室办公，专门有一个房间，留给于干事。这是正科级的待遇。于干事想，要把单间占领下去，除了写文章，还要当上科长。军马科科长苏光第对于干事说：“你可以到我的科来当副科长。反正你的宣传主要是军马的事，到军马科来，不是更方便吗?”政委和场长识破了苏科长的想法。政委告诉苏光第，宣传是全场的宣传，不是一个军马科的宣传。苏光第是养马专家，“白办”的王瘸子非常器重他。他要把宣传抓过去，如虎添翼了。

于干事进政委的办公室也很随便。政委还没有坐下，他就坐在政委对面的椅子上了。政委坐下，先点着一支大前门的香烟，吸了一口。于干事捡起政委放下的烟盒，拿出一支烟来，也点燃。他看着政委，政委看着桌面上的文件，嘴里不停地说“事情太多”，也不看于干事。于干事不急，反正什么时候说都行，提拔哪个科都行。

政委说：“我找你来，是有大事的。”

于干事点点头。

政委说：“什么大事呢，就是把女子放牧班的事迹写深写透。你看你随便去一次，就是一个大收获。要是多待一段时间呢，会更好。要是跟着女子放牧班去放马呢，不就好上加好了吗？”

于干事吊起来的美好心情一下子落到了谷底，洋溢着欢笑的脸立即冷了下来。于干事说：“政委是要我下去锻炼吗？”

政委说：“我是让你去体验一下女子放牧班的生活。”

于干事知道，下去锻炼最短时间是一年，一年后要是表现好，才能回来，要是表现不好，就留在下面了。政委是不是以为我想当官，就让我到下面去锻炼，提个队长、指导员什么的就完事了？于干事虽然官梦连连，却一天也不想当下面的领导。于干事怎么体验女子放牧班的生活，又不敢问，问翻了，就真的调到下面去了。

政委说：“这对你有好处。有了基层经验，以后干什么都有基础了。”

于干事想说我有基层经验，话到嘴边没有说出去。政委的脾气于干事知道，你越说得多，越证明政委做的事不对，他就越反感，小事情变成大事，于干事就没有回旋余地了。于干事立即装着很高兴的样子，说：“好，放心吧，政委，我回去准备一下，一定好好体验生活，做一个世界观完整的宣传干部。”

政委高兴了，推推眼镜说：“好，你这就去吧，还有什么准备的？”

于干事说：“我准备一下行李。”

政委说：“不用行李了。你和王幸福下去不一样。我和革红旗、刘队长都说了，三两天。赶着马群放一天牧，在马厩里单独值一个夜班？跟着女子放牧班的人起一次马圈。”

于干事松了一口气。

政委说：“我说的事你一定要做到。不许喝酒，不许在队长家吃饭。值班要一个人，放牧也要一个人，看看你有没有这个能力。”

于干事一听这些不许，心里就有了想法。政委这次体验生活，是有目的的啊。于干事在机关里入党难，提拔难。每次机关的老同志都说他小资产阶级情调，不了解基层，胡编乱造。一个连晚上走黑道都害怕的人，能当党员当干部吗？政委做了很多人的工作于干事才入党。现在提拔又遇到这个问题了。政委不能说别的，让于干事去锻炼一下，把有意见的人的嘴堵住。

于干事倒想问一个究竟，政委一摆手，说：“去吧。”

20

吴连富听到革红旗想撤他排长的消息，心里压了一块石头一样，十分的沉重。他不知道自己怎么得罪了革红旗。他从来没有想过革红旗和李晓燕会发生什么事，一直以为革红旗在帮助李晓燕进步，他对革红旗还非常感激。那个时候的人都很单纯，认为领导都是正确的，都是正人君子。一些和队长、指导员处得好的单身经常跑到他们家里蹭吃蹭喝的，谁也没有警惕过。吴连富喜欢李晓燕，即使李晓燕说不做他的女朋友，还是一个城市来的，是同学，两个家庭也很好，这些都不能改变。无论李晓燕怎么冰冷地对待吴连富，吴连富依然找李晓燕，好像什么也没有发生一样。衣服缝补包括那天找纽扣，吴连富都要找李晓燕。李晓燕除了不跟他谈女朋友，什么事她都热情地帮助吴连富。

李晓燕听到革红旗要收拾吴连富，心里很不好受。自己跟革红旗好了，把吴连富扔到一边，李晓燕本来就心里有愧，革红旗真的撤了吴连富的排长，自己就没有脸见吴连富了。李晓燕追问吴连富，到底怎么得罪指导员了。

吴连富怎么敢得罪指导员呢？自从吴连富发现革红旗对自己有看法，动不动对他变脸，吴连富心里就想不开，想办法和革红旗套近乎。革红旗也不理他。吴连富放马抓了一只野兔，王天河知道了要炖熟了喝酒。王天河把酒拿去了，野兔让吴连富送给革红旗了。王天河说：“你真能溜须。”吴连富说：“溜须还打脸呢。”王天河无意中说出一句话，跟别人抢啥也别抢女人。吴连富看看王天河，没有想清楚他说话的意思。吴连富和谁抢女人了。王天河也只是感觉，怕吴连富想明白了出事，急忙把话转到别的地方。王天河小跑似的回家拿来几根大葱一碗大酱，和吴连富喝酒。回来的时候，吴连富就忘了王天河刚才说的话。吴连富说：“咱们指导员好吃肉，我给他兔子他还挺高兴呢。”王天河说：“指导员吃肉不吐骨头你不知道吧。他牙口好，吃小鸡兔子，骨头都嚼碎了。”吴连富说：“这样的人挺可怕呀。我就是交不好他，见了他都打怵。”王天河说：“也就队长能收拾他。”

吴连富不知道李晓燕又听到什么话了，找他说起革红旗的事。吴连富在心里打鼓，难道帮助女子放牧班的母马配种的事他知道了？李晓燕看出了吴连富的心思，对他说：“他问我那两匹马的事了，我没有承认。他不知道。可是他那么大的火，我还是头一次看到呢。他出门还骂‘妈拉个巴子’呢。他非要撤你排长，我不同意，可是我也挡不住他。你最好找队长说一说，让队长帮一帮你。”

吴连富说：“撤就撤吧。谁愿意干咋的。”

李晓燕急忙去捂吴连富的嘴。吴连富的大嘴要把李晓燕的手咬下来了。李晓燕说：“当个排长那么容易啊？你付出多少辛苦我不知道吗？要是不当排长，你不是白干了吗？你以后的前程呢？”

吴连富说：“在他手底下还有什么前程啊？”

李晓燕说：“他要是提拔了副场长，你不就解放了吗？”

吴连富说：“上次给他留的位置让丁振奎给占了。我听说‘白办’王瘸子喜欢军马科的苏光第。老苏是老放马出身，管理军马有经验。革红旗现在比他高的就是你和你们的女子放牧班了。听说于干事要来体验生活，要是再写出点儿新东西，革红旗还能翻身。”

李晓燕说：“我十月份要到北京去观礼，要是毛主席能接见我，他肯定能当上副场长。”

吴连富说：“他的光荣不都是你给他的吗？他脸上的粉都是女子放牧班给擦上去的。你们把青春汗水都留在这片草原上了，他踩着你们的肩膀往上爬。”

李晓燕听到这儿，想说："没有革红旗，也没有女子放牧班。我的荣誉都是他给的。我的付出也是值得的。"吴连富说的话，她特别有感触。想到和革红旗的特殊关系，李晓燕不想往下说，她催促吴连富去找找队长，队长在会上不支持革红旗，革红旗就不好办。

父亲从到我们家帮助干活儿的于忠诚那里知道了里面的详细情况，又拖了几天才上班。芦苇扎的院子的空隙里，一只母鸡孵出了小鸡，母鸡咯咯地叫着，在我母亲身边转。母亲给小鸡泡了小米，放在一个盘子上。小鸡叽叽地叫，母亲压抑的心情有了缓解。

美娥抱着儿子来看我的母亲。母亲一声不语。美娥有了儿子，王天河把她养得白胖，脸上鼓出的肉，像面盆里发的面溢出盆沿的样子，皮肤上灰色的坑洼更加明显，像沾了一块灰一样。美娥劝我母亲想开点儿。她来的时候就想家，每天都哭。现在有了两个孩子，也没有空想家了。家里连封信都不来，家里也把她忘了。任凭美娥怎么叨叨，母亲看着欢乐的小鸡，不回答美娥一句话。美娥已经习惯了我母亲的沉默，继续和母亲说话。在这个世界上，能和美娥说话的也只有我母亲。美娥把怀里的孩子让我母亲抱一会儿，她要去一趟茅房。过去队里没有厕所，都是在大地上解决。父亲来了之后，在办公室跟前，在家属住的地方，后来在知青住的地方建起好几个厕所。我们家房后是一个仓库。仓库的西头有一个女厕所。这个女厕所就是我母亲、美娥还有小学老师革红旗媳妇用。美娥从厕所回来，对我母亲说，在厕所遇见女子放牧班的李晓燕了。她怎么也用这个厕所了呢？美娥不理解。在这个家属居住的范围里，李晓燕应该属于知青那边的厕所。我母亲没有理美娥。母亲不关心这些。美娥继续对母亲说，怀里的刚断奶，肚子里又有了。王天河存心不让她的肚子闲着。母亲好像也不惊奇，经常听到美娥的叫声，她不说也能猜出来，这么折腾能不怀上吗？美娥说："你说怪不怪，怀老二的时候，肚子多大了才夹不住尿，现在刚显肚子，尿来了就夹不住，你看我的裤子骚的，在关里家，娘早给洗干净了。现在连一个帮手都没有。王天河长在马厩了，回来除了吃饭，就是往你身上爬。干活儿没有力气，干起这事来，使不完的力气。”

我母亲听着听着就笑了。

美娥说：“真的。”

母亲当然知道是真的。在这片草地上，什么事也没有，就剩下男女这点儿事情了。母亲小心地告诉美娥，以后王天河爬的时候，动静小点儿，孩子们都听见了。美娥脸一红，说：“我是叫那东西吓的，刚来这儿疼得叫了两声，以后就收不住了。现在不叫，王天河就掐我。我不叫，他那东西就软了。”美娥说得得意，话就多。她说起小媳妇来，自己也有了自豪。过去小媳妇生孩子超过她，她还难受。现在小媳妇生了两个孩子后，男人再也不碰她了。她到美娥家就抱怨，羡慕美娥享受呢。美娥说：“小媳妇在荒甸子上，寂寞得活不下去呢。”

两个人正说着，王天河来了。美娥看见他，说上班你怎么回家了。王天河说：“没上班，开会呢。”美娥说：“开啥会？”王天河说：“党员会。”美娥说：“开会你咋出来了？”王天河说：“我渴。”美娥说：“会上不给水喝呀？”王天河说：“热水喝不了，回来喝点儿凉水。”美娥跟着王天河的屁股回家。还没有到家门口，王天河对美娥说：“你问个啥，会上队长和指导员吵起来了。撤不撤吴连富的事，非让我们表态。我躲出来了。”

我母亲听到了王天河的大嗓门。我母亲不管父亲工作，不问不理。每次运动父亲都要检讨，写材料一写就一夜，我母亲问也不问。每次母亲在夜里睡醒，发现父亲还在小炕桌上写，劝父亲早睡觉。父亲说“运动了”，母亲说“运动了也要睡觉啊”。父亲晚上不睡觉，写材料，白天会上检讨，念完材料，大家开始提意见。父亲没等他们发言，自己就呼噜噜地睡着了。每次运动都因为父亲态度不好，最后一个通过。通过的时候父亲还在打呼噜呢。

母亲时时刻刻地提醒父亲，有母亲的道理。母亲发现父亲平时不注意的小事，哪怕拿公家一把米一把面，运动的时候都成了大事，成了父亲的错误。家里搭多少东西，多少人在我们家喝酒吃肉，人们都忘得干干净净。该批斗父亲还批斗父亲。母亲想，那些东西喂猪，猪还摇摇尾巴呢。

21

父亲习惯在各种会议上睡觉。无论政委开会还是场长开会，无论大会还是小会，父亲坐在会场十分钟肯定要睡一会儿。这种短暂的休息，使父亲身体健康，从来不疲惫。今天这个会议，他没有睡觉的机会。革红旗念完《后勤通讯》上的报道，就直接进入主题。关于吴连富工作中的错误和免去他排长职务的事项，请大家讨论。

吴连富是支部委员，没有参加这次会。不是吴连富请假了，而是吴连富正在去场部拉马料的路上。革红旗找的这个机会是父亲刚刚上班，吴连富正去场部拉马料，他以为会议会很顺利。王天河不是支委。按说排长都要进支委，王天河当了排长一直没有研究他进支委，李晓燕接着入党提拔为排长，这个支委的位置就给了李晓燕。王天河也不在意。李晓燕刚刚当上支委，还不知道怎么行使权力。

革红旗在下面已经和他们都打了招呼，要他们配合。父亲因为没有上班，革红旗没有打招呼。没有打招呼父亲也知道。吴连富找过他，吃了父亲没有蒸熟的馒头，喝了一碗酒。父亲听完吴连富的述说，还不知道革红旗为什么要免他，就说等开会的时候听一听革红旗的意见。

吴连富在队里工作积极，各方面都很优秀，没有发现免去他排长的重要问题。革红旗说免就免是不行的。父亲很生气，在革红旗没有说出原因来之前，父亲不想表态。

革红旗提出免去吴连富排长，当然准备好了材料。吴连富管理的种马班，配种率上不去，如果不是王幸福技术好，人工配种怀孕率高，三队去年很可能失去全场第一这个位置。吴连富在值班室喝酒，吃喂马的豆饼。吴连富打篮球打疯了，擅自到附近农村和社员比赛，在球场上因为犯规问题发生争执，和社员打架，造成不良影响。平时也管不住自己，经常到女宿舍去，影响女同志休息。

谁也没有想到，吴连富竟然存在这么多的问题。看来革红旗心眼儿小，一个一个都记了下来，秋后算账，作为免去吴连富排长职务的根据。革红旗说完，对我父亲说："你在家没有上班，我也没有机会和你沟通，你看看这些是不是足够免去吴连富排长的职务了？"

父亲一直在思考。革红旗问他的时候，刚回过神来。父亲边思考边说："按说我们要沟通，可是我家里有事，革指导员到我家去也不方便，现在在会上互相沟通一下，我看也好。大家都是党员，也没有要隐瞒的。让大家先表表态呢。"

革红旗把头转向大家，让大家先看看。王天河憋不住，说："指导员说吃豆饼的事，哪个马厩都有。豆饼烤出来，那么香，切片的时候，尝一口两口的经常的事。这个不应该算问题。"

革红旗说："老王，你有点儿党员意识好不好？豆饼是公家的东西，现在斗私批修，你吃公家豆饼，是不是私？是不是应该斗？"

王天河一脸通红，说："那是。"

革红旗说："你承认了吧？这不是小问题。"

王天河站起来，革红旗问："你干啥？"王天河说："我渴。"革红旗说："桌子上不是有水吗？"王天河说："我喝凉水。"革红旗说："毛病。"王天河嘻嘻着，走了。

革红旗一向对王天河不错，把他当作自己的心腹。他是排长，支委会让他列席，没有人会反对。没想到，王天河第一个把自己顶了回去。革红旗光想着免吴连富了，忘了是王天河告诉他，他和吴连富吃着豆饼喝酒的。要是因为吃了两块豆饼，把吴连富免了，王天河的脸往哪儿放啊？

王天河一走就不回来了。

这边谁也不说话，闷着。

我父亲说："大家说说。"革红旗也劝大家说说。革红旗脸对着李晓燕说："你是女子放牧班的头，你最有发言权，你说说。"

李晓燕脸一红，摇摇头，没有说话。李晓燕暗想，我把我的想法都告诉你了，你怎么还要免吴连富呢？你明明知道吴连富过去和我好，现在我都是你的人了，你放吴连富一把不行吗？非要让吴连富啥也不是，出他的丑，你才舒服吗？李晓燕想着，一股气涌到脸上，脸色涨得通红。

革红旗没有想到李晓燕想那么多，以为李晓燕参加支委会时间短，不好意思在会上发言，他就没有追问下去。

革红旗把头扭过去的一瞬间，李晓燕忍不住小声说了一句“这些事就能免他吗”。声音虽然小，革红旗听见了。革红旗坐在椅子上，眯了一会儿眼睛，心想，还有一件大事我没有说，要是说出来，怕影响你。

革红旗绷着脸，一言不发。

我父亲好像也听到了李晓燕的话，故意把话接过来，大声地说：“我看都是些鸡毛蒜皮的事，根本不是大事。这点儿事就免一个排长，让人笑话。”

革红旗听了很不高兴，对我父亲说：“老刘，你还有点儿组织原则没有啊？”

父亲说：“当然要有原则。我们的排长属于中层干部，是场部批准任命的。这点儿事就提出免职，报到场里，有说服力吗？”

革红旗说：“他没有大问题我能提出来免职吗？我是不想说，等大家同意了，上报的时候说。”

父亲说：“那不行。你不说，我们不知道，大家就不能同意吴连富免职。”

革红旗说：“我不说出来，是有道理的。我要是说出来，不光是免职了，还要受到处分。”

父亲说：“要是有这么大的问题，你隐瞒，你也跟着犯错误。”

革红旗一看不说不行了，他瞅了李晓燕一眼，又看看我父亲。说：“吴连富把两匹母马放到公马群里，这事大不大？要是那些儿马子争母马，把母马弄坏了，你说是不是大事故？”见我父亲没有回答，革红旗继续说，“分群是你老刘提出来的，还推广到全军。你分群为了什么，你想想，过去没有分群，多少母马出事故。”

父亲知道这件事的严重性。在军马场，做这件事是要受到处分的。现在的情况是两匹母马怀孕了，父亲咽到肚子里，把这件事压下了。要是弄出去，影响队里的荣誉。“小青年，为了爱情什么都敢干哪。”父亲不由得感叹。

李晓燕听革红旗一说，吓了一跳。她没有想到，革红旗为了把吴连富拿掉，会使这么一个狠招。那天革红旗问她，她没说。革红旗确实聪明，听说两匹马怀孕，立即就想到吴连富了，想到吴连富使用了什么办法。可是革红旗光想到治吴连富了，想没想到要连累李晓燕呢？

革红旗当然想到了这一层。他被吴连富这种做法吓得倒吸一口凉气。母马在公马群里被蹂躏，两匹母马很可能出大问题。如果出现死伤，责任就大了。两匹母马怀孕了，给三队的配种率加分，革红旗没有追究。他也想过，牵走这两匹马的时候，是谁在场，李晓燕能在场吗，她敢这么做吗？革红旗想过挽回李晓燕责任的办法。李晓燕真的知道，他会找女子放牧班的其他人来顶替，不让李晓燕吃亏。会上他不想把这件事说出来，见大家都不理他的提议，他才不得不把这个杀手锏拿出来。

支委们没有听明白，父亲马上把革红旗叫了出去。革红旗不知道父亲叫他干啥，跟着出门。父亲走到办公室房后，解开裤子尿尿。办公室的男人小便都是到办公室房后解决。女的就要到我家后面的女厕所去。

革红旗也跟着解裤子，以为父亲就是叫他出来尿尿的。父亲一边尿尿，一边对革红旗说：“你是不是疯了，怎么说这件事呢？要是说出去，不仅是队里的荣誉，女子放牧班怎么办？那两匹马是女子放牧班李晓燕的。李晓燕十月份还要去北京呢。”

革红旗尿粗，尿的劲头大，滋得墙皮掉渣。他一边尿，一边在墙上画圈，一圈一圈地画完，画了六个圈。尿停下来，也不像父亲那样沥沥啦啦，而是戛然而止。父亲把手里的东西晃了晃，革红旗抖了抖，一起把它们塞回去。

革红旗说：“我要是不想这些，我第一个就说这件事了。”

父亲说：“你要把你精心搞起来的荣誉，一把就推倒了吗？”

革红旗说：“我咽不下这口气。”

父亲不知道他有什么气咽不下去。革红旗是不是明目张胆地和吴连富争李晓燕了，父亲想着，就劝了一句，说：“女人的事大，还是革命事业的事大？”

革红旗听我父亲的话音里好像知道了他和李晓燕的关系，看了我父亲半天，眼皮一耷拉，脖子一歪，说：“当然是革命事业了。”

父亲说：“那就到此为止。”

革红旗垂下脑袋，跟着父亲回到办公室。

22

父亲和革红旗刚刚坐下，于干事骑着自行车到了。革红旗说：“散会。”大家晕头转向地离开了。吴连富的事到底怎么办，革红旗没有说。这种半截会大家也习惯了，革红旗见定不下来的事，就宣布散会。大家一边往外走，一边互相一龇牙，什么都在心里领悟了。

于干事推门进来，革红旗和我父亲就知道是怎么回事了。李晓燕要走，革红旗把她叫住。革红旗说：“于干事这次来你知道是怎么回事吗？”李晓燕不知道。一旁的于干事说：“她怎么知道？”于干事一边说，一边走过来，对李晓燕说：“我是政委亲自安排来你们女子放牧班学习的。”李晓燕愣愣地看着于干事，又看看革红旗。革红旗说：“于干事说得对，他在你们女子放牧班待几天，体验生活。”革红旗把怎么做，和李晓燕说了一遍。李晓燕说：“今天就开始吧。

我今晚上值夜班。”革红旗看看于干事。于干事巴不得早体会完早回去，说“行”。

按照政委的吩咐，于干事在单身食堂吃了晚饭，跟随李晓燕到了马厩。李晓燕给于干事讲了晚上马厩值班的要求。于干事一听也没有什么特别的。说完之后，李晓燕领着于干事到马厩转了一圈，回来跟于干事随便地唠了一会儿。李晓燕原来想和于干事一起值班，革红旗告诉她，上面要求让于干事自己值一个夜班，让他体会一下。要是有人陪着，就没有意义了。于干事这人好搞点儿官僚主义，谁陪着他值班，会被指使得乱转。李晓燕不好意思地和于干事告别。在这美好的夜晚，一个美女在身边，于干事脸上光芒四射。他想李晓燕最少也会陪他到半夜，没想到刚坐一会儿就走了。于干事有几分失望。李晓燕临出门告诉他，晚上值班也没有什么事，别忘了添草就行了。

安静的夜晚，马厩周围是广阔的草原。河岸北面的三个马厩，每一个距离都有一里多地。三个马厩在绿海里，如漂浮的三座岛屿。女子放牧班的马厩北面就是草原，一直到东狼山，没有一座房屋。于干事过去写女子放牧班的通讯时，就和我父亲提出过，把女子放牧班放在这儿，周围什么也没有，再往后面是狼山，女子放牧班的姑娘不害怕吗？当时考虑这个马厩距离草原近，出了马厩就是草原。往纵深处是茂盛的碱草，马转一圈就能吃饱。狼山和草原隔着一条河沟，人不去打扰，狼不轻易过河，基本安全。

于干事开始还很冷静，以为指导员和队长安排人在外面陪着呢，他吹着口哨，哼着《王二姐思夫》，在值班室里检查了一番。于干事一边看装着马料的箱子，一边想，政委明明知道他胆子小，为什么还要设计这个环节考验自己呢？难道为了一个副科级，还要把胆子练出来吗？别说这空旷的马厩，就是在场部家里，老婆不在家，自己一个人睡觉都害怕呢，到这里来不得吓死呀。于干事把倒在地上的拌马料的棍子立起来，其他的东西收拾得很干净。他找晚上给马添草的叉子，转了半天，叉子在门后面呢。他到门口想把门插上，门没有门插关儿，他把马笼头拿过来，想用绳子把门闩住。连一个钉子都没有。他把门拽了拽，怎么拽也不严实。过去女子放牧班有一条闩门的绳子，后来李晓燕拿掉了。每个马厩值班室晚上都不插门，我们也不能插门。于干事转过身，提着叉子进了屋。他把叉子放在炕沿旁边，躺到炕上休息。

值班的床褥包裹着，他没有打开，靠在上面，眯起眼睛。外面一片安静。于干事发现自己欺骗了自己，指导员和队长根本没有安排人在外面。外面除了马圈就是草地，陪着的人在什么地方待呢。

黑夜越来越深。马厩跟着黑夜沉下去，好像一堆泥土正瘫软在广阔的水域里，淹没下去。于干事也跟着往下落，要落到深渊里。草原也在挤压马厩，一起往下陷落。远处偶尔一声鸟的叫声，和哭泣一样。这种哭泣一个接着一个，拥挤着，好像鸟正在被狼追赶，捕捉，咬住了翅膀，惨叫的声音非常的凄厉。于干事吓得坐起来，他想去关灯，又怕黑暗。不关灯，又怕外面什么东西看到他。他看着被手指油泥染黑的灯绳，犹豫着。突然窗户发出“嘭”的巨响，于干事吓得昏倒在炕上。

好久，于干事清醒过来。李晓燕对他讲的第一次和伙伴们值班的情景出现在他面前。李晓燕绘声绘色地讲她们怎么抱作一团，谁也不敢出去，好几个大汉正堵在门和窗户上，龇牙咧嘴，看着她们。于干事听了，轻飘飘地掠过去了，在通讯里没有写一笔。现在真的到了于干事眼前。今晚没有风雨，李晓燕讲述风雨夜的恐怖没有出现。闪电在玻璃上划出巨大的裂纹，雷声把土屋震塌了。女子放牧班的姑娘蒙上被子，一动不动。一个农民在雨夜里迷了路，奔着女子放牧班的灯光来了。他拍打门扇的声音吓得她们躲进墙角，眼看着一个浑身是水的人爬了进来。她们大喊大叫，那个人哆哆嗦嗦地站起来。刘玉凤拿起叉子去扎他，那个人先倒下了。她们救了一个饥饿潦倒的打草的农民。

夜班的事情说也说不完。李晓燕对于干事说，一个女人从夜班里站起来，就是一个完美的人，什么也不怕了。

于干事庆幸自己没有遇见女子放牧班发生的故事。这么宁静的夜晚，还让人恐惧得无法躲避，于干事进一步理解了李晓燕和她的伙伴们。放马的人，谁都不愿意上夜班，尤其冬天，长夜难熬，稍一疏忽，就有事故发生。

于干事想到女子放牧班的崇高，忘记了自己目前的处境。脑子回转过来，窗户上哗哗的响声惊动了他。于干事小心地移到窗口，发现一个黄色的巨大的蛾子，拍打着玻璃。蚊子和各种昆虫都聚集在玻璃上，千军万马一般。李晓燕走的时候告诉他，把灯关上。李晓燕没有说，亮光会把草原上所有会飞会爬的东西都吸引过来。于干事想，寻找光明，是所有动物和人的本能。于干事趴在玻璃上，看清一只鸟在撞击玻璃。两只爪子没地方抓，上上下下地挠着光滑的玻璃。于干事想，不关灯，狼都要来了吧。于干事鼓足勇气，把灯关上。眼前一片黑暗，周围渐渐地安静下来。鸟和昆虫没有了追求，失望地摔落到地上，窗户前一片"噗噗"的声响，于干事想象着尸横遍野的情景。

于干事慢慢地领悟到，这种生活自己确实不知道，还以为姑娘们放马很滋润呢。要是一个女的在这儿值班，多害怕呀。要是有个男的进来，问题就大了。于干事想着，看看表，是李晓燕说的给马添草的时间了。他去摸炕沿上的叉子，抓住叉子把，他像《地道战》电影里日本鬼子进村那样把叉子端在胸前，一步一步地走出去。

外面漆黑一片，星星也被黑夜掩埋了。李晓燕告诉他，她们半夜去马厩，见到地上黑东西就以为是野兽，吓得她们不敢走。张伟明明看见前面站着一个人，把叉子扔过去，那个人也没有倒下。她小心翼翼地过去，发现是洋井，谁把马的套包放在上面了。于干事有了李晓燕的讲述垫底，出了值班室，胆子大了，直接到了马圈。马圈里亮着灯，马听到于干事的脚步声，都聚集到栏杆下面，准备吃草。于干事有马做伴，什么也不怕了。他把叉子扎进草垛，一叉子一叉子地挑草。于干事这才知道是力气活儿，插深了，端不动；插少了，白费力气。马脑袋伸在他面前，齐刷刷很长的一排，蠕动起来，黑色的怪物一样。草供不上，马抬着头看他，嘴里磨出整齐的声音。于干事对马说："别着急，别着急，草来了。"于干事忘记了害怕，忙得浑身是汗，草还是供不上。最后，于干事累得瘫在草堆上。

于干事想起李晓燕的话，有几匹怀孕母马挤不上来，要专门看看它们。于干事到马圈里去找，确实有几匹马站在空地上。于干事急忙进到马圈里去，哄这几匹马。

于干事把喂草的事情忙活完，提着叉子站在马圈旁边，一回头，发现太阳早就升起来了。什么时候天亮的？于干事问自己。他摸摸身上的衣服，已经湿透了。他摸一下自己的脸，汗水和着草上面飘起的灰土把脸弄得黏糊糊的。

他拄着叉子，面对着刚刚露头的太阳，一股诗情喷涌而出。他想此时要是不吟咏几句诗歌，岂不是白白浪费这美好的景色。想了想，满肚子都是毛主席诗词，过去背诵的几首唐诗宋词一下想不起来。他看着东方的晴空，情绪陡增，一首诗词跳进脑海，他喃喃地朗诵起来：

西风烈，
长空雁叫霜晨月。
霜晨月，马蹄声碎，喇叭声咽。
雄关漫道真如铁，
而今迈步从头越。
从头越，苍山如海，残阳如血。

于干事是放开喉咙来朗诵的。他浓重的山东口音在寂静的空中回响。在朗诵到最后“苍山如海，残阳如血”时，血红的圆圆的太阳升临到地面，好像刚刚从胎盘里分娩出来，血色和生命一起呈现在于干事的面前。于干事小资产阶级情怀大发，默默地在意识里反复地吟诵，有了飘飘欲仙的感觉。

过了很长时间，他才从诗情里回到现实。于干事扛着叉子准备回值班室。走到洋井跟前，突然想起李晓燕交代的事，压一水槽子水，马一会儿要喝。于干事把叉子立在值班室的窗户下面，回身去洋井跟前压水。他经常看别人压水，第一次自己亲自压水，还很陌生。他用喂得罗从马槽子里舀出水来，倒到洋井里，开始一边倒水一边压。终于把水引出来了。他一只手把喂得罗放到地上，一只手压水。开始还挺轻松，压几下就没有力气了。他看着长长的马槽子，犯愁什么时候把水压满。

太阳脱去红色，变得辉煌。光芒在水槽子里面漂动。于干事一边压水，一边沐浴着朝阳。刚刚吟诵的诗词又一次在他脑海里出现。写了这么多年的材料，他感到自己和材料合一，成为一个新人。

于干事明白了政委的意图，发现自己的歌剧《战马》过于烂漫，没有生活。于干事开始深刻反省的时候，我父亲已经来到跟前。于干事像见到久别的亲人一样，直起身，和我父亲的眼睛对望着。

父亲说：“我在机关听说你入党的时候大家意见就很多，说你小资产阶级思想太浓。这次提拔又是这些意见。政委就想出这个办法来锻炼你。我是不同意的。什么小资产阶级，有文化的人烂漫点儿好。像我这样，再懂得生产，也写不出来你那样的文章啊。”

于干事说：“我刚反省自己，你的这句话把我又打回原形了。”

我父亲问：“反省什么呀？”

于干事说：“我过去写女子放牧班，还是太肤浅了。这些女孩子真是不容易啊。”

我父亲回答于干事，让于干事大吃一惊。我父亲说：“我开始就反对让女孩子放马，现在也反对。政委批评我，我保留自己的想法。

我们有很多男的没事干，非要搞这种新生事物，对她们的伤害她们老了就知道了。”

于干事若有所悟地说：“我体会到了。”

23

于干事准备回场的前一天，一大早晨就带着几个人来到我家。进门后，父亲就和他开玩笑，说终于熬过来了，什么时候回去呀。于干事说这几天体会很深，还没有和组织汇报呢。我父亲根本不想听他的汇报。所有的一切父亲都看到了。放牧，马群出来的时候，于干事上了半天没有上去马，李晓燕把他推上去，我父亲在一旁都看到了。于干事高高的个子长长的腿，上马很费劲。骑到马上，骑马兜了几个圈，才听从于干事的指挥。马群出来自己就奔后面的草原了。于干事非要李晓燕给他一个鞭子。马群奔草原已经习惯了，她们都不用鞭子赶了，骑着马轻轻地圈一下就行。于干事非要拿着鞭子在空中甩一甩，表现一下威风。鞭子刚刚甩响，马群已经到了牧区。这些还有什么汇报的？父亲没有想到，于干事今天早晨来，是一匹马要产驹的事要和他商量一下。

女子放牧班的人在早晨接驹之前，宋敏然来了，他发现是难产。于干事说：“难产不要怕，可以剖腹产。”李晓燕听了没有吱声，这是不可能的。于干事说：“怎么不可能，长春兽医大学的教授就在场部呢。”于干事性急，带着吴连富和李晓燕还有宋敏然来我家，就是商量给马剖腹产的事。我父亲听了告诉于干事，全场哪个队也做不到。除非长春兽医大学的来，可是等他从长春到三队，大马小马都没有了。于干事告诉我父亲，长春兽医大学的教授就在场部。我父亲说：“在场部也不等于能剖腹产哪。”

吴连富马上接过话说：“于干事说的我知道。我在长春兽医大学的老师来了，他到马场来解决一些具体问题。他是专家，亚洲都很出名。我们是不是请他来做剖腹产？”

我父亲说：“好啊。我去找政委，让他找一找吧。”

吴连富说：“不用。我找我老师就行。正好于干事也和他们熟悉，还报道过他们。他跟我们一起去，事情就好办。”

我父亲说：“于干事来还能办大事呀。”

于干事说：“我办不了大事，找个车跑个腿还行。主要是吴连富的老师来了，他去请不正好吗？”

撤职的事没得逞，吴连富对父亲的帮助非常感激。他前几天听说自己的老师在哈拉海检查马匹情况，晚上还到招待所去看望老师。他的老师姓谢，号称“一把刀”，手术、解剖动物非常有名。队里过去也有难产的母马，没有办法做手术，眼看着马死了。于干事一说，正合吴连富意。吴连富想在三队表现一下自己，出一口气，让李晓燕看得起。李晓燕听了也很高兴，这是女子放牧班的一次机遇，她立即鼓动于干事一起来找我父亲。她有自己的想法。女子放牧班救活一匹马，是先进事迹。做剖腹产，所有的军马场都没有做过，女子放牧班是第一个，跟着出名。接着来还有很多荣誉。李晓燕看问题越来越成熟了。

父亲同意后，于忠诚就赶着炮车送吴连富去场部。这件事一下子惊动了全场，各队的兽医，军马科科长苏光第，军马科的人都来到三队。丁振奎亲自坐镇，三队一下子沸腾起来。

于干事也不走了，要看个究竟。

谢教授带来的是一个团队，里面各种人才都有，麻醉师、监护人员都在里面。他们刚给二队的骡子做完接骨手术，看着断腿的骡子打开石膏后能够行走，丁振奎高兴地拍着谢教授的肩膀，不住地点头说“好”。二队兽医徐景林骑着马也来了。徐景林在哈拉海的兽医里面是最高手，也是谢教授的学生。他领着自己的徒弟为难产的奶牛接牛犊，把绳子拴在牛犊腿上，三个人把牛犊从牛肚子里拽出来。因为他的兽医技术高，场长的老婆吕杰把自己的妹妹介绍给他做妻子。

谢教授做这种剖腹产手术很轻松。但是他工作谨慎，作风扎实，绝不能出一点儿纰漏。他也想通过这种手术，给哈拉海的兽医做一个教学示范。以后遇见这样的事情，可以自己做。革红旗跟在谢教授后面，对谢教授说："大家就是学会了，也不敢做。一匹马就是一个战友，做坏了责任太大。"谢教授说："你不做，母马肯定要死，你说死了好还是通过手术救过来好呢？"革红旗说："道理是这个道理，到时候怕说不清。"谢教授说："这种思想影响了我们兽医工作的进步。哈拉海的兽医好几个都能做这种手术，就是怕风险，怕出了问题负责任。"

手术很快就结束了。李晓燕和刘玉凤几个女子放牧班的人把小马驹抱到兽医室后面的房子里，王幸福住在这个房间。他已经在地上放了一堆干草。见她们把小马驹抱过来，又拿着自己的毛巾擦干小马驹身上的黏液。跟在后面的其其格说："你用的是新毛巾。没有旧毛巾吗？"王幸福说："马驹干净，没事。"其其格很感动地看了王幸福一眼。

兽医们围着谢教授，看他把马的腹部缝好，消毒，把周围的一切都打扫干净。有年轻的兽医抢着干，谢教授都推开了。他对大家说："我们常讲和面的时候，要做到三净，手净，盆净，面板净。做手术也一样。我们不要把马当成动物，要像对待人一样对待它。"

徐景林给马清洗一下头，对谢教授说，很正常，麻醉过来，就可以起来了。谢教授在马的脖子上轻轻地抚摸一遍，像对一个产后的妇女一样爱护体贴。他对宋敏然和吴连富说："我们走了，你们能护理好吗？"宋敏然说："没问题。"谢教授看着吴连富，说："在兽医大学的时候，你不是学过术后马的饲养吗？"吴连富点点头。谢教授说："一定按照规程办，不要有一点儿马虎。后期很关键，你知道吧？"

革红旗在一边表态说："没问题。女子放牧班的姑娘们都很细，照顾好这匹马没问题。"

谢教授没有理革红旗，但是话是对革红旗说的："科学来不得半点儿马虎。女子放牧班的人肯定关心马是没有问题的。她们没有受过专门的训练，不具备护理能力，暂时还不要让她们护理。护理上我还是相信吴连富的。”

吴连富说：“老师放心吧。”

于干事参与了整个过程。他一边看，一边在构思新的作品。他知道直接写谢教授技术多么高，做得多么好，都不行。现在的形势正批判教授学者。他的作品应该是写谢教授到了马场，受到女子放牧班的姑娘们的教育，她们对军马的爱深深感动了他，他本来想在技术上拿一把，最后彻底被女子放牧班的姑娘们征服，毅然投入到给马做剖腹产的工作里。

他把这个剧本取名《草原向阳花》，还是以歌颂女子放牧班为主，写了谢教授帮助女子放牧班做剖腹产的事。场里的文艺宣传队排练，队长范树生演谢教授，长春来的演员李淑芬演女子放牧班的班长。

革红旗亲自驾驶三队的热特拉着女子放牧班的全体去看这个节目。政委、场长都到场观看。于干事陪在政委身边，一边看，一边给政委讲解。政委很高兴。他眼睛盯住舞台上李淑芬白白的圆脸，嘴对着于干事说：“这次去体验生活怎么样，体会深刻吗?”于干事立即对政委说：“感谢政委，现实对我的教育太大了。”政委说：“我多次想提拔你，大家对你有意见，说你空，没有基层经验。有的人甚至把你胆小都当作不能提拔的理由了。我没有办法，只能让你去锻炼。”

于干事点点头。

政委见舞台上李淑芬正在表演“摔死为革命，不死再上马”的情节。政委被李淑芬出神入化的表演吸引，推推眼镜，伸着脖子往前看。政委看电影看戏剧很认真。他看《列宁在1918》电影的时候，特别关注开场的一段芭蕾舞。他不知道那是著名的芭蕾舞剧《天鹅湖》，他在琢磨那些跳舞的女孩子裙子像伞一样在腰间系着，好像没有穿裤衩。他推了几次眼镜，都没有看清楚是不是穿了裤衩。

于干事正等着政委下面的话呢，到底能不能提拔呀。于干事看着政委目不转睛的样子，也顺着政委的眼睛往舞台上看。舞台上出现了李晓燕深夜值班的情景，于干事让宣传队把声光都结合在一起，表现黑夜带来的恐惧。接着革红旗带领着女子放牧班迎战暴风雪场面，我父亲带领女子放牧班出牧的场面，谢教授被感动的场面。一个一个的场面让政委的头没有缩回来。于干事以为自己写得成功了，他不知道政委正在找他的形象。怎么没有政委对女子放牧班的谆谆教导呢？怎么没有政委对女子放牧班做的重大指示呢？没有政委，光革红旗一个人，光他的提议，女子放牧班就能成立吗？政委等到快谢幕都没有听到一句关于政委的话，形象就更没有了。政委颓丧地靠在椅子上。俱乐部都是那种木条钉的长椅子，只有政委和场长加上于干事三个人坐的是办公室的椅子。是于干事安排的。他没有想到，政委、场长坐单个的椅子是对的，他怎么也能坐呢？他连一个科长都不是，他没有资格。

于干事等着政委后面的话，等着政委提拔自己，可是政委靠在椅子上，一言不发。

散场的时候，我父亲在俱乐部门口见到于干事。于干事得意地问我父亲，看得怎么样？他向我父亲介绍，最后一个布景是他要求设计的。女子放牧班在“残阳如血”似的一轮红日下面聚集在一起，后面响起“马蹄声碎”的背景声音，正是他在女子放牧班值班时的感觉。于干事滔滔不绝，黑暗里，我父亲能看出于干事等着夸奖的眼神。父亲一边夸奖，一边说：“你怎么把我和革红旗都写里面了？”于干事说：“没有你们，就没有女子放牧班啊。”我父亲说：“我说过，我是反对成立女子放牧班的。”于干事摇摇头说：“你这就不懂了。现在成功了，你怎么还说你过去的事呢？你应该是功臣哪。”

我父亲半天不语。于干事不知道我父亲想什么。夜色已深，散场的人群走得差不多了。革红旗用一条绳子拽热特的发动机，发出空愣愣的声音。革红旗又猛地一拽，热特着了，突突地叫，排气管子烟雾和火星蹿向天空。

父亲对于干事说："你犯了一个大错。"

于干事在热特的吼声里听不清，问："什么？你说什么?"

我父亲说："你提拔不上来了。"

说到提拔，于干事听清了，问："为什么呀?"

我父亲说："女子放牧班是政委树立的一杆旗，你怎么没有写他呀?"

……

24

在父亲的经历中，暴风雪经常遇到。父亲念念不忘的，是女子放牧班遇到的那场风雪。就是那一场风雪，改变了三队很多人的生活。

那一场风雪临近的时候，谁也没有注意到，以为天空晴朗，万事顺利，所有的风风雨雨离我们还远着呢。

父亲也没有想到，依然和正常的日子一样，回家吃饭，到队里上班。于忠诚自从把革红旗家的玻璃砸了之后，一直很小心地生活。大家都说革红旗惹不起，他这回是亲眼看见了。要是那天抓住他，非把他吃了不可。自己做的事，差一点儿把吴连富的排长弄没了。于忠诚想到了革红旗的用心。革红旗判断是吴连富干的，就要置他于死地而后快。假如不是吴连富干的，那个干这事的人一定内心不安，或者自首，或者活得不愉快。就像疯狗咬人一样，反正革红旗怎么做都胜利了。

于忠诚看李晓燕，眼神也变了。这么一个漂亮的燕子姐，怎么会睡到革红旗家的炕上呢？他不敢想革红旗爬上燕子姐身上的画面，一想，自己下面的东西会硬得受不了。他看过我们家的《性知识》，但他想，燕子姐不会是书上画的样子。他曾经小心地把《性知识》拿给李晓燕看。李晓燕高高兴兴地拿回宿舍，中午拿回去，下午见到他就把书还给他，和他急了，骂他流氓。接着李晓燕通知二排的共青团员要开他的批斗会。大家都来了，于忠诚也坐在中间了，李晓燕却不知道怎么说了。批判什么呢？批判那本书，书是队长家的，队长岂不跟着受连累？书里的内容是什么，李晓燕不会讲述。要是讲述清楚了，李晓燕不是也看了吗？李晓燕看了，于忠诚就不能看吗？李晓燕又想到军马解剖图片，不都画得一清二楚的，也没有事呀。李洪贵在卫生所针灸，不仅挂了图片，还拿两个塑料的男女摆在桌子上，裤裆里的东西上也有穴位呀。李晓燕看看于忠诚，脸色不由得红了。她想叫于忠诚检讨，可是到现在还没有告诉于忠诚检讨什么。于忠诚是团支部副书记，批判他合适吗？李晓燕想了想，说："我把大家叫来，是提醒大家，不要被资产阶级的东西污染，走上犯罪的道路。我们这里面于忠诚看书看得最多，危险性最大。我想叫他谈谈，怎么改造世界观，斗私批修，让自己不改变颜色，做共产主义接班人的。"

于忠诚稀里糊涂地坐在那里，等着李晓燕的训斥。他听了李晓燕的话，知道风险过去了。凭着李晓燕的水平，怎么能批判得了于忠诚呢？于忠诚可以给她讲《红与黑》里的于连，可以给她讲《野火春风斗古城》里的金环银环。小说里的故事于忠诚都记得，她们会像傻子似的听，连问怎么回事的问题都问不出来，还想批判我于忠诚。于忠诚暗自得意，他想借这个机会给大家讲一讲读书的好处。

于忠诚发现李晓燕和革红旗在一起后，对李晓燕的印象彻底改变了。她都和革红旗睡到一起去了，怎么还好意思要开我的批判会呢？看一本《性知识》都羞红了脸骂"流氓"的她，怎么有勇气睡到革红旗的床上呢？李晓燕是骗子吗？于忠诚看着李晓燕的脸，想不明白她到底是个什么人，人品和作风问题有没有联系。

李晓燕被于忠诚看得不知所措，她以为于忠诚在她身上有非分之想呢。李晓燕严肃地对于忠诚说："小弟弟，不要乱想。要往正道上走，别干那种偷鸡摸狗的事呀。"

于忠诚想，这是我要跟你说的话，你怎么和我说起来了呢？于忠诚瞬间产生幻觉，自己看到的那个从革红旗家出来的不是李晓燕，是别的女人。革红旗不是喜欢很多女人吗？女子放牧班那么多女孩子，那个比李晓燕还漂亮的王桂梅呢，革红旗没有惦记她吗？那个出来的可以是其其格、长毛、刘玉凤啊。于忠诚摇摇头，不是，是李晓燕。她们都没有李晓燕这样的身材，这样走起来趾高气扬的风度。她们是家雀，李晓燕是燕子。

于忠诚最近一直陷入苦恼彷徨之中，他觉得世界突然黑暗下来，眼前那一缕明媚的阳光飘走了，变成了乌云。他还不懂得什么是爱情，可是跟在李晓燕后面，李晓燕的勤奋和美丽，深深地吸引了他。他一天见不到李晓燕就好像缺什么。他忘记了自己是吴连富的好朋友，朋友的对象自己怎么会爱恋不舍呢。他知道李晓燕已经不爱吴连富了。有一段时间于忠诚恍恍惚惚地觉得李晓燕爱上了自己。李晓燕不爱我于忠诚，怎么要和吴连富分手呢。于忠诚沉浸在自己营造的想象里，天天向李晓燕献殷勤。眼看着就要成功了，于忠诚才发现，李晓燕爱着的是革红旗。革红旗把她的心抢走了。吴连富怎么抢得过革红旗呢？于忠诚又一想，革红旗是有老婆的，他不可能和李晓燕结婚。最后，李晓燕还要找男人。这个男人会是自己吗？

于忠诚头一次想到一个被别人睡过的女人，自己会要她吗？会和她结婚吗？于忠诚脑子里已经充满了小说中翩翩男子爱上夫人的故事。国外一个男人可以去和夫人的丈夫争夺爱情，那就是被别人睡过的女人依然是好女人，像李晓燕这样的女人，依然是漂亮的女人。革红旗要是抛弃了她，她会不会像玛丝洛娃那样堕落呢。于忠诚被《复活》里的情节征服，他像惦记玛丝洛娃一样惦记李晓燕。于忠诚想，要是革红旗不要李晓燕了，他要把李晓燕抱在自己的怀里，爱她。于忠诚想和革红旗争夺李晓燕，他不想等待革红旗把李晓燕抛弃的那一天。

观念的转变，带来的就是行动。于忠诚开始想怎么把李晓燕从革红旗手里夺回来。要是打仗，革红旗肯定打不过他。于忠诚从小执迷习武，听一个老者讲述武术可以救人于苦难的故事，认为自己就要行侠仗义。我父亲对他讲过，一个小孩从小就开始踢门前的小树，踢了二十年。两个人对打，让对方三拳，对方打了三拳之后，他一脚踢过去，脚从那人的后背露出来。于忠诚现在开始踢树已经晚了，就天天在值班室里练倒立，甩鞭子。他倒立着从值班室里走出来，把大家吓一跳。他让李晓燕指个地方，李晓燕指着一个刚刚落下来的瞎虻，于忠诚“啪”的一鞭子，把红色的大瞎虻打碎了。可是和革红旗比的不是武艺，比什么呢。于忠诚想一想，有点儿灰心了。

李晓燕现在是飞起来的鹰，什么也挡不住。她要是从北京回来，肯定提拔到场部去，那时候，于忠诚连见面的机会也没有了。于忠诚看书看得多，想给李晓燕写一封情书，表白自己的爱情。他准备好了纸，坐在值班室里，考虑怎么下笔的时候，吴连富进来了。于忠诚想到，要是追求李晓燕，先得和吴连富打一声招呼啊。怎么和吴连富说呢，于忠诚犹豫不决。他思前想后，觉得告诉李晓燕和革红旗的关系，他肯定就会放弃李晓燕。

吴连富最近正在得意和兴奋当中。军马剖腹产之后，我父亲在职工大会上表扬了他。告诉大家，这件事的主意是吴连富出的，谢教授也是吴连富请来的。这件事意义重大，从此我们三队军马史上有了第一例剖腹产，哈拉海也有了第一例剖腹产。吴连富给三队，给军马事业做出了贡献。

吴连富受到表扬后，等着革红旗对自己的态度发生变化。他见面主动和革红旗打招呼，革红旗依然耷拉着眼皮，皮笑肉不笑地咧一咧嘴。李晓燕对他的态度完全改变了。他有机会就去值班室找李晓燕。李晓燕笑着和他说这个那个，不像过去给他一张冷脸了。李晓燕想听谢教授的故事，吴连富就给她讲。吴连富说谢教授平易近人，讲课的时候教室挤满了别的班级的学生。吴连富在学校好学，有问题就去找谢教授。谢教授和他熟悉了，他给谢教授带去哈拉海的葵花子，谢教授就把家里的油炸花生米装到一个瓶子里送给他。友谊建立起来，吴连富每年春节都给谢教授邮东西，除了葵花子，还邮过黄豆、玉米面。李晓燕还想听，吴连富一次把话说没了，再听吴连富也说不出来了。他们坐在值班室里，你看着我，我看着你。过去的感情被焐热了，两个人的心也近了。

于忠诚每次见他们在值班室里说个没完，他在外面洋井压水就没有了精神。他故意把洋井里面的皮碗拿出来，带着胳膊上的水，到值班室里找皮子。李晓燕问怎么了。于忠诚就说皮子坏了，让李晓燕帮助找皮子。李晓燕看到于忠诚胳膊上的水，就心疼地找毛巾帮助他擦干。于忠诚想通过这些传递给吴连富，告诉他，李晓燕对我好。吴连富没有往这方面想，他觉得是一个姐姐关心一个弟弟。

于忠诚见吴连富兴冲冲地进来，进来就问李晓燕干啥去了。于忠诚说我也不能给你看着她呀，她长着腿呢。吴连富借着高兴劲，踢了于忠诚一下，说："以后我交给你一个任务，给我看着李晓燕，听见没有？"

于忠诚故意阴笑一下，说："革指导员叫她，我还能看得住吗？"

25

李晓燕进京观礼的事，基本定下来了。

之所以说"基本"，是因为要进京，上级还要进行严格的政审。革红旗从场部政治部给李晓燕带回来一张表，李晓燕填写完了，让于忠诚赶着炮车送到场部。

李晓燕既兴奋，又有几分不安。她看着于忠诚赶的炮车后面扬起尘土，直到看不见了，还在望着。她几天都没有睡好觉了，闭上眼睛就是鲜花语录本的海洋，睁开眼睛就是天旋地转的屋顶。她对放牧班的姑娘们说，她很紧张，真要见到毛主席怎么办？我怕自己连话都说不出来，什么也不说，代表那么多人去见毛主席，回来怎么交代？

王彩兰心直口快："你多喊几声毛主席万岁就行了。"

刘玉凤说："你就握住手不放。哎呀，能和毛主席握手！"玉凤自己兴奋地叫了起来，"咱女子放牧班太光荣了！手你千万别洗，回来和我们握一握，我们也沾光啊。"

大家正说着，革指导员进来了。李晓燕低着头不说话。革红旗说："挺热闹的。"

姑娘们也不管那些，问指导员小燕子进京，见到毛主席咋办。

"该咋办咋办！"革红旗笑笑，眼睛偷偷地瞟着李晓燕。从后来发生的情况分析，他关心的不是李晓燕进京，而是由他带来的其他后果。每次和李晓燕翻滚之后，他都提心吊胆，生怕一个微小的疏忽，带来严重的问题。革红旗对李晓燕说："你看你那两匹马，人工授精都是按例放，最多十毫升，它们俩放进去一袋都不怀孕。人这东西就他妈拉个巴子灵，沾上一点儿，怀孕了。"李晓燕不语。她也害怕。于忠诚给她看《性知识》，她表面生气，还是快速地找到了避孕的章节，里面明明说，体外射精不安全，安全期也不安全，戴套最安全。革红旗就是不戴。每次李晓燕也是要害怕好几天，神色慌张得跟做贼似的。她发誓去北京前一定要坚守住，绝不和革红旗做事。怎么一见到革红旗眯缝着的眼睛，就想叫他抱住自己，就想做事呢？李晓燕对自己恨铁不成钢。革红旗也想停下来，让李晓燕干干净净地去北京。李晓燕说扑过来就扑过来，革红旗实在没有办法了。

革红旗见女子放牧班的人都很全，问她们于干事写的《草原向阳花》好不好，大家都说好。革红旗说："都是你们的功劳。"大家见革红旗表扬，都很谦虚地不作声了。革红旗把眼睛在她们脸上扫过，问："其其格干什么去了？"

大家这才发现其其格确实不在。其其格平时少言寡语，因为她说汉话很笨，她就不说，只是微笑，所以大家经常忽略她的存在。

李晓燕从炕沿上站起来，说："我去找她。"李晓燕寻思要开会呢。革红旗让李晓燕坐下。他今天没有事，更不开会。他提到其其格，是想告诉大家一个消息，其其格和王幸福处朋友，不久就要结婚了。

这么重大的事情，女子放牧班谁也没有发现。姑娘们七嘴八舌地说起来。大家为没有发现其其格的事而自责，对革指导员说出这件事大家才知道而感到耻辱。看着其其格一天没事似的，怎么会干出这么惊天动地的事情啊？王彩兰说：“这小骚货，我哪天收拾她一顿。”刘玉凤说：“你结婚了不让人家找男人哪？”王桂梅说：“彩兰太自私了。快乐你一个人享受够了，我们找个对象还不行啊？”王彩兰说：“傻丫头们，啥快乐。没成家不知道，成了家就知道了，累赘呀。你们不信问革指导员，革指导员是过来人了。”王桂梅说：“你怎么能和革指导员比呢？人家革指导员要样有样，要才有才，找个黄花闺女还要挑挑拣拣呢。”

李晓燕说：“好了，好了，越说越下道。”

大家见李晓燕生气了，值班室里顿时鸦雀无声，都看着革红旗。革红旗看看李晓燕，也不敢插嘴。李晓燕说：“学习。”找了半天材料，一看都学过了，对革红旗说：“你给大家讲讲形势吧。”

革红旗一听很高兴，他最爱给大家讲形势了。

王彩兰说：“那也不能便宜了其其格，等她一会儿。”

李晓燕说：“王彩兰，你什么意思，怎么说其其格不学习就捡便宜呢？”

李晓燕是故意说的。大家都学习得厌倦了，听革红旗讲形势耳朵都磨出茧子来了。领导不在的时候，跟李晓燕也不外，大家宁可放马，也不想学习开会听形势讲课。尤其是革红旗，能磨叽一天，讲不出什么玩意儿，大家不爱听。谁又不敢说。

孙洪艳故意学着《红灯记》里面的鸠山的话说：“苦海无边，回头是岸。这开会学习什么时候是边呀？”

革红旗不愧是政工干部。他知道大家厌烦政治，他也不批评大家，也不教育大家，只管自己滔滔不绝地说，眼皮耷拉着，东一句西一句的也没有中心。你不爱听你就睡觉，我也不说你。你爱听我就对着你的脸讲，好像专门给你讲似的。李晓燕就是这样偶尔看了革红旗一眼，革红旗整个上午的会议，都对着李晓燕的脸讲。李晓燕没有听明白，也不敢动，只能眼睛眨也不眨地看着革红旗。一个上午，李晓燕肚子里憋的尿快尿裤子了也没敢动。革红旗有一个能力，讲一个上午，光喝水，不尿尿。全队的人都猜不明白革红旗喝到肚子里的水从哪里出去了。革红旗对大家说："当领导有当领导的水平。啥叫水平，这就是水平。"孙洪艳叫革红旗"水瓶"。

李晓燕想起每次完事，革红旗都要到外面撒泡尿。这尿怎么就憋不住呢。革红旗说："有了这泡尿，玩的时间才长。"

革红旗正要开始讲形势，其其格回来了。

当初我父亲想把王幸福介绍给孙洪艳，孙洪艳不同意。其其格并不在意王幸福在机关偷窥厕所的事，她觉得王幸福这人挺好，就和他相处了。

其其格在家乡有个男朋友。说是男朋友，是因为一次机遇造成的。其其格不会游泳，在洮儿河里洗澡，掉进漩涡里，正赶上她的男朋友在游泳，把她救了。其其格长得很好看，两个虎牙，一笑就露出来，甜甜的。皮肤白，即使长年累月地放马，也没晒黑过。小伙子一眼就看上了她，经常到她家去看她。小伙子长得一般，在市里修表。那时候修手表是不错的技术活儿，但其其格认为一个大男人，摆弄表里的细小零件，这人的心眼儿也大不了哪儿去，就没有看上他。

小伙子穷追不舍，其其格就跑到哈拉海来了。

消失一段音信后，其其格问过家里，家里说这小伙子心不死，经常到家里来问她的去处，家里也不敢告诉她。其其格为了不见他，连过年过节也不回家。

王幸福性格内向、自卑，发生厕所事件后，总感到抬不起头来，节假日也不回家，职工单身食堂吃饭的就剩他和其其格。两个人接触一段时间后，王幸福很喜欢其其格，但因为自卑不敢表露。其其格见王幸福长得规矩，衣着干净，动作有节制，不自觉地向王幸福靠拢了一下。后来开始恋爱。他们的恋爱很小心，没有引起任何人的注意。有一年春节，蒙古姑娘其其格钻进了王幸福的单身宿舍，三队没有人知道。

其其格问："你在厕所里都看到了什么了？"

王幸福一愣，脸呼地红起来。

其其格说："看看和我的一样吗？"

他看着面前漂亮的蒙古姑娘挑逗的眼神，嘴唇轻轻地嚅动，他像火山爆发一样，控制不住自己。

他扑过去，抱住了其其格，其其格也抱住了他。

还没等她喊叫，就把她压在了床上。

杨木板子钉的木床吱吱地响着，像草原上的勒勒车，巨大的木轮碾过路面上蓬勃的野草，车轴在轮毂里咣当咣当地向前转动，草原深处，残阳如血。

第一次他没有成功。仿佛骑马没有备鞍子，他在马的脊背上颠簸了很久，无奈地滚下马来。

他压抑得太久了。

他坐在床边，喘着粗气。他好像跑了很久的马拉松，眼看到终点了，可是他跑不动了，眼前是晃动的红丝带拉起的标志，是一声声呼喊。他面对着其其格，其其格的眼神也看着他。他看到一个女人的期盼和欲望，看到一个女人的鼓励与勾引。他不能让其其格失望，不能对不起其其格一次次的抚摸。王幸福看着其其格洁白的裸体，看到一条河流在水草里闪着光芒。他把浑身的血流向身体的下面运送，气息也向下身压缩。他要鼓起自己的斗志，一生所追求的东西就在眼前了，怎么能放弃呢。看着看着，浑身爆炸了，他大叫了一声，泪水潸潸。

其其格心痛地抱住他的脸，把他的脸按向自己的乳房。柔软的乳房在他脸上富有弹性地起伏，滑润得他脸皮都融化了。

其其格也哭了。她一边用手捋着王幸福的后背，泪水一串串地落下来，落在王幸福的头发上，发出雨水滴落草丛上"噗噗"的声音。其其格看到，泪水渗透了王幸福浓密的头发，正往下滑，溪水一般。

为了性，为了女人，王幸福付出得太多了。当初为了满足好奇心，他绞尽脑汁，趴到厕所木板下面的时候，他像夜晚盼望太阳一样迫切。为了看那一眼，他甚至想把生命都付出去。他不相信那么漂亮的演员会长这种东西。如果有，那一定很特别。他探究的好奇心，使他在照见对方的一瞬间，惊讶得几乎掉进厕所。他在厕所门口被李淑芬堵住了，李淑芬面不改色心不跳地看着他。妄想变成罪恶，顶着罪恶忍辱负重地度日如年。他在给马匹的配种过程中，渐渐成熟。他正在忘记过去的时候，其其格扑进他的怀里。

他努力地咬着其其格小小的乳头，喃喃地说：

“你是我妈妈，你是我的父亲！你救了我……”王幸福像做梦一样，嘴里不停地叨咕着，他觉得自己进了天堂，天堂里缥缥缈缈，红光四射，女菩萨向他微笑。女菩萨的脸变成了其其格的脸。他腾云驾雾一样，伏在其其格身上向更远的天空飘去……他完成了一次再生。

王幸福体会后说，看到什么都没有用，男人和女人结合在一起，才是上帝。

26

王幸福身上的变化我父亲也注意到了。他穿着的毛衣颜色父亲见其其格放假的时候织过。其其格偶尔在配种室转一圈，很长时间不出来，有时候要坐一上午。王幸福是个闷葫芦，他们怎么能聊那么长时间呢。父亲猜想，一定是恋爱了。特别是王幸福到女子放牧班检查马的孕情，他和女子放牧班的姑娘们说笑了起来，这可是从来没有的。他以前见了女人，都是低着头急忙走过去，连看一眼的勇气都没有。

我比父亲知道得更早一些。我们男孩子喜欢玩弹弓。做弹弓最好的胶皮就是配种室里用来采精的胶皮袋。这种乳白色的胶皮剪成三厘米左右的一条，绑在弹弓叉上，拉得长，弹性好。但是得到这样的胶皮很不容易。

我们整天在配种室门前转，希望捡到被扔掉的胶皮。我们还不懂，这种胶皮配种室是不会扔到外面的，即使采精袋坏了，他们也会留下胶皮。我和伙伴们不敢找王幸福要。他刚来的时候，我们听到了他的底细，见到他就喊“大破鞋”，还用石子打他。他低着头，急忙躲过我们。我的父亲是队长，他一定认为我是听我父亲说的，所以更不敢惹我们。配种室的门没有上锁的时候，我偷偷地溜进去过。我发现王幸福坐在椅子上和其其格搂在一起。其其格正把自己鲜红的舌头伸出来，在王幸福的嘴唇上转。我吓了一跳，急忙往回退。王幸福喊住了我。

我又小心地进去，其其格不见了。我看到了药架子后面其其格的脚。他们这么迅速地分开，我也很惊奇。受到《性知识》的启蒙，我对男女间的事明白得很多。我还参加过队里批斗“搞破鞋”的大会。批斗我特别熟悉的单身汉赵英军。他在知青里面岁数最大，到了三队就搞对象，追求过王桂梅、刘玉凤，她们都不理他。他是烈士的遗腹子，所以叫“英军”。他生得干瘦，每天都要泡病假，不去挑土篮修水利。革红旗让他当了几天领队，就把他撤了。他和队里漂亮的小媳妇搞上了。小媳妇是我同学的嫂子，他哥哥岁数大，和王天河一起从山东娶回来一个媳妇。小媳妇皮肤白，相貌出众，引起全队男人的注意。赵英军没有多费心思，就得逞了。小媳妇和丈夫年龄差距大，没有温暖，受到年轻有文化人的疼爱后，一下恋上赵英军了。赵英军就是想玩玩，现在甩不出去了。只要宿舍没有人，小媳妇就来找赵英军。我经常到单身宿舍和赵英军下用汽水瓶盖里面的胶垫做的“老虎棋”，帮助赵英军打发寂寞。现在他有了小媳妇，也不理我了。赵英军见小媳妇来了，马上把我撵出去，他和小媳妇到宿舍的最西头去玩。单身宿舍好长好长，西头黑黑的，有一个地方挂着蚊帐，是于忠诚的床铺。赵英军就和小媳妇在蚊帐里翻滚。我好奇，故意把门哐当一声开关一下，赵英军听到声音以为我已经走了。然后我回来，爬上二层木板铺，一点点儿地往西面运动。两米多高的土屋，在中间隔一层木板床，大人睡觉才钻到床铺上去。我在板铺上面爬，不小心屁股就撞到房梁上。我忘记疼痛，前面的声音吸引着我。我不敢大声喘气，也不敢碰响睡铺上的茶缸瓷碗牙具饭盒，怕惊动他们俩。赵英军打人可狠了。我知道他不敢打我，他怕我父亲。可是我还是非常小心翼翼地往前爬。里面黑洞洞的，只有走廊照过来的微弱的光亮。我怕晚了，什么也看不着了。小媳妇的声音已经微弱，赵英军在喘息。好不容易到了赵英军和小媳妇上面的位置，我急忙把头伸出去看。

小媳妇在下面吱吱地叫着。赵英军停下来，小媳妇就喊“来呀”，赵英军说“我快累死了”。我的头伸下来，目光从赵英军光着的肩膀穿过去，正和小媳妇黑黑的眼睛对视在一起。我从来没有看到过这么黑亮的眼睛，和我们家的花猫一样。我没有躲闪，好奇地看着，我不知道他们在干什么。小媳妇的眼睛盯住我一动不动，我以为她害怕了，她的脸往后一仰，露出洁白的牙齿，牙齿上都是笑意。她再一次尖叫，好像谁掐了她一把。声音突然高涨，是故意叫给我听的。我吓了一跳，急忙缩回来。我刚想撤退，见赵英军倒了下去。我想再看一眼，小媳妇已经翻身骑到赵英军身上去了。她上下颠簸地正在拼命欺负赵英军。我暗暗想，这回赵英军吃亏了。我小时候关于性的教育就是这么来的。我同学的哥哥终于发现，不干了，找到队里。革红旗批评了赵英军。赵英军想改正，可是女的不想改正，追着赵英军不放。我同学的哥哥又找领导。他不敢找赵英军。赵英军爱打仗，他打不过赵英军。最后实在没有办法，革红旗召开大会，批判赵英军。赵英军在会场中间低着脑袋的样子深深地烙印在我的脑海里。批判完了，赵英军找到革红旗，对他说：“我承认错误。可是光批判我不行啊。她又找来了，你说我怎么办？”小媳妇改变了策略，从渡船上下来，到美娥家坐一会儿，再到单身宿舍去。我在家门口还见到过小媳妇。她看我一眼，眼睛还眨了两下。她是不是勾引我呢，这成了永久的谜团。

小媳妇盯住赵英军不放，我同学的哥哥天天打她，最后她跳河死了。我同学的哥哥怪摆渡的李放春，李放春说我也不知道她会跳河呀。她说到河南去，坐在船上，到了河中心就跳下去了。那水流多急呀，我也不会水，冲到闸门去了。

我同学的哥哥扛着从河里捞出来的小媳妇，到了单身宿舍。小媳妇光光的，给赵英军送来了。赵英军吓得把门从里面插死，不敢出来。我父亲过来把他劝走。赵英军跑回城里老家，好长时间没有回哈拉海。美娥每次和我母亲说起小媳妇都会掉泪，一起从山东来的两个人，就剩下她一个了。然后她狠狠地骂赵英军，骂男人，最后骂她的王天河。

我在配种室门口站着，看到王幸福裤裆湿了一片，他拽拽背心挡住。王幸福对我说：“你不是要胶皮吗？我给你一块。这玩意儿做弹弓可好了。”我接过王幸福递给我的胶皮，非常满意地走了。

实际上我很笨，从来没有用弹弓打到过鸟。办公室房上的瓦是我打碎的，食堂门前的酱油瓶子是我打碎的，河北老坦儿潘师傅追着我让我赔酱油瓶子。于忠诚拿着赶马车的鞭子，站在马圈里，看一眼落到柱子上的鸟，一鞭子下去，就能把鸟打下来。我把弹弓给他，他看了很久，问我胶皮是从哪儿来的。我说王幸福给的。他摇摇头不相信。我把我发现的秘密告诉他，他想了半天，说了一句：“妈拉个巴子的，这东西都能找对象了，其其格傻呀。”知道王幸福和其其格搞对象的他应该是第三个。于忠诚打弹弓不用瞄准，把一个瓶子放在远处，我打十下，他一下就能打碎。他听了我说的事，半天没有心思拉弹弓。这几天他和吴连富闹别扭，心情不好。连王幸福都谈恋爱了，于忠诚马上想到了李晓燕。我知道他个子矮，胖得像个棒槌，没有女孩子爱他，他又偏偏爱上了李晓燕。癞蛤蟆想吃天鹅肉。李晓燕前面还挡着吴连富，没有吴连富，李晓燕能跟他吗？连我都觉得不可能。

他拿着我的弹弓到处打，恨不得把这个世界都打碎。我怕他把弹弓皮子拽坏了，要过来，他也不给，继续瞄准各个地方打。我看他要打电线杆上的瓷瓶，我就激他，说他打不着。他对准电线杆上的瓷瓶，拉长了皮子。我等着瓷瓶粉碎的声音。他瞄了一会儿，把弹弓松开，不打了。我很失望。于忠诚说："那不是吴连富的脑袋，是高压线。我打碎了，全队今天晚上都要点煤油灯了。"

我说你为什么要打吴连富的脑袋呢。

于忠诚说："他是个笨蛋。我说啥他都不信，还踢了我一脚，这口气我能咽下去吗?"

于忠诚那天见吴连富坐在值班室里不走，等着李晓燕。于忠诚本来想给李晓燕写封情书，表达一下自己的感情。看吴连富对李晓燕执迷不悟，就想把革红旗和李晓燕的事告诉给吴连富。

吴连富坐在红灯牌收音机对面，把收音机开得很大。于忠诚上去把收音机关小了声音，吴连富说："我听一会儿不行啊?"于忠诚说："我想给你说一个事。"吴连富说："啥事?"于忠诚说："小燕子的事。"吴连富说："小燕子是你叫的，那不是你燕姐吗?"于忠诚说："你知道吗，我燕子姐跟革红旗好了。"吴连富说："放屁。"

于忠诚就开始讲李晓燕去革红旗家的事。讲到一半，吴连富站起来，给了于忠诚一脚，说："你胡编啥呢，你连你姐都埋汰呀。队长家、指导员家吃饭不是经常的吗？晚上去吃个饭咋的？你这话要是让革指导员听到，还不收拾你呀。你忘了他要免我的职的事了?"

于忠诚停下话题，看着吴连富，不知道怎么说好。吴连富不相信他，他还说吗？于忠诚想了想，突然说："你知道革指导员为什么要免你吗?"没等吴连富回答，于忠诚就说："我告诉你吧。我发现之后，就把革指导员家的玻璃砸了。他以为是你砸的呢，非要撤你职。这回你信了吧?”

吴连富看看于忠诚，还没有回味过来。他对于忠诚说：“你砸他玻璃，他凭啥会想是我砸的呀?”于忠诚说：“你不是跟李晓燕好吗?他肯定就想到你了。”吴连富说：“我也没有看到李晓燕去他家呀，他怎么寻思我呢?”于忠诚一听也是呀。吴连富又给了于忠诚一脚，说：“以后你别乱说。小燕子就要去北京了，你给她传这事，她怎么见人?革指导员是那样的人吗?”

于忠诚没有想到最后是这个结果。他想象的吴连富暴跳如雷，要跟革指导员拼命，和李晓燕彻底决裂，骂李晓燕破鞋，都没有发生，反而埋怨起他来了。于忠诚肚子都要气爆炸了。他狠狠地对吴连富说：“你这个傻瓜。”

吴连富说：“我才不傻呢，我知道你整天跟小燕子在一起，想从我手里把小燕子夺走，不可能。你把刚才的话烂到肚子里，要是对外面乱说，我就收拾你。”

于忠诚眼看着吴连富走出门去，自己傻了一样，半天说不出话来。他现在觉得有一句话千真万确，老婆搞破鞋，全都知道了，就她丈夫不知道，都瞒着他。于忠诚发现，谁要是好心告诉了她丈夫，反而成了坏人。

两人闹别扭以后，于忠诚坚定了和吴连富争夺李晓燕的决心。他知道吴连富不相信他能争到李晓燕。革红旗那么大岁数了，有家有孩子，还把李晓燕争到手里了，看来李晓燕不是不好争的人。

于忠诚打到鸟都给我，我拿到家里烧着吃。我等母亲做完饭，灶膛里柴火的灰都是火，把鸟扔进去，一会儿就熟了。外面烤得焦煳的鸟，把上面煳的地方扒开，里面的肉冒着油，一股香气飘散出来。于忠诚光找我借书，这也算是对我的回馈。便宜还是他占得多。过不了几天，他就会来我家，母亲给他炒一盘子鸡蛋吃。他手里端着食堂的馒头菜汤，放到我家的桌子上，好像换饭。他吃我们家的饭，我母亲把他端来的菜汤给猪吃。

有时候我母亲问问李晓燕的事。于忠诚不知道我母亲的意思，我母亲说：“想给大儿子找个对象。”于忠诚告诉我母亲，李晓燕有对象了。我母亲听说过跟吴连富，后来说黄了。于忠诚还是对我母亲坚定地说：“李晓燕有对象，你就别惦记她了。”

我母亲对我哥哥的对象着急，于忠诚也看出来了，他告诉母亲，单身宿舍里好多女的呢。我母亲问女子放牧班里面还有女的吗，于忠诚说，多着呢。于忠诚问我母亲为什么要找女子放牧班的姑娘呢。母亲听我父亲说，女子放牧班的姑娘身体好、思想好。我母亲就想给儿子找一个身体和思想都好的姑娘。

于忠诚想了想，对我母亲说：“有一个叫王桂梅的姑娘也很好，让队长找人介绍一下，看她同不同意吧。”

晚上睡觉的时候，我母亲提起王桂梅来，我父亲腾地从褥子上坐起来。我在旁边的被窝里不知道发生了什么，回头看着父亲。

我们家三口都睡南炕，我睡炕头，中间是父亲，炕梢是母亲。刚来的时候，我小，睡觉不摸着母亲的奶睡不着，我就睡在中间，手伸到母亲的被窝里，摸着母亲的奶睡觉。父亲在炕头，母亲在炕梢，我在中间。有时候父亲跨过我，和母亲睡在炕梢。我的印象里，母亲一直在炕梢睡，热炕头留给我们。我家有了小猫后，抱着小猫睡。小猫在我怀里，呼噜噜地喘气，我跟着就睡着了。

父亲在黑暗里对母亲说：“谁和你说的王桂梅？”

母亲说：“怎么了？”

父亲说：“我问你是谁跟你说的？还说啥了？”

母亲见事态好像很严重，也坐起来，对父亲说：“于忠诚来吃饭说的，没有说什么。王桂梅不行就不行吧，我是惦记给孩子找个对象。你一天到晚地忙，孩子该娶媳妇了。”

我父亲说：“我到别的队看看。刚成立一个铁姑娘水利队，都是女孩子。她们那个队长叫郝秀华，岁数差不多，挺好的一个姑娘，我找人问问。”

屋子里安静了一会儿，父亲准备躺下。

母亲说："怎么光成立姑娘队呀？"

父亲说："政委好这口，到处是铁姑娘。"

母亲说："那个王桂梅怎么就不行呢？于忠诚说人挺好的。"

父亲说："怀孕了，正准备处理她呢。"

27

王桂梅在场里的修配厂找了个电焊工。她经常跑到场部去。有两次是骑马去的，我父亲批评了她。她骑着红彤彤的大马，在场部的主街道上精神抖擞地走过。王桂梅外号"大洋马"，她个子高，身板又直，脸盘亮，一身得体的黄军装，吸引得路上人傻子一样看着她。后来惊动了政委。政委一问是三队的，就找我父亲，我父亲才知道。王桂梅不骑马就很惹人注意，骑上马更是光彩照人。场里不准随便骑马出去办事，特别是私事，这是有纪律的。军马场防疫做得很严密，农村或者外地的马都不许进场，进场要消毒检疫。"马传贫"，全称叫"马传染性贫血"，马的死亡率很高，而且无法救治。场内的马可以在场里流动，不让去外面。除了领导或者领导安排的人可以骑马外出，赶马车外出，一般人不许骑马办事。

王桂梅也知道纪律。她骑马是想在男朋友那里显示一下自己的威风，都是选择下班去的，没想到被发现了，政委还知道了，把王桂梅吓得再也不敢骑马了。不能骑马，王桂梅不想走着去场部见男朋友。虽然路程不远，路上都是土，她受不了。王桂梅开始练习骑自行车。她心急，刚学会骑着往前走，还没学会上下自行车，就骑到场部去了，害得她男朋友不得不跟着她回三队。车子停下来，她就上不去。她男朋友就得扶着车后面的货架子，让她上去蹬起来，他跟在后边小跑。等他们到了三队，全身是汗。父亲见过那个小伙子，长得挺壮，个头矮，才到王桂梅的肩膀。王桂梅说，他是职工运动会百米第一名。父亲想起来，是第一次看到穿钉子鞋跑赛的那个小个子。全场运动会跑在最前面的就是他。他还打过篮球，跟吴连富抢篮板球，个子矮，他就伸手去摸吴连富的胳肢窝，吴连富一边拍他，一边说他太赖了。小伙子身体棒，跟个铁球似的。我父亲知道这种身体就和队里苏拉车种马一样，性欲旺盛。父亲担心他们，他们果然出事了。

王桂梅学自行车总是骑不好，她男朋友经常从场部往回送她。她男朋友会骑自行车，她不让男朋友驮着，非要驮男朋友。有一次王桂梅方向没有把好，自行车拐到路边的林地里，自行车歪到地上。王桂梅个子大，两条腿把自行车支住了。她男朋友从自行车后面的货架子上倒在地上。王桂梅撒开自行车，急忙去扶男朋友。男朋友个子小，力气大。她抱男朋友的时候，男朋友双手搂住她的脖子，把她按倒在地上。地上是松软的陈旧的树叶，周围是密密的杨树，鸟儿在树枝上叫，王桂梅一声不语地任凭男朋友解除了武装。

他们未婚先孕，麻烦一个接着一个地来了。

场部共青团书记王贵明，文艺宣传队的男高音。因为到哈拉海来，处了多年的女朋友分手了。他茶不思饭不想，晚上不睡觉。半夜起来，学着舞台上的杨子荣，端着扫帚嗒嗒地到处射击。谁也不敢跟他一个宿舍，他搬到办公室里去住。王桂梅和男朋友的情况报到他手上，二话不说，坚决处分。他开始嫉妒所有卿卿我我的事情。他恨自己当初下乡来哈拉海之前没对女朋友下手，要是让女朋友怀孕，今天怎么能分开呢？他把自己的失误，转嫁给王桂梅。王贵明还亲自到队里找革红旗，说这个问题的严重性。如果这个头不刹，以后队里那么多女青年，都怀孕怎么办？革红旗耷拉着眼皮一声不语。王贵明走了之后，革红旗问我父亲怎么办。父亲说：“不能处分。一是人家怀孕就结婚了；二是女子放牧班不能有一点儿缺点；三是这样的事在青年里是难免的，处理了她，以后都要处理。我们不能开这个头。”

革红旗想收拾王桂梅，这正是机会。但是我父亲说，影响女子放牧班，革红旗就犹豫了。在他想不出既处理了王桂梅，又不给女子放牧班带来麻烦的办法的情况下，他故意在父亲面前表现出毫无办法的样子，为难地看着我父亲。我父亲说："我去找政委说说。"父亲让于忠诚套上炮车，拉着去场部。父亲见到政委后就亮明了自己的观点：这些放马的姑娘不容易，能怀孕说明她们身体没受到伤害，这是好事，怎么能处分呢。政委推推眼镜，很不高兴地说："你看问题的角度不对。这是你们管理的问题，和生育没有关系。我知道你不同意女子放牧班成立，可是拿生育来说事，还是不妥。老刘啊，你想想，都不结婚乱搞，场里不乱了吗？"

父亲也察觉出自己说话的偏激。父亲是故意这么说的。未婚先孕，在当时是绝对不允许的。场里共青团处理了好多这样的事。单单放过三队，是不可能的。所以，父亲剑走偏锋，故意和女子放牧班联系在一起，引起政委的重视。没想到政委批评他对女子放牧班过去的态度，父亲觉得让政委抓住了辫子，轻易甩不掉了。父亲笑着说："乱不了，乱不了。大家都有是非观，怎么能和王桂梅学呢？我是不想让全军的典型抹黑。"

政委的脸色缓和下来。政委的特点是在中层干部面前先打掉他们的气焰。无论对与错，都按照不对来处理。直到对方老实了，谦和地微笑，恭维地点头，接连地说"是，是"，政委才会话锋一转，做出宽宏大量的表情，好心地说你几句，表示领导对你的关怀，接着继续研究你刚才说的问题。政委已经没有那么大火气了。政委和风细雨地和你商量，积极地采纳你的意见，让你感到政委是亲人，是你的长者，是你的守护神。

政委听完父亲说的话，推推眼镜，把声音压低，生怕门口有人听见，或者屋子里有窃听器。他说："这件事我可以听你的，把事情压下去。我是怕你们队里有反弹，王贵明有意见。"

我父亲说："我去找王贵明。"

政委说："你找不合适，还是我去说说。"

父亲听政委亲自去说，非常高兴，马上拉着政委去找王贵明。

政委说："我手上还有一份文件，等我看完了，我去找他。你先回去吧。"

父亲想，不能回去，没有结果回去了怎么办。

反正都是复转军人，做得过格了，也都会谅解。父亲坐在椅子上，等着政委看文件。政委不想带我父亲去，怕当着父亲的面，不好和王贵明说。见我父亲不走，政委真是没有办法了。他一边收拾文件，一边看着我父亲。

政委说："胡来!"

政委的河南口音非常的亲切好听，训斥你的时候，你的心里都很温暖。

父亲冲着政委笑一笑，说："反正我是赖上你了。没有个结果我回去怎么办。"

政委站起来，说："革红旗怎么没来?"

父亲说："他让王贵明说怕了，不敢来了。"

政委跟着说了一句："滑头。"

政委带着我父亲去了王贵明的办公室。在走廊里，政委小声叮嘱我父亲："到了王贵明那儿，你少说话。这小伙子特，最近闹媳妇的事呢，我批评他几次了。一个女人分手都舍不得，是革命工作重要还是她重要啊?要是别人肯定就不说话了，要说就是革命工作重要。他说什么，他说媳妇重要。我说'混账'。他说政委你不知道我这个媳妇多漂亮，我拿她换革命工作我都干哪。我说同志你不懂，革命工作做好了，什么漂亮媳妇找不到啊?你看这小子就这么单纯。我怕他疯了，我就不敢多说他了。"

父亲跟在后面没有敢接话。王贵明到队里去检查工作，在我们家喝过酒，是父亲的朋友。

政委停下脚步，推推眼镜，说："你看看，我用这样一个人当团委书记。"政委好像批评自己用错人了。我父亲不明白政委为什么这样说，用错人了，你把他调走不就完事了吗?父亲跟着政委穿过走廊，快到团委办的时候，政委推推眼镜，一边转过身看我父亲一眼，一边说："这人就是有才。于干事要是以后能提拔上来，只有他能接于干事。"

28

王桂梅的事情在队里传开以后，李晓燕有几分担忧。她提醒革红旗，我们可千万不能出她那样的事呀。革红旗耷拉着眼皮，脸上微微地露出笑容。他心里想，自己是配种员出身，这点儿事还把握不好吗？李晓燕没有告诉他，她已经过了月经期，月经还没有来。过去也有这种情况，由于劳累，由于在马背上折腾，经常有拖后的现象，有时候这个月没有来，下个月补上了。李晓燕一惊一喜的，苦水自己往肚子里咽，也不敢和革红旗说。她和革红旗好，是从心里好，她看革红旗干什么都有水平。她发现革红旗对她从来都像一个指导员似的严肃，有时候李晓燕还很怕他，怕他在自己面前出现训斥职工时那张猪肚子的脸，一丝温暖都没有。

革红旗玩的就是心计。他觉得全队的人都没有他聪明。无论什么事，只要对方说出来，他就知道对方的心思。大家都很怕他。这么聪明的一个领导，媳妇却跟傻瓜一样。除了对革红旗温柔之外，一点儿心眼儿都没有。谁到革红旗家，在他媳妇面前都很随便。她只会笑，连话也不会说。她教小学一年级，她的智商也是一年级学生的水平。于忠诚年纪小读书多，他对女子放牧班的人说，革指导员怎么能娶一个心眼儿多的女人呢，卧榻之侧岂能有别人觊觎？女子放牧班的姑娘们好像明白了一件天大的事。

孙洪艳说："你那意思，心眼儿多的男人肯定娶一个大傻瓜娘们了。"

于忠诚一咧嘴。

李晓燕听了不高兴。按照于忠诚的说法，她也是一个傻瓜了。

于忠诚说："王桂梅才是一个大傻瓜。怀孕了谁知道，开个证明，去领结婚证就算了。非要肚子大得上不去马了，才找领导。越漂亮越他妈不开窍。”

刘玉凤说：“王桂梅才不傻呢。他男朋友家不同意他们的婚事。那个男的妈妈在长春给他找了一个女朋友，女方家里是领导，和她结婚，就能调回长春。”

接着女子放牧班的姑娘都明白了，王桂梅怀孕也是用的计策。他们每次晚上回队里，都要到那个树林里做一次爱。王桂梅怀孕了也不说，直到肚子大了，男的把她领回长春，见了男的父母，事情才算了结。

于忠诚问李晓燕，队长找团委不给王桂梅处分的事不知道怎么样了。

李晓燕想了想，告诉于忠诚，找得可费劲了。政委的意思这事就算了，团委王贵明说不行，过去都处分了，她凭啥就算了。政委说，处理男的，男的是主要责任，女的是次要责任。王贵明说，一个巴掌拍不响，没有女的怎么能怀孕。政委说，女的是受害者，怀孕就够难受的了，还处分，很不公平。王贵明说，愿打愿挨，怎么扯不公平呢。要是不公平，主要还是女的责任大。她不脱裤子，男的怎么让她怀孕？

父亲看王贵明把话说到这种程度，理解政委不想带他来的意思了。特别是在走廊里政委的一番话，也是提醒我父亲，王贵明的工作不好做。我父亲看出里面的问题，王贵明的未婚妻和他分手，正对女人仇恨呢，让他不处理，是不可能的。他把对未婚妻的恨，都撒到王桂梅身上了。再这样下去，政委也下不来台。我父亲插了一句嘴，说：“贵明书记，你说得都对。只是王桂梅是女子放牧班的人，女子放牧班都是团员，又是典型，给场团委争了很多光，有个处分，不好吧？”

王贵明见我父亲态度谦和，有求他的意思，也有给他下台阶的意图。他看我父亲一眼，又看看政委，说：“这么点儿小事，咋那么麻烦呢。”

我父亲说："这可不是小事，是关系女子放牧班荣誉的事呀。"

政委说："老刘说得对，你再考虑一下。"

王贵明说："政委的意思我都理解了。我想这样，把这件事交给三队吧，他们要处理，就上报处理意见；不处理，我也不追问。政委你看这么行不行？"

王桂梅免了个处分，很感谢我父亲。革指导员虽然积极鼓动我父亲去找上级，没有想到王贵明真给我父亲面子了，他心里有点儿不舒服。他对我父亲说："我们可以不处分王桂梅，但是也不能一点儿声音也没有。以后其他人未婚先孕，我们就不好办了。"父亲被革红旗的话弄糊涂了。是你革红旗让我找的场里，找成了，怎么又不行了呢？革红旗看出我父亲的意思，对我父亲说："我们一点儿动作都没有，王贵明能干吗？他把事情踢给我们，我们要接得住，做得严，让他以后挑不出我们的毛病。"

父亲说："你说咋办？"

革红旗好像早有准备，他说："开批判大会，让王桂梅检讨。"

我父亲摇摇头："不同意。"

革红旗看着我父亲，意思你也别太惯着她们哪。

我父亲说："开批判大会让王桂梅检讨，还不如给她个处分呢。处分是一张纸，我们不说谁也不知道。你让王桂梅在大会上检讨，王桂梅今后怎么生活？怎么见人？"我父亲对批斗会有深刻的认识。历次运动来了，父亲都会挨批。一个刚走上社会的女孩子是经受不了这么大的场合批斗的，弄不好会出意外。

李晓燕也在场，她更不同意。她说："这样做，影响大，女子放牧班的人都见不得人了。"革红旗没有想到李晓燕站在我父亲一边，他更不高兴了。他把胳膊一甩，说："会是坚决得开，不开不行。"

父亲对革红旗说："你开吧，我家里有事，参加不了。"说着，我父亲转身要走。革红旗一把把我父亲拽住，说："你不能走啊。你不参加，不是把我推出去了吗，我成了啥了？"父亲不回答，还是要走。革红旗声音大了，对我父亲说："刘队长，你没听明白我的话。

我是说会要开，我没有说开全队的会呀。我是说让李晓燕主持，女子放牧班开个会，找两个男放牧班的代表参加，行了吧？”

我父亲一听，这样也可以，本来是她们女子放牧班的事，她们自己解决更好。父亲说：“好吧，听你的，我没有意见。看看李晓燕什么意见。”李晓燕看一眼革红旗，革红旗给她眨了眨眼睛。革红旗眼皮厚，耷拉着，眨眼睛也看不出来，李晓燕能看出来。李晓燕说：“指导员这么说就这么办吧。”革红旗摆摆手，说：“意见统一了，就这样吧。你们女子放牧班也准备一下，批评批评她，治病救人嘛！”

这种会当时叫交心会，也就是小型批判会，批私字一闪念。革红旗明确告诉大家，抓革命怎么抓，就是抓批判会，把革命的绊脚石搬掉。促生产怎么促，就是喊口号，定目标。动不动开批判会，大家已经习以为常。但是过去批斗的人都是落后分子，脸皮厚，怎么批判他都不在乎。现在批判的是王桂梅未婚先孕，是要脸皮要荣誉工作积极的人，这种批判会就不好开了。那个时候全中国对男女关系处理都很严，让王桂梅在班里检讨一下等于放了你一马。军马场促生产这个“生产”是让军马多下驹，没有说让女人多生孩子呀。谁知道女子放牧班马的配种率上去了，人怀孩子也上去了，这怎么行。于忠诚听到消息，说：“我写批判稿去，好好批判王桂梅。”

革红旗在我父亲走后，对李晓燕教育了一番，让她以后多长几个心眼儿，别里外不分：“我说什么你要顺着我，怎么和队长站到一起了呢？”

李晓燕说：“我说了几句真话不行啊，我要不说，你还下不来台呢。”

革红旗说：“什么真话，我是想杀杀队长的威风。你看他去场部一趟，找这个找那个，他成了功臣，我往哪儿放？”

李晓燕说：“是你催队长去找的，你也不能变卦呀。”

革红旗说：“王贵明当时跟我咬得很死，我以为谁找也不行呢。再说，队长找回来，我把他的威风打下去，还可以商量具体的办法呀。你们两个一条心，我不得已，还要开个放牧班的会。”

李晓燕说：“你的意思是什么会也不开了？那就不开呗。”

革红旗说：“开还是要开的。你看王桂梅趾高气扬的样子，要是不批判她，你以后也不好管她。”

李晓燕说：“你的心眼儿太多，转来转去，我都让你转迷糊了。”

革红旗嘿嘿笑一下，有些话他也不能跟李晓燕说。王桂梅长得漂亮，也没有多少心眼儿。革红旗在征服李晓燕之前，试探了一下王桂梅。他的手刚拍了拍王桂梅的后背，还没有往下拍呢，王桂梅就叫唤了。王桂梅说：“指导员，你的手真重，后背都拍疼了。”革红旗眯着眼睛，说：“那我拍拍你肩膀。”王桂梅躲过去，说：“你拍拍李晓燕吧，她肩膀上的肉多。”说罢，嗓子里呜噜一声“流氓”冷着脸走了。革红旗窝在肚子里的火，他不能告诉李晓燕，他等着机会收拾一把王桂梅，把心里的不快泄掉。

王桂梅也有感觉。她找到我父亲，感谢我父亲的帮助，没有去感谢革红旗，里面还有许多话不好和我父亲说。革红旗惦记她，她躲过初一躲不过初二，还是落在了他手上了。父亲帮忙后，她以为躲过了一劫。她没有想到革红旗又出了这一招，在班里的会上检讨。王桂梅非常生气。

交心会上，王桂梅要写检讨，读给大家。王桂梅说：“我写不好，认识不上去，爱咋批咋批吧。”

李晓燕怕冷场，也怕王桂梅生气把奶憋回去，自己给王桂梅写了一个纲。内容无非是受小资产阶级思想影响，要求自己不严，犯了错误，一定改正，等等。

王桂梅看了说：“要求自己不严才生孩子呀？那要求自己严的要断子绝孙了吗？”

李晓燕没有接话，任由王桂梅发牢骚。

王桂梅说：“你看革指导员有两个孩子了，不是又生了吗？四个孩子，是不是要求不严呀？”

李晓燕一听脸红了。在成年人当中，有这样一个不成文的约定，家家生四个孩子，两男两女。革指导员第四个孩子流产了。他是配种员，立即采用马的“配血浸”的办法，当月怀孕，足月生产。据说这种方法很危险，弄不好大流血，女人就完了。幸亏他老婆身体好，抗折腾。李晓燕到革红旗家看到过这种情景，套间里一铺大炕上一溜睡四个孩子，革红旗和老婆睡在外间。他的孩子间隔大。老大都懂事了，下炕到外面撒尿，路过外间，看到革红旗趴在老婆身上忙着造孩子。老大抓过门口的鞭子给了革红旗一鞭子，说“你干啥呢”。革红旗老婆把这个当笑话传出去，引得大家咯咯地乐。

李晓燕也不和王桂梅计较了，让她自己再添加点儿内容，读一遍算了。李晓燕对王桂梅说：“你也别逼我了，领导让我这么做，你不做能行吗?”王桂梅低下头，没有吱声。李晓燕还要安排班里人发言。于忠诚开始很积极，他是有意开玩笑。王桂梅看不上他的矮个子，他想报复她。要他真写，他就不干了。李晓燕警告于忠诚：“你写不写没有关系。到时候你第一个发言，你要是不发言，看我怎么收拾你。”于忠诚见李晓燕非常认真的样子，赶紧跑了。

李晓燕找谁谁不干。她找到和王桂梅铺挨铺的林静。林静不爱吱声，干活儿谁都指使她。平时她还爱看书，爱听广播。她脸红着小声对李晓燕说：“我不会写。”

李晓燕把一本《大批判材料汇编》塞到林静的手里：“这上边有，你找一个合适的抄下来。”

林静不接，李晓燕往她手里一塞，瞪她一眼，气囔囔地说了一句：“你还敢顶我了。完不成任务我找你算账。”抬腿就走了。

29

在三队我能去玩的地方，一个是单身宿舍，一个是马厩。

单身宿舍自从赵英军跑回家去后，上班的时间宿舍里一个人也没有。过去赵英军泡病号，自己泡，还要拉着两个人陪着他唠嗑。

赵英军盘着腿坐在自己的床铺上，卷着旱烟，吸一口辣得直咳嗽。有了那个小媳妇后，他就不让别人请假陪着他了。空荡荡的宿舍里就他和小媳妇。自从我爬上板铺看到他们的厮闹后，只要小媳妇来，我就爬到上铺去。我以为小媳妇会告诉赵英军，她没说。我发现我的到来反而使小媳妇更加高兴。她一边叫，一边看着上面，期待着我的出现。她的两颗黑色的眼珠在赵英军的刺激下，夜明珠一样地闪亮。现在宿舍的门关着，我打开进去，一股浓浓的臭脚丫子味就从我打开的门往外蹿。无论男生宿舍还是女生宿舍，门都不锁。李放春不摆渡的时候，就去收拾宿舍地上的卫生。

革红旗说，早晨中午晚上过河的多，平时没人过河，给李放春安排打扫宿舍卫生。李放春不愿意干，进了宿舍就开始骂“妈拉个巴子”。李放春不骂“妈拉个巴子”说不出话来。“妈拉个巴子的地脏得屎尿都有”，“妈拉个巴子的都他妈的太懒”……他一边骂，一边收拾卫生。空旷的宿舍里，他自骂自听。

宿舍没有意思，我就去马厩玩。天气一热，马厩里苍蝇黑压压一片，在值班室炕上一躺，苍蝇就扑到脸上。值班室窗户小，屋子矮，凉快。窗户上瞎虻撞得玻璃哐哐响。大瞎虻和河北老家树上的知了差不多，肚子是红色的，头是绿色的，翅膀是灰色的。它们把头钻进马的毛里面，屁股冲着外面撅起来，喝马的血。小马驹被咬得嗷嗷叫。还有一种黑灰色的小瞎虻，头扎进马皮里，吸血。中午的时候，马安静地休息。偶尔一匹马尥蹶子，叫唤，就是被瞎虻咬疼了。我和于忠诚躺在炕上，他看着我刚给他拿来的书，我在炕上翻滚一会儿，就到马厩里掏燕子窝。马棚下面燕子垒了很多窝，家燕子的窝像半个小筐挂在屋檐上；麻燕子的窝做得好，贴着屋顶粘出一个窝，像半个鱼篓镶嵌到屋顶上，外面一个一个的泥点儿像鱼篓的柳条，口小肚子大。小燕子出生后，把头伸出来，等着大燕子喂食。这样的燕子我不惹。我掏窝里有蛋的。燕子蛋是花皮的，和鹌鹑蛋一样。我拿到手里，大燕子就围着我叫，围着我扑。我把蛋在手里玩一会儿，再放进去。为了保护弱小的动物，人们编了很多的诅咒吓唬孩子。掏燕子窝会瞎眼睛。猫身上有七条命，不能祸害猫。我都信。

于忠诚有了书，在看完之前不会理我。我就去草原上玩。中午的草原，草被太阳晒蔫了，蝈蝈被晒得拼命地叫。我在草丛深处，抓蝈蝈。抓到蝈蝈后，我用背心把蝈蝈卷起来，接着再抓。蝈蝈抓多了，我也会在柴火的灰烬里烧着吃。我从作业本上撕下一张纸，用水弄湿，把碧绿色的蝈蝈包上，纸煳了，里面的蝈蝈就烤熟了，香味和烤熟的鸟一样。

去这些地方我母亲都不担心，她最担心我去水里玩。有时候我去帮助李放春摆渡，来回地拉船。李放春愿意我干这种活儿，他坐在岸上，眼睛一眨不眨地看着我把过河的人拉过河对岸。自从小媳妇跳河，他好长时间不让我拉船，连上船都要说一句“妈拉个巴子的，别掉下去”。

掉下去我不怕，我会游泳。我很小的时候，父亲到河里游泳就带着我。父亲觉得游泳很简单，学会打狗刨就行。我很快就学会了打狗刨。开始我的两只手往前挠，一条腿在水面上拍打出高高的水花，一只脚踩着水底下的地。我父亲夸我学得快，就把我领到闸门去游泳。闸门的水深，我的一条腿可以打水花，另一条腿够不到水下面的地。我扑腾两下，就开始喝水，然后滑进激流。我立即慌张起来，想，坏了，我要被淹死了。我拼命地往上扑，我的腿也跟着打击水面。我竟然游到了岸上。我就这样学会了游泳。

小媳妇跳河后，我也跟着大家寻找，后来还是在闸门找到的。水流湍急，于忠诚跳下去，吴连富在岸上。于忠诚说一个人弄不了，非要吴连富下来。吴连富早就说会游泳。过去知青在家门口游泳的时候，吴连富见李晓燕下水了，也穿着红色的大裤衩子下来。李晓燕游得好，吴连富站在水里，走到齐腰深就不走了，往岸上游。他两条腿在水上面打出白色的瀑布。李晓燕在前面自由泳，他也自由泳。李晓燕踩水，露出白色的胸脯，他就脑袋冲着李晓燕，围着李晓燕“啪啪”地打狗刨。于忠诚喊他，他不肯下水，一定是害怕小媳妇了。

河流太急，于忠诚坚持不了多长时间。他高喊了几声，没有谁下水，我就去帮助他。我们两个人拉起沉在水面的小媳妇。男人淹在水里是趴着的，女人淹在水里是仰着的。不知道是什么道理。小媳妇仰在水面上，花布衣服漂起来。我们托住，往河边送。到了浅地方，吴连富闭着眼睛下来了。他和我们一起把小媳妇抱上岸。

这次行动使我受到了革红旗老婆的表扬。革红旗老婆厚厚的嘴唇，牙在外面露着，总是像笑似的。我第一次喜欢她这种模样。

小媳妇穿着衣服跳下去的。发现她的时候，只有上身的花布衬衫，全身都光光的，系着腰带的裤子和系着绊带的布鞋都被激流冲掉了。我分明看见于忠诚抠住小媳妇的屁股往前推，小媳妇曾经在单身宿舍里盯着我的黑眼睛动了一下，把我吓得松了手。于忠诚抓得紧，小媳妇没有被水冲跑。

我后来做了很多噩梦。我胆小，箱子里面的《不怕鬼的故事》我看了一遍，就扔到箱子后面，半夜往扔书的地方看，黑漆漆的，好像书里的宋定一正在捉鬼，我用被子捂上脸。我怎么会去和于忠诚一起从水里抬小媳妇呢。我是看热闹的啊。谁也不下水，眼看于忠诚要顶不住了，我才下去的。于忠诚喊了我一声，喊的什么我都忘了。于忠诚说，他没有喊我，这种事也不想让我去。我说你喊了，喊我下去的。小媳妇刚刚跳河，就捞上来了，肉还是软软的，要是泡一泡，就更吓人了。

李放春继续骂“妈拉个巴子”，摆渡的时候，唉声叹气。小媳妇从他身边跳下去，好像刚发生一样。他和小媳妇做邻居，小媳妇整天涂脂抹粉打扮得跟妖精似的，家里活儿也不干，坐船就去挨着南岸的单身宿舍。李放春那时候还没有打扫单身宿舍，就知道她干啥去了。回来坐船上梳理头发，怎么梳理也没有去时那么板整了。光顾弄头发，裤腰带都歪到胯骨上去了。李放春知道怎么回事，也不敢跟她丈夫说。她这一跳可好，坑了两个人。她给丈夫扔下一男一女两个孩子，谁伺候？在船上跳下去的，李放春怎么和她丈夫交代。

李放春那天就觉得有事。小媳妇上船看着河面一声不语，李放春纳闷，寻思和丈夫生气了呢。李放春见她衣服也换了。以前总是那件红地黑格子的上衣，今天是一件白地粉花的上衣，光亮亮的，李放春多看了几眼。过去上船她就和李放春打招呼，说说笑笑的，好像去看戏那么兴奋。李放春一想到她去赵英军那儿，就不搭理她。小媳妇脸皮够厚的，她知道李放春明白自己去干啥，她也不在乎。她还劝李放春再生个孩子，老婆带来的比不上亲生的好。李放春心里说："妈拉个巴子的，我都老抽抽了，生什么生啊?"小媳妇听说开赵英军的批斗会，就在会场外面转悠，她还嘻嘻地冲着男单身们笑，问"批啥呢"；丈夫打也不怕，手还没有挨上身子，她就号给婆婆听。怎么就想不开去跳河呢？李放春想不明白。李放春猜测，小媳妇跳河前决心大，跳到河里害怕了。她从水里冒出来，冲着李放春使劲地伸手，还摇晃着，喊"救救我"，喊"孩子"。李放春耳朵都听见了。水把小媳妇再一次冲倒，她的手还往李放春方向伸着。小媳妇被冲得很远了，手还在水面上摇。李放春不会水，就是会水，这么急这么深的水，也不好救啊。李放春站在船上，眼睛直直地骂了一句"妈拉个巴子的"。

好长时间，我也不帮李放春去摆渡，他一个人孤零零地拽着架在河上的铁丝，睁着眼睛闭着嘴，一句话也不说。我帮他摆渡，他会坐在岸上吸烟，很悠闲。我也很少去河里游泳，怕水面上出来一个花布衣服的小媳妇。

我常常看到小媳妇的丈夫怀里抱着女儿手里领着弟弟，在河北岸的土岗上站着，看东去的河水。我看到孩子们张着嘴的样子，一定在喊"妈妈"。小媳妇丈夫高大的身材木桩一样地立着，他在望远远的闸门，闸门挡住了远去的妈妈。他一定看到了闸门上漂着一件花衣服。

队里所有能玩的地方我都去了，现在没有可以玩的地方了。母亲开始带着我去挖猪菜。爷爷不在了，养猪是我母亲一个人的事。我手脚很笨，我挖了一把猪菜，母亲已经挖了半麻袋猪菜了。有一块草地上面没有草，长着茂盛的韭菜。只有母亲知道这个地方。挖完了猪菜，母亲就割一捆韭菜，回家做菜吃。这些野韭菜比专门种的韭菜好吃。母亲割过几次后，韭菜长大了，开出韭菜花。母亲把采的韭菜花放进面袋子里面，拿回家后，放在大盆里，用水泡上。藏在韭菜花里面的小蜘蛛还有其他的昆虫都会跑出来。和韭菜花一样颜色的小蜘蛛腿长长的，爬出来就跑掉了。母亲把韭菜花洗干净，剁碎，放上盐，装在坛子里。几天后盐和韭菜花结合后开始发酵。母亲用小勺舀出一碟，满屋都飘着韭菜花的香味。李晓燕爱吃母亲腌的韭菜花，母亲装一瓶，让于忠诚给李晓燕拿去。

于忠诚好久不敢见李晓燕了，他没敢和我母亲说。接过母亲的韭菜花，他一边拿在手里，一边想怎么送给李晓燕。于忠诚从我们家走出很远，心里一块石头落了地。他想韭菜花是他再次接近李晓燕的机会。李晓燕对他再有想法，队长家的韭菜花她也不能不要啊。

李晓燕接过韭菜花，脸上的阴云没散。正像于忠诚想的，韭菜花是队长家给的，和于忠诚没有关系。于忠诚想借着韭菜花缓解和李晓燕的关系，李晓燕不想理他。

于忠诚不知道先解释哪一件事情好。解释那封情书吗？已经过去很长时间了。于忠诚把情书给李晓燕，李晓燕当时还没有反应过来。她以为是于忠诚写给组织的思想汇报，于忠诚不是想入党吗？看了几行字后，发现是于忠诚写给自己的情书。李晓燕脸色绯红，血液要从白皙的脸皮里爆出来。她把情书团成一团，打在于忠诚的脸上，骂他“耍流氓”。于忠诚把情书团的纸团装进衣兜，对李晓燕说：“我是真心的。我爱你。”李晓燕说：“你是中毒了。以后不许看那些书了。”于忠诚说：“你还看了呢。你还喜欢那里面美好的爱情呢。”李晓燕说：“我立场坚定。你本来就思想肮脏。”于忠诚说：“爱情可不是肮脏的。爱情是最纯洁、最干净的感情。”李晓燕说：“小资产阶级。”于忠诚说：“说我啥都行，你可别把这事说出去呀，更不能批判我。”

李晓燕想笑，忍住了。她说：“到此为止。”

于忠诚高兴地说："好。我也想给你提一个条件。"

李晓燕脸上现出鄙夷，说："你还想给我提条件，你有这个资格吗？"

于忠诚说："不是条件，是恳求。"

李晓燕看看于忠诚可怜的样子，心软了，脸上的冰也融化了。她说："你说吧。"

于忠诚说："为了工作和进步，你现在不想搞对象，我理解。以后你想搞对象了，你能不能首先考虑我？吴连富跟你不般配。"

李晓燕听了于忠诚的话，几乎要笑出来。她费了好大劲，才把涌上来的笑意压住。她故意一脸严肃地说"美得你"。

也许是这件事伤害了于忠诚，于忠诚也报复了李晓燕一次。在批判王桂梅的会上，于忠诚答应先发言，可是他不仅没有先发言，开会前就跑得连影子都没有了。李晓燕原来想，有林静和于忠诚发言，会议就没问题了。其他人愿意说就说，不说会议也成功了。可是于忠诚先把李晓燕撂在那里了，简直把李晓燕气疯了。李晓燕一猜于忠诚就是对情书的报复。晚上，于忠诚从场部回来，李晓燕看左右没有人，上去掐着于忠诚的后脖子，说："你也敢骗我。"

于忠诚挣开李晓燕的手，说："我真有急事。"

这两件事于忠诚都想借着送韭菜花给李晓燕解释清楚，李晓燕一个也不听。于忠诚最后实在没有办法了，对李晓燕说："批判王桂梅我不发言我是有道理的。"

李晓燕说："什么道理？你坏我，你还有理了。"

于忠诚迟疑了半晌，说："现在我什么也不管了，让你看看是不是我对你好。我说了，我以后也没有脸见队长了，你要是告诉队长，我也不在这个队待了，我要求调转。"

李晓燕说："你吓唬谁呢？你以为你像个人似的，看得起你是人，看不起你什么也不是。"

于忠诚接过话来，故意说："看不起我咋的，我还成马卵子了？"

李晓燕说："你看看你的样子，一点儿自知之明也没有，哪个姑娘漂亮你追哪一个。”

于忠诚说：“我郑重地告诉你，我就追你一个，王桂梅都有孩子了，没孩子我也没有看上。她哪有你漂亮啊。我今天把真话告诉你，我就是《红与黑》的于连。我出卖我的老领导，你看我爱不爱你。”

李晓燕非常警觉地说：“你说吧。我看你读书读多了，爱这爱那的。”

于忠诚说：“我说了。”

李晓燕说：“说吧，我听着呢。”

于忠诚左右看看，四周没有人，踮起脚，把脸凑到李晓燕的耳朵旁边，李晓燕雪白的头皮上的一缕黑发飘起来，碰到他的嘴上。于忠诚嘴有些痒痒。他怕李晓燕推开他，急忙说：“告诉你吧，是队长不让我在会上发言的，他出的招，让我跑的。”

李晓燕吓了一跳，说：“不可能。”

于忠诚收回脖子，说：“不信，你问问队长去。”

于忠诚很长一段时间没有去我家，也没有找我借书。

30

李晓燕被于忠诚说出的秘密弄得张口结舌。她无法面对这种结果，眼睛死死地盯住于忠诚，说了一句“死样”，就走了。于忠诚说完之后，也后悔了。父亲告诉他，不让他参与这件事。于忠诚说李晓燕盯上他了，躲不过去。父亲说，“跑”。于忠诚跟着父亲练习武术，开始于忠诚也不服我父亲。队部门前有一个压谷子的石头磙子，非常重。我父亲让于忠诚把它立起来，于忠诚费了好大劲才把磙子立好，大头朝下，小头朝上。父亲说：“你把它抱起来，走几步。”于忠诚笑了。一个人哪能抱起来，三个人抬都费劲。父亲走过去，两条胳膊一伸，把磙子抱在怀里，“嘿”的一声，放在肩膀上，接着又“嘿”一声，举了起来。父亲放下滚子，周围的人都吓傻了。于忠诚张着的嘴合不上，说："队长，你……"于忠诚说不出话来。父亲伸出一条胳膊，让于忠诚在胳膊上吊一下。于忠诚在学校玩过单杠，他抓住我父亲的胳膊，两只脚离地，父亲的胳膊一动没动。于忠诚下跪要拜父亲为师。父亲说："起来，这都是过去那一套了。"父亲显示自己的武功，是想震慑一下这些知青小伙子，他们来了就不知天高地厚的。以后父亲说什么，大家都老老实实地应着。爱打架的赵英军更是吓得躺在炕上不吱声。刚来的时候，赵英军二十三岁，是知青里面最大的，宿舍里谁不听他的，他上去就是一顿打。他说他从小习武，天下无敌。于忠诚不服气，说自己也是自小习武，没人敢惹。两个人对视了一会儿，谁也没有说话。于忠诚睡的炕下面是一个烧炕的炕洞，从此以后烧得于忠诚晚上无法睡觉。每次回来，都发现被褥很乱，他知道是赵英军在挑动他干仗。于忠诚忍着。赵英军跟那个小媳妇在他的蚊帐里搞，弄得他褥子上很多污迹。于忠诚又忍了。从他佩服父亲的武功后，父亲给他一个"忍"字，他一直活学活用。这次他不得不对李晓燕说出父亲给他出的主意，他不想自己喜欢的人恨自己。他太爱李晓燕了。

父亲不让于忠诚参与，是于忠诚还年轻，不要参与去伤害一个女人。他还要找对象，这么一本正经地对女孩子凶神恶煞似的批判，自己就没有后路了。小青年在这上面犯错误没什么可追究的。要是拿别人的不对来显示自己的正确，就是人品有问题。于忠诚懂得父亲的意思，父亲在保护他。临开会的时候，大家都到齐了，于忠诚赶着炮车去场部了。李晓燕非要等于忠诚来了再开始。等得革红旗都不高兴地光看李晓燕。李晓燕说："开吧。"

李晓燕对会议心里没有底，除了找于忠诚，她还布置了林静，让她做好准备带头发言。林静听了躲三躲四的。林静胆小，李晓燕一吓唬，林静害怕她。到时候于忠诚不发言林静肯定会发言。李晓燕用了双重保险，以为大功告成，一副胸有成竹的样子。虽然会前跑了于忠诚，林静还在，李晓燕放心了。李晓燕把大批判打头炮的希望寄托在林静身上。

林静那天听了李晓燕的安排，当时就晕了。她这不是欺负自己老实人吗？林静想推托，李晓燕语气坚定，不容争辩。林静傻傻地看着李晓燕的背影，痛苦地蹲在地上。

林静从小没有父母，在哥哥家长大。嫂子厉害，她小心谨慎地生活，从来没穿过新衣服。到了军马场，挣了工资，她才自由了。第一件新衣服是王桂梅帮她买的。王桂梅又领着她买了合适的内衣。她和王桂梅铺挨铺，王桂梅的香皂好，就让她用。那种"万紫千红"牌的香皂洗头，头发几天都是香香的。她平时抹的是蛤蜊油，抹完之后，油乎乎的一股怪味。王桂梅用的是"面友"雪花膏，还送给她一瓶。光看瓶子就很好看，像透明的玉。揭开一层蜡纸，蘸一点儿，抹在脸上，细、滑、淡香。王桂梅从家里捎来的"中华牙膏"，给她一支，她是第一次用这么好的牙膏，口腔里的水果味浓浓的，她想把刷牙水都咽到肚子里。让她批判王桂梅，会散了，她怎么见王桂梅？她承受不了，王桂梅能受得了吗？王桂梅把家安在了场部，单身宿舍的铺没退，上班还住在宿舍里。林静和她挨着铺，以后怎么睡？

林静想不出逃脱的办法，急得她把李晓燕给的《大批判材料汇编》扔到地上，用脚使劲地踩起来。

孙洪艳见到了，说："你踩它干啥？"

林静吓得急忙把书捡起来。

"洪艳姐，您帮我算算，我该怎么办？"

孙洪艳说："还用算吗！嘴长在你身上，你不说她还杀了你。"

林静为难地说："我怕李晓燕生气。我要是得罪了她，她还不收拾我呀。"

孙洪艳说："你就不怕桂梅姐生气？"孙洪艳说完，想了想，小声对林静说："我告诉你，你先不要吱声。等开会了，你就上厕所。出去你就跑回宿舍去，千万别回来了！"

林静一听心里还是没有底，跑了和尚跑不了庙，李晓燕早晚还不收拾她呀。她沮丧地说："要不死了算了。我的命这么苦呢。"

林静命苦，命运没有放过林静。林静感叹，怎么也逃不出李晓燕的手心。孙洪艳也发现自己想得太简单了。李晓燕现在学精了，姑娘们已经把握不住她的心思了。

会议一开始，李晓燕就宣布了纪律，开会期间，谁也不许出去。孙洪艳一听，就接了一句："上厕所也不行啊？"李晓燕说："不行。上厕所必须请假。有发言任务的，发完言才能上厕所。"

李晓燕早就想到了，王桂梅在女子放牧班不仅和她一样长得漂亮，还一身正气，说话都在理上。她威信高，大家都拥护她。要不是出了这件事，李晓燕拿她也没有办法。李晓燕知道大家都不想得罪王桂梅，到时候差不多都不会说话，或者跑出去不回来。所以她先宣布纪律。她现在暗暗佩服于忠诚。他早知道我要关门打狗，他不进门，就跑了。到时候看我怎么收拾他。李晓燕还没有开会，就让于忠诚给惹一肚子气。过去天天跟在屁股后面，撵都撵不走，还"爱"呀"爱"的。用上他了，他跑了。昨天还坐在桌子旁边说写批判稿呢，到底写的什么也没有看到，整不好又给谁写情书呢。李晓燕陷入沉思，革红旗说："燕子，谁发言哪？"李晓燕才缓过神来。

李晓燕宣布开会后，先铺垫了几句，什么王桂梅的错误，女子放牧班的荣誉，小资产阶级作风，挽救王桂梅，不让她滑向资产阶级深渊。说着说着，孙洪艳小声说："我还想滑向深渊呢。"李晓燕听见了，回头看她一眼，把话题一转，说："王桂梅，你先检讨。"

王桂梅把孩子放在单身宿舍，由丈夫看着。到了吃奶的时候了，王桂梅没有送奶，胸前的衣服都被奶水染透了。她和革红旗提了多少次了，离开女子放牧班，去后勤干点儿活儿。队里安排不了，丈夫找了修配厂，修配厂同意她去看大门。革红旗表态，说出"两个不能走"，一是问题没有处理完不能走，二是李晓燕不从北京回来不能走。革红旗清楚，如果放走了王桂梅，很多人都不想干了。知青陆续开始大分配，当医生的，开汽车的，做会计的，教学当老师的，现在看放马最艰苦，谁也没有刚来时那种虎劲，争着抢着来女子放牧班了。没分配的宁可在水利工地挑土篮，也不放马。革红旗要保住这面红旗，就要把女子放牧班围堵住，不能留缺口。如果王桂梅未婚先孕打开缺口，调到场部去，那很多女孩子也会学，提前怀孕。

李晓燕说：“没有人那么不要脸，提前怀孕的。”

革红旗说：“这叫防微杜渐。”

生过孩子的女人去掉了自己身上羞涩的面纱，脸皮厚，胆子也大了。王桂梅听到李晓燕一声喊，就“到”了一声，大家哄笑，她也不在意，站在值班室的炕上，开始念检讨。炕和屋顶距离近，王桂梅个子高，头低着，腰弯着，好像挨批斗一样。孙洪艳说：“你下去念吧。看你那样，跟上吊似的。”大家又哄笑。李晓燕挪一下地方，留出空来，王桂梅从炕上下去，站地上念。

王桂梅的检讨书最后还是出现在我父亲的手提兜里。这个检讨革红旗不满意，没有留，让我父亲看看送给王贵明，父亲没送，放在了兜子里。

让我摘抄一段王桂梅的检讨，看看她是怎么写的。

毛主席说：虚心使人进步，骄傲使人落后。

我因为思想改造不彻底，受资产阶级思想腐蚀严重，才犯了这样的错误，对不起毛主席他老人家，对不起党，对不起党支部对我的教育，更对不起革指导员，对不起刘队长，最最对不起的是我们女子放牧班。我给党，给革指导员抹了黑，给李晓燕排长抹了黑（李晓燕排长马上要提拔副指导员了，我更对不起她了）。如果我严格要求自己，处处想着女子放牧班的荣誉，我就不会犯这样的错误。我后悔那天在小树林里我没有顶住男的诱惑，是他抱住我的脖子把我弄倒在地上的，我要是坚持站起来，我要是再坚持一下，再克服一下我的资产阶级享乐主义，那个男的就不会得逞，我就不会滑向资产阶级的深渊。感谢大家通过这次会，把我拉上来，我决心再也不滑下去了。

狠斗私字一闪念。我太自私了，光想到资产阶级的享乐，没想到给党和人民带来巨大的损失。虽然我的父母都是革命军人，我又在他们身边长大，但是到军马场后，我放松了学习，贪图享受，个人主义严重，以至于在风口浪尖上站不稳脚跟，陷进了资产阶级的泥坑而不能自拔。

沉舟侧畔千帆过，病树前头万木春。

我一定痛改前非，重新做人，请大家看我的行动吧。

革命战士：王桂梅

31

王桂梅的检讨按照要求要写具体细节，尤其第一次发生关系的细节一定要写，这是惯例了。革红旗说检讨得不深刻，就是这些内容没有交代。窥探男女的隐私，是当时批斗会最吸引人的地方，大家都愿意听，比黄色小说还黄。因为王桂梅是女同志，又是小型的会议，我父亲告诉李晓燕不要写那么多，那么具体。李晓燕同意了。

会议就两项内容，王桂梅检讨，王桂梅检讨完了，大家发言。

发言要围绕王桂梅的检讨进行，不要偏离；要批判得深刻，不要浮皮潦草；要深挖出现问题的根源，不要浅尝辄止。李晓燕反复强调“三要三不要”，为的是把会议开得认真而隆重。她一边说着，一边看着林静。

李晓燕讲完话后，一阵沉默。

林静没有坐在炕上，躲在地上的一块木板搭的凳子中间，两边坐的王天河和王彩兰快把她挤没了。李晓燕想，她坐在地上，是想发言的时候方便吧。等了片刻，林静好像跟她没事似的和王彩兰说话。李晓燕看看林静，说：“林静，你不是准备好了吗，你先说吧。”

林静急忙坐好，一声不语了。

李晓燕又提醒了一句，说：“林静，我看你这几天忙着写材料，准备得挺充分吧？”

林静低下头，不说话。

李晓燕声音大了，说：“林静，我问你呢。”

林静旁边的王彩兰推了推她，说：“排长叫你呢。”

林静说：“你推我干啥？爱叫谁叫谁。”

王彩兰知道自己多嘴了。她把头扭过去，看着李晓燕。

李晓燕盯住林静，内心的火升起来了。她知道林静装聋作哑，是不想发言。林静没有违抗她命令的胆子，一定是班里的人给她出了主意。林静一方面胆小，一方面跟王桂梅关系最好。李晓燕安排她发言，是经过考虑的。会前李晓燕还问林静，准备得怎么样了，她还笑着点头呢，怎么会上不发言了？李晓燕准备再震她一下。李晓燕在大家想看她笑话的时候，突然拍了一下桌子，喊一声：“林静，我和你说话呢。”

林静把头低到裤裆里去了。

屋子里一片尴尬。李晓燕见林静不仅不回答，还把头低到下面去，看来是要顽抗到底了。李晓燕没有多少心眼儿，她不知道现在该怎么办。她看一眼革红旗，又看一眼我父亲。她不敢看其他人参加会议的目光。这些人是看热闹的，热闹越大，他们越高兴。李晓燕心里也有几分悲哀。女子放牧班成立这么长时间，大家一起工作，一起吃苦，怎么到了关键时刻，没有一个为她圆场的呢。她想起于忠诚，要是于忠诚在，也许自己喊一声，他会说几句。李晓燕眼看着会议无法往下进行，她脑袋发涨，感觉自己彻底垮下来了。她想革红旗一定会替她打圆场，队长也会的。但是这个时候领导说话不合适。李晓燕想了一下，想喊王彩兰。王彩兰大大咧咧的，也许能帮自己的忙。她刚说“王彩兰”，王彩兰伸手去拍瞎虻，没听见。

“我说几句。”吴连富说话了。吴连富有这样的觉悟，也有经验。吴连富说：“我们是女子放牧班邀请的代表，说点儿不成熟的意见。王桂梅这事做得确实不对，她也做了深刻检讨。我看检讨得很到位，触及了灵魂，揪出了私字一闪念，有彻底和资产阶级彻底决裂的决心。我们不能忘记党和毛主席对我们的关怀，不能辜负场党委的希望。要感谢指导员队长对我们的关心。王桂梅也不能因为犯了这点儿错误倒下，灰心丧气，要改造自己的世界观，做一个名副其实的好牧工。”

吴连富的发言平平淡淡，李晓燕听出来了，吴连富是给她台阶下。李晓燕从心里感谢吴连富。吴连富的发言火力不足，还不猛烈，没有深挖王桂梅的思想深处，革指导员肯定不满意。李晓燕扭头，看一眼吴连富。吴连富满脸兴奋。

吴连富见李晓燕满意，便继续说下去：“女子放牧班成立到现在，很不容易。李排长付出的辛苦大家都看到了……”吴连富平时不说话，会上他却很会说，都是最时髦的词。他表扬完李晓燕，说着说着开始表扬起王桂梅工作吃苦耐劳来了，这不又扯远了吗？吴连富的意思是成绩是主要的，不能因为错误埋没了女子放牧班的工作。大家听出来的意思是吴连富既解救了李晓燕的尴尬局面，也不想得罪王桂梅。

王天河见吴连富发言了——外来的男牧工就他们两个，其他人喊都不来，说工作放不下，吴连富是一排排长不能不来，自己是二排排长，不说话不好——王天河说得很随意，他用浓重的山东话呜噜呜噜地说，故意让大家听不明白。他表述的意思是，今天的会议很成功，王桂梅的错误大家也看到了。他同意吴连富的发言。以后王桂梅要多注意身体。女同志生孩子是大事。他家美娥，生孩子做病了，干点儿活儿腰就疼。王天河说着说着，又说到工作上去了，把王桂梅表扬一顿，还说王桂梅是一个好牧工。

李晓燕等王天河说完，把目光又转到林静身上了。林静还低着头，可是身体明显放松了。李晓燕不满意他们两个男人说的话，她还要林静发言。

林静知道逃脱不了了，她把头抬起来，对李晓燕说：“我肚子难受，我想上厕所。”

李晓燕说：“好。等你发言完了，就批准你上厕所。”

林静说：“我怕……”

“说吧，不要怕。”李晓燕和颜悦色地对林静说，“都是革命同志，你们还铺挨铺，更了解王桂梅同志，你不是还写了批判稿吗？”

“排长，我上厕所，我怕我憋不住……”

“坚持一会儿，发完言再上厕所，快说吧。”李晓燕见林静开口说话，心里亮堂了一大半。她鼓励林静发言，女子放牧班的事，没有人发言怎么行。林静在班里也是有文化的，说出来肯定比吴连富、王天河强。李晓燕没有注意自己，自己已经急得满头是汗。她不敢看会场的人，她耐心地等林静发言。凭着李晓燕的水平、名气，也不能把这个会开砸了。她催促林静：“快说。”李晓燕表面平静，内心快要爆炸了。

“我是说……”林静低着头，手抓住衣角，“我是说，我不能激动，我一激动就想上厕所。我看朝鲜电影《卖花姑娘》，一动感情，裤子都湿了。”

“那也不能上厕所！”李晓燕听明白了。

林静非常委屈地求李晓燕，说：“让我去吧，我求求你了。”林静委屈得要哭，引起大家的同情。

“这是开会，别闹了！”李晓燕更火了。

“我没闹，上厕所回来，我保证发言。你要再不让我去，我的裤子又湿了。”林静说。

大家听了都不由得笑起来。

会场乱了。李晓燕急了：

“我再说一遍，不能去！你哪怕只是说一句，我都放你去，好吧？”

林静抬起头，傻傻地看着李晓燕，突然把手举过头顶，高喊：“打倒王桂梅，再踏上一万只脚，让她永世不得翻身。”说完，问李晓燕，“行了吗？”没等李晓燕回答，林静又一举手，说：“打倒林静，林静说的话都是放屁。”

林静喊完，大踏步地走出值班室，理也没理李晓燕。

李晓燕好像刚刚清醒，她随口喊“给我回来”。

孙洪艳急忙跑出去，对李晓燕说：“你快把林静逼疯了。”

王桂梅不知道李晓燕安排林静写批判稿的事，以为李晓燕有意难为她。王桂梅见林静被逼急了，高喊一声，把李晓燕也吓住了。林静老实，家里穷，王桂梅一直同情她，帮助她，关心她。林静喜欢文学，平时还写几句诗歌什么的。写了给王桂梅看。王桂梅文化也不高，就夸她写得好。林静找到了知音一样。王桂梅对李晓燕说：

“你也别逼林静了，放她一把。我知道你心思，林静跟我好，她批判我有代表性。谁批判我都行，我都接受。我做错了事，和林静也没关系。你逼她，她心眼儿小，你看她刚才像疯了似的，出了大事就坏了。我心眼儿大，谁爱怎么批判就怎么批吧。”说着，王桂梅把两只粗黑的辫子甩到后面，毫不惧色地看着大家。

李晓燕也很生气，话赶话，李晓燕说：“心眼儿小，还能死去呀。”

王彩兰终于忍不住了，她嫌坐的木板硌屁股，挪到工具箱上，嗓门洪亮得像吵架似的说：

“燕子，你也别生气，你说的话狠了点儿。林静真要是出点儿事，你没有责任吗？”王彩兰看着李晓燕，李晓燕没有接话。王彩兰接着说：“按说，桂梅有她不对的地方，可是至于这么批判吗？听说上面交给我们处理，我们不能把人往死里整啊。再说，桂梅也写了结婚报告了，咱领导也同意了。女子放牧班干得容易吗？我们这些做女人的容易吗？谁找对象找咱这养马的？男不男，女不女，每个人身上一身病。咱不求组织关怀，犯点儿错误，也不能抓住不放啊。”

李晓燕知道，王彩兰在放牧班有号召力。她处事公平，关心同事，有好吃的分给大家一半。队里给了一个小土房，大家都到她家玩，她给大家做饭吃。吃人嘴短，大家听她的话比听李晓燕的话还认真。她嘴上也没有把门的，爱嘞嘞。如果让她随便说下去，大家情绪激动起来，交心会就变成诉苦会了。她也像王彩兰一样，同情大家，但在同情和政治、战友和领导之间，她永远选择后者。

革指导员脸沉如水地望着李晓燕。李晓燕看出来，革红旗对会议组织得不满意。昨天革红旗还把她叫去，问准备得怎么样呢。李晓燕当时回答得响当当的，“没问题”。

革红旗也觉得没有问题。这样的会开得多了。组织这样的批斗会，已经是轻车熟路，应该不会出现其他情况。革红旗忘记了，过去批谁，被批判的对象与大家有一段距离。大家不认识，也没有感情。批的时候什么词都敢用，什么话都敢说。这个会是批判她们的战友，一起工作的同志。虽然大环境对这种未婚先孕很痛恨，那是搞破鞋。但王桂梅是搞对象。这些革红旗没有事先考虑，自然就出现了这种场面。等革红旗反应过来，会议快结束了。

我父亲坐在一旁暗暗高兴。他知道王彩兰的厉害。她还有很多解气的话没说出来。父亲用赞赏的目光看着王彩兰。

王彩兰也感到了气氛有利于她。她站起来，立在地上，说：“我的第一个孩子流产了，你们知道我多难受吗？我丈夫多难受吗？我是为革命养军马，牺牲自己利益，我能忍。我丈夫劝我多少次，别在女子放牧班了，干别的吧。我说，不行，女子放牧班不散，我不走。我现在孩子也生出来了，我丈夫高兴了，支持我养马。小燕子说，摔死为革命，不死再上马。我说，生孩为革命，流产接着种。”

大家笑着，鼓掌。

王彩兰越说越来劲，大家愿意听，她说起来就不着边际了。

“这事，你批判也有了，不批判也生了，放咱一条活路不行吗？女人就是怀孩子的，和咱们的母马一样，就是为革命下马驹的。养马讲配种率，母马怀不上，挨批评；我们怀上了，要挨批判，这太不公平了！”

李晓燕打断王彩兰的话，提醒她：“彩兰，往正题上说。”

长毛在一边问：“我看彩兰说得对。以后我们都得怀孩子，怀了就批判哪？”

李晓燕说：“你瞎说什么，谁叫你不生孩子了。你生一马圈也没人管你!”

长毛故意把手一摊，说：“那你还批判啥!”

李晓燕说：“桂梅她不没结婚就怀孕了吗？结婚了谁还批判她。”

长毛不服气，说：“结婚不就完了吗？”

革指导员见李晓燕支撑不住会议了，急忙站起来，摆摆手，说：“大家别吵了。”大家立即安静下来。革指导员把脸对着我父亲，说：“队长，你还说什么吗？”我父亲说：“我不说了，你说吧。”

大家都聚精会神地等着革指导员说话。这时，林静跟在孙洪艳后面也回来了。林静不敢四下看，低着头。孙洪艳看看李晓燕，李晓燕狠狠地瞪了她们两个一眼。

革红旗站起来，谁也没看，往炕跟前走。大家不知道革红旗要干什么，脸色阴沉得要拧出水来。脸上针眼一样的毛孔张开成一个一个的坑，喷涌的血把脸皮烧得一块黑布似的。李晓燕在一边看得真切，这张脸她再熟悉不过了。她以为革红旗在找合适的地方，冲着大家发一顿脾气。

炕沿上坐着一溜人。王桂梅检讨完了，在炕沿上挤了一个地方，没有到炕里面去坐。她一边是张伟和刘玉凤，一边是吴连富。她低着头，等着革红旗讲话，看他怎么批判她。她知道革红旗对她有成见，想和她好，她没有理他。这回抓住了她的把柄，肯定要往死里收拾她。刚才大家把批判会开成了表彰会，革红旗一定是生气了。落在他的手上，还能怎么样呢。

王桂梅等着，没有听到革红旗讲话的声音。她抬起头，想看看究竟。她刚把头抬起来，就感觉耳边一阵风，她脸一歪，“啪”的一声响，带着浓浓的烟味的手掌打在她的脸上。她用手急忙捂住左脸，怕革红旗第二个嘴巴打过来。她惊恐地看着革红旗，不知道是说，是骂，是哭。她惊魂未散地去看革红旗，听见革红旗咒骂的声音：

“不要脸。”

王桂梅没有力气回答革红旗，她还在看着革红旗。革红旗愤怒的脸，血红的眼睛，粗硬的头发支起来，像马鬃一样。革红旗浑身在抖动，他是生气吗？王桂梅不明白他为什么会生这么大的气。他是报仇。王桂梅恍然大悟。革红旗一直记着自己对他的拒绝，多少年也没有忘，就等着这一天，名正言顺地打她，把火气泄出来。王桂梅担心革红旗还要打她，她把右手也伸出来，捂住右脸。

“丢人现眼。”

革红旗又骂了一句。

革红旗的一巴掌震撼了会场，把轻松的气氛打没了，把松散的情绪打没了，大家紧张地看着革红旗。我父亲都不知道说什么好，眼睛没有地方放，扫一眼目前的场面，心定气闲。李晓燕被革红旗吓住了。她站在地上，悄悄地看革红旗的脸。她听说有的男人征服女人的时候，就是用这一招，一巴掌把女人吓住，像母鸡一样堆碎了，任由男人祸害。革红旗没有对她这样。这样的情景李晓燕头一次看见。革红旗显然对王桂梅的错误很仇恨，对大家的批判不满意。这是给自己打场子呢。刚才的会议哪像批判会呀，李晓燕都受不了了。她没办法改变这一切，革红旗为她撑面子来了。

“王桂梅未婚先孕对吗？你们连好坏都不分了吗？”革红旗对着吴连富大吼，对着王彩兰大吼。回头看看一脸惊恐的王桂梅，王桂梅的脸被打肿了，红红的。“你还要脸不要脸，犯了错误，不老老实实地检讨，还有理了。你是什么，你是共青团员，是女子放牧班的职工，是身上有荣誉的人。你好意思未婚先孕吗？”

王桂梅被打，没有哭的意思，革红旗刚才吼，她也没有哭的意思。最后这几句话她听了，呜呜地哭起来。

“不许哭。”

革红旗又大吼一声。

王桂梅没有了声音，眼泪连串地往下掉。

革红旗冲着林静说：“还有你，你去尿啊，你再喊口号啊。还管不了你们了，都是惯的。”

革红旗把脸对着李晓燕，说：“带队伍，要带出样子来。你看看，现在是什么样子。”革红旗用手点着一个个女职工，说：“活儿你们没少干，我们组织都知道。现在是批判王桂梅，也不是对她个人，是对她的错误，你看你们委屈的。控诉谁呀。你们应该控诉王桂梅，她要不犯错误，我们开什么会呀？”

大家屏住呼吸，等着革红旗继续训话。我父亲觉得革红旗发火还是对的，但是打人不对。一个大姑娘你怎么能打嘴巴子呢，把颜面都打没了。我父亲在嗓子里咳嗽了两下，革红旗听见，把要说的话咽一咽。

革红旗在地中间站着，他转了几次身，大家低着头，不说话。他想语气缓和一下，刚要张嘴，看王桂梅两只手捂着脸，还在哭。他把手一摆喊道：

“散会。”

32

李晓燕头一次发现自己主持了一个窝囊的会议。

会后李晓燕第一个要收拾的就是于忠诚。于忠诚天天跟在后面，对她百依百顺的，关键时刻就把李晓燕撂那儿了，李晓燕能不生气吗？这些都好说，于忠诚给李晓燕写情书，里面海誓山盟，永远爱你，写得天花乱坠的，到了用他的时刻，他跑了。

李晓燕当时看了于忠诚的情书很生气，过了一会儿心里很高兴。女孩子都希望男人爱。和吴连富在一起这么长时间，也没听他说一个爱字。他嘴硬，心里想着也说不出来。于忠诚要是没有看那么多书，也写不出来。

李晓燕现在恨于忠诚。人在恨的时候，又会想到被恨的人的好处。于忠诚对李晓燕非常好，李晓燕体会到了。冬天放马，李晓燕感冒了，什么也吃不下去。于忠诚到草地里，追赶野鸡。过膝深的大雪，走一步都困难。于忠诚跟着野鸡跑，追到一个雪洞里。他穿着大衣，手够不着里面的野鸡。于忠诚脱了大衣，光着胳膊，把野鸡掏出来。他在值班室给李晓燕炖汤喝。李晓燕没有过多地想，以为于忠诚年纪小，给姐姐服务是应该的。于忠诚给她写了情书，她才知道于忠诚懂得男女之爱，他爱上她了。

春天刚过，暴雨来临。都快半夜了，李晓燕才想起来，吴连富告诉她给女子放牧班拉的马料和盐在南岸马车上，让她安排一个人牵着马过去，把东西拉回来，南岸马厩里实在没有人了，没有把东西送过来。李晓燕一忙活，晚上又去革红旗家吃饭。革红旗老婆孩子没有在家，革红旗告诉她过去包饺子。她好几天没有和革红旗在一起了，心里一高兴，把正事忘了。

李晓燕望着外面，外面雷声闪电煮成了一锅粥，雨要下来，肯定流成河。车上的马料被浇湿了可以晾干，几袋子盐浇了怎么办呢。李晓燕跑出女单身宿舍，叫出于忠诚。她把事情一说，于忠诚说："那就快去拉回来吧。"李晓燕也蒙了，回到马厩去找马。王天河值班，他说你牵着马绕过去，雨早就下来了。李晓燕说："那怎么办哪？"王天河说："人过去。马车上有苫布，盖上就完事了。"

于忠诚、王天河还有几个牧工跟着李晓燕来到河沟边上。河水滚滚，白浪滔天，摆渡船不知道被谁拉到南岸去了。于忠诚二话没说，把上衣裤子脱下来。春寒未尽，凉意刺骨。李晓燕接过于忠诚的衣服，于忠诚光着膀子穿着短裤，下到水里。他两只手抓住摆渡用的铁丝，往河南岸游。于忠诚到了河中间，河里掀起的浪把他盖住，他喊叫了一声，又把头露出来。站在岸上的李晓燕和王天河吓得屏住呼吸，一动不动。王天河说："这水大，要是抓不住铁丝，小于子就成了小媳妇了。"李晓燕说："你别瞎咧咧。于忠诚会水。"

于忠诚把摆渡船摆渡到北岸。李晓燕急忙把衣服从怀里掏出来，让于忠诚穿上。王天河去摆渡，于忠诚穿衣服。于忠诚穿衣服的时候，发现衣服还是暖暖的。衣服上是李晓燕怀里的体温。于忠诚想，那封情书没有白写，李晓燕肯定是爱上自己了。

暴雨也被感动了。他们苫盖完马车，回到宿舍，雨才噼里啪啦下起来。

李晓燕想到于忠诚对自己的好处，对于忠诚的恨就减弱了。没想到于忠诚主动地找她，把自己的心里话告诉她，检讨自己。给李晓燕面子，李晓燕很高兴。

于忠诚最后说，他去场部是队长让他去的，李晓燕心里又泛起阴影。她知道队长对这件事的态度。如果不是队长找，王桂梅肯定要处分的。全场在这件事上没有一个放过去的。有了这事，无论男女，几年内别想翻身。队长去场部，革红旗就告诉李晓燕，白跑一趟。李晓燕说："你知道白跑，怎么还让队长去找呢?"革红旗说："这就是工作方法。要是不让队长去找，队长也找不明白回来，我们处分王桂梅，大家就会说三道四。你看，最后领导都找了，场里也不同意原谅王桂梅。怎么收拾王桂梅，她也没有话说。我不仅要处分王桂梅，我还让她两地分居，一辈子也回不了场部，就在这儿放马，看她怎么养孩子。"

李晓燕被革红旗的凶狠吓住了，她小心地说："你怎么能这样呢?你看她多不容易呀。"革红旗说："你说谁容易呀?革命工作，就是吃辛苦，付出自己。她未婚先孕，我不惩罚她行吗?以后你们放牧班，还有队里，那些女的都提前怀孕呢，怎么办?"

李晓燕摇摇头说："谁能那样啊?"

革红旗说："我们的工作就要做在前面。不狠狠地刹住这股歪风，队里就要乱的。未婚先孕本来就错，还调到场部去了，工作轻巧了，你说对大家影响大不大?"

李晓燕心里希望王桂梅调到场部去，一是可怜她的孩子，没有人照顾，再就是她也不想留王桂梅。王桂梅外号"大洋马"，不是光说她个子高漂亮，她还发"虎"，根本没把李晓燕看在眼里。王桂梅会打扮自己，总是说李晓燕土。王桂梅骑马也带着一种劲头，一种精神。腰板挺直，屁股坐在马背上，两瓣屁股像咬住马鞍子似的，又稳又好看。王桂梅对林静说："摔死为革命，让马摔死，那都笨成啥样了。"班里的人都围着她，躲着李晓燕。她调走了，班里还好了呢。没想到革红旗要用调转惩罚王桂梅。

李晓燕说："你也不要把这件事都赖在王桂梅身上，我看她男朋友责任更大。"

革红旗说："你不懂。王桂梅这个大洋马，她男朋友那小个子，她要是不倒下，他能把她扳倒吗？他连王桂梅的脖子都够不到。母马不抬尾巴，公马上去都没有用。"

李晓燕一听脸色通红，喘气也粗了。她明亮的眼睛看着革红旗，想说脏话，她不会，想骂她也不会。她想起李放春的口头语"妈拉个巴子"，一急，一个字也记不住了。

革红旗耷拉着眼皮，说："你别生气，我是说她们呢。咱们是话赶话，赶到这儿了。你说我说得对不对吧？王桂梅我早就算出她来了。哪有你那么纯洁的，连马肠子和马的阴茎都分不清。"

革红旗一夸李晓燕，李晓燕立即就高兴了，她说："过去的事你就不要提了。"革红旗说："我不提，有人提。你闹的笑话和女子放牧班都进入哈拉海的历史了。"

李晓燕听了，吓得急忙问："那怎么办啊？"

革红旗一边坏笑，一边又把李晓燕搂到怀里。

李晓燕警告说："上个月可没有来呀。"

革红旗说："我是老配种员了，我心里有数。"

李晓燕说："我害怕，要是出了事，北京就去不了了。"

革红旗说："没问题。就是出了事，咱也有办法。"

李晓燕说："啥办法？我怕丢人。"

革红旗说："办法总比困难多。我要去'白办'开会，家里的事你要看好，不要再出麻烦了。"

李晓燕认真地点点头。她见革红旗高兴，就对革红旗说："你还是放了王桂梅吧。我不想让她在这儿了。她挺可怜的。"

革红旗想想说："当领导的，不要有菩萨心肠。"

33

于忠诚几天不见我父亲，我父亲觉得身边缺少什么。有两次眼看就要走碰头了，于忠诚一闪没影子了。我父亲军人出身，扛过枪，打过仗，战场经验丰富，生活这点儿小事根本逃不过他的眼睛。于忠诚几次躲在墙角，几次躲在草堆，我父亲都有数。即使在黑夜里，于忠诚也无处可逃。于忠诚发现我父亲，一个急闪，以为躲过去了，父亲一个扫堂腿就把于忠诚撂那儿了。于忠诚摔得很疼，半天没有起来。父亲知道，和这些年轻人打交道，说理论根本不行，就要给他们点儿颜色。

父亲没有时间问清于忠诚想的什么。王桂梅的事之后，父亲压力也很大。队里出问题，指导员责任最大，队长也跑不了。父亲好像精神受了刺激，见到女孩子都要仔细看一看，担心她们未婚先孕。

刘玉凤和她同学搞对象，我父亲还对刘玉凤说："搞对象我不反对，别给我惹麻烦。"

刘玉凤听不明白，就问我父亲："我搞对象给你添啥麻烦?"

把我父亲问得半天答不上来。

我父亲撵她走："快走吧，快走吧。"

刘玉凤走了两步，终于明白了。她扶着办公室的门框，脚踩着门槛，想说我父亲几句，又想不起怎么说，想了一下，对我父亲说：

"队长，你是怕我和他怀孕？哎呀，队长，你也太看不起我了。他摸我手一下，我都给他一脚。想亲我嘴，更没门。男人你就不能惯着他。"

刘玉凤在我父亲面前表白着自己，我父亲没有理她。她见我父亲不吱声，又追问了一句：

"要是不碰也能怀孕吗，那可吓死人了。"

父亲挥挥手："走吧，回去晚了，他可跑了。"

刘玉凤说："跑不了，他一天见不到我就哭。"

刘玉凤走后，父亲在背后骂了一句：

"唉，这傻姑娘！傻透气了。"

我父亲惦记队里的事多，就忘了于忠诚。于忠诚没有忘记我父亲。从他向李晓燕说了去场部是我父亲出的主意后，就觉得对不住我父亲。我父亲根本没有把这当一回事，而且那天于忠诚干的也是正事。父亲告诉于忠诚躲开，也没地方躲。卫生员李洪贵来找我父亲，告诉我父亲，瞎老徐发烧好几天了，用什么药也不降温，送场部卫生所看一看吧。父亲想了想，给于忠诚一个机会吧。父亲让李洪贵去找于忠诚，让他套上炮车，送瞎老徐去。我父亲知道于忠诚下午要开会，父亲是有意让于忠诚躲开的。

于忠诚还惦记着下午的会怎么做既不得罪王桂梅也不得罪李晓燕，想了半天也没有办法。于忠诚早就对王桂梅说："女人长得漂亮，唯一一条路就是跟领导好，要是不好，早晚得挨批判。"王桂梅说："我宁可挨批判，也不跟领导好。你以为我是李晓燕呢。"于忠诚说："你跟我好吧?"王桂梅说："你做梦呢，长得还没有我大腿高呢。"王桂梅的话让于忠诚受到了伤害。这次王桂梅找的对象比于忠诚高一点儿，也是个矮个儿。于忠诚对王桂梅说："你就是找矮个儿的命。"王桂梅气他："我愿意。"于忠诚不信她"愿意"，真想借着这次批判，好好斗斗王桂梅，出出自己的气。没有父亲的提醒，于忠诚这次肯定要和王桂梅翻脸了。他和王桂梅翻脸，会赢得李晓燕的青睐。两项权衡，于忠诚还是认为我父亲说得对，躲了最好。李晓燕现在被革红旗把着，想夺过来，很费劲。

于忠诚正想怎么躲开会议，李洪贵找来了。他高兴地套上炮车，奔场部去了。

父亲惦记瞎老徐。散会后，于忠诚还没有回来。晚上天黑透了，于忠诚才回家。他告诉队长，明天还要拉瞎老徐的老伴去场部，从场部去 203 医院。父亲问："那么厉害吗?"

于忠诚就和我父亲学了一遍。

场部卫生所的所长林继青是红小鬼出身，在部队就是卫生员。哈拉海成立军马场他是决策者之一。他医术不高，经验丰富，会说，凡是看病的被他一说都很信服。孙庆贞虽然部队医学院毕业，不喜欢说，尤其不喜欢和患者说。他认为说你也听不懂，没必要和你费口舌。哈拉海的人愿意听林继青说，喜欢找孙庆贞看病。林继青总是有点儿自负。一次一个小孩喉咙卡住了，大家手足无措，小孩的脸憋得青紫，林继青在后面猛击一掌，小孩"啪"地吐出一个杏核，好了。林继青觉得自己也有了名气。

于忠诚把瞎老徐送到场部卫生所。李洪贵介绍病情后，林继青认为是重感冒，加大药量，同时再观察。孙庆贞过来看看，问问，摇着头说："不好，赶紧送 203 医院。"林继青问："有那么严重吗?"孙庆贞说："这不是感冒，是鼠疫，老百姓叫出血热。查哈阳是重灾区，哈拉海离查哈阳近，极容易得上这种病。"鼠疫是通过线鼠传播。线鼠脊背上有一条黑色的线，毛是土黄色。于忠诚说，他在队里经常看见这种线鼠。

林继青一听这么严重，让李洪贵马上去场部要汽车。于忠诚赶着炮车，费了很大劲才把汽车定下来。孙庆贞诊断正确，救了瞎老徐一条命。

于忠诚回来到处说线鼠的事。李洪贵说："猫吃老鼠，通过猫也能传染到人身上。"吓得我们家连猫都不敢养了。父亲把大猫小猫装进麻袋里，让王天河赶车，扔到小榆树去。扔出去的小猫没有回来，大猫过几天又回来了。我父亲又让王天河去扔，扔几次回来几次，父亲失去了信心。

我很高兴，又可以抱着猫睡觉了。花猫依附在我怀里，很委屈地闭上眼睛，脑袋呼噜呼噜地响，好像有很多话要对我说。

于忠诚被我父亲绊了一跤，更不敢见我父亲。我父亲让王天河把于忠诚叫到办公室，问清了原因。父亲说："你告诉李晓燕就告诉李晓燕吧。李晓燕开始就知道我的态度。她也不会对我有什么想法。

再说，这件事我能替你顶着，你自己顶不了。李晓燕管着你，你要服从领导。”于忠诚没想到父亲这么理解他，心里一块石头落了地。于忠诚说自己单纯，以为这是告密。世界上最不能原谅的就是告密，我不敢见你。

我父亲说：“你去场部送瞎老徐看病，大家也知道了，你做得很好。李晓燕就更不能埋怨你了。”

于忠诚说：“送瞎老徐派谁去都行，我明明知道开会，李晓燕就认为我主动跑的。”

我父亲告诉他，事情过去了，不要多想了。

于忠诚很高兴，中午在我家吃饭，母亲做的红烧鱼干。

吃完饭，于忠诚带着我去马厩。过河的时候，李放春没有在跟前，我们自己摆渡过去。我一边拽着铁丝，一边问于忠诚，你不害怕小媳妇吗？于忠诚说：“不怕。”我说我怕。于忠诚说：“你怕你怎么还去帮忙？”我说我是看热闹，见你自己一个人不行，我去帮助你。我很生气地说：“你连这个都看不出来，白帮助你了。”

于忠诚说：“你不帮我，我一个人怎么能把她拽出来？我告诉你们老师了，她没表扬你吗？就是指导员他老婆。我和她说她还不相信呢，说你有那么大的胆子吗。”

我现在才知道是于忠诚告诉老师的。于忠诚在我面前高大起来。

船在河中间的时候，被浪冲得小船上下起伏。我们都会水，没有在意。浪打在船帮上，发出“啪啦啪啦”的响声。我说小媳妇过河都害怕，跳河怎么就不害怕了呢。

于忠诚说：“绝望了吧？”

我说：“她脸皮那么厚，怎么会绝望呢？”我的眼前出现她躺在炕上看着我的那双黑黑的眼睛，一点儿也没有羞涩。

于忠诚说：“她发现这么荒凉的地方，最后谁也不爱她了，她活着就没意思了。”

我说：“她不就是爱着赵英军吗？”

于忠诚说：“她谁都爱。你没看见她往马厩跑，我刷鞋她站在一边不走，她喜欢我。”

我说：“她也爱你吗？”

于忠诚点点头。

我说：“你像赵英军那样在你的蚊帐里跟她滚了吗？”

于忠诚说：“没有。她看我不跟她，她又去找吴连富了。”

我说：“吴连富跟她在炕上滚了吗？”

于忠诚说：“不知道。”

我说：“她还爱谁呢？”

于忠诚说：“多了。她爱到人多的地方，和单身宿舍好多小伙子好。我不能和你说，你小。”

我说：“不爱她就去死，值得吗？她不是有男人吗，有个男人爱就够了，要那么多，能顾得过来吗？”

于忠诚笑了，说：“小屁孩，什么都问呢。这些都不是你应该知道的。知道早了，对你不好。”

我说：“有啥不好的。我还挺喜欢李晓燕的呢。”

于忠诚见我说起李晓燕，他高兴起来。风吹着他的长发，都背到后面去了。风在长发上梳理，于忠诚用手把头发弄好，风又吹乱了。于忠诚说：“你也喜欢李晓燕，你喜欢她啥？”

我说：“好看。”

于忠诚说：“这么小知道什么好看不好看了。”

我说：“刘玉凤就不好看。张伟也不好看。王彩兰也不好看。”

于忠诚说：“小屁孩，还挺有眼光呢。”

我受到鼓舞，继续问于忠诚，说：“你说女的为什么裤衩上有血呢？”

于忠诚说：“你看到谁裤衩上有血了？”

我说：“我看到李晓燕到河里游泳，上来的时候，她的白裤衩变红了。她急急忙忙地披上衣服，让刘玉凤跟着往宿舍跑。一边跑一边说，来了，来了。她还挺高兴呢。”

于忠诚陷入了沉思。他不再理我。

我想，我可能问错了，我不敢再吱声，拽着船往河岸走。这个谜于忠诚没有给我解开，我上初中的时候才知道李晓燕那个地方发生了什么。

34

父亲和革指导员的矛盾越来越深，在处理王桂梅的事情上就暴露出来了。他们还没有撕破脸，各自的想法都坚持着，谁也不让谁。父亲认为自己对，革红旗认为自己对。每次开支委会，革红旗都在下面串联，想在表态的时候，把父亲孤立起来。一般的事情父亲也不多问，革红旗说了就说了，父亲不吱声。如果父亲让过了他一次，革红旗会在下一次的时候让父亲一把。这种做法保证了三队是一个团结的班子，政委很满意。父亲想，这就是政委说的咸鸡蛋和鸡蛋，反正都是个蛋。

革指导员忙着升迁的事，特别重视政委的态度。他知道政委和我父亲好，都是复转军人，话能说到一起去，他也不敢得罪我父亲。我父亲坚守另一个信条，不去政委面前说革红旗的坏话。这一方面表明我父亲的品质；另一方面，父亲知道政委的脾气，和他说啥他就会找革红旗问。

革红旗天天往场部跑，有时就住在场部。回来只到女子放牧班转转。这是他树起来的红旗。见到李晓燕就“燕子、燕子”地叫个不停。革红旗有他独特的优点，会交流，再大的官也能凑上去说上话。王瘸子来检查工作后，他跟着王瘸子吃了一顿饭，就成了王瘸子的朋友。王瘸子一来，他就去看望。围着王瘸子转，忙前忙后的。革红旗老婆什么也不会干，偏偏腌糖蒜好吃。他用罐头瓶子装上腌得黄里透红的糖蒜给王瘸子送去。王瘸子每次来，都对政委说：“老革的糖蒜呢?”

政委为人正直，就烦这种巴结人。为了几头糖蒜，还要派个吉普车去趟三队。革红旗好像有感觉似的，很快和政委也搞明白了。他发现政委爱吃咸菜，就让老婆弄点儿萝卜咸菜。他老婆在腌咸菜上有灵感。她把萝卜切成条，晒干。然后把晒干的萝卜条剪成一寸长的段，用温水浸泡一个时辰，把水沥净，用细盐搓一遍，放在罐子里。然后放上切碎的蒜切碎的辣椒，再倒入酱油，酱油要腌过萝卜干。把一碗豆油烧开，放凉，倒入罐中，罐口用猪吹泡封好。封存一个月，打开即食。

政委吃到这样的萝卜干，高兴得在空中直摆筷子：“好吃，好吃。”

这是一道美食，又省钱，又经济，又普通。政委见了革红旗就问：“萝卜干还有吗？”

革指导员并不给政委多送，让政委天天惦记着他。

上边弄得挺好，革红旗更不把我父亲放在眼里了。他对李晓燕说：“你去北京之前，我就把你提为副指导员。”

见李晓燕不吱声，革红旗继续说：“你干到这儿了，谁也挡不了。王瘸子上次来就答应了，政委没有落实，王瘸子把政委训了好几次了。”

李晓燕说：“我怕。”

革红旗说：“有啥怕的？当上副指导员，以后前程一片光明。王瘸子说，你当个副场长都没有问题。”

李晓燕说：“没那么容易。你想当多少年了，也没有当上副场长。”

革红旗说：“我是被人挤了。这次苏光第也要挤我，我和王瘸子关系处得好，王瘸子说先放一放，等着空出名额来，我们一起上。”

革红旗越说越得意，忘记问李晓燕怕什么了。革红旗心想，有我在，你怕什么呀。

这时候长毛风风火火地进来了。革红旗正想问李晓燕怕什么呢，长毛看他们两个一眼，也不说话，拿起体温计盒子就往外走，她要给马测体温。李晓燕说：“慢点儿，摔倒了把体温计摔坏了。”长毛说："你们领导谈话，我怕影响你们。"说着，推门出去了。

革红旗继续说下去。李晓燕知道外面还有几个人，因为他们两个在屋子里，都没有进来。李晓燕说："我得帮助长毛量体温去了。"

革红旗看看李晓燕，第三神经就感觉她要说点儿事，又不说。革红旗不好继续问，迟疑地站了一会儿。革红旗也不会忘记那场暴风雪。这场风雪来得突然，让他无法逾越。没有这场风雪，什么都不会发生。革红旗说："这就是命啊。"如果今天他对李晓燕追问到底，他也能把握住全局。他的一个疏忽，后来发生的一系列的事，他再没有找到挽回的机会。

李晓燕走到门口，被革红旗叫回来。革红旗说："我得把我的冲锋枪拿回去，别挂在你们值班室了。"

前几天出夜牧，李晓燕把革红旗的枪拿过来的。李晓燕说："你的枪轻，放马的时候背着方便。"

放牧班配的都是半自动步枪，三八大盖，也有转盘机枪。我父亲和革红旗的枪是苏制铁把冲锋枪，枪托能折叠，背在身上很轻。我父亲那把枪放在办公室里，革红旗的枪被李晓燕拿来，放在了女子放牧班。枪里面有子弹，随时都可以扣动扳机，把子弹射出去。一队一个牧工值班的时候没有把保险关上，挂到墙上的时候，墙上的钉子正好压到扳机上，他往下一拽，一梭子子弹都射出去了。场里专门发了通报。革红旗叮嘱李晓燕，放这儿就放这儿，千万别出事情。李晓燕说："我们没有那么糊涂。"说着，伸手把枪拿过来，打开枪膛，让革红旗看。李晓燕说："我们刚刚擦过的。没有一点儿灰尘。"又把装子弹的梭子拿下来，对着革红旗说："我装了二十颗子弹呢。二十颗，我从武装部新要的。你都要不来。"

李晓燕熟练地摆弄枪的时候，无意中枪口对着革红旗。革红旗吓得急忙抓住枪管，说："这可不是乱对着的。"李晓燕说："看把你吓的。"说着，做了一个瞄准的动作。革红旗躲到李晓燕后面，一只手扶住李晓燕的肩膀，一边躲一边说："枪可邪了，你对着靶子打不准，对着人，专打脑袋。"

李晓燕说：“谁对着靶打不准?”

革红旗发现自己又说走嘴了。队里的李晓燕和于忠诚都是全场的射击能手。李晓燕射击成绩上过《解放军报》。革红旗总是打不准，每次打靶都落在我父亲的后面，他心里很不舒服。他不知道李晓燕有什么诀窍，一个女的怎么打得那么准。李晓燕也说不出来。她也是到了哈拉海才摸枪，掌握要领后，随便打，都打在十环上。我父亲说：“这是心理素质，天生的就是稳。你革红旗怎么练都不行。”说到素质，革红旗还真不服气。泰山塌于前，革红旗都面不改色。革红旗问我父亲，周成顺素质好不好，他打枪也打不过李晓燕呀。

周成顺是场武装部部长。他天天摆弄枪，也没有李晓燕打得准。我父亲说，他的心思没有放在这上面。周成顺喜欢打猎。

草原上跑的兔子黄羊子狐狸狼，天上飞的野鸭大雁老鸹，都在他的枪口范围之内。白天打猎他喜欢带上李晓燕，天上飞的地上跑的，李晓燕一枪一个。晚上打猎，他喜欢带上于忠诚。吉普车在草地上跑，灯光照射，兔子追着灯光跑。于忠诚喜欢用三八大盖。吉普车是敞篷的，于忠诚把枪托在手上，吉普车一个急刹车，灯光一开一关，兔子一愣，于忠诚“砰”的一声枪响。

周成顺手枪打得准，长枪不行。他为了把握，打猎的时候带上打得准的。打猎后，东西不往家拿。送给政委、场长之后，剩下的就在武装部的大锅里炖，请大家喝酒。

李晓燕和于忠诚吃不着，我父亲是常客。革红旗和周成顺不对付也吃不着。周成顺外号“气死爹”。凭着革命资历，谁也不放在眼里。政委都让他三分。谁找他要一颗子弹，回答就两个字“不行”。武装部长管枪，主要是控制子弹。他要不是这种态度，子弹就满天飞了。我父亲跟他都是一个火车皮来的，关系好，我家装书的木头箱子里，还存着好几夹子弹呢。革红旗觉得用不上他，也不和他处关系，周成顺也看不上革红旗。说他掏马屁股准，打枪不行。革红旗见他总是找李晓燕去打猎，就建议武装部成立红色娘子军射击班，参加军队的比赛。周成顺把他骂了一顿，说："你这个龟孙，拿着女孩子来捞荣誉。"革红旗跟他生气了，不叫李晓燕和于忠诚跟着去打猎。尤其李晓燕，一个女同志，坐着敞篷吉普车，满身灰土，还不方便。李晓燕愿意去。和领导在一起，坐车，放枪，很刺激。革红旗向政委反映过，政委也有管不了的人，就是周成顺。

革红旗让李晓燕把枪放好，告诉李晓燕，不能拿他的枪去跟着周成顺打猎。李晓燕说："周成顺是武装部长，啥枪没有啊？这枪都归他管，说收走就收走。"革红旗发现自己说话越来越乱了，急忙走出值班室，到门口的时候他对李晓燕说："你嫂子做的糖蒜还有呢。你要吃就去拿吧。糖蒜好吃，王瘸子都爱吃。"

李晓燕说："王瘸子才不爱吃呢。我听周成顺说，王瘸子拿去都给宣传队的女演员了。"

革红旗回头看看李晓燕，问："你说的是真的吗？女演员爱吃我的糖蒜？"

李晓燕说："我吃队长家的韭菜花你都说味大，你说那些女演员愿意吃你那熏人的糖蒜吗？"

革红旗懊悔地点点头。

35

我母亲帮助美娥做了两天饭，美娥又生了一个胖小子。王天河请假，也不会收拾屋子，屋子整得非常乱。美娥一着急，奶水就不多。三队山东人多，没有几家收拾得干净的。像王天河家这么乱的还没有。两个孩子在地上爬的爬，晃的晃，都等着大人照顾。家里没有玩具，王天河吹起几个避孕套，用线系好，让孩子攥在手里玩。李洪贵和我父亲说，发套的时候都不要，一看能吹气球了，都来要。李洪贵也吹了几个，拴在卫生所的门上。

美娥把孩子生下来，母亲和她说："俩儿一女，差不多了吧？"

美娥说："再来一个成个双。"母亲说："怎么养啊?"美娥说："一个是养，两个也是放。我也没活儿，就养孩子吧。"

王天河家的观念发生了变化。过去是王天河想要孩子，急得要命。现在是美娥想要孩子，王天河不做事美娥还不干呢。美娥坐在炕上哄孩子玩，心里非常满足。

母亲把家里的鸡蛋拿过去一盆，给美娥煮好，放在锅台上。锅里煮了小米粥。帮助美娥蒸了两锅馒头，装在篮子里，吊在棚顶的挂钩上。美娥的老乡们也都来了，送红糖的、鸡蛋、老母鸡的。队里的职工山东移民多，还有一部分是外省的盲流子。山东人都是一个县里整个一个村搬来的。刚来的时候，领队的是支部书记老卞。住到第二个晚上，半夜人都跑了。这里太冷，不习惯。故土难离。大家算计好，一起跑。怕老卞发现，就派专人看着，等老卞睡着了，大家扛起行李，拖儿带女，一路向东。跑到场部就走散了。主力队伍走上绥满公路，爬上过路的汽车，跑回了山东。没有找到绥满公路的，在场部转悠到天亮，被老卞带来的党员给找了回去。老卞支部书记的职务撤了，现在在三队单身食堂烧火。谁家大事小情的找他出个主意，他还装得和支部书记一样。跟他一起来的媳妇怀不上孩子，让他给休了。又在山东老家找了一个，生了两个儿子。

这些山东移民都听他的。他也没有什么办法，就是愿意帮助人。一个村的这些单身汉的媳妇，都是他牵线找的。现在过得都不错。就是小媳妇损失了，他心里过意不去。他说小媳妇的丈夫，再不好也不要打呀，感情都打生分了。小媳妇的丈夫不服气，说："打还打不住呢。"老卞说："媳妇没了，家也没了。你现在想打谁，也打不着了。"小媳妇的丈夫没有话说。

母亲见美娥家用不上自己了，就回家做自己的活儿。立了秋，野菜都成熟了。秆硬了，籽实也结满了。灰菜的籽粒跟高粱粒子似的，结得满满登登的。水稗子草和稻子一样，垂着头。狗尾巴草毛茸茸的，里面也都是籽粒。母亲拿着镰刀，把它们一捆一捆地割下来。于忠诚套上炮车，拉到我们家门口。母亲三捆一堆地立着，在太阳底下晒。晒干了，放到地上，用一根木棍打。我也用木棍跟着打。于忠诚、李晓燕、吴连富看见了，也帮助打。籽粒打到地上，扫起来，扫成一堆。晚上有露水，母亲用油布盖上。黄色的油布是从上海带来的，经常地使用，破旧了，还有的地方出了窟窿。有窟窿的地方，用一个破盆木板什么的盖上，下雨也不怕。

好天气母亲就拿一个簸箕，把堆着的籽粒放到簸箕里，把里面的土簸出去。母亲在老家就做过这种活儿，很熟练。把土簸完，装进袋子里。这些籽粒和粮食一样，尤其是苋菜的籽粒，过去粮食短缺的时候，人就吃这个。美娥说，她住的村子，苋菜都找不到。

猪吃了野菜的籽粒，长得快。家里有了这些喂猪的东西，母亲就不用去地里挖野菜。地里已经光秃秃的一片了。这些籽粒吃完，就等着秋天的白菜土豆下来。入冬以后，猪主要吃这些。我们家南炕和北炕之间有两米远。在这个距离里，靠着东墙，连着南北炕，搭起几条木板，放上木箱。木箱下面，爷爷用砖砌了一堵墙。墙里面变成了储藏室。冬天的土豆都放在里面。有的年份还可能分点儿地瓜，也都放在里面。每年的秋天我就会钻进去，收拾干净，等着土豆下来。世界上最难闻的就是腐烂地瓜的味道，每次清理储藏室，我都被剩下的烂地瓜熏得晕头转向。白菜放在外屋。北面的锅台上收拾出一块空地。爷爷垫上砖，铺平。一冬的白菜就码在上面。深冬的时候，白菜叶子冻出冰泡，母亲把外面的扒掉，里面的炒着吃。

哥哥的对象没有着落，母亲很着急。和美娥、王天河聊起来的时候，母亲就让他们在山东找一个。美娥说："你是啥家庭，找来一个没有工作的，队长还不骂俺们哪。"母亲一听，积极性也没有了。我们这个家庭不允许找没有工作的家庭妇女。要是能找，附近农村有很多。也许是门当户对的关系，大姐找了一个工程师，二姐找了一个卫生员。哥哥在队里做机务排长，党员，找的对象最差也应该是一个职工啊。父亲想得高，从女干部里面找。看准的那个水利队的大龄姑娘郝秀华，成了工农兵大学生，去南京了。我哥哥在我们家最大，两个姐姐都成了家，他还没有成家，他也着急。介绍一个，不是女的看不上他，就是他看不上女的。

瑞廷乡一个教学的老师被介绍过来。中师毕业，工作干得好。哈拉海场部的中心校的老师也认识她。我哥哥和她处了几次，就成功了。家里一片喜庆。哥哥是晚婚，父亲准备大办婚礼。我们家没有积攒下钱，哥哥结婚，就要花他自己的钱。我哥哥不同意大办，要是大办就家里花钱。我母亲管着我哥哥的钱。父亲劝说了多少次，我母亲才从我哥哥放在提包里的钱中拿出五十块来，给我哥哥办婚礼。五十块钱，最后用了三十八块钱，办了十几桌酒席。

母亲没事的时候，就绣枕头。我们家的枕头套上，母亲绣了荷花、蜻蜓、蝴蝶。过年的时候，母亲把全部的被褥都浆洗一遍。粗布的被里，麻绸的被面，母亲都洗得干干净净。年跟前开始蒸馒头。母亲用面做出很多花样，刺猬，用绿豆做眼睛，用剪子剪出刺；蝴蝶，翅膀按上大枣。蒸出来各种各样的小动物，栩栩如生。还要蒸枣馒头、糖馒头。满满地放在筐子里。队里编筐能手梁宝，用草甸子上的柳条给我们家编了很多筐，大的小的，装满了馒头，过年的时候吃。我们家过年遵循老家的规矩，过年什么也不干，休息，吃。

每年三十晚上那顿饺子，我母亲都会闹一阵。面和好了，馅剁好了，开始包饺子。父亲擀皮，母亲包。母亲包的手法是把馅放足，然后一点点儿地捏，捏出一个元宝。父亲包饺子，把馅放到皮里，两个手的虎口一合，就挤出一个饺子。我们不喜欢吃父亲包的饺子，边上有一块面疙瘩。

父亲还专门拧上一百瓦的灯泡，屋子里亮堂。平时都是十五瓦的灯泡。

饺子包到一半，母亲突然开始想家。把饺子皮往案板上一扔，什么也不干了。我姥姥姥爷还在，母亲想他们。每年春节，我坐在一边，看着母亲包饺子。我的心一直提着，不知道母亲包到哪个饺子，开始哭，开始闹。母亲的脸冲着南面，南面是我姥姥姥爷家的方向。窗户外面漆黑，可是我母亲一定是看见了自己的父母，她絮絮叨叨地说个没完，我也听不清楚。是告诉姥姥姥爷，她很好，并问候姥姥姥爷身体怎么样吗？女儿和父母的隔空对话，都说了些啥，我和父亲都不知道。母亲随时都会想起关里家那个小乡村。春天她会对我父亲说，家里的那棵香椿树发芽了，每次摘下香椿，都给邻居二婶子家。秋天，母亲说，后院的苹果树结苹果了吗？我到现在都没有见过香椿树的样子，后院的王金章真的到东北找我们推销他家果园里的苹果。母亲这种心情，我长大了才体会到。那种思念的感情，是深入骨髓，牵肠挂肚，永远都不能化解的。

父亲心胸开阔，不想这些。没事的时候，就去找朋友喝酒。我守着母亲，被母亲的情绪感染，也常常多愁善感。如果说我的身上必须融化父母的性格，那么我多了一些多愁善感少了一些豁达开放。

父亲会经常想起于干事。几天见不到他，我父亲就到场部去看他。推开他办公室的门，王贵明在里面办公。我父亲说："你不是在团委吗？"王贵明乐呵呵地站起来，说："我刚接于干事。"父亲说："你降级了。"王贵明说："保留待遇。"我父亲说："于干事呢？"王贵明说："到办公室当副主任去了。"

我父亲说去看看他。王贵明说："中午喝酒吧。他管招待，地窖里有的是啤酒。"

王贵明说的地窖，就是周成顺的人防工程，在场部的岗子上挖了一个地洞，通到招待食堂。里面用水泥修建，非常的坚固。那个年代还买不到玻璃瓶装的啤酒，场里到省城用木桶装回来啤酒，放在地洞里保存，供上级来人喝。平时连政委、场长都喝不到。

父亲高兴地到了办公室。于干事成了于副主任。我父亲觉得喊他于副主任别扭，就喊他名字后面的两个字"有新"。

于副主任果然像王贵明说的那样，中午在招待食堂安排我父亲吃饭。让食堂管理员从地窖里接了一盆啤酒，坐在后厨休息室喝，从中午一直喝到晚上。父亲去了几趟厕所。从厕所回来，父亲对于副主任说：“有新哪，这啤酒跟马尿似的，有什么好喝的。你去弄一瓶‘西凤’喝吧。”

于副主任让管理员拿来一瓶西凤酒，又重新上来两盘菜，接着喝白酒。

我父亲对于副主任说：“你到了办公室，李晓燕进京的材料怎么办?”

于副主任说：“我到了办公室，主要工作是给政委、场长和典型事迹写材料，次要工作是做好接待工作。其他的事，都是主任徐大胡子管。”

我父亲问：“接待任务重不重?”

于副主任说：“不重。政委、场长的客人我帮助陪，其他客人我不管。”

我父亲说：“听说王瘸子不好伺候，你要把他伺候好了，就有前途。”

于副主任说：“王瘸子政委亲自伺候。我不参加。”

说着说着，于副主任想起一个事来，对我父亲说：“革红旗有点儿做过头了。听到王瘸子来，他就跑过来，影响首长休息。有时候王瘸子正做女演员思想工作呢，他就敲门。政委很生气。你有机会把这话透给他，别让他来了。”

我父亲把一杯酒喝到嘴里，说：“我怎么劝得了他。要是说多了，他还以为我怕他升上来呢。”

于副主任也跟着喝了一杯，说：“聪明反被聪明误啊。”

我父亲突然想起一个重要的问题，他问于副主任：“那次看《草原向阳花》，难道我预测错了?”

于副主任告诉我父亲：“你预测得非常准。下场演出我就加了一个画外音，让政委像毛主席的最高指示一样，出现在舞台上。我又请政委看了一次。政委听到自己的声音从天幕外传来非常激动。政委一高兴，我就当了副主任。”

我父亲急忙赞许地点头："高。"

36

我父亲回到队里，自然不敢把于副主任的话讲给革红旗。革红旗已经从李晓燕说的糖蒜事情上开始警觉。他有个习惯，睡觉的时候喜欢检讨一天的事情。糖蒜的事印在脑子里，是最打击他感情的。他以为自己四两拨千斤，取得了王瘸子的信任。自己没有考虑到，给王瘸子送的糖蒜，给政委送的萝卜干，都是辛辣之物。王瘸子吃了糖蒜，怎么和演员们谈话？那些娇嫩的大城市来的女演员，怎么能闻得了王瘸子嘴里喷出的蒜臭呢。

送给政委的萝卜干也是。政委要是吃多了，晚上和老伴一个被窝，屁股下面不停地放屁，把萝卜干都放出来，老伴生气，政委就会怪罪他革红旗。

革红旗现在才发现领导的虚伪，官越大越虚伪。现在回想起王瘸子见面就说"糖蒜呢"，里面的含义就变了，自己变成了小人。我做的一切人家都看透了，没有去戳破。

革红旗睡不着，在炕上来回地翻身。

我父亲告诉革红旗于有新当了办公室副主任了，革红旗没有多少反应，好像他早知道了，或者是不感兴趣。父亲琢磨不透。父亲怎么也不会想到，革红旗在想，于有新当了办公室副主任，会把很多事都告诉给我父亲。革红旗知道于有新和我父亲好，要是把糖蒜的事也说出来，说那些糖蒜早就扔到招待所的垃圾桶里了，我父亲一定会嘲笑他。

革红旗的思维我父亲摸不着，我父亲也不想那么多。于有新说聪明反被聪明误，我父亲也有句话：要心眼儿早晚把自己要进去。

我父亲虽然看不上革红旗，也不和他去争。你长我短，你赢我输，我父亲根本看不上。我父亲提倡你好我好大家好。只要革红旗不做得太过，我父亲也不去理他。没事的时候，我父亲喜欢到职工家喝点儿小酒。菜不要多，是这个家庭妇女亲手做的菜就温馨。生活越不是那么富裕，每家就会有自己的储藏。家里一年也没有个客人，来了，也不手忙脚乱。要吃的东西早就准备着呢。我父亲喝酒图的是气氛。山东人会过日子，家里看着穷，存款不一定少。看他们脸上乐呵呵的，是家里有底。老葛家十个儿子姑娘，每年都要困难补助。换代金券的时候，他家拿出的最多。葛老太太有点儿武艺，上房弄瓦，背着包袱上火车，身轻如燕。我父亲一去，老太太就做出好几个菜。父亲还下棋，打扑克。下棋在队里没有对手。于忠诚和吴连富下棋，我父亲给谁支招谁赢。没人敢跟我父亲下棋，我父亲爱找人打一会儿扑克。我父亲从来不和革红旗打扑克。每次打扑克，革红旗牌不好，要么藏牌，要么偷牌，牌风不好。革红旗也不愿和我父亲打扑克。打扑克本来是一种娱乐，我父亲却十分认真，谁出错了牌拿回去，我父亲就急眼，把牌一摔不玩了。我父亲的认真，玩不出气氛，人家也不喜欢跟我父亲玩，但我父亲还愿意找人家玩。

父亲喜欢马，天天在马厩里转。革红旗喜欢人，天天围着上级领导和女人转。他经常和女人打情骂俏，油嘴滑舌。有时候他吃亏，有时候女人们吃亏。他吃亏了，就垂着脑袋走了；他占了便宜，就追着妇女不放，和她们开玩笑，闹得让妇女们笑出眼泪来。如果在场部，那些老革命的老婆都很年轻。革红旗和她们开玩笑，常常吃亏。这些老头有资历的老婆，敢给开玩笑的男人脱裤子，往裤兜子里放土塞草倒凉水。革红旗不敢惹她们。

一旦队里的骡马出场，革红旗就威风八面，精神焕发。他在木板搭的台子上讲话，高高地举起绑着红绸子的鞭子，在空中甩出一个响声，大喊“出发”。拉着骡马的解放牌汽车一辆接一辆地开出生产队，在路上一字排开。开车的李安财、李少芬、王广业都在我们家吃过饭。他们来哈拉海，开始都是开拖拉机的。李安财在洮南军马场训马，到哈拉海来开车。那时候能开上解放牌汽车，很光荣。于忠诚和吴连富带着大家拼命地敲着锣鼓。李晓燕在高音喇叭里嗷嗷地喊叫，营造出的欢乐喜庆的气氛，感染得马厩里的马都欢叫起来。

父亲多次送马到部队，送骡子到朝鲜去过一次。送的时候挺高兴，每匹马头上都戴一朵红花。他和牧工们穿上黄军装，在锣鼓声中把马送上车。在过边境之前，给每个人发了工作服、鞋、帽子、提包、出国护照等。总后外援处长向他们再次强调了注意事项。凡是会吸烟的人每人发给两包大前门，并告诉说，如果朝鲜人民军给我们吸烟，我们则用大前门也给他们吸；会喝酒的人能喝二两只准喝一两，谁喝醉了，回去受处分。我父亲听到这儿，咽了一口唾沫。酒瘾差点儿没勾上来。他们到了朝鲜的新义州住两个晚上，吃了五顿饭，参观了工厂，看了《血海》和《女理发师》两场电影，朝鲜人民军一个集团军的参谋长还为我父亲他们举行欢迎宴会。父亲在宴会上喝酒十分谨慎，他怕不小心喝多了。开始时他一口不喝，但对方十分热情，带队的暗示可以喝点儿。父亲一饮而尽，把带队的吓一跳。散了宴席之后，紧追我父亲问，喝多了没有？父亲酒量很大，从来没见他喝醉过，父亲笑着说："刚垫了点儿底。"送完军马回来的时候，心里空落落的。

我父亲的白马，和父亲的关系特别好。父亲走到什么地方，马就在后边跟着。父亲的口袋里总装着烤好的豆饼，没事的时候就掏出一块喂马。马吃完了豆饼，用舌头舔我父亲手心里的余香，痒痒的。父亲愉快极了。

后来军马入伍，检疫的时候父亲的白马挑进去了，父亲很难受，半夜跑到马圈去看他的马。他刚到马圈边，还没等他找，一只马头就拱到他的胸上，他一看正是他的白马。父亲抱住马头，想从兜里掏点儿东西喂它，一想是检疫过的马，不能乱喂东西，把伸到兜里的手又缩了回来。两只手抱住马头，不停地摸起来。马也流泪，他也流泪。马是神仙化成的，它懂得一切变化。天亮的时候，牧工们发现了父亲。

“队长，你放心，你这匹马我们一定照顾好！”

“我的马是二十一号，到时候我要到部队去看它。”

后来父亲真的去找这匹马，才知道它转到长春兽医大学，做教学用了。

父亲对白马感情深，很长时间没有再找骑马。父亲事情太多，没有专门的骑马，不行。马都放到草甸子上去了，有急事，想抓骑马都抓不到。于忠诚给父亲找了一匹新的坐骑。这是一匹蒙古三河马，个头不大，但善跑。三队这一批全部养的是三河马。马的奔跑速度快，出栏放牧的时候，呼呼地蹿出马圈，像奔腾的狂潮。吴连富从长春兽医大学带回来的《养马》书上记载：三河马力速兼备，持久力强，骑乘速度当时是国内新培育品种最快的。在未经锻炼的赛跑前无准备以及道路不良条件下，一公里为一分七秒四；一百公里为七小时十分。挽曳能力也很好，挽胶轮大车载重二百六十五公斤，慢步二十公里，速度为两小时。

三队肩负着三河马的改良和繁育任务。

父亲的骑马于忠诚给挑出来，大家又品评了一番。这匹马兔头，活耳，起步就颠，放腿就跑，父亲很满意。父亲和长春兽医大学的谢教授唠起过马。在队里给马做剖腹产手术后，谢教授告诉我父亲，中国马的主要种类有四种。第一种伊犁马，主要分布在新疆一带；第二种河曲马，主要在河西走廊甘肃一带。第三种蒙古马，主要分布在内、外蒙古及东北一带；第四种三河马，主要分布内蒙古海拉尔、满洲里一带。野战部队一般喜欢蒙古马，能拉善驮，耐寒耐劳，易养易训，粗犷抗病。边防部队喜欢伊犁马、河曲马，三河马是以上三种的合型，比较适应东北使用和驯养。三队的三河马，是父亲带着于忠诚王天浩和一帮牧工到龙江县火车站接来的。

革红旗还是那匹被狼咬了屁股的红马。狼咬的地方，留下一块疤痕。他现在不愿意骑马，说腰疼病犯了，走路有时弯着腰，很痛苦。于忠诚对吴连富说："革红旗累坏了。这个干部太贪，一个老婆不够，还找那么多女的。"吴连富不理他。他还是不相信于忠诚说的"瞎话"。李晓燕现在对吴连富比以前热情了，吴连富心里很高兴。

革红旗经常去场部。路不远，但是一个指导员也不能走着去呀。他不让于忠诚赶着炮车送他，他对自己的行踪很保密。到场部有急事，他就开队里的热特去。热特上的座位是一块铁皮压出来的，下面用弹簧弓子顶着。革红旗坐上座位，开得飞快，路上扬起灰尘。开到场部，他从车上跳下来，拍拍身上的灰土，捋一捋头发，很潇洒地去办事。开车显然比骑马高出一筹。虽然比政委的吉普差点儿，也差不多远。车在场部的马路上走过，耀武扬威的。有时皮鞋上有灰土，他就用擦车布擦干净。什么时候，革红旗都把自己弄得干干净净的。无论在谁面前，他都是春风满面的样子。

有时候场部开会，他就让父亲坐在热特两侧的翅膀上。他把他座位上的鬃垫拿下来，给我父亲垫。他的屁股坐在凉铁板上。我父亲也很感动。父亲从来不摸这些机械的东西，革红旗让坐，父亲就坐上去。父亲很少和他坐一台车，只有紧急的时候这样。去的时候两个人一起，散会就各走各的了。于有新到了办公室，父亲就找他安排吉普车送父亲回来。每次回来，父亲都是醉的。

37

三队接连出事，父亲和革红旗都很不安。

不管是什么年代，领导都希望所管的单位太平。出了麻烦，领导就坐卧不宁。革红旗慷慨激昂，大讲山雨欲来风满楼，好像真的一场风暴来了。我在心里却很兴奋。队里越出事，热闹就越多。要不一天死气沉沉的。革红旗看到的是阶级斗争的新动向，我看到的是场部来人了，吉普车停在办公室门前，派出所所长蒋德平穿着蓝色的警察服，插着腰，站在革红旗面前。

没想到，这件事和我还有联系。蒋德平找到我，问我有没有弹弓。我说有啊。问我弹弓的事，我特别高兴，三队孩子里面谁的弹弓也比不上我。弹弓叉是于忠诚给我做的，八号铁丝崴的，秀气，精致，好看。胶皮是王幸福给我的。这个小抠，有多少这样的胶皮他都不会送人。他只给了我一块。一个叫小军的孩子，他爸从李洪贵那儿弄来听诊器上的胶管做弹弓，比我的还是差远了。

蒋德平说："你拿来叫我看看。"

我一掏兜，没带在身边。平时我都是把弹弓带在身上，随时裹一粒石子打出去。石子在有风的天空里飘出目标，我不在意，我就是打着玩，石子愿意飞到哪儿就飞到哪儿。反正到处空空荡荡，落下来，谁也砸不着。我没有能力用弹弓打任何东西，就是近在咫尺，我也打不着。我要想打东西，就把弹弓给于忠诚，让他打。

蒋德平说："你回去把弹弓拿来我看看。"

我跑回家，拿起弹弓就往回跑。于忠诚胳膊下面夹着一本书，正往我们家走。我撞上他，他拉住我，要去我家送书，想再借一本。我说警察要看我的弹弓。

于忠诚说："看你的弹弓？"我说是。他说："这事跟你有什么关系？"我说啥事。他咧咧嘴，说："队部立的毛主席语录牌上的毛主席像，一只眼睛破了一个洞，都说是风刮破的，革红旗非说是有人捅的，说是阶级斗争新动向。警察一来，又变弹弓打的了。"

我说："我能打那么准吗？要打也是你打的啊。"

于忠诚说："千万别说我，说我就坏了。这个蒋德平最爱整人，和《悲惨世界》里的沙风一样，盯上就不会放手。你要说我打得准，他就盯上我了。不过，你也要小心。"

我没有看过《悲惨世界》，也不知道沙风。于忠诚告诉我沙风是一个警察，为追捕一个逃犯跟踪他一辈子。蒋德平原来的保卫科现在改成派出所了，他当了警察。我不读书，我连上学的课本都懒着看，就喜欢玩。我家的书都让于忠诚看了。听了于忠诚的话，我很紧张。我说："怎么办，我跑吧？"

于忠诚说："也不是你打的，你跑啥？给他看看，你啥也别说。千万别提我，听见没有？"

我明白为什么"千万别提我"。难道真是他打的？

我心怀犹豫，往办公室去的脚步沉重了。办公室门前的语录牌上写着"时代不同了，男女都一样"是女子放牧班成立的时候立的。木头框，钉的油毡纸，上面糊的白纸。毛主席像是宣传画上的，字是杨刚写的。做的时候，我跟在后面看热闹呢。

我慢慢腾腾地走进办公室，把弹弓给蒋德平。蒋德平开始问我制造弹弓的时间和经过，我一一说出来。他又问我弹弓的使用情况。我回答完了，他又问我用这把弹弓做出的最大成就。我没明白。他提醒我，比如打了多少鸟，还打了什么东西。我说我从来没有打到过鸟。最大的成就是我母亲表扬了我一次。一个母鸡光到马厩里去下蛋，我母亲非常生气。我就到马厩用弹弓打鸡。打了两次，这只鸡就不去马厩下蛋了。

这次谈话，我最庆幸的是蒋德平怎么问我都没有把于忠诚交代出来。于忠诚应该感谢我。他打弹弓打得准，而且还用过我的弹弓。我要是说了，蒋德平肯定会像于忠诚说的那样"盯上我"。我替于忠诚挡了子弹。

蒋德平工作很细致。他找了王幸福，了解胶皮的情况，找了于忠诚，了解做弹弓叉的情况。于忠诚谨慎地说明制作过程，也没有暴露自己弹弓打得准。

蒋德平晚上在革红旗家喝酒，告诉革红旗，案子进行不下去了。革红旗也知道无法查找。事情的起源是瞎老徐病好了回来，看到宣传板上有一个洞，就告诉了革红旗，说是有人把毛主席的眼睛弄瞎了。瞎老徐对毛主席感情深，常常说没有毛主席就没有他瞎老徐。他住院的时候，听病友说阶级斗争非常复杂。中苏边境都打起来了。203 医院准备接伤员呢。

革红旗哪里想理瞎老徐啊。我父亲到“白办”参加九大精神培训班，他一个人在家，惹那么多事干啥。他叫杨刚赶快把宣传板扯下来。瞎老徐说：“这么大的事你不报告，你指导员有政治责任啊。”革红旗听了这话，看了瞎老徐半天。瞎老徐看病住院觉悟提高了，换了一个人似的。革红旗不敢隐瞒，叫杨刚去场部找蒋德平。

蒋德平在场里出了名的政治嗅觉灵敏，政治觉悟高。走资派郭联臣的儿子小石头把职工的子女打坏了，一般人看就是一场孩子之间的打架，蒋德平看出了问题。他把小石头抓起来，本来要送劳改所，政委说：“算了吧，他父亲毕竟当过场长，他还小，刚上小学，抓起来不合适。”蒋德平说：“这是阶级斗争新动向。走资派的儿子欺负老百姓的孩子，绝不是小事，他们还想像旧社会那样骑在老百姓头上，我们绝不答应。”政委说：“孤儿寡母的，还是不要送了吧。”蒋德平看政委坚持，最后决定全场开一次批斗会，防止资产阶级卷土重来（郭联臣老场长后来平反）。

蒋德平一边和革红旗喝酒，一边分析案情。蒋德平认为有几种可能。第一种可能，是人有意用木杆戳破的。谁能干这事呢？肯定是有阶级仇恨的。这个要从家庭成分上找，看有没有地富反坏右。革红旗笑了，说：“我们这儿都是纯无产阶级。”他转头对端菜的李晓燕说：“燕子，你说是不是？”李晓燕对蒋德平故意做了一个丑脸，说：“都是苦大仇深的老贫农啊。”

蒋德平不苟言笑，认真地说：“有没有你们再看一看。”接着分析第二种，就是用弹弓打的。后面的油毡纸没打破，力气不大，孩子的可能性大。我检查了几个有弹弓的孩子。刘队长的孩子弹弓最好，是不是他呀？你听没听到过老刘有反动言论？革红旗摇摇头。蒋德平把头伸出炕沿，对着外屋做饭的革红旗老婆喊，刘队长这小子在学校表现怎么样啊？革红旗老婆不知道是喊她，李晓燕让革红旗老婆进屋。蒋德平又重新问了一遍。革红旗老婆说："他可是好孩子，还帮助大人到河里捞小媳妇了呢。"

蒋德平严肃地说："我问你几个问题，这小子反对毛主席吗？"

革红旗老婆说："不反对，对毛主席可好了。"

蒋德平问："这小子平时说过对毛主席有意见的坏话吗？"

革红旗老婆说："没有，光喊毛主席万岁了。"

蒋德平说："这小子喊毛主席万岁是真心的还是敷衍的？你是老师，看脸色就看出来了。"

革红旗老婆说："都是真的，就差哭了。"

蒋德平半晌不语。

革红旗老婆不知道什么事，以为派出所要抓人，就絮絮叨叨地开始讲刘队长那小子的好处。革红旗趁机把她哄了出去。

蒋德平说："如果不是刘队长那小子，别人作案的可能性就小了。"蒋德平分析第三种就是知青了。比如对女子放牧班有想法的，有意破坏女子放牧班的。于干事写的话剧《战马飞川》里不是有一个坏人吗，偷马料，放火。那些都是我破的案子，他写进去了。我要是在三队再破一个案子，还可以写一个《战马飞川之二》。

革红旗已经不耐烦了。革红旗心眼儿多，不想让蒋德平从三队找出阶级敌人来，给自己的工作找麻烦。他一个劲地劝蒋德平喝酒，让他喝完赶快走，以后千万别来了。

革红旗是这么想的，谁知道蒋德平过了几天莫名其妙地又来了呢。

这次是真事，蒋德平要抓人，革红旗和学习回来的我父亲都挡不了。眼看着蒋德平把食堂管理员带到吉普车上，拉走了。

事情一直保密。三队的事，最高的保密级别也只能保密三天。过了三天就都知道了。过去大家批判过赵英军，赵英军是搞破鞋。这次食堂管理员也是搞女人。用蒋德平的话说，这次不是搞破鞋了，我们公安要介入了。革红旗说："不叫搞破鞋叫啥?"蒋德平说："叫聚众淫乱。"革红旗说："就多了一个女的，怎么叫聚众淫乱呢?"革红旗不明白，我父亲也不明白，食堂管理员更不明白。给他戴手铐，他说："凭啥呀，搞破鞋还带抓人的。"蒋德平说："到地方你就知道了。"

蒋德平临上车的时候，在办公室，和我父亲还有革红旗大致讲了案情。食堂管理员和一个妇女发生了性关系，后来又和一个女知青发生了性关系。如果他搞了那个妇女，还和女知青搞，你们批判一下就算了。现在严重的是，他把妇女和女知青都领到宿舍。先和女知青搞，他怕女知青怀孕，在要射精的时候，射到妇女那里面。他在他的床上先搞女知青，妇女脱光了在旁边的床上等着，都在一个屋子里，这就叫淫乱。

食堂管理员长得干干净净的，从来不说话，见面一龇牙。文艺宣传队里跳过舞，身材好。这么好的小伙子，我父亲和革红旗都没有舍得让他挑土篮，放马干力气活儿。来到三队就让他到食堂，管理伙食。没想到他做了这么惊天地的大事。

革红旗听完了蒋德平的案情汇报，闭着嘴，半天没说话，也许他的眼前浮现出那种场景，让他感到震惊。他自言自语地说："妇女也会怀孕哪。"蒋德平说："你没有发现她生的孩子像食堂管理员吗?"革红旗说："孩子小，认不出来。"

我父亲说："你怎么知道的?"

蒋德平得意地告诉我父亲和革红旗："我来三队一次，能白来吗?上次来，老刘你没在家，走的时候，我和革指导员说，我还要回来的，他没有听明白。我在调查宣传板那件事的时候，找人谈话，顺便摸出来的。"

革红旗说："厉害，厉害。"革红旗言外之意，他是说食堂管理员厉害，让他都相形见绌了。

蒋德平以为革红旗在说自己"厉害"，得意地一仰脸，说："哈拉海谁能逃脱我的手心呀。这件事，食堂管理员出名了，你们队也出名了。我对不起你们了。”

革红旗和我父亲都没有说话。

38

食堂管理员被蒋德平抓走后，革红旗很上火。队里出现了这么不光彩的事，他作为一把手责任大。这两件事都让他感到了压力。一个是政治事件，一个是男女作风。宣传板的事，革红旗最后坚持是风刮的，叫杨刚把宣传板从根上挖下来，扔到仓库里去。蒋德平再想找也没有了。只要这件事平息了，革红旗进步就没有了障碍。食堂管理员的事虽然让人咋舌，保密做得好，影响也不会大。革红旗闷在家里，三天没有出来。父亲找他安排食堂管理员，革红旗说：“老刘，你定吧。我是服气了。我多咱看人都没有看走眼，这个小白脸把我逗了。”

我父亲说：“我怎么一个人定呢。老卞自从建场时撤了支部书记心里一直没缓过来，总想做点儿贡献，你看他行不行？”革红旗说：“行。光让他当伙夫，这些年也改造得差不多了。”

老卞当上食堂管理员，特别高兴。他好像官复原职了，上来就要给大家改善伙食。他当着我父亲和革红旗的面发泄对以前食堂管理员的不满：“做好吃的东西就给那个妇女送，拿食堂的东西拉拢女人。我早就知道他要出事。食堂他也不用心管理，天天就知道炸黄豆，吃得小青年光放屁，宿舍里臭气熏天。同样是黄豆，我找了一个小磨，给大家磨豆腐，喝豆浆。”

接着，老卞又找了一个破渔网，想在河里捞鱼。渔网窟窿眼子多，需要缝补。队里谁会补网啊？

老卞有群众基础。他找来找去，找到我母亲身上。我父亲都很惊讶，老卞怎么能知道我母亲会织网。

我母亲老家是出名的文安洼，经常发大水。村庄在高岗上，洼地满满的水。高粱成熟后洪水来了，人们拉着大盆，在水里割高粱穗。我也不知道我姥姥姥爷家怎么种那么多高粱，我在他们家住的日子里，天天是高粱面的饼子高粱面的粥，喝到嘴里拉嗓子，我咽不下去。

有水就有鱼。姥姥姥爷家的村里，男人们打鱼，妇女们织网，人们千方百计维持生活。来到哈拉海三队，母亲没有织网的机会，就织网兜，织一些小型的网状的东西。美娥知道，老卞问出来的。母亲从箱子里翻出一枚竹片梭子，在食堂织了十天网，把旧网上糟了的绳子都换下来，重新织成一件新网。

老卞一心想干大事，他想把整个河道拦起来。那么宽的河道怎么拦，拦了几次没有成功。只得在岸上找到一条土坝，土坝跟前一个漩涡，把网下上来打鱼。还真的打上几条鲤鱼和胖头。老卞让潘师傅做好，单身们喝了一顿鱼汤。

老卞觉得自己能做大事，天天都很忙。过去烧火的时候，脸上黑瘦。当了几天食堂管理员，脸皮就油光闪闪了。他对我父亲说，亏了把他提起来了，过几年把他就耽误了。我父亲说："好好干，老卞。"老卞说："现在改善生活，食堂缺人。让你媳妇来干活儿吧，也累不着。"我父亲说："不行，脱不开。"老卞机灵。他找到革红旗，把这个想法告诉给革红旗，让革红旗去做我父母的工作。老卞去的时候，把一条做好的鲤鱼用蒸笼上的屉布包好，送到革红旗家。革红旗非常高兴，一边吃鱼，一边答应了老卞的事。

母亲听到这件事后，没有考虑，就拒绝了。母亲不想到队里干活儿。刚来的时候，爷爷上班，母亲也上班。我还小，母亲不舍得我自己在家，干了几天就不干了。母亲当时是临时工，已经报上去，做正式职工。哈拉海当时很宽松，复转军人的家属来了都当职工，还有的当了干部。革红旗老婆就是家属队的临时工，革红旗娶了她，转正后，她又当了老师，成了干部。我母亲要是坚持工作，不当干部，也是职工。为了我，母亲把所有的都放弃了。母亲疼爱孩子，付出了自己的一切。

无论是革红旗找还是老卞找，我母亲都没有答应。

于忠诚说："不去也好。食堂那破地方，干几天你就够了。老卞改善两天生活，现在也干不动了。潘师傅不理那一套，三顿饭，都是馒头，老卞想换个样，也换不了。老卞现在成了驴了，自己拉磨磨豆腐。我给他弄个小马，他摆弄不了，还踢他一蹶子。"

晚上我父亲被于忠诚叫走了。家里也没有什么好吃的，母亲蒸馒头的时候都要蒸几个红糖馒头。我抱着馒头，吃里面的红糖。于忠诚到我们家也喜欢吃我母亲蒸的红糖馒头。吃红糖馒头也是需要方法的。刚蒸熟的红糖馒头，里面的红糖水汪汪的。要是咬一口，红糖烫嘴，要是等凉了，红糖就凝了。于忠诚每次吃我们家的红糖馒头，红糖流得手上嘴上衣服上都是，结果还没吃到多少红糖。我吃母亲蒸的红糖馒头有经验。先咬两口，把红糖露出来，然后在馒头的四周，一块一块地揪。揪一块馒头，蘸一下红糖；揪一块馒头，蘸一下红糖。外面的皮吃完了，红糖水也蘸完了。吃到最后，剩下的红糖都沾在馒头上了。我从来不把这种方法介绍给于忠诚，看着他吃我家的红糖馒头出丑，我还挺高兴的。

我父亲走的时候，我说有什么好吃的，给我带回来点儿。于忠诚说："你吃你的红糖馒头吧，这个给你带不了。"

宋敏然骟马，把马卵子放到铁桶里，用凉水泡上。于忠诚把骟完的马拴上尾巴，大车班的人牵走去遛马。骟马是把公马进行阉割，让马失去性功能，体力增强，用它在马厩和队里干活儿。骟完的马，怕它趴下引起感染，就要去遛。骟马取出的睾丸，是美食。兽医们每次骟马，都把睾丸收集在一起，用凉水泡出它的腥气，然后煮熟了，切成片，喝酒。于忠诚偷着给我拿了两片，面，和煮熟的地瓜一样。

过去骟马，马卵子都扔了。宋敏然到徐景林那儿去，徐景林招待他吃马卵子，他吃着好吃，每次骟马他也不扔了。革红旗当配种员的时候，跟着吃。现在骟马，革红旗和我父亲，还有王天河、吴连富、于忠诚都要参加。

马卵子泡好后，在兽医室用一个废弃的消毒锅煮熟，宋敏然用兽医刀切好，放在盆里。于忠诚还要在食堂弄点儿土豆丝、大葱、大酱。这种野餐似的吃饭，大家吃得都很尽兴。革红旗和父亲是拿酒的，每次都要把家里的好酒拿来，大家一边吃一边喝。

李晓燕也是排长，因为是女的，没有叫她。她知道骟马，大家一定在兽医室吃马卵子。她已经习惯了这种和动物有联系的生活。晚上吃饭的时候，她听说革红旗也在，就非要来。于忠诚说："你来不方便，再说，马卵子你敢吃呀？"于忠诚和李晓燕很随便，什么都说。李晓燕说："有什么不敢吃的，不就是块熟肉吗？吃了还能怀孕哪？"于忠诚说不过李晓燕，对她说："你去是去，别说我告诉你的。"李晓燕现在恋着革红旗，革红旗在什么地方，她就找过去。革红旗都有点儿害怕了，对她说："注意影响。"李晓燕说："跟着领导走，还注意啥影响啊？"革红旗拿她也没有办法，说小燕子你是黏我身上了。

李晓燕坐得远，刚坐下也挺别扭，喝了几口酒，情绪就上来了。她伸出筷子，夹了一片马卵子，说："我尝尝啥味道。"她放在嘴里，边嚼边说"啥味呀"。大家都看着她，等着她吐出来。她嚼了一会儿，伸着脖子咽了下去。生活艰苦的年代，无论男女，只要是肉食，都是美味佳肴。无论是原先的食堂管理员，还是现在的老卞，都是清水煮白菜，没有多少油水。什么都是定量供应，只有猪肉不供应。单身一年都吃不到肉。他们改善生活，就是到住户家去蹭饭。马料里烤熟的豆饼他们会吃点儿，吃骟马的卵子，是最大地改善生活了。像李晓燕这样能干活儿、工作付出多的女性，更需要营养，她怎么舍得把它吐出来呢。

李晓燕把肉咽下去后，吴连富急忙让她喝一口酒。李晓燕跟前有酒杯，她还是接过吴连富的酒杯，喝了一口。

大家紧张的心情缓解下来。李晓燕吃起卵子来，大家也不惊讶，李晓燕也非常随意了。大家喝着酒，吃着菜，忘记了面前的东西是什么，就是一道美食。

宋敏然给大家讲起马身上更多可吃的东西。过去生活不好的时候，马的胎盘都被人偷回家去吃了。现在生了小马驹，胎盘都扔到马厩的屋顶上。过去早就被人定下了。拿回家洗洗，干干净净的，怎么吃都好吃。人的胎盘叫紫河车，也是能吃的。

于忠诚说："宋兽医，你别光说呀。你哪天做一顿紫河车，大家吃一吃。"

我父亲说："你们没有当过兵，没有挨过饿，那时候什么不吃呀。"

这时候老卞推门进来了。他端个盆子，里面是炖好的鱼。他笑嘻嘻地说："领导都在这儿，我给大家添一个菜。"

于忠诚把盆接过来，我父亲让老卞也坐下。革红旗说："来，老卞，喝一个。"老卞毕恭毕敬地接过酒来，还没有喝，听李晓燕在一边说："于忠诚，你怎么端着盆不放下，我们要吃鱼了。"

于忠诚把盆举过头顶，看看盆底，又放下，说："老卞，这是潘师傅的洗脚盆，你不知道吧？"

老卞愣愣地看着于忠诚，刚要说不知道，吴连富说："潘师傅还分什么洗脸洗脚，挡不住还尿尿呢。我们给他起个外号'潘大埋汰'。"

我父亲说："吃吧，吃吧，眼不见为净。"

39

那一年注定要刮暴风雪，就像上级内定必须李晓燕去北京一样，一切事情都是安排好的。人就像蒙在鼓里，装在一个闷罐里，任由突如其来的事件冲击得稀里哗啦，也没有力量阻挡。革红旗说："这就是命。"我父亲从战争走过来，什么也不信。活着，就是偏得。什么打击过来，我父亲都觉得来得应该，事情本来就是这样，躲是躲不过去的。

日子一天天地向那个十月靠近，李晓燕心情紧张，革红旗也非常紧张。每年的十月，“白办”都要调整一批干部，革红旗列入视线，这又是一次挑战。李晓燕成功进京，对他下面的发展会打下坚实的基础。

风平浪静里，一个消息传来，惊动了整个三队。吴连富要调到一队去当畜牧副队长。

最早知道这个事的是革红旗。谢教授来场里工作了一段时间，特别是成功地做了十几例剖腹产后，在哈拉海造成轰动，取得了意想不到的反响。谢教授带的团队要走的时候，哈拉海召开了庆功会。政委拿着于有新写的讲话稿，在俱乐部的舞台上念得慷慨激昂，几乎潸然泪下。讲话稿写出了对谢教授的感激，通过谢教授精湛的技术，挽救了哈拉海十几匹母马十几匹小马驹。一门战马一门炮，谢教授是为国防事业做出了贡献。

会议由丁振奎主持，晚宴也由丁振奎主持。在给谢教授敬酒的时候，丁振奎问谢教授还有什么要求，尽可能说，哈拉海一定会落实。谢教授的想法都在大会发言里说了，只要军马事业需要他，哈拉海需要他，他责无旁贷。丁振奎的意思是问他个人还有什么要求。在那个年代，一个知识分子怎么会说自己的想法呢。当然，谢教授是知识分子，也是一名军人。军人以服从命令为天职。

丁振奎和哈拉海人的热情让谢教授不得不说出心里话。他的小女儿到了上山下乡的年龄，想到哈拉海锻炼。丁振奎当时就答应了。哈拉海是军队企业，从边防兵站满洲里，到大城市的驻军，都有子女来哈拉海插队锻炼。还有通过关系硬要来哈拉海接受锻炼的。三队就来过后来当上女将军的苟亚琳，来过回到广州军医大学的马前进、刘军，还有邢笑冰、王颖都是军官的子弟。丁振奎表态后，问谢教授对子女有什么要求。谢教授说最好学我的老本行，兽医吧。丁振奎马上说“行，没问题”。军人出身的领导就是这么爽快。

两个人端着酒，意犹未尽。

丁振奎说：“养军马，离不开技术人员。有了好的技术，军马的各个方面才能上去啊。我们就是缺人才，缺你这样的人才。”丁振奎说到这儿，觉得自己说过了。谢教授这样的人才，怎么能到哈拉海来呢。丁振奎发现自己说得不妥之后，补充说：“谢教授你要帮助我们培养自己的畜牧兽医队伍。培养我们能养得住、用得上的人才。”

谢教授说：“我们给你们培养了好几批了。你们有的重用了，有的没有重用。”

丁振奎问：“还有没有重用的吗？”

谢教授说：“有啊。三队的吴连富，就是一个优秀的畜牧人才。现在还在三队放马，说是排长，很多事也说不上话。我来做的第一例剖腹产，就是他找的我。他不找我，那匹马早就不在了。他就是人才呀。”谢教授是真的知识分子，说话特别直率。他说，你们是抱着美玉找美玉，不识货呀。

谢教授的话，震动了一直自以为是的丁振奎。他离开谢教授，端着酒杯到处找革红旗。

欢送谢教授的会议，三队革红旗作为领导来的，宋敏然作为兽医来的，李晓燕作为剖腹产马匹的代表来的。三个人在各自级别的桌子上喝酒。革红旗的桌子上都是各队的领导，在一起喝酒的时候，互相开着玩笑。一队畜牧队长杨志远没参加会议，来之前被政委找去谈话了。大家在桌子上埋怨五队指导员刘万有。前几天中层干部学习班，休息的时候他和杨志远开玩笑，说你跟谁搞破鞋你知不知道，政委要找你谈话呢。一语成谶。刘万有本来一句玩笑，因为作风问题，杨志远真的被政委找去谈话，免去畜牧队长职务了。大家在桌子上，互相提醒，以后怎么开玩笑都行，刘万有这样的话不许说了。刘万有很不好意思，自己罚了一杯。场里的招待食堂虽然是大地方，相当于人民大会堂了，但是喝酒还是用粗碗喝。刘万有端起粗碗，喝了一口，就放下了。革红旗说：“这也不是一杯呀，是一口啊。”大伙说，不行，必须喝光了。刘万有端起碗，还没有喝，看到丁振奎过来了。丁振奎拍拍革红旗肩膀，说："过来，我问你一个事。"

刘万有把碗放下，说："完了吧，轮到领导找你谈话了。"

革红旗正要回头跟丁振奎走，听到刘万有的话，说："滚蛋，你别咒我。"

丁振奎说："谁咒你了，我是要问你一件事。"丁振奎听错了，以为革红旗说他呢。革红旗也不解释，问丁场长，有什么事？

丁振奎说："你们那儿有个叫吴连富的吗？"

革红旗说："有啊。"

丁振奎说："马上提拔他。"

革红旗说："他现在就是排长。"

丁振奎说："提拔他当畜牧副队长。"

革红旗说："不成熟吧？"

丁振奎说："谁成熟？"

革红旗刚想说，王瘸子和政委都说好的，要提拔李晓燕当副指导员，主管畜牧。提拔吴连富，以后李晓燕上来管什么呀。也不能他和副指导员都管政工党建哪。革红旗知道提拔干部政委说了算，丁振奎的建议政委要是不理，他也白说。所以，提拔李晓燕的事，革红旗不想告诉丁振奎。革红旗对丁振奎说："吴连富再培养一下也行，现在就提拔，嫩点儿。"

丁振奎说："这个人必须提。"

革红旗看丁振奎喝多了酒，也不敢争辩，就说："我回去和队长商量一下。我们一起找丁场长汇报。"

革红旗回到队里，没有和我父亲说。他也没有和李晓燕说，他知道李晓燕对吴连富还有好感，起码是一个地方来的，山不亲水亲，这个消息他不想透露给李晓燕。革红旗又不是肚子里能装事的人。几天里他暴躁、气愤，见什么都不顺眼。吴连富又总是来请示工作，一排的学习计划、讨论提纲、党费收缴，什么事都来找。他看着吴连富兴高采烈的样子，心里的火就涌上来。

革红旗推断，吴连富一定是找了谢教授，谢教授临走找了丁振奎。革红旗没有想到吴连富还有这样的韬略。他找来谢教授到队里剖腹产，革红旗当时就很不高兴。他不希望吴连富露脸，可是他没有找革红旗，找了队长。对于革红旗来说，就是死一匹马，死十匹马，他都不会在意，但是吴连富出一点儿风头，他就不愉快。给马剖腹产后，他主张宣传女子放牧班，宣传谢教授，不提一句吴连富。革红旗以为这么长时间了，吴连富已经被冷落得差不多了。没想到平地风起，来了一件更麻烦的事。

三队空着畜牧副队长的位置，革红旗不想配。他想李晓燕提起来抓畜牧，就不用配副队长了。现在这个位置被吴连富看上了，他要当，革红旗坚决不给他。革红旗想了，我不同意，场里也不能硬安排。

丁振奎不管革红旗那一套。几天没有听到革红旗的消息，丁振奎找到政委，把情况一说，政委说："我没有意见。"丁振奎说："我看革红旗那态度，吴连富也不好在三队工作。我建议去一队。正好一队杨志远免职了，让吴连富来代理，工作好，年底就任命。"

政委点点头，说："好。"

40

吴连富听到这个消息感到很突然。在升迁的问题上，吴连富从来不去做工作。他作为知青来到哈拉海，就因为自己虚心勤快的表现得到了重视。上学的时候文化课就好，他在长春兽医大学培训掌握知识非常快。回来提他当排长，是革红旗和我父亲一致的意见。事情后来发生了变化。这种变化是革红旗认为的，我父亲依然认为吴连富是一个好同志。如果没有李晓燕和吴连富谈恋爱的问题，革红旗也许就不会注意吴连富。现在他从吴连富手里夺过来李晓燕，他应该安慰吴连富，可是他把吴连富当成了仇人。那一个砖头在玻璃上的爆响总是在革红旗头脑里挥之不去。有一次他看到于忠诚在马厩里扔一块砖头，那块砖头旋转着飞，准确地把于忠诚放在柱子顶上的一个破马镫子打落了。恍惚里，于忠诚成了他要找的那个打玻璃的人。转眼，他又放弃了。于忠诚没有必要去打他的玻璃。

一个人认准了的事是无法改变的。

吴连富不知道自己背负的十字架。于忠诚提醒他，他也不相信。李晓燕进步，也不至于到和革红旗睡在一起的地步。大家都朦朦胧胧地知道革红旗好色，也是找谁家的妇女占便宜。吴连富单纯到这种程度，他爱李晓燕的决心一直没有变。有这种执迷不悟观念的人，就是像吴连富这样的人，理科好，钻研技术，和社会有隔膜。于忠诚喜欢文学，和他的想法就完全不一样。文学能带人进入社会，看透社会，是观看社会的望远镜；理科就不同，理科重视的是技术性的工作，比如怎么让马厩的洋井出水快，怎么把皮碗做得冬天用水的时候就可以打上水来不用的时候水就降到地下去了，多冷的天都不会把洋井冻坏。理科是社会的修理工。

吴连富爱李晓燕非常执着。他在心里爱着，没有一句甜蜜的语言。于忠诚后来才开始爱李晓燕，他就开始用甜言蜜语，用书里的话语和故事感染李晓燕。女人的意志是被甜言蜜语泡垮的，被海誓山盟冲击得迷失了方向。李晓燕很喜欢于忠诚。那次暴雨前过河拉渡船，深深地感动了李晓燕。她把于忠诚的衣物抱在怀里，把于忠诚的内衣又放在解开的衣服扣子里面，和自己的胸脯接触，让于忠诚穿的时候热热乎乎的。她这种传递，于忠诚接收到了。于忠诚几夜都没有睡好觉，他发现远方的一颗星正向自己靠近。

吴连富听到自己要走的消息，没有高兴起来。他不想当官，只想守着李晓燕。他不知道是谢教授和场里提议的，还以为是革红旗要把他撵走，设的圈套。小道消息让他隐隐约约地知道了内幕，他又觉得不走对不起谢教授的关心。怀着这种矛盾的心理，吴连富在值班室的炕上躺了一天。中午饭也没吃，脸上很快消瘦了。

晚上他到单身宿舍找到李晓燕，李晓燕正在烧炕。单身宿舍烧炕轮值日，李晓燕从来不因为工作忙而特殊，是她值日她就抱柴火烧炕，把宿舍打扫干净。她出门开会学习多，女子放牧班的就帮助她干。自己的事别人帮助她，她也不好意思。张伟说：“你快提指导员吧，那样，你也不用烧，我们也不用帮助你了。”李晓燕就瞪她一眼。李晓燕也着急提拔，王瘸子明明和政委说了，现在还没有动静。打猎的时候，周成顺还说帮助她说话呢。全场的女孩子里就她这么一个打枪打得准的，提拔上来，以后调到武装部来当教练。李晓燕现在接触的面越来越广，朋友好像也多起来。谁见了都会说她提拔没有问题。可是吴连富抢在她的前面提拔了，她觉得没有面子。吴连富来叫她，她犹豫了片刻。吴连富抢过她手里的笤帚，帮助她扫地。吴连富干活儿比李晓燕还利索，几下就把宿舍打扫完了。吴连富直起腰，看着李晓燕，说：“天气这么热了，还烧炕。”李晓燕说：“我没烧多少，热乎一下，要不炕潮。”火在炕洞里快烧尽了，发出噼啪的声音。李晓燕发现吴连富脸上灰暗干瘪，说：“还没吃饭吧？我到食堂拿两个土豆给你烧上。”吴连富说：“不饿。我们出去走走吧。”

李晓燕不是不想陪着吴连富走，她是不知道说什么。她应该为吴连富的提拔高兴，吴连富要谈的肯定不是他要走的事，而是恋爱。李晓燕一点儿兴趣也没有。跟着革红旗转，哪个男人也看不上了。革红旗不可能娶她，她就是离不开他。怎么一见到他，心里就激动得压抑不住。他的脸上没有青春，也没有潇洒，她爱他的成熟。他被眼皮遮挡的眼睛，什么都能看透。靠着他，跟靠着一堵墙一样扎实。有了革红旗，李晓燕看哪个单身男人都看不上眼。李晓燕也想恨革红旗勾引自己，使自己不能自拔。她恨不起来。这是爱吗？她多少次问自己，也摸不清楚。她说她害怕，革红旗明白后，想了想说：“不用害怕。真要怀孕了，我们可以找吕杰，她是最好的妇科医生。”李晓燕还说害怕。革红旗说：“那你就和吴连富结婚，孩子算他的。”李晓燕笑了，说：“你以为吴连富是傻子吗？他兽医学得那么精，一算就算出来。”革红旗说：“他算得再精，也没有他爱你深。

你要跟他，你抱着孩子去，他都会喜欢你。”革红旗的话让李晓燕非常难受。她怎么会去欺骗人呢？革红旗说的嫁祸于人的事场里发生过。一个领导把女演员搞怀孕了，把她介绍给文艺宣传队拉手风琴的老杨结婚。生孩子的时候，大家一算不是他的。他立即离婚，对女人形成仇恨，发誓终身不娶。

李晓燕跟着吴连富出来，吴连富要往马厩方向走。李晓燕拽着他，到了食堂。食堂早就下班了，潘师傅回家睡觉，老卞在屋子里，转来转去。以前的食堂管理员经常改善伙食，老卞也摸不到门道。他说自己笨，李晓燕说：“什么东西也没有，做这样就不错了。”李晓燕一边说，一边翻东西。在柜橱里面找到两张糖饼，对老卞说：“吴连富没有吃饭，给他吃了。”老卞也很奇怪，哪来的糖饼呢？李晓燕说：“潘师傅自己偷着吃的。”老卞骂：“这个河北老坦儿，心眼儿太多。”

吴连富确实饿了，他一边吃饼，一边和李晓燕走在门前草地的小路上。三队除了房子，到处是草地。草地上除了茂密的草丛，洼地里还长着蒲棒、马莲。蒲棒细长的叶子生长的速度特别快，晚上看，好像立起的高墙，黑乎乎的一片。洼地里有水的地方，青蛙鸣叫着，偶尔一声，李晓燕吓了一跳。她觉得叫声就是从自己脚跟前发出的，她倒退的同时，靠在了吴连富的身上。吴连富正在吃饼。他没有吃饼之前，还觉得不饿。饼在嘴里转了几下，饥饿就出现了。他刚吃了一口饼，李晓燕就倚在他身上。吴连富不知道是青蛙的叫声把李晓燕吓到自己的怀里来了，而是以为李晓燕有意地靠向自己。亲昵的举动让吴连富吃了一惊。他抱住李晓燕，李晓燕轻微地动一下，就停止了。吴连富把饼塞到兜里，抱得更紧一些。吴连富喘着粗气，李晓燕一声不响。

吴连富说：“这个时刻我等了很久了。”李晓燕没有说话，任凭吴连富抱着。吴连富说：“我在学校背过你，你还记得吗？”李晓燕不说话。吴连富说：“你的脚崴了，我背你回家。你老老实实地趴在我的背上，和现在一样，一声不吱。”李晓燕不说话。

草原上的夜晚有时候星星都能把天空照亮，今天天上没有几颗星星，黑得伸手不见五指。抱在后面的吴连富把脸贴到李晓燕的脸上，都看不清李晓燕的神色。

吴连富说：“我明天就走了。见不到你，我想你。我不想去，在你跟前，当个牧工我都愿意。”

李晓燕还是没有说话。

吴连富说：“走之前，我们的事能定下吗？你给我一个准话，我就放心了。走多远，我都想着你。”

李晓燕脖子转了转，没有说话。

吴连富说：“于忠诚也喜欢你，他小，不懂得爱情。还有人说，革红旗跟你好，这怎么可能呢？你跟他是工作关系，我懂。燕子，你不说话，我也知道你爱着我。”

李晓燕浑身动了一下，她扭过头，想看清吴连富。

远远地，宿舍门开了，一道室内灯光跑出来，洒给草地一片光亮。光亮和黑暗的交界线处，吴连富抱着李晓燕的手开始活动。他摸到了李晓燕镀着银光的腰带扣。革红旗曾经那么熟练地打开这个扣子，吴连富却弄了半天，扣子依然锁着。吴连富感到面前的李晓燕变得沉重起来，自己要承受李晓燕身体的全部重量。李晓燕身体烫得吴连富受不了了。吴连富说：“你发烧了吗？”

李晓燕说：“你记着那两匹马配种的时候，我说我要答谢你的事吗？”

吴连富记得。李晓燕每一句话，每一个微笑，吴连富都记得。他帮助李晓燕的两匹马怀孕，差点儿被革红旗撤职。吴连富想说记得有什么用呢，他到现在也不知道答谢的意思是什么。

李晓燕轻轻地说：“我说话算话。”

吴连富把李晓燕抱得更紧，他不知道李晓燕说的是什么意思。

李晓燕说：“现在就答谢你。”

吴连富说：“现在？”李晓燕把头往后仰，故意磕碰他的脑门：“对”。

吴连富懵懵懂懂地抱住李晓燕的腰，一刻也不想撒开。

李晓燕在黑暗和宿舍射出来的光明里挪动脚步，慢慢地走进黑夜的深处。她悄悄对吴连富说：“再往前走走，前面是食堂的柴草垛……”

41

给马挂掌的老牛背着帆布兜子，到三队给马烙号。烙号，按照场别，成年公马，母马编号。马右前腿的上部烙场别号，右后腿上部烙马的编号。公马单号，母马双号。这些号在军马科都有档案。牧工放马看到一匹马的号，就知道是哪个队的，几岁。

宋敏然和王幸福帮助老牛支上铁炉子，炉槽子里放好炼铁的煤炭。于忠诚把烙号的铁模子放在煤炭里，点火的时候，老牛说：“吴连富怎么没出来呢?”宋敏然说：“提拔了，到一队当队长去了，于忠诚当排长了。”于忠诚马上说：“有什么活儿，你就说。”老牛看看于忠诚，继续说：“吴连富是个好人。他不在，中午喝酒没有对手了呢。”宋敏然说：“王幸福能喝，你跟他喝吧。”王幸福说：“我可喝不过老牛啊。”宋敏然说：“中午在我家喝酒。我老爹从河北来了。”老牛说：“我知道。这老头从公共汽车上下来，说到三队找宋敏然。快晚上了，正好一个汽车送马料，我让司机把他拉来了。”

我在旁边看热闹。我也想起那个傍晚，一个高个子的老头穿着黑色的棉袄棉裤，从车上下来，拿个棍子，挑起一个行李卷，站在汽车跟前，四下张望。我们几个孩子把他送到宋敏然家。我们同学宋悦良眯着小眼睛，看了他爷爷半天，也不知道说什么，喊他妈，说家里来了一个老头。

很多在哈拉海安家的人陆续把关里的老人接来了。哈拉海的日子好过。过去按照城市人口供应食品，量有限。现在场里自己种地，全种小麦大豆。场里成立了面粉厂、豆油加工厂。白面豆油供应职工家属，麦麸子豆饼做马料。哈拉海豆油白面，还开工资，找媳妇很容易。周围农村的姑娘不管哈拉海的男单身好赖，介绍一个成一个。

关里的日子不好过。我们老家的亲戚也到哈拉海找活儿干。龙江县甘南县，也有我父母村庄里的邻居。他们知道我父亲是队长，经常来找我父亲，在我家里吃住。夏天父亲安排他们到草甸子上去打草，挣点儿工钱，冬天他们就回家了。我母亲见到关里来的人亲，家里有好吃的给他们做着吃，家里存的部队价拨的军装，我母亲给他们穿。

父亲的弟弟在天津，住着奶奶的房子。房子破旧了，弟弟来信，让我父亲寄钱回去修房子。父亲邮去二十元钱，弟弟收到后，回了信。修好房子，又给父亲回信，告诉父亲，二十块钱修房，剩余的钱就不返回去了。在文安县农村的大舅寄来芝麻。我母亲烙饼的时候，把芝麻放在发面饼上面，烙出来，我就专门抠芝麻吃。母亲还把芝麻在锅里炒熟，在案板上擀碎，再把大盐粒子擀碎，和芝麻放在一起，吃馒头的时候，蘸着吃。这叫芝麻盐。满满的一大碗，于忠诚拿点儿，李晓燕拿点儿，吴连富拿点儿，就没剩多少了。我们家已经习惯了。好吃的东西都是大家吃。

我在马厩看给马烙号。队里来个外人，来挂马车，来辆汽车，是队里的新鲜事，我都要去看看，凑凑热闹。在三队连玩要的地方都没有。每一匹马牵过来，拴在木桩子里。于忠诚看本上写的字，说这个马几号，老牛就从炭火里拿起铁模子，对着马屁股烙上去。马屁股冒着蓝色的烟。烙号是技术活儿。烙深了，烙到里面的肉，马疼得乱踢。烙浅了，毛长起来，看不到号了。老牛开始都是自己亲自烙，烙一会儿累了，王幸福帮助烙。宋敏然从一个罐子里，捞出一块凡士林油，抹在烙号的地方。一个马厩的马，要烙一上午。中午的时候，烙完了。收拾完工具，往宋敏然家走，高高兴兴地去吃饭。

宋敏然老婆贤惠。为了一顿饭，跑了好几家凑东西。在我们家要了几个鸡蛋，我母亲又从缸里拿了咸鸡蛋。还要到邻居家拔葱，薅一把蒜苗，拽两个黄瓜，到酱缸里打一碗新酱。

三队每家的日子过得都很清苦。王天河他们这些山东人，每顿饭从来不做菜，就吃馒头大饼子咸菜条子加大酱。家家院子里都有一个大酱缸。入冬开始烀黄豆，捣碎了，做成大酱块，包上报纸，放在屋子里发酵。春天把大酱块掰碎了，泡到缸里。妇女们天天用一个木棍上钉了一块木板的酱耙子在缸里捣。太阳把酱缸晒热，酱在温热里膨胀，散发出醉人的香味。一年就是这一缸酱陪着全家，成为下饭的菜肴。队里就我们家和革红旗家不做酱。美娥教我母亲做过一次。母亲忙活了一天，把一个个酱块子码在炕梢。发酵的时候，包着报纸的酱块子外面长了绿毛。也就做了这么一次，我们都不爱吃，母亲就不做了。美娥对我母亲说："没有大酱，那咋叫过日子呀。"

不知道是吃粗粮吃习惯了，还是节省，王天河这些山东人经常用白面到农村换玉米面、玉米楂子，回来贴大饼子，煮大楂子粥。美娥经常看着纯白面的馒头说"可惜了"。她在白面里掺上玉米面，蒸馒头，蒸发糕。不吃粗粮，美娥的心总是安顿不下来。要是做菜，就是白菜汤土豆汤。有时候烙点儿油饼，算是改善生活了，全家喜气洋洋，脸上嘴上抹满了油花。全队这么些人，就我们家好吃。母亲想着法地改善生活。我也得到母亲特殊的照顾，家里的一点儿大米，冬天的时候，用饭盒给我做米饭。一半米，一半水，在炉子上做熟。没有菜，就是酱油里放一点儿熟豆油，拌到米饭里，吃起来非常香。母亲在冬天还会用一个盘子种蒜苗。一枚一枚的蒜瓣，用芦苇的皮穿起来，一圈圈地摆在盘子里，像白色的莲花。很快碧绿的蒜苗就长高了。这是寒冬里最新鲜的蔬菜。父亲去一次场部就到供销社买吃的回来，买得最多的是红烧肉罐头。家里的工资从来不剩。父亲去北京开会两次，都是借的钱。在我的印象里，父亲从来没有开过全额工资，每月都要扣欠款。

我们家养鸡又养猪。其他家庭就养一头猪，过年杀猪的时候，还要卖一半，有的卖四分之三。他们总是觉得吃下一头猪，是一种罪过。谁家也不养鸡。有几户养鸡的，也叫黄鼠狼把鸡吃了。我们家没来过黄鼠狼，养的十几只鸡，鸡蛋吃不完，母亲就腌到缸里。谁家来个客人，到我家借鸡蛋，借了就借了，过后谁都想不起来还。革红旗家吃鸡蛋谁家都去要，我们家给得最多。他家没有一只鸡，也没有猪，老婆上班，孩子没人看着，送给邻居帮着看。晚上学习党的“九大”文件，职工不许请假，他们两口子把孩子拴在炕上，绳子一头拴住窗户扇拉手，一头拴住孩子的腰。

母亲帮助老卞织渔网，老卞打的第一条鱼送到我们家。母亲喜欢吃鱼，但是白给的鱼坚决不要。母亲不白要别人家的东西，不想欠谁家的情。父亲把鱼拿回到食堂，让老卞给大家吃。队里的领导，谁也不愿意沾食堂的光，怕知青提意见。

吴连富走的时候，母亲给他煮了很多鸡蛋，让他带上。我父亲说要开个欢送会，革红旗没有表态。一队已经等不及了，开着热特来接吴连富。吴连富和大家打招呼后，上车就走了。车开的时候，于忠诚跳上车，说：“我送送吴队长。”两个人在车上抱着，说着悄悄话，等车过了小榆树，他们才坐下。

女子放牧班的人都来送吴连富。李晓燕没有来，谁也不知道她干什么去了。吴连富走了，于忠诚到一排当副排长，代理排长。于忠诚很高兴。他也知道，当官不容易。很多人干了一辈子，连个班长都没有当上呢。于忠诚上任后，接待的第一个人就是老牛。于忠诚很小心，生怕老牛不满意。凡是场部来的，不管官大小，到了队里，都要高看一眼。

烙号很顺利。中午吃饭在宋敏然家，于忠诚看人多，不想过去了。于忠诚说：“马厩里还有事。”宋敏然劝了两句。老牛说：“不来就不来吧，你把指导员叫来就行了。”

宋敏然听了有些为难。一个钉马掌的来，指导员是不陪的，顶多排长陪一下就不错了，老牛怎么还要指导员陪呢？宋敏然犹豫着。老牛说：“你告诉他，就说我来了。你别看他是指导员，到我那儿跟我可好了。你们队什么时候钉马掌我都马上来，别的队找我三遍，我去就不错了。”

宋敏然听了老牛的介绍，心里有了底。宋敏然去队部找指导员，走的时候，老牛对宋敏然说：“我有点儿事找他，要不我也不理他。”老牛知道，领导来了，吃饭喝酒不随便，谁都不愿意领导参加。

革红旗很给老牛面子，跟着宋敏然来了。到了宋敏然家，问老牛是不是有事，告诉老牛今天不能陪你喝酒，家里来人了，老婆让他回去做饭。老牛说：“孩子多，没人看孩子，我说完你快回去。”革红旗说：“不是孩子多，我老婆不会做饭。”

老牛等革红旗说完，宋敏然和王幸福到外面去了，老牛对革红旗说：“我说个事你得给我一个面子。”革红旗说：“什么事没给你面子啊？”老牛说：“过去的事也不说了，你都给我面子了。这个事大，你得给我面子。”革红旗说：“老牛，你别说了，是不是王桂梅调转的事？怎么找上你了？”

老牛一看革红旗把事情说出来了，就觉得这个指导员不好对付，心里生了几分犹豫。老牛是那种喜欢给人办事的人，要是办不成，自己生自己的气。老牛说：“就是这事。人家孩子都那么大了，再不调过去，家就散了。”

革红旗说：“我不是都照顾她了吗？要是不照顾，处分她一把，一辈子都完了。你知道，现在涨工资，有处分的半级都不给涨。”

我哥哥就是生病住院，耽误了半级工资，多少年都撵不上去。革红旗说得对，调资文件上有一条“曾经受过处分的”，不管多少年，只要处分过，每次涨工资都在不涨的范围里面。劳资科长邹本生虽然小学文化，抠字眼抠得很厉害，一个字就让你远离调整工资的杠杠。

老牛说：“这些人家心里有数，感谢你。现在你再高抬贵手，放了王桂梅，我先替我徒弟谢谢你。”

革红旗一愣，说：“王桂梅丈夫不是烧电焊的吗，怎么成了你的徒弟了？”

老牛见革红旗这么说，知道今天是白来了。老牛做最后的挣扎。他说：“我们都在修配厂。我是老人，他比我年纪小，他不是我徒弟吗？”

革红旗清楚老牛的脾气。你顺着他，他什么事都帮助你；你要是顶着他，他记你的仇。革红旗想想说：“这样吧，十月以后，女子放牧班调整的时候，我们一定考虑。现在不是调人的时候啊。”

老牛听王桂梅丈夫说过，革红旗对王桂梅有想法。革红旗对谁有想法，就想把人整死，别想翻身。王桂梅原来想，豁出去了，请假回家看孩子。王桂梅丈夫说：“不行。你请假时间长了耽误涨工资。以后和你一起参加工作的落你半级，就会越落越远，你多咱也撵不上。”丈夫决定，找人再说说，革红旗要是实在不放，就把家安在三队，他骑自行车去场部上班。

老牛说：“革指导员，这点儿面子都不给我？”

革红旗说：“怎么不给你呀，等等嘛。”

老牛一转身，对革红旗说：“你能当一辈子领导啊？”

革红旗一看老牛生气了，就说：“好，好，我不回去了，陪你喝酒。”

42

人类就是这么安排的。男的，女的。男的对男的，女的对女的，总是不合拍。我和哥哥很好，哥哥对我总是不冷不热的。我的两个姐姐，对我就像母亲那样。所以，一个家庭，要有男有女，日子过得就火热。

我也不知道从几岁开始记事。我是大姐、二姐抱大的。二姐说，有一次晚上背着我到外面去玩，回来的时候蚊子把我脑袋上咬得都是包。二姐吓坏了，怕母亲说她。母亲一声也没有吱。母亲爱所有的孩子。随着我年龄的增长，我深有体会。

我记得我小时候不爱理发。父亲领着我去兰岗乡理发店。我们家从上海来东北，落脚的第一个地方是牡丹江军马场三队的兰岗。从牡丹江来哈拉海。我在兰岗乡理发的时候又哭又闹。父亲没有办法，哄我，理完发带我到商店买了一个能翻跟头的小猴。

那时候的饥饿我还记忆犹新。爷爷带着我和姐姐去榆树上捋榆树钱。母亲贴大饼子，玉米面里掺上榆树钱。我趴在锅台上，抱着母亲的腿，让她给我贴一个不带榆树钱的大饼子。哥哥在养鸡场工作，经常值夜班。父亲是养鸡场的书记，晚上用养鸡场处理的鸡蛋招待朋友。哈拉海成立军马场，缺干部，我父亲和他的战友们，到了哈拉海。

多少年以后，我才知道，我们从牡丹江来哈拉海，火车没有路过哈尔滨，而是在北安那条路线到的齐齐哈尔。在北安转车的时候，天气已经寒冷。我在小站的广场上，见到一个摆摊卖山楂的。红红的山楂吸引了我，我拿起几个就跑。那是我第一次偷人家的东西。摊主追我，正好我哥哥和爷爷过来，拦住我，把山楂还给小摊。北安小站冬天那个广场深深地印在我的脑海里。北安这个名字被我再一次想起，是因为这座小城里有全省唯一一座精神病医院。那个给我母亲扎针的女医生王典型得了精神病，被场里送进了北安精神病医院。她的巡回医疗在最后一个军马场哈拉海结束，她为人民服务的生涯也随之终结。据说她承受不了一根银针带来的压力，精神崩溃了。她没有婚姻和家庭，没有亲人和子嗣，一个人在精神病医院里，度过错乱的人生。她迅速地被人们忘记，只有我，在想母亲的时候，还会联想到她。她的毁灭，是她一个人的毁灭吗？一个柔弱的女人能顶起时代给她的那半边天吗？

李晓燕到我家找我母亲要过针线。我母亲喜欢帮助她们做一些针线活儿。母亲犯胃病到203医院住院，学会了织毛衣，复杂的用针母亲还是要找李晓燕帮忙。李晓燕手巧，她也喜欢我母亲的绣花，两个人在一起时，很高兴。我也愿意李晓燕来我家。她坐在我们家的炕沿上，土屋里就立刻亮堂起来。我忘记了我当时多大，却已经知道了羞怯。站在她面前，我总是认为自己的衣服上都是嘎巴，手上的皴很厚，黑黑的，不敢伸出来。性的意念从生下来就开始了。朦胧的时候依赖母亲，脱离了母亲就转移到自己喜欢的异性身上。女同学里春芝、香芹、继兰、继英，都非常好看，自从李晓燕来我家串门，我那些漂亮女同学都变得丑而且黑。我不知道我第一次梦遗是不是因为李晓燕，我清醒的时候就觉得只有李晓燕才够我梦里想的资格。知青的女孩子都在展示着自己的漂亮，她们红红的毛线围脖裹住整个脑袋，露出的脸几乎一个模样。李晓燕不扎那种厚厚的毛线围脖，她干净的白白的脖子、黑黑的头发在风里一样的美丽。

三队好看的女孩子里，最惹眼的就是李晓燕和王桂梅。她们到了哪里，都叫人眼前一亮，再沉闷的空气都会活跃起来。每次开会，要是她们两个不在场，领导一定会发现。革红旗说："李晓燕呢？"然后会接着说："王桂梅怎么没来，太散漫。"剩下的人，灰突突的，就不好辨认了。来不来常常是班长回答一声，谁不来了，请假了，肚子疼。革红旗从来不回应。我父亲也会发现李晓燕不来，王桂梅不来，我父亲不说。我父亲说的都是男的，于忠诚干什么去了？这小子，晚上不睡觉，又去掏狼窝去了。再叫一个就是王天河。王天河孩子多了，忙不过来，开会的时候经常带着一身的屎尿进来。他要是坐在女人跟前，女人就会捂鼻子。父亲可怜地看着他。过去他折磨美娥，为了要孩子，让美娥杀猪似的叫，把我父亲的潜意识都唤醒了。现在有了孩子，美娥折磨他，生一个还要生。李洪贵送去的避孕套都叫美娥给孩子吹气球了。李洪贵有意见，父亲训斥王天河。王天河说："那玩意儿大，戴不住，掉里头，还要薅出来。"父亲开玩笑说："你让美娥给你系上啊。"

李晓燕对于忠诚说，日子怎么过得这么慢？于忠诚知道李晓燕着急去北京。李晓燕这几天正准备去北京穿的衣服。宿舍的人都不参谋，女子放牧班的孙洪艳偶尔说一句，其他人也不发言。到北京去穿什么好，谁也不知道。革红旗的老婆送给李晓燕一件对襟外罩，扣子还是嘎达盘，都是用布做的。李晓燕当着革红旗的面穿上，让革红旗看行不行。革红旗对穿戴没有一点儿眼光，耷拉着眼皮，不说话。革红旗的老婆从来没有怀疑李晓燕和革红旗有关系，还真诚地把箱子底的红袜子给李晓燕。李晓燕推辞，革红旗说："拿着拿着，你嫂子的心意。"

李晓燕最尊重的还是于忠诚的意见。她像大姐姐一样关心于忠诚。于忠诚把这种关心当作了爱情。李晓燕偷着告诉我父亲，不要借书给于忠诚读了，他都中毒了。我父亲不关心箱子里的书，也不知道我把书借给于忠诚。我父亲懵懂地问李晓燕，什么书，我怎么不知道？我们家还有有毒的书吗？我父亲的书都是培训教材，唯一的小说是一本竖排版的《把一切献给党》，我从来没有借给于忠诚。所有的小说都是我二姐上学的时候买的。二姐在被窝里蒙着被子打着手电筒读《红岩》，读《野火春风斗古城》……二姐的眼睛早早地近视了。我父亲从来不看这些书，也不知道书里面的故事。场部运动一来就烧书，三队没有烧，烧也没有。在队里要不是当个班长什么的，拿张报纸拿本杂志，家里连一片纸都没有。他们大便都是用土坷垃、棍子。妇女们一个"骑马带子"用完了，放在灰堆里埋着，下次抖搂抖搂上面的灰再用。无论男女，没有认为女人身上那个地方是干净地方的。从知青来了，小卖店里的卫生纸才卖得快了起来。

于忠诚见李晓燕试衣服，也不去理她。自从吴连富走了以后，于忠诚轻松了许多，没有人和他抢李晓燕了。轻松的同时也很孤独。吴连富在的时候，怎么吵，转眼就和好，有了吴连富还很踏实。于忠诚想得简单，吴连富走了，李晓燕就死心塌地地跟自己好了。于忠诚还不放心，问李晓燕，吴连富走的时候，你怎么没有去送一送呢？这让大家看了多不好。

李晓燕说："你怎么管那么多呢？他走他的跟我有什么关系。人家是提拔了，还用得着我送吗？"

于忠诚说："一个副队长有什么好的，还是谢教授赏给他的。"

李晓燕说："好不好你当一个。到现在你连党员都不是呢。"

于忠诚说："我要是入党，就当不了团支部书记了。"

李晓燕说："你是副书记，书记我兼着呢。你要入了党，你就是书记。"

于忠诚听明白了，李晓燕是鼓励自己进步。自己进步了，才配得上她。过去她对自己有想法，是因为自己低她一等。于忠诚当时想的是，李晓燕和革红旗好，李晓燕就比自己低一等。看问题的角度不一样，想法就不一样。于忠诚对李晓燕说："我现在就写入党申请，你们能批准我吗？"

李晓燕说："党的大门是敞开的。"

李晓燕一边说，一边把革红旗老婆送她的衣服又穿在身上，让于忠诚看看怎么样。

于忠诚扫了一眼，说："这衣服好。"

李晓燕马上得意了，问了一句"好吗"。

于忠诚说："好，穿上到宣传队演农村老太太不用化妆了。"

李晓燕听出了讽刺，脱下衣服，就用衣服打于忠诚。一边打，一边说："叫你嘴欠。"

于忠诚没有躲，让李晓燕打了几下，等李晓燕停下来，说："你别听他们的，你就穿军装去。"

李晓燕说："军装肥肥大大的，穿起来不好看。"

于忠诚说："到了那地方，你穿别的都不好看。毛主席都穿绿军装呢。你可以拿到宋敏然家，改一改，做一个小掐腰。裤子也收一收。裤腰那地方，也做几个褶，把屁股兜上，别水裆尿裤的。裤腰带也扎牛皮的，卡扣是方的，卡得结实，免得见到毛主席一高兴，你一跳，腰带开了，裤子掉下来。"说着说着，于忠诚想起来一个人。他说："最好王桂梅给你参谋一下，你看她穿什么都有样，也会改。"

李晓燕说："你别哪壶不开提哪壶。她能理我吗？我把她得罪那样了。"

于忠诚说："那就听我的意见，去宋敏然家改吧。"

李晓燕点点头，她觉得于忠诚的意见有道理。她低头撩起上衣角，看看腰带扣。镀银的腰带扣好像立即“啪”的一声要跳开了。于忠诚说得对，要换一个腰带了。

她掀开衣角的同时，于忠诚的眼睛也盯了过去。于忠诚问了一句：“姐，你吃多少啊，肚子鼓鼓的。”

李晓燕脸一红，把衣角迅速地撂下去……

43

暴风雪终于来了。每当天气变化前，一切都特别的安静，安静得令人毛骨悚然。

那天值班的是刘玉凤和张伟。李晓燕正准备去北京开会的材料。还有一周就要出发了。她作为军马战线上女子放牧班的典型，和牡丹江女子放牧班的班长李月荣一起去。李月荣带领牡丹江“十姐妹”女子放牧班做出的成绩非常突出。李月荣曾经在风雪迷路的情况下，在原始森林里度过了十个日日夜夜，保住了马群。李月荣和出席中国人民解放军总后勤部第四次代表大会的全体代表一起受到毛主席和国家领导人的接见。李月荣作为周总理特邀的十多名客人之一，住进中南海，参加了十月一日的大典。当毛主席从她身边走过时，大家鼓掌，热泪盈眶。李晓燕这次也要和李月荣一样，和邢燕子、郭凤莲一起到天安门上去。李晓燕打听李月荣的消息。她身体不好，累得住进了医院。李晓燕在电话里和她约定，在北京相见。她们到北京后，先到总后勤部参加积极分子会议，还要接受首长的表彰。什么样级别的首长，没有明确说。李晓燕的材料是于有新亲自写的，生动感人。早晨出牧的时候，李晓燕刚把改好的衣服从宋敏然家拿回来，当着于忠诚的面试穿了一下，又在地上走了两步。于忠诚说：“全部合格。”李晓燕得意地一笑。于忠诚就喜欢看她不经意地笑，像燕子在水面上捕捉昆虫的时候，碰破水面出现的涟漪。

于忠诚说："姐，我想抱抱你，分享一下你的高兴。"

李晓燕瞪他一眼，说："别闹。"

于忠诚说："真的，你今天真漂亮。"

李晓燕听于忠诚说自己漂亮，脸色立即红晕起来。她收住自己的兴奋，故作担忧地说："李月荣大姐身体不好。你说，我们这样拼命干的最后结果就是去北京吗?"

于忠诚没有听明白李晓燕说话的意思，回答说："谁能去上北京啊？见到毛主席就更别想了。"

李晓燕说："我是说李月荣累病住院了，我以后不知道怎么样呢!"

于忠诚说："有我帮助你，你累不着。"

李晓燕说："什么都离不开你，你以为我喜欢你呀。"

于忠诚说："没有人比我更喜欢你了。"

李晓燕绷起脸，说："滚一边去。"说罢，故意生气的样子，走了。

李晓燕怎么能生气呢，这么高兴的日子。她坐不住，到了女子放牧班，见马群正准备出牧，她觉得今天没事可做了，就把自己的马备上鞍子和刘玉凤、张伟一起向马厩北面的草原出发了。

深秋的草原风硬水寒，水泡子已经结冰。几场雨夹雪，草原上的地面变硬，马踩上去，发出嗒嗒的声音。草原上到处是零星的雪片，有的地方堆积起白雪，远远看去，像走散的羊群。青草变黄，偶尔一片绿色，也被冻硬了。天气一凉，牧工们就早早地穿上了棉衣棉裤，出牧还要穿上大衣。爱美的姑娘们也是如此。林静有一年棉裤穿晚了，冻得得了关节炎，关节红肿，疼痛难忍，加上以前例假影响，腰还疼，她连马都上不去。王桂梅说："你就是从小没有父母的爱，营养没有跟上，身体单薄，什么样的病都专门找你。"王彩兰接过话来说："黄鼠狼子专门找病鸭子。"林静自卑地叹气。李晓燕让她到单身食堂做饭，她不同意，她舍不得离开放牧班，舍不得这些人。再说，做饭更不是什么好活儿。大家一起创造的荣誉，她也要跟着大家一起享受。有时候放牧回来，她有意把马骑到草堆旁，从马身上偏腿下来，一屁股落在草堆上，躺上两分钟，再爬起来……姑娘们已经习惯了，放牧的时候，也要穿上皮大衣。皮大衣已经破旧了，但穿在身上暖和。戴上皮帽子，穿上布面已经开口子露出白皮板的羊皮大衣，谁也分辨不出是男是女。

马群撒着欢地在草原上跑，腾起的马蹄声，掀起巨大的轰鸣，雷一样滚过草地。马群里大部分是带驹的骒马，她们要控制马群的速度，怕骒马流产。张伟骑着马跑到马群的前面去，扬起鞭子，在空中甩出一个爆响，嘴里嗷嗷地喊着，头马步伐慢了下来。马群缓缓地涌动着。她们不准备把马群赶得太远。走了一段想停下来，发现近处的草没有多少了。又走了一段路，她们把马群圈到了一个低洼处，三个人下了马，想找一个地方坐一会儿。她们在一处被雨浇得发霉的草堆旁坐下。黑色的干草，碰一下就冒出一股烟来。婆婆丁锯齿似的叶子铺在土地上，已经冻在泥土里了。很多再一次生长出来的植物，被突然而来的冰冻冻住，绿色成为最后的颜色。干枯的芦苇里面，还有几只没有来得及去南方的“黄豆瓣”鸟，在一株苇子上跳到另一株苇子上，匆忙地往南飞。阳光明亮，大地上水汽蒸腾。

李晓燕有些疲倦，这种疲倦已有好长时间了。她把头蒙在大衣里迷糊着。李晓燕虽然家在城市，家庭很普通。她的父亲生得清秀，在工厂做主任。她觉得自己像父亲。母亲也是工厂工人，长得好看，母亲说李晓燕像自己。李晓燕集合了父母所有的优点，相貌非常的出众。她不仅长得好看，学校的各种活动积极参加，而且成为主要组织者。吴连富那时候跟在她后面，听从她的指挥。学校教育了她，各种活动也磨炼了她，激发起她强烈的上进心和虚荣心，事事处处她都走在前面。她口才好，善讲。那时候讲刻钢板，用蜡纸印刷小报。她的宋体字就是刻钢板练出来的。刚来到三队，她就把三队的板报办起来了。革指导员很高兴，帮她找彩色粉笔，做黑板，嘴里不停地“燕子、燕子”地叫。李晓燕经常出入革指导员的办公室，很快找回了在学校的感觉。领导的信任使她工作更卖力气。她什么也不想，就想着工作。衣服泡在盆里，好长时间也不洗。吴连富每次找她，都要帮助她洗衣服。李晓燕漂亮，穿什么都好看。穿脏衣服都不显得脏。她常想，领导对她这么好，她得好好干，她单纯而烂漫。走出校门，走向工作，她一切都是顺利的。她把生活看得很美好。她知道，人们很羡慕她，她把人们的羡慕变成扎实的工作。

因为她工作的业绩和特殊的位置，她经常出入于革指导员家成为正常。革指导员的嗜好大家知道，可以往这方面猜测但不敢往这方面下结论。天底下只有于忠诚看见了。班里的人也不傻，但是都傻傻的，什么也不知道。她们平静地等待着那一天的到来。

李晓燕对自己能走到今天，十分得意。她是用自己的劳动、自己的辛苦换来的。虽说她是排长，在女子放牧班，她还是班长，可什么活儿都抢着干。累她不怕，苦她不怕。接马驹，对她来说很陌生，但她很快就做娴熟了。一些老牧工接驹都不如她利索。马配种她也跟着忙，配种员王幸福都觉得不好意思，让她离开。她说："你们也真封建，做一个好牧工，就应该什么都明白。"这些付出马上就要结出果实。"北京的金山上，光芒照四方"，才旦卓玛的歌声在李晓燕的耳边响起，裹着大衣的李晓燕在微睡里禁不住笑起来。

躺着躺着，李晓燕觉得天有些黑，睁开眼一看，不知从哪儿来的乌云，布满了天空。随着风也刮起来，呼呼地卷起草屑和灰土。再看刘玉凤和张伟已不在身边。李晓燕急忙站起来，一看马群的影子也没了。顺着风细看，远远地好像有一条黑影在蠕动。李晓燕急忙跑到自己的骑马跟前，心里说，她俩也不喊一声。

她拽着马的缰绳，跨上马背的一瞬间，雪花开始飘起来。大片大片的雪花像破旧的棉絮糊到身上，立刻就化成了水。强劲的西北风开始呼啸，雪花飞落的速度越来越快，一闪一闪地砸下来。李晓燕明白，一场暴风雪来了。

这样的暴风雪她们常常遇到，也是最可怕的。尤其这个季节的风雪，说雪不雪，说雨不雨。飘下来是雨，落下来是雪，或飘下来是雨，落在地上是冰。放牧的时候，穿雨衣太薄，穿棉袄又无法防水。湿漉漉，水淋淋，冰冷冷，滑溜溜，烦也不是，闹心也不是，就得苦熬，熬到太阳出来。

李晓燕骑马奔跑了一阵，前面的黑影越来越大，李晓燕喘了一口气。

天空愈加黑暗。

草地一片水渍，湿乎乎，黏黏的，滑滑的，冻土上面化了一层泥。在一块碱地上，骑马险些滑倒。李晓燕急忙抓紧缰绳，把马勒住。她觉得身子有些沉，腰有点儿不舒服。她坐在马背上，慢慢地缓口气，她已紧张了将近几个月了。过去例假没来，忍一忍，隔一个月又来了。她从于忠诚给她看的那本《性知识》上看到了，这叫月经失调，是劳累、紧张、思虑等原因造成的。她有了这些根据，心情好了许多。这次不来，她想也许要去北京太紧张太兴奋了吧。于忠诚说她的肚子没有瘪下去，她就警觉，她知道事情不好了。她想起和革红旗提起这件事的时候，革红旗没有在意。她要和革红旗好好谈，好好说一说，但又怕不准，就又拖了一个月。这回她害怕了，不敢再到革红旗家里去。本来要到去北京的时间了，应该多和革红旗说一说去北京的事。她不敢去。革红旗忍不住来找她，她低着头想哭。他们最近的放纵使她无比后悔，也不知是一种幸福，还是一种依赖，或是女人天生就是男人的一部分，李晓燕离不开革红旗了。革红旗好像更离不开她。她一个人出牧，革红旗骑着红马来了。老远的，就能看到革红旗高扬着手臂，向她挥动。革红旗从马背上跳下来。他们脱光了，抱在一起，在绿草地上翻滚，蚂蚱小虫吓得四处飞跑，一直滚到马群里。马在平静地吃草，他们在一匹马的肚子下面做爱，绿草的汁液昆虫的碎肉染在李晓燕白皙的身体上，革红旗一点儿一点儿地给她擦干净。李晓燕得到了父爱般的关怀。马厩里就他们两个人的时候，他们在马槽子里亲热。宽大的铁皮做的马槽子，被他们的身体撞击得发出咣咣的声音。他们还赶着炮车，任由马拉着炮车在草原上行走，他和她在炮车上放纵……

李晓燕不敢回想，她两条腿一夹，骑马加快了速度，追着黑影，从马群的侧翼跑过去。

44

当我从革指导员的检讨材料里，读到他和李晓燕发生关系的每一段叙述（每段都不会忘记写上完事之后尿一泡尿），我都被他们的浪漫所感染。以至于我在马厩或草甸子上，睁开眼睛就是两个白花花的人影，浑身立刻不能自制，也想找地方尿尿……

我父亲说得对，世上男人最没脸的三件事，就是喝酒、赌博、搞破鞋。

这也许是对男人劣根性的最好的概括。

但是如果没有这几种恶习，男人似乎不成其为男人了。

革红旗负责地告诉她，等她从北京回来，去卫生所找吕杰，偷偷做掉。革红旗也特别叮嘱，可以和吴连富保持关系。李晓燕发现革红旗在做最坏的打算。他不想耽误他的前程，也给李晓燕留一条后路。李晓燕想过，现在怎么做都晚了。吴连富不是傻瓜。即使是傻瓜，李晓燕也不愿意伤害他。吴连富对她的爱，是纯洁的，她即使把所有的东西都给他，也不能抓他当垫背的，而是她真实的付出。

李晓燕用一条布把肚子缠紧，姑娘们发现，她就说这一段时间肚子痛，卫生纸她仍然按月买，当着姑娘们的面把纸裁好，折叠成长条形，放在褥子底下。在规定的时间里，逐步减少。那种粉红的卫生纸她一拿到手里，心跳得就特别厉害。她在场部买了几卷白色的卫生纸，怕姑娘们发现，没敢用。

她想尽快地做完流产，然后一身轻松地工作。挺着肚子去北京，成为总后勤部的积极分子，李晓燕感到不安，隐藏在身体里的秘密给她带来了巨大的政治压力。她突然害怕起来，这件事真正暴露出来，她的政治前途就完了。革指导员说没事，有我呢。从北京回来，直接去做流产，我放你几天假，完事好好休息休息，谁也不会知道。提你当副指导员的事，也快差不多了，我找政委都说了。老政委表示抓紧办，还说你有发展，锻炼锻炼就到场部去工作。王贵明的共青团还空着呢，你去正合适。

革红旗在男女的事上很有经验，但摆弄一个姑娘他是头一次。有家有夫的妇女即使怀孕也赖不到他头上。谁家有没有他的种，只有他知道，但是没有麻烦。男人们应该都像食堂管理员那么聪明。革红旗还没到那种程度。他也不可能和李晓燕完事射到老婆的肚子里去。老婆虽然老实、爱他，这种事是接受不了的。场里许多干部的家属都得了神经官能症，和她们操心丈夫在外面的权力过大，女人又太爱权力有关。革红旗现在面对的是一个没有结婚的姑娘。人家姑娘家，有了这件事，以后找男人怎么办？他曾想过，把李晓燕介绍给王幸福。王幸福是个有污点的人，能娶李晓燕就不错了。这时，他知道了王幸福和其其格的事，把他气坏了，想开王幸福的批判会。他和我父亲说完，我父亲说："批他啥？"

革红旗说："批他生活作风！"

我父亲说："你抓住了吗？再说人家是自由恋爱！"

革红旗说："恋爱和在一起睡是两回事！这小子，老毛病又犯了。不批判他一下，治不住他了，成精了。"

我父亲说："一个王桂梅就行了。人家其其格也没有怀孕，在宿舍里待一会儿不行啊？"

革红旗说："其其格不是待一会儿，有时候待到半夜呢。"

我父亲说："半夜就有事呀？这草原上，啥事也没有，不在一起说说话，干啥去呀。"

革红旗说："也不处分他，让王幸福做检查，反正他做的检查多了，震唬一下，你看王桂梅的事没有处分，就来了一个王幸福，又出现一个食堂管理员，这不是我们管理松懈的表现吗？"

我父亲见革红旗说得也有道理，怎么三队出了这么多男女问题呢？上梁不正下梁歪，都是革红旗带的好头。我父亲不能这么说。

革红旗又对父亲说："蒋德平拿我们组织也不当回事啊。蒋德平最后也没有告诉我们，那个女知青到底是谁，他怎么不告诉我们呢？"我父亲说："是政委不让说的。反正不是女子放牧班的。"革红旗有个习惯，男的搞破鞋，他总想知道女的是谁。他要是去找这个有毛病的女人，女人很容易就范。父亲懂得这种情况。一个女的作风不好，男的不是躲着她，而是都想去占便宜。所以政委让蒋德平保密，我父亲非常同意。

李晓燕听说后，找到革红旗，坚决不同意开王幸福的批斗会。李晓燕告诉革红旗，就是没有这种事，她也不可能找王幸福做朋友。革红旗这才说到吴连富。李晓燕对革红旗找替罪羊的做法非常反感。我李晓燕爱的是你，你怎么往别的地方推呢？

说到批判会，李晓燕过去也很热衷。场里每次开批判会，她都去参加，还要发言。她洪亮的声音在俱乐部里特别的响，给大家留下很深的印象。自从女子放牧班开了王桂梅的批判会后，李晓燕对批判会非常反感。被批判的人常常是自己的同事和朋友。批判的人闭着眼睛瞎说一顿，但是句句都戳在被批判人的心窝子上，以后见面感情都没有了。她发现革红旗没有这种教训，特别愿意开批判会。她真不明白革红旗的心态。也许他愿意看被批判的人垂头丧气的样子，也许他可以趁机把人的嚣张气焰打掉。动不动开会，是革红旗的工作，动不动开批判会是革红旗最拿手的工作。看谁不顺眼，批判一顿。王桂梅被批判之后，王桂梅表面上没说什么，一有机会就发泄几句，故意刺激她，让她难堪。她常对着李晓燕说"我不能白挨一巴掌呀"，好像革红旗的一巴掌，是李晓燕打的似的。批判完了，到现在也不让王桂梅调走，大家都同情王桂梅。对她也不像以前了，大家都躲着她。李晓燕也想，自己的人都不护着，谁还依靠你呢？特别是接下来出了林静的事，李晓燕神经崩溃了，到现在她也没有敢对革红旗说。

那次批判会后，林静哭了好长时间，眼泪都快哭干了。她到女子放牧班勤勤恳恳的，李晓燕还总是欺负她。她身体弱，腰疼，又得了关节炎，也没有人关心她。明明知道她就王桂梅这样一个朋友，还让她带头批判王桂梅。她发现这个世界太黑暗了。她不愿意说话，也不敢见人，天天往马厩跑。马厩空旷，她抱着马头摸起来没完。她给骑马编小辫，她还蹲在马厩的燕子窝下面，看叽叽喳喳的小燕子。她自己对自己说话，谁也听不明白她说的啥。炎热的中午，林静骑上骑马，往草原上跑，她使劲地踢马肚子，马跑得要飞起来了。李晓燕找林静，想说说心里话，林静见了她，就跑开。李晓燕想，都是为了工作，林静怎么这样了呢？孙洪艳动不动当着大家的面说："李晓燕把林静弄疯了，肯定要出大事的。怎么能这样欺负人呢？"

有一天于忠诚从值班室出来，看见林静在马圈围栏的木杆子跟前拴绳子，于忠诚也没有理会，拐到墙角尿尿。转过来的时候，他发现林静往绳子套里钻。他大喊着"林静上吊了"，就往林静跟前跑。值班室的人也都跑出来。于忠诚跑得快，到跟前一个箭步，抱住林静。林静的身子已经沉下来了。于忠诚力气大，又给托上去了。于忠诚想把林静的脑袋从绳子套里拿出来，他两只手抱住林静，往外拽。林静的下巴挂着绳子。他又喊"快来人哪"，王天河在后面喊："托住了，堵住屁眼，堵住嘴，不能跑了气。"王天河跑到跟前帮助解绳子，见于忠诚捂住林静的嘴，急忙告诉于忠诚，堵屁股。于忠诚手已经抠住林静的屁股了，说："穿着衣服堵不住啊。"王天河说："脱了，脱了。"于忠诚要把林静放到地上，手忙脚乱地去脱林静的裤子。李晓燕也赶过来了。于忠诚对李晓燕说："你给脱吧。"李晓燕伸手去给林静脱裤子，林静"哇"地大哭起来。

三个人要把林静抬到值班室去。林静用胳膊肘子两边甩着，说什么也不让他们动。李晓燕跪到林静面前，对林静说："你别哭了，是姐不对，以后姐好好照顾你。"

林静哭泣着，说："我活着还有啥意思啊？"

李晓燕说："不能说这些话。我们为共产主义事业奋斗，怎么没有意思呢？"

林静说："谁也不理我，谁理我你就瞪谁，我连一个说话的都没有了。”

李晓燕说：“以后我让大家都关心你。”

林静抹着眼泪，靠在柱子上，嘤嘤地哭。

李晓燕对于忠诚和王天河说：“今天的事谁也不许往外说，说了对林静不好。大喇叭，你听见没有？”

王天河说：“这事我还不懂，我白活了。”

李晓燕说：“你怎么知道堵这儿堵那儿的？”

王天河说：“我们山东农村老家，这事遇见得多，活不下去就上吊。看得多了，大人怎么做我都知道。林静今天时间短，上去于忠诚就抱下来了。要是长，你不堵住屁眼，气从下面跑了，救不活了。”

林静不哭了，听他们讲话，一脸通红。

李晓燕看一眼林静，说：“以后不许这样了。我要是不在，他们就给你脱裤子了。”

林静看了一眼于忠诚，说：“他敢。”

于忠诚说：“命要紧还是面子要紧哪？”

林静抹着眼泪，说：“屁股都给我抠疼了，我上不了班了。”

这件事让李晓燕想了很多。批判会是最伤害人的，想不开就会寻短见。原来的老场长郭联臣参加过抗联，打过鬼子，什么战斗都经受过，什么苦都吃过，什么大功都立过，一场批斗会，就不想活了，跑到三道岗子上吊了。李晓燕寻思，谁发明的批斗会呢？这种方法太残酷了。批斗的人、被批斗的人最后都没有好下场。自相残杀，泯灭人性。扫除一切害人虫，全无敌。李晓燕开始苏醒。她觉得批斗会无限地上纲上线，把人家硬往资产阶级里拉，什么是资产阶级都不知道呢，怎么就有资产阶级思想了。资产阶级思想是从哪里来的，是从天上掉下来的吗？还是娘生下就带来的？要是吃饭生孩子都是资产阶级思想，还有谁不是资产阶级思想啊？李晓燕幡然改变了自己的顽固的想法。女子放牧班绝不能再开批判会了。把同志间的感情都批没了，还怎么工作？她望着革红旗听了她的话后逐渐阴暗下来的脸，觉得他太政治、太革命、太进步了。革红旗，革命的火焰永远在燃烧。

李晓燕一直暗暗佩服他，恨自己怎么就没有这么坚定的革命精神呢？今后一定向他学习，向他看齐，改造自己。他真像轰隆隆向前开的火车头，铺天盖地，不刹车。她希望他停一停，照顾一下她这个落后分子。她偶尔也会发问，他这样批判下去会不会批判到我身上呢？如果我真和吴连富怀孕了，他会暴跳如雷吗，会像打王桂梅一样，打我一个耳光吗？李晓燕对自己爱的人，有点儿想法。一个女孩子特殊的敏感，使她也有几分担忧。她爱着革红旗，心里更多的还是佩服。女人天性的软弱让她们不由得想靠到一个坚实的地方。革红旗的权力和聪明，折服了李晓燕。李晓燕第一次投入到他的怀抱，还非常的骄傲。在这个弹丸之地的生产队里，革红旗说什么是什么，好像她无形中也得到这种权力。她贴紧他，是想保持住平衡，他们在这条船上站得更平稳。她绝不能让革红旗继续热衷于他的批判会了，她想挽救革红旗负面的形象。通过过去一场场劈头盖脸的批斗，李晓燕在自己的放牧班里，先觉悟起来。

革红旗对李晓燕说："你现在变了。你是成熟了呢，还是软弱了呢？"

李晓燕说："在你的教育下，我才有了这么点儿进步。我现在是你的人，我比关心我自己还关心你。"

革红旗说："我知道你喜欢我，可是我不想在我领导的队里光出这么没有脸面的事情。我知道王幸福没有那么多坏心眼儿，所以，我想介绍给你。"

李晓燕说："人家和其其格在一起多好，你非要破坏人家，让人家不舒服你才高兴。"

革红旗说："你没当过领导，你不知道人是要管的，管不住人，谁看得起你？"

李晓燕说："你别管那么多了，把我管好就行了。"

革红旗笑嘻嘻地伸手把李晓燕抱在了怀里。

……

45

李晓燕在风雪里追赶上了马群。马群还在顺着风跑。刘玉凤和张伟在前面阻拦着。李晓燕赶过去，帮助她们拦马。马不由自主地向前涌动。风雪越来越大，她们互相说话都高声喊着说，喊着也听不见几句。

刘玉凤和张伟刚刮风的时候就爬上骑马来拦马，她们没敢喊李晓燕，想让她休息一下。今天也不是她的班，她来了，她们就很高兴。可是当她们来到马群跟前，风像从地里冒起来似的，兜着马群，马群顺风跑起来。她们怎么拦也拦不住，一点儿一点儿地跑远了。

李晓燕的马快，顺着风赶上来。她在侧面想把马群拦住，马群像泄了堤坝的洪水，从她身边流过去。张伟过来喊李晓燕，说“拦不住了”。李晓燕跟着张伟，和刘玉凤排在一起，勒住马。

马群在她们面前滚滚而去。

她们三个人，一边追赶马群，马群一边向前走。

天空被风雪埋没了。

暴风雪来的时候，革红旗正在场部。他到政治部谈了一下李晓燕提拔副指导员的事，政治部说你是党委委员，你不知道要开会了吗？会上要是研究了，我们及时下命令。革红旗很高兴，扔到桌子上一盒大前门香烟。革红旗出来，又找到于有新，问他李晓燕的材料弄得把握吗。于有新说：“你看是谁写的啊？”革红旗知道自己多嘴了。他一边赔罪，一边说：“喝酒的时候我自罚一杯。”

于有新说中午我请，革红旗说中午我请。中午他们一起进了招待食堂。于有新虽然在办公室管招待，但是队里的人不招待。如果我父亲来，他肯定请。其他人来，于有新总是躲过去。今天中午，饭是革红旗请。这时候，于有新能参加，就给足了革红旗面子。

本来吃饭的时间不长，但中间出现一个小插曲。革红旗在场招待食堂吃饭要了四个菜：一盘花生米，一盘红烧肉，一个白菜炒木耳。再来一个，他不知道选什么菜。招待食堂管理员说，还有一只鸡，就这一只，给你们做个香酥鸡吧。革红旗对管理员很感激，马上高兴地说："香酥鸡，就香酥鸡。"于有新见革红旗要了四个菜，说："要多了，我把打字员也喊来吧。李晓燕的材料打字员没少费事。"于有新借着革红旗请客，把自己欠的人情补上。别看打字员是个女的，能喝酒。三个人坐下，慢慢地喝了起来。革红旗催着香酥鸡早点儿上来，快喝完了，也不见香酥鸡的影子。打字员说："我去看看。"回来坐下不吱声了。革红旗明白这里有故事，就去找食堂管理员。做饭的师傅说："管理员回家了。"革红旗问香酥鸡呢，师傅说："香酥鸡早做完了。丁场长来了一伙客人，还有苏光第科长，说是检查马传贫，吃完就走。管理员说给丁场长上，我就给丁场长上去了。"

招待食堂的"一把手"是管理员，革红旗听了，心里十分别扭。他好歹是党委委员，不说一声，炸熟的鸡飞了。他想起于有新管着招待食堂，就想激他一把，让他好好收拾一下食堂管理员。

革红旗不知道，等打字员的时候，于有新到后厨去了一趟。听管理员说丁场长来吃饭了，没有东西了。于有新看着在油锅里转的鸡，说："给丁场长上。"管理员说："革红旗该不高兴了。"于有新说："场长来了，就要先给场长。你也别说我说的，以后就得按照这个规矩办。"

革红旗不知道内幕，上来就和于有新说："你这食堂也得管管，啥事都有个先后吧？"

于有新说："好，我找他们算账。"于有新真要去后厨，革红旗拦住，说后面没有人了。

于有新做出非常生气的样子，革红旗反而劝了于有新几句。

喝酒就怕不愉快。革红旗吃不上鸡不高兴，于有新就要陪着他多喝酒。于有新酒量能让革红旗两个人。你一杯，我一杯，喝了一下午。于有新让女打字员把革红旗扶出食堂，自己上班去了。

革红旗睡在了场部招待所。酒醒后已经是半夜。他突然想起白天到政治部的事，不知道什么时候开会。这么晚了谁也不好问了。他想了想，到收发室给政委打电话。总机说：“这么晚了，没有急事，不能连接。”革红旗回到床上，不一会儿就睡着了。

我父亲是在风雪乍起的时候来到马厩的。瞎老徐提着叉子在马圈里转悠。得病出院后，瞎老徐身体虚弱，到马厩也不干活儿，帮助看看。瞎老徐非常感谢我父亲。如果那天不送到场部卫生所，他就交待了。到了 203 医院，收治医生还训李洪贵，怎么才送来呢？瞎老徐眼看着一个病房的战士得了出血热，没有救过来，抬出去了。瞎老徐非常害怕。203 医院治疗出血热办法多，瞎老徐脱险了。

于忠诚提着扫帚在门口扫院子。王彩兰在值班室里擦洗。她已经怀孕七个多月，肥大的黄衣服遮掩着她凸显的肚皮。我父亲进来就问她，没听天气预报吗？

王彩兰说：“收音机没电了，刚才换完电池。”说着，王彩兰走过去，把收音机打开，正播毛主席语录歌曲。每个马厩“白办”都给配一台“红灯”牌收音机，在当时是最好的收音机。也有的马厩有小收音机，装在皮套里，放牧的时候背在身上。马在草原上吃草，牧工就坐在草地上听收音机。收音机里也没多少内容，天气预报、新闻，再就是京剧。

我父亲走出门，把瞎老徐喊过来，说：“我到甸子上看看她们。”于忠诚也跟过来，听从我父亲的指示。我父亲对于忠诚说：“如果风雪再大，你就赶着小炮车带点儿吃的去接一接。”

于忠诚放下扫帚，一边答应，一边上马厩的房顶，看看马群有多远。草原方向是黑灰色，雾帐一样遮蔽了半个天空。于忠诚在屋顶上对正翻身上马的我父亲说：“什么也看不见了。队长，你要小心啊。我陪你去吧？”我父亲说：“你守好家。剩下的都是老弱病残了。”

于忠诚说：“是。”

我父亲正要走的时候，孙洪艳也赶来了。

我父亲说："你不到场部接对象去了吗？"

孙洪艳说："还接啥呀，这么大雪，马群还不知怎么样呢。"

孙洪艳在部队找了个男朋友，平时通了信，还没有见面。今天男朋友从部队请了假来场，昨天孙洪艳向我父亲请的假。她出门的时候，见来了暴风雪，就急忙跑来了。

父亲突然想起了什么，他把瞎老徐喊过来："我和孙洪艳去接应一下。其他的人要再来，谁也不许去了。找不到马群，再迷了路，会冻死人的，知道不？"

瞎老徐说："我知道，毛主席说，要减少无谓的牺牲。"

父亲和孙洪艳一前一后，走进了暴风雪。

父亲在暴风雪中寻找马群，很有经验，在全军的军马场里是出了名的。有的军马场暴风雪找不到马群了，还专门请过他。父亲军人出身，什么事都离不开地图。父亲研究完地形，看看风雪走向，带着牧工按他的指点去找，肯定能找到。

女子放牧班的放牧区，离马厩不远。我父亲和孙洪艳找到放牧区，在李晓燕她们休息的草堆旁站住。父亲指着坐出坑洼的草堆，对孙洪艳说："她们就在这儿休息了，孙洪艳，你算算她们现在离这儿有多远。"

孙洪艳说："不摆扑克，算不出来。"

我父亲说："这风太大，马跑得快。现在跑出去有三十多里地，那边河沟子多，就怕马陷到里边。咱们得赶快走。"

孙洪艳只听到父亲说"河沟子""赶快走"，其他的声音都叫风雪吹走了。

我父亲侧着脸迎着风雪，抖抖马缰绳，马踩着草地发出"噗噗"的声音，泥水四溅。跨过几处水洼，马便小跑起来。

孙洪艳紧紧地跟着。她两腿不停地敲打马肚子，稍一落后，就看不见我父亲的背影。

两匹马，一前一侧，一头一尾，被风雪裹挟着，仿佛飘在雪雾里，一晃一晃地向前动。扬起的马蹄，刨着风雪，走得非常艰难。

“跟上！”

父亲大喊着。他一回头，连雪带风就堵住了他一嘴，气也给憋下去，咳嗽两声后，才缓过来，舌头上都是凉凉的冰雪。咽下去，肚子里一摊冰冷。眼睛也被打得睁不开了。父亲用手摸一下脸，脸上手上全是冰凉的水。

孙洪艳一声不响地跟在后面。她想，这时候她的男朋友可能刚下公共汽车，在风雪里四处找她呢。头一次来，找不到她，他会怎么办。军人肯定有军人的办法。女子放牧班表面很安静，心底里都急着找男朋友，而且还暗暗地比谁的男朋友好。她在心里早就下决心，一定找个比她们都强的。部队的战士也给她介绍过，她不干。她要找部队的军人，一定要找四个兜的干部。战士的上衣两个兜，干部下面还有两个大兜，四个兜。虽然找的这个男朋友是司务长，但毕竟是四个兜，全班的人都很羡慕她，她得意了好长时间。她想男朋友找不到她会生气吗，不会？会？雪粒打在她的身上，哗啦啦地响着。她看到跑在前面的队长，在默默地算计，如果队长把她落下，男朋友就会生气；落不下，就不会生气。想起男朋友在信里的甜言蜜语，孙洪艳心里非常激动，忘记了风雪。我父亲高声地喊叫，惊醒了她。她正默念到男朋友“不会生气”，听到父亲的喊叫，她振作起来，认为她男朋友不会生气了。她提起马缰绳，嘴里高喊着“驾啊”，马蹄扣动大地，向前奔去。

46

我父亲经历过无数次暴风雪，最让他烦恼的就是这种雪与雨交织的暴风雪，对人、对马危害性最大。下的时候是雨，落在身上是雪，停一会儿是冰，穿皮袄顶不了雨，穿雨衣顶不了雪。又冷又湿，难以忍受。特别是母马，马肚子里的马驹很大了，遇到这样的风雪，死马、流产是常事。

我父亲一边加快速度，一边暗自下决心，一定把马群赶回来，不让军马受到损失。放马的姑娘们更要安然无恙。生产的事是父亲负责，马匹安全是头等大事。军马场好像死一个人也没有死一匹马那样受重视。但是，在父亲的心里，人是最重要的，千万不要出事。花季青年，九朵向阳花，生活刚刚开始呀。

父亲军旅生涯经过风雨见过世面，一生乐观豁达，遇事镇静，面对突发事件，老练沉着，处理什么事都举轻若重，十分认真。事情过去后，父亲不抢功，不自傲，更不炫耀自己。父亲会找个地方酣然大睡，解除浑身疲累，接着工作。政委说我父亲“没心”，出了这么大的事也能睡着。政委不看过程看结果。父亲处理问题处理得好，政委又夸我父亲：“好，有水平！没有负面影响。”政委夸奖什么，我父亲都没听见，睡着了。我父亲在马背上也照样睡，睡得打呼噜，也不会掉下来。

能睡，能干，能吃苦。父亲在战争里摸爬滚打，成为一名成熟的革命干部。在这风雪弥漫的草原上，他打马追赶马群，骑在疾驰的马背上还能轻睡一会儿。马的颠簸摇篮一样，父亲随着马的起伏而起伏，养足精神，承担新的责任。

孙洪艳对我父亲喊：“前边不能错吧？”

孙洪艳感觉跑了很长时间前面白茫茫一片，不见踪影，有些焦急。她追赶上父亲，大声地喊一句，风就把话吹碎了。她又接连喊了几声，父亲才听见。

父亲勒一下马，放慢速度，观察地形。地上雨雪覆盖，黄草杂乱，马蹄痕迹突出。周围风雪瓢泼，向前推涌。父亲回答孙洪艳说：

“没错，走吧！”

现在全凭经验，全凭对事物的观察判断。要不是父亲身经百战，经验丰富，几米之外，遮挡得白布一样，密不透亮，别说找马群，就是他们自己摸出草原也不可能。

风雪搅动着大地和天空。天地间像个大蒸锅，白雪茫茫，气象万千。他们被扔在大蒸锅里蒸腾，找不到锅的边缘。

孙洪艳沉不住气了，她急急地骑马靠近我父亲，问：“我们迷路了吧?”我父亲回答：“往前走吧。”孙洪艳说：“看不到马群啊。”我父亲说：“快了。”孙洪艳骂了一句：“这是什么鬼天气呀!”父亲喊一声“走”，两匹马踏动草地，飞快地跑起来。

我父亲和孙洪艳几乎是钻进了马群，才找到她们三个人和马群。父亲带着孙洪艳从马群里窝回来，找寻李晓燕。马群的马背上堆着积雪，马成了白马，好像雪原在运动。雪雾在马群里升腾，和风雪搅动成一团，滚滚而去。

她们三个人也被白雪包裹，正拼命地拦着马群。马群在风里漫无目的任性地向前推进，她们的呼喊在马群上面划过，如一粒雪花，没有了踪影。

我父亲和孙洪艳疾驰到她们跟前，她们看清了两个人的面目后，三个姑娘兴奋地喊起来。刘玉凤说：“队长，你再不来我就哭了!”

父亲把她们喊到一块，五匹马的蹄子来回地倒动，保持着稳定。偶尔一股大风，又把骑马吹走了。她们拼命地往一起靠，好不容易才又聚在一起。我父亲急忙说：“这么拦是拦不住的，风太大，马顺风走。再走下去，有好几条河沟，很危险。我们把马往南圈，那边有个土包，河沟也浅。到土包底下，把马群拦住，让马避避风。”

李晓燕问：“队长，土包有多远?”

“十几里吧。”

父亲对这片草原太熟悉了，只要看看脚下就知道在什么位置上。有一年冬天，他和革红旗几个人在草甸子上指挥运羊草，回来时没车没马，天也黑了，一个小时的路他们走了三个小时还没到。他们说遇到“鬼打墙了”。鬼打墙，就是找不到路，原地转。我父亲走路从来不思考，跟着走，迷迷糊糊睡着了。这是当兵时养成的习惯。夜行军，停下不休息，战士们就站着睡，号令一来，接着走。革红旗这时喊我父亲，“咱们怎么走?”父亲清醒后，天黑黑的，干冷干冷。父亲摇晃一下头，清醒后，蹲下身子，摸摸草皮子，判断是在什么地方。

我父亲摸完地上的草后，站起来，四下望一望，说："这不是鬼打墙，方向走反了，越走离家越远。"

革红旗十分着急。他走累了，一说走反了方向，他立即像泄了气的皮球，蹲在地上。他对我父亲说："老队长，你也不早说。"

我父亲说："我寻思有你领路呢。"

革红旗往地上一坐，盘着腿，不走了。停了片刻，他问我父亲怎么办。

父亲说往回走，还得三个小时。

大家一听更急了，再走三个小时天就亮了。大家摘帽子，解衣服，浑身散发着热汗。

革红旗让父亲想办法，父亲故意拿不出办法来，看着大家。等大家七嘴八舌地说了革红旗一顿，革红旗坐在地上，摆着手，说："我错了，我服气了。我也没有办法了。"父亲笑笑说："跟我走，前边有个屯子，咱们好好休息一下。"

革红旗腾地站起来，说："前边是什么屯子？"

父亲说："我也不知道叫什么屯，都叫它'王八屯'。"革红旗以为我父亲在开玩笑，说："都什么时候了，你还闹着玩。"

父亲说："真事。这个屯家家搞破鞋。反正也没啥娱乐，夏天种地的时候还好点儿，冬天猫冬没事就干这个，谁也不说谁。"一听这话，大家来了劲头。在我父亲的带领下，不一会儿就到了。

……

按着我父亲的想法，五个人做了安排。中间三个，两侧各一个，拦着马群，顺着风，向偏南的方向走。马群的速度慢下来，由被风雪裹挟着奔跑，变成大踏步地走，接着是碎步地晃。马跑了这么远，也疲劳了。风势小的一段时间，他们把马群圈到一个土包旁，马群停了下来。眼前是一片白色。

父亲骑在马背上，对她们说："咱们都歇一会儿。"父亲那马的马蹄叉开，支撑在地上。父亲接着提醒她们："注意马别流产，别往北跑，河沟里的冰薄，很危险。”

他们五个人都下了马。

父亲一边抖落身上的白雪，一边看看身边的姑娘们——

皮帽子湿了，围巾湿了，皮大衣湿了，裤子湿到了裤裆，棉鞋也都是水。每个人的脸色发灰，牙齿打着战。好像一场鏖战后，从阵地上下来的士兵。饿、冷、累袭击着她们。她们故意在父亲面前想表现得坚强些，都紧紧地闭着嘴，看着父亲。

父亲看看天，天黑乎乎的。乌云里闪出透明的光，好像一张牛皮纸蒙着天空，薄的地方亮一点儿，厚的地方黑一点儿。天还没有黑，太阳没有力量照亮这一片雨雪，像我小时候把手电筒蒙在棉絮里一样。往西面看看，西面亮得浓一些，快到晚上了。父亲到任何一个地方，判断方位，看看太阳，看看表，然后做出下一步的举动。

父亲现在还要安慰这些姑娘。湿、冷、黑，大家肯定要惊慌。父亲说：“大家不要怕，咱们肯定有办法回去。”

姑娘们已经没有了力气。她们想幸亏队长来了，要不是队长在，她们晕头转向，甚至连活下去的信心都没有了。李晓燕说：“牡丹江的李月荣在原始森林里待了好几天，她也不害怕。”孙洪艳说：“她光待着行啊。我们衣服都湿了，还没有吃的。”

孙洪艳的话，大家听了都很泄气。

父亲走到马群里，一匹一匹地看。马浑身上下都是水，马鬃毛都湿了。它们在地上拱着，吃着草。

马群分散开，三一群两一伙，召开分组讨论会一样，熟悉的在一起，不熟悉的在一起。马头挤在一起吃草，马身上的水，开始慢慢地冒热气。父亲走过去。它们看看父亲，抬起头互相看看，头和头交错在一起，耳朵支棱着。雪花落在它们的背上，转眼就融化了。

父亲在马群的边缘巡视，踩在草地上，鞋底发出“啪啪”的声响。转了一圈，父亲回到她们身边。

“队长，你看什么呢？你也休息休息吧。”

李晓燕打起精神，她没忘记她是女子放牧班班长。她把身上的湿衣服整理整齐，在草地上一滑一歪地走过。她追到父亲后面，小声说：“我怕她们挺不住啊。”父亲点点头。李晓燕又对父亲说：“我们能出去吧?”我父亲发现李晓燕也有几分担忧。父亲说：“有我在，你还怕啥。”李晓燕看着父亲，眼睛亮亮的，说：“放了这么些年马，还是头一次遇见呢，心里没有底。过去听你讲，没那么害怕，现在真的来了，没想到这么严重。”父亲说：“首先，心理就不能被打败。”李晓燕说：“是。上次跑迷了路，风大，没有雨雪。”父亲想起她们跟着马群疯跑，最后回不来了。父亲有感觉，领着于忠诚去找。父亲让他带上馒头和水。父亲干等他不来，到马厩门口一看，见他从马厩里抓过马来，带上马套包，让马捎进炮车的辕子里，靠到后兜上，把鞍子放到马背上，搭腰放进鞍替里，又勒上马肚带。一切都整得很完备。父亲问他，你要干什么呀？于忠诚说：“给她们送水送干粮啊。”父亲说：“赶着小炮车，能撵上她们吗?”于忠诚这才明白过来。他骑上马，把水壶和面袋子绑在马背上，跟着父亲走了。半夜找到她们，那么好的天，她们又累又饿地躺在草地上不起来，我父亲和于忠诚费了好大力气，把人和马才带回来。今天这样恶劣的天气，我父亲担心她们扛不住，扔到草甸子上。

父亲走到她们四个人跟前，对她们说：“累不累？休息一下吧!”

四个姑娘连回答我父亲的精神都没有了。湿漉漉的衣服让她们难受。刘玉凤说：“想起值班室里的炕了，热乎的，躺一会儿烫烫腰。过去多咱也没有珍惜过。”张伟说：“在马圈里坐在马粪上，也比这强啊。”刘玉凤说：“没看见你坐过马粪。”张伟说：“现在就是让我躺在马粪上，我也干。”孙洪艳接过话说：“我要是带一副扑克，咱们就打‘对主’。”刘玉凤说：“革指导员在哪儿呢？他最好偷牌了。”孙洪艳说：“革指导员是享福的命，哪能在这儿呀。”

李晓燕在一旁轻轻地哼起歌来。她声音虽然微弱，但是底气还很足。她起头，姑娘们跟着唱：

我爱马场哎

我爱马

马场就是我的家

我的家

牧工最听毛主席的话

我为革命养军马

……

47

风雪来得突然，我母亲没有准备柴火。中午做饭的时候，母亲披着雨衣到柴火垛抱柴火。芦苇和羊草挤压得很紧，母亲一把一把地拽，费很大的力气才抓住一点儿拽出来。拽出来的柴草没湿，但是潮了，软乎乎的，过了好长时间才抱回来一点儿。没想到风雪会来，秋天母亲打的柴草还在草原上，等着有车的时候去拉。房子后面堆的柴草都是去年的，很小的一堆，雨水再大一点儿，就泡透了。

母亲在锅里做了两碗疙瘩汤。时间快到下午了，我父亲没有回来，母亲就知道中午父亲不回来吃饭了。我和我母亲都不知道我父亲和女子放牧班的人还有马群被困在草原上。父亲经常不回家，也不告诉我们。

雨雪把空气都弄得湿漉漉的，门板被浇得关不上，窗户也关不上。母亲在等天气冷了，糊窗户缝。窗户缝不能糊早了，还要扒炕。扒炕的时候，把炕上面的土坯掀开，从窗户口扔出去，掏一掏炕洞里面的灰。炕上面换上新土坯，再抹上泥，用柴草狠狠地烧两天，炕面就干了。铺上新炕席，准备度过寒冷的冬天。爷爷在的时候自己扒炕，爷爷不在了，还要找人帮助扒炕。父亲忙，扒炕的人还没有找呢，风雪就刮起来了。

屋子里阴冷，炕也不热乎。我早早地抱着猫钻进了被窝。

雨还是雪，打在玻璃上发出石子一样的敲击声。过去有爷爷在，屋子里还有胆量。现在只有我和母亲，黑暗和寒冷压紧了我的心。土屋从头到脚都是泥土，风雨来了，泥土被浸透，墙皮一块块地掉下来。雨下得长，水把外墙和屋顶都洇透了。屋顶漏水，屋子里摆满了盆，叮叮当当作响。母亲睡觉的炕梢也漏雨了，母亲把炕席掀起来，放上两个盆，才接住水。每年的春天，父亲会找人把屋顶和四周抹上碱泥。一个夏天，屋顶上的碱泥冲光了，开始漏雨。四周墙上抹的泥被冲掉了，秋天再把墙的四周抹上黄土，冬天保温。这么大的雨雪，外面新抹的黄土被冲下来，窗户台上的土变成黄泥被冲出很多的窟窿。潮湿和寒冷透过泥土泡进屋子，我和母亲在冰冷的气息里睡下。我不知道父亲在草原上，在黑夜里，穿着湿衣服和我们一样冰冷地过夜。

晚上我和母亲还是喝的疙瘩汤。母亲在草堆里抽出的柴火很少，明天早晨还要做饭。如果这一夜的雨雪不停，那一小堆柴火就都湿透了，明天用什么做饭呢？我的早熟也许就是跟着家庭的艰难锻炼出来的。父亲外出，母亲有病躺在炕上，我要去马厩挑水。我挑不动一桶水，就挑半桶。我说我可以去找于忠诚来帮助挑水，母亲不同意。母亲就是不愿意麻烦人。我把长长的扁担钩在扁担上缠一圈，到吴连富的马厩，把两个水桶放在洋井出水口，每个桶压到半桶水，我歪歪扭扭地往家挑水，我的肩膀都压疼了。

母亲刚强，不是发烧感冒受不了了，不会躺下。母亲在炕上指挥我做饭。我从小学会了擀面条、烙饼、焖小米饭。焖小米饭的时候，锅底下煳出厚厚的嘎巴，再泡上水做粥。秋天母亲感冒的时候，我还要把分给我家的土豆白菜弄回家。从场部开来的嘎斯车，停在队部门口。车上的土豆翻滚着卸下来。我要准备麻袋装好，还要等着别人用牛车把土豆拉回家，我再把牛车赶过来，拉土豆。我是怎么把一百五十多斤一麻袋的土豆装上车的，我又是怎么把它们卸下来，拽到屋子里的，我的记忆里已经很难寻找。家里生活好，我有一个健壮的身体，才能扛起生活的担子。

家里有了土豆，可以拿出一部分喂猪了。母亲躺在炕上，也不用因为没有猪饲料而着急上火。我把土豆切成几瓣，在锅了烀熟。把母亲存放的草籽放里面，拌好，提到猪圈去。猪看到我嗷嗷地叫着，我倒在猪食盆里的猪食，转眼就被猪吞吃没了。

我很早就担起家庭的担子。父亲工作忙，母亲一个人家里的事忙不过来。我们要过富足的日子，要不我们可以不喂猪，不喂鸡，像我们的邻居们那样，吃着咸菜条子，蘸着大酱，喝着凉水，扎紧腰带，精神焕发地工作。我们冬天要吃肉，夏天要吃鸡蛋。我们家的人都胖胖的。我在伙伴里，力气是最大的。各家有各家的习惯。美娥就看不惯我们家过日子的样子，没有大酱缸，哪能天天吃炒菜呢？豆油要省下来过年炸油条，不能天天烙油饼吃。她和我母亲说起来，她说她像我们家这样吃，肚子受不了，你们家都能享福。

我除了吃，就是去玩。单身们因为我是队长的儿子，看我胖墩的样子，喊我“二少爷”。后来赵英军说，叫“爷”咱们不是吃亏了吗？于是喊我“二少”。我不在意。大人们那点儿事我都知道。他们喜欢什么样的女的，谁跟谁搞对象，谁和谁生气了，都逃脱不了我的耳朵和眼睛。他们之间争风吃醋，我看热闹。知青里跟我好的孙玉权，在哈拉海没有找到对象，回到牡丹江找了一个胖女人，炮仗场火药爆炸，他炸伤到上海看病，老婆就在上海倒大豆，出了名，外号“孙大豆”。焦忠林，聪明，下军旗我下不过他。还有就是追求李晓燕的于忠诚。对他追求李晓燕，我特别反对。虽然于忠诚有文化，爱读书，会武术，人也精明，可是他和李晓燕比，我认为差得很远。从长相上，李晓燕要是跟了于忠诚，我觉得李晓燕吃了亏。于忠诚个子矮，脸胖，长得不好看，和李晓燕在一起不般配。他下足了力气追李晓燕，把我家的爱情小说都借给李晓燕看。他要是真的追上李晓燕，我都觉得李晓燕白瞎了。

这话我当然不能跟于忠诚说，他会觉得我不够意思。

也就是这天晚上，我觉得我睡着了。外屋关不上的门吱扭地开了。我以为我父亲回来了，继续睡觉。母亲伸头听一听，门又关上了。外屋的灯绳在我睡的炕头上，母亲让我打开，母亲到外屋一看，是于忠诚送来一大捆羊草。明天做饭有柴火了。

外面的雨雪还在下着。我睡在炕上，身上盖的被子湿漉漉的。我母亲想问问于忠诚，我父亲怎么没有回来。于忠诚动作灵敏，小心地关上门，走了。窗户跟前，响起他踩在泥水里的声音，很沉重。

母亲轻轻地说："也不知道你爸回不回来。"

我说不回来了吧。

母亲找到一根绳子，想把关不上的门用绳子系上。我母亲在灯光里，犹豫着。我想起从河北南皮县老家，到河北文安县姥姥家，再到天津我奶奶家，我母亲这么等我父亲，等了无数回了吧？一个女人的惦念全都在男人身上。我母亲对父亲的担心从我父亲上战场就开始了。本来中途负伤回到村里，母亲就能和父亲一起生活，过日子。可是父亲伤好了就去找部队，留下母亲和孩子，还有爷爷。那场战争留给父亲一个职位，留给母亲的是牵挂。我不知道有多少夫妻像我们家这样，每一个风雪的夜晚，母亲都久久不能睡下。

母亲躺在炕上，喃喃地说："这么大的雪，你爸能在哪儿呢？"

48

父亲和马群在一起。

我父亲没有唱京剧，而是和她们一起轻轻地哼唱起《马场之歌》。这个歌在后勤部的军马场传唱。许多回城的知青什么也没有带回去，就记住了这首歌。大家饿得没有力气了。李晓燕想带领大家唱歌，大家在喉咙里唱着，疲劳饥饿和风雪渐渐把唱歌的情怀熄灭了。

我父亲附和着她们唱歌，眼睛没有离开马群。

这时有一匹黑马在马群边上转，摇尾歇蹄，伫立不安，频频起卧。

姑娘们的歌声在风雪中挣扎，越来越小，她们要睡着了。

父亲说："那匹马有问题。"

姑娘们随着父亲望过去，她们看到黑马已经流产。父亲让刘玉凤牵着骑马，他和李晓燕、张伟、孙洪艳急急地走过去。

他们来到跟前，小马驹已经落地了。虽然是流产，马驹已经成形，和大马驹一样地蠕动。李晓燕动作麻利地断脐，张伟已经把随身带的碘酒递到了李晓燕的手里，李晓燕迅速地在脐带断端涂碘酒消毒。每次出牧，牧工都要带一个药包，救急用。

雪花飘下来，落在马驹身上，化成冷水，马驹湿乎乎的毛皮更湿了。李晓燕把围巾解下来，拧拧围巾上的水，擦拭着小马驹。围巾擦下去毛皮干了，拿起来，雪落上，毛皮又湿了。李晓燕停下来，用手把马驹的嘴抠了一下，软软的小嘴里只有一点儿黏稠物。

李晓燕站起来，把围巾递给孙洪艳，迅速地脱掉皮大衣，盖在了马驹身上。她身上是一件黄单衣，单衣里面是一件薄线衣。风雪扑落到她的身上，衣服转眼湿了一片。

父亲迈前一步，抓起披盖在马驹身上的大衣，高喊一声："燕子，你找死啊!"

我父亲说着，把大衣往李晓燕身上披。李晓燕用胳膊抵挡着："不行，马驹会冻死的!"

我父亲严厉地说："是人要紧还是马驹要紧?"父亲虽然积极提倡军马是战友，爱护军马比爱护自己重要，但是面对生命选择的时候，父亲首先想到的是人。经过战争，父亲对生命更加尊重。排除哑炮的吴守伦，原来是国民党炮兵，后来上朝鲜打仗。一次他刚刚移动炮位，对方的炮弹就落在刚才放置大炮的地方。他经常对父亲说："国共打仗，没被你们打死，差点儿被美帝国主义打死。我的命还是硬啊。"搞社会主义建设，就平平安安了，谁会想到有哑炮事件。父亲从来不和年轻人讲过去和吴守伦的那场战争。战争就是搅碎生命的机器，生命在战争里泥土不如。父亲活过来，特别珍爱生命。

李晓燕的纯真也感动了父亲。这些女孩子被教育得对生命、对别人的尊严、对自己的保护视如草芥，把领导的话当成圣旨，把剥夺别人的信仰和荣誉当作儿戏，动不动用批判会的形式打碎被批判人的活着的信念，让人家威信扫地，没有活下去的信心。老场长郭联臣一个老革命，硬是被批斗得想不开放弃了生命。于是，所有的成绩都变成了罪恶，所有的活着的寄托都变成了罪恶，最后还被说成自绝于人民。

走过战争的父亲，不知道怎么去教育这些青年。如果把生活的真谛告诉他们，就是教唆犯。如果让他们现实地看待问题，就是修正主义。父亲只能小心地保护他们内心里那一丝还没有泯灭的良知，让他们人性一点儿。李晓燕一边疯狂地工作，争取荣誉，一边扑倒在革红旗的怀里，成为奴隶。父亲面对李晓燕，既同情又愤怒。这样大的风雪，把皮大衣盖在马驹身上，就等于自杀。

李晓燕把我父亲手里的大衣夺过去，又披到马驹身上。李晓燕说："队长，你是怎么教育我们的？军马，比我们的生命还重要。我们要发扬一不怕苦二不怕死的精神，保护好军马。"

父亲看着冻得瑟瑟发抖的李晓燕，不知道现在怎么去说她。她受这种教育多少年，父亲几句话就能把她说清醒吗？父亲想让她多冻一会儿，让她冻清醒。倔强的李晓燕就是冻得倒下了，她也不会开口说屈服的话。父亲无奈，又到马驹身上拿大衣。李晓燕用身体保护着马驹。她坚定地对父亲说："不行。怕苦怕死，我们还是共产党员吗？"

父亲尴尬地停在一边，看着李晓燕。

刘玉凤、孙洪艳还有张伟在一旁，也不知道说什么好。刘玉凤说："用我们的大衣吧。"孙洪艳跟着说："用我的。"

李晓燕说："不行。我是女子放牧班的班长，都听我的。谁也不要再脱大衣了。牺牲我一个，我不怕。"

三个姑娘看着她。她这样一说，谁也没有脱大衣。她们穿着大衣还发抖，脱下来，就冻僵了。面对班长的牺牲精神，她们怎么能袖手旁观呢？孙洪艳是最反对的。她脱去身上的大衣，对刘玉凤和张伟说：“我们轮流吧。我身体好，我脱。燕子姐，你先穿上，暖和一会儿。”

李晓燕说：“谁也不许脱了。我一个就行了，不要你们也跟着。女子放牧班还要继续战斗，没有人怎么行啊？”

看着她们争执，我父亲清楚，用不了多长时间，李晓燕就会冻僵，甚至失去知觉。最可怕的是感冒，她要是发烧感冒，无医无药，怎么办呢？这不是短时间的救助，父亲想告诉她们，风雪没有停，继续下，我们就会被风雪埋在这里，我们的生命都没有了，保护马驹还有用吗？这个马驹虽然还能动，也能站立，它是流产，这样的环境很难活下来。就是在马厩里，这样流产的马驹，也保不住。父亲不知道怎么劝说这些执迷不悟的单纯而可怜的女孩子。她们做的一切都是真实的。她们所有对军马的爱都是真实的。现在即使你们用生命来换，也换不回来。长征的时候，活不下去，首长是先杀了自己的马救大伙的。那些马不比小马驹重要吗？

父亲认真地说：“你不穿，你也会冻死！”

李晓燕伏在马驹身边，真诚地说：“军马，是我们的战友！”

我父亲教育她说：“你的生命比它重要。它是流产的马驹，是活不了的！你要是冻感冒了怎么办？还有马群怎么办？我们要是照顾不好马群，它们接二连三地流产，我们的责任更大。”

李晓燕好像没有听到我父亲的话，她在嗓子里咕哝着说：“不穿，不穿！”李晓燕一边说，一边像母亲一样细心地把大衣挪动一下，把马驹露出的地方盖严实。她深情地望着马驹，像对着自己生下来的婴儿，眼睛一动不动地看着。

“穿上！”

雷霆般的声音响起。父亲想给李晓燕一个嘴巴，打醒她，让她看清现实。可是父亲的手在李晓燕被雨水浸泡的变形的脸跟前停下来。父亲没有勇气打这么天真的女孩子。父亲说：“你以为你这样做，是对的吗？你连对错都不分了吗？”父亲知道，这时候要李晓燕清醒，只能打她的要害了。父亲声音里带着少有的威严，说：“你以为你这么做会写进你的光荣历史吗？会成为你人民大会堂讲用稿里的震撼人心的事迹吗？这件事只能写进你的悼词里，你连听都听不到，可是这个小马驹还是活不了。你做的一切一点儿意义都没有。”我父亲用炸雷一样的声音，想把她炸醒。

李晓燕愣了一下。她头一次看到我父亲暴怒的样子，父亲冰一样的脸上过去的微笑一扫而光。她对着我父亲看了半晌，终于醒悟。她胆怯地低下头。小马驹在地上蠕动，李晓燕慢慢地把大衣移开。

父亲的怒吼，把孙洪艳她们也吓了一跳。她们从来没有看到过我父亲发火，一个笑容可掬的队长顷刻间没有了。她们小心地望着我父亲。父亲发黑的脸上凝固着水珠，脸上血管发热，像打红的机枪枪管，转眼就把水珠蒸发掉了。不知是冷，还是生气，父亲身体在抖，尤其嘴唇抖得厉害。她们看出来了，父亲在努力地控制自己，不让自己暴跳起来。她们谁也不说话，默默地看着我父亲，然后把头低下了。

暴风雪不知疲倦地吹打着他们。

父亲心情沉重，目前的状况很坏。风雪不停，马群无法赶回去。如果在这里过夜，他们即使不冻死在这儿，也可能把她们冻瘫痪。父亲和李晓燕一样爱护军马。他完全可以抛弃马群，带领她们离开这里。父亲希望家里能迅速反应，来找他们。谁来呢？革红旗不在家，王天河和于忠诚找不到这儿。瞎老徐身体不行。革红旗要是在家，他通知牧工来，漫山遍野撒网似的找，也许能找到他们。父亲估算了一下，就是一点儿不绕弯路，他们也得找到后半夜。

饥饿和寒冷，几个姑娘能熬得住吗？父亲在考虑怎么存活下来。

李晓燕在父亲严厉的目光控制下，把大衣慢慢地穿上。李晓燕浑身冻透，心在抖动。我父亲如果不怒吼，她也很难挺下去。她想在暴风雪面前做出榜样，她想她是全军马场树立的模范，她想她就要去北京了，她想了很多很多。她甚至做了抛弃自己的生命，去做眼前的一切的准备。她要做一个高尚的人。据说这次接见，还有草原小英雄龙梅玉荣，她们在暴风雪里保护社里的羊群，我就不能保护一个刚出生的小马驹吗？这些她不能对队长说，队长都看在眼里。队长揭穿了她，她在队长面前，突然发现了自己的渺小。要是革红旗在，一定会支持她这么做，革红旗会把他的大衣也脱下来，保护马驹。李晓燕转而想到了革红旗的自私，想起他对人的苛刻，她开始怀疑革红旗会这样做。李晓燕的眼前一片模糊，隐隐约约出现了幻觉。那个晃晃悠悠的影子好像是革红旗。他穿着大衣，包裹着自己，站在她的尸体旁，大声对大家说："李晓燕是我们的榜样，我们要学习李晓燕的牺牲精神，救活一匹马，就是救活一个战友。她是最可爱的人。她的牺牲比泰山还重，要号召军马战线的所有职工向她学习。"然后他跨过她的身体，连看一眼都不看，就奔王桂梅去了。他对王桂梅说："去我家一趟，去了，我就批准你调转。"李晓燕的尸体活过来，眼睁睁地看着王桂梅跟着革红旗走远了。

李晓燕站在漫天大雪里，问我父亲：

"队长，这马驹怎么办？"

我父亲没躲过一阵强风，把脖子转过去，没有回答。

马驹是火红色的，头顶有一条白杠，嘴巴也有一朵白。四个蹄子也是白的。漂亮的小马驹，在每一个人面前闪耀，好像从风雪里降落的一颗火苗。大家的目光都集中在马驹身上，女人的怜悯和爱恋，母性的体贴和温存，一时间都在她们的心底爆发了。

雪落在马驹身上，马驹打着哆嗦。

李晓燕又情不自禁地弯下腰，把马驹抱起来。她已筋疲力尽，抱起马驹，马驹刚刚离开地面，她和马驹一起趴倒在地上。李晓燕怕压到马驹，立即抬起身体，小心地站起来。她的眼睛看着马驹，马驹的眼睛黑黑的，看着她。李晓燕感觉到马驹的语言，马驹在求她，要她救救它。李晓燕再次俯下身，要抱马驹。孙洪艳和张伟来扶她，她把她们的手挡开，非要把马驹抱在怀里。

在孙洪艳的帮助下，李晓燕把马驹抱起来，站在了风雪里。她像龙梅玉荣那样，迎着风雪，要把马驹抱回马厩，抱回温暖的地方，让它活在军马的队伍里。有一天它长大了，李晓燕会给它梳理鬃毛，用挠子挠它的脊背，打一桶水，好好地擦洗它的身体。马驹用它白色的嘴唇，拱她的手，拱她的胸脯。她拍拍马驹的屁股，说一声，走吧。马驹叫着，撒开四蹄，向前跑去，马蹄声消失在去部队的马群里。

李晓燕想着想着，眼睛里流下眼泪。一个生命和另一个生命，一颗心脏和另一颗心脏，在同时跳动。李晓燕想把怀里的这个小动物的心脏放进自己的肚子里，和自己的心脏一起跳动。她的身体和马驹的身体浑然一体，心脏却依然的很遥远。

风雪更大了，转眼把李晓燕浑身糊满了雪片，她成了一个雪人。

孙洪艳和张伟刘玉凤陪着李晓燕站着，身体笼罩着李晓燕怀里的小马驹。雪花落进她们的头发里。在她们头挨着头的缝隙中，落到马驹身上。她们的头又向前动了动，把天空隔绝在外面，给小马驹制造一个新世界。

她们站了很久，腿都站麻了。她们的头顶上堆积出雪的尖顶，雪和雪连接，成为一个雪盖。她们想永远这样保持下去，让小马驹安睡，她们做一座房屋的墙壁和屋顶。

父亲被她们的真诚和母爱感动。父亲明白，即使这匹小马驹能走两步，能动弹，也不会活多久。他不能给姑娘们再讲了，讲多了，会伤害她们。女人的母爱一旦泛滥，任何一个生命都和她们的生命连在了一起。现在她们拱在一起，是五颗心在跳动。

马场的人都爱马。无论男女老少，都受过爱马的教育。女子放牧班的姑娘对马的感情非常真挚。在草原上接驹，只要有风雨，她们都毫不犹豫地把身上的衣服披在马驹身上。马驹就是她们的孩子。这种天性是女子放牧班的女性所独有。女子放牧班的成立，草原上多了一份对马的爱，也多了一份受伤的心灵。女子放牧班接驹成活率是全队最高的。在全场，也排在前面。今天这个马驹将会破坏她们的怀胎率和成活率。父亲不是担忧这一匹马，而是马群。这么恶劣的天气，马吃不饱，寒冷，潮湿，马很容易流产。现在主要是稳住马群，不要出任何意外。一个惊群，一阵骚动，必然有新的流产。姑娘们没有看到这些风险，还在为这个小生命担忧。

四个人慢慢地分开，她们互相传递，你抱一会儿，她抱一会儿，终于抱不动了。李晓燕把小马驹放在地上，等着小马驹站起来。

红马驹很弱。正常生产的马驹四条腿很硬，磕磕绊绊地就能站好。这个马驹前腿跪着，后腿蹬了很多次，才歪歪斜斜地在风雪里站立起来，接着又倒下去。它不甘心来到这个世界上享受这么短暂的生命，它顽强地站起来，站起来……

红马驹站稳后，一步一挪地往前走，慢慢地钻到妈妈的肚子下面。风雪想尽办法袭击着它，它几次险些倒下。

看着自己心爱的马驹无助地挣扎，看着大自然肆无忌惮地摧残着它，姑娘们感到一个生命在自然界里活下来多么不容易，一个人又是多么的渺小。

红马驹用嘴去够妈妈的奶，粉红的舌头舔着，舔着……孙洪艳跑过去，捏着骒马的乳头，“刺”的一股白色乳汁喷到小马的脸上。小马用舌头舔着自己的嘴。

我父亲突然想起了什么，他走回他的骑马。在马鞍子上悬挂的兜子里拿出一个军用水壶。里面还有半壶水。父亲递给她们，让她们把水喝完。最后剩下的水，父亲喝掉了。父亲摇摇空水壶，递给了孙洪艳。

父亲说：“挤点儿奶，你们都喝点儿垫垫肚子。都饿坏了吧？”

救不了马驹，又和马驹争奶，姑娘们有些为难。父亲说：“母马要是奶下来，不喝，它也要流到地上。”姑娘们心里也明白。孙洪艳接过水壶，到马肚子底下去挤奶。挤了半天，出了几滴奶，孙洪艳失望地看着我父亲。

一般的情况下，初次产驹的母马有奶比产过驹的母马要迟缓一至两个小时。母马孕期十一个月，近产前流产的母马要胀奶一段时间。父亲判断，还要等一会儿母马才有奶，刚才孙洪艳挤出的不是奶汁，是乳房里面的杂物。

时间在风雪中远逝。

李晓燕被父亲呵斥之后，心情还没有好起来。她们理解父亲，又不愿意和父亲说话，就在风雪里站着。风雪肆虐，任意地抽打着她们和马群。马群安静，她们四个人一会儿转一个方向，躲着刮过来的风雪。

骒马的胎衣掉下来了。

父亲对李晓燕说："你看那是啥?"李晓燕说："是马的胎衣呀。"父亲说："我把它放到雪上去。"父亲说着，把胎衣拿起来，放在一堆没有融化的雪上。父亲一边用雪搓着手，一边说："奶没有不要紧，我们要是出不去，就吃它。"

李晓燕说："怎么吃，生吃?"

父亲说："要是有火就烧熟吃，要是没有火，就生着吃。"

李晓燕说："能到那个地步吗?"

父亲说："你现在不就饿了吗? 我怕找我们的人找不到我们，我们饿得上不了马，我们就都会扔到这里。入冬了，雪地上什么吃的也没有。"

她们听了父亲的话，要是过去早就恶心了，现在饥饿使她们对食物没有了分辨能力，吃什么都不会抗拒。

李晓燕内心开始不安。她觉得事态不严峻，父亲不会这么说。她去看那匹马。母马掉转脑袋，低下头，一点儿一点儿地舔着马驹。红马驹已经爬不起来，母马还耐心地舔着。马驹吃力地把头抬起来，又低下去。母爱和母子情深的情景感动着姑娘们。她们不眨眼地看着，接着低下头来。

李晓燕盯着马驹不放，希望马驹站起来，和母马的嘴靠在一起，说一说知心话。马驹猛然把头垂下来，像一块石头砸在地面上。李晓燕的心也跟着砸在雪地里。

姑娘们都转过脸去，风雪拍打着她们的后背，哗哗作响。

雪粒像从打开的米袋子里倒出来一样，渐渐地，红马驹身上的雪不化了，白白的，一堆……

孙洪艳和刘玉凤张伟都听到了父亲和李晓燕的对话。孙洪艳说："我们最后也是这样一堆白雪吗？"孙洪艳用手指点着："一堆，两堆，三堆，四堆……"

刘玉凤说："怎么不点了？"

孙洪艳看看我父亲，说："最后那堆最大，就是队长的。队长胖，我们都熬不过队长。最后也就我们四堆吧。"

大家看着队长，等着我父亲回答。

父亲说："有我在，就那一堆，不会再有一堆了。多少次战斗我都过来了，我能像吴守伦那样永远留在这里吗？"

刘玉凤说："吴连长冤，看守电池的人按了按钮，哑炮才爆炸的。"

我父亲自言自语地说："说是烈士，妻子没有了丈夫，孩子没有了父亲，从四川来到这里，把他们都扔在这里了，谁去管他们呢？"

刘玉凤说："还是活着好。"

大家谁也没有接刘玉凤的话，在风雪唰唰的行军队伍一样的声音里，疲倦劳累饥饿凶猛地袭来。湿衣服里，传来咕噜噜肚子的叫声。地上是水，坐不了。尤其女孩子，坐在地上会得病。父亲让她们把马鞍子下面的垫子拿过来，垫在地上。为了保证随时用骑马，留下三匹马没有拿下垫子。两个垫子，五个人，背靠背，坐在垫子上。

父亲冲北面，她们冲没有风的方向。父亲说："我们休息一会儿，保持体力。等风雪小了，我去看看什么地方有干草。有了干草，我们就好熬了。”

张伟问我父亲：“现在是几点了？”

父亲看看手上的表。父亲的表是瑞士欧米茄，在上海买的。夜光，防水。父亲看表，已经是下午三点了。

父亲说完时间，大家谁也没有说话。

父亲一边看表，一边想着什么时候雨雪会停下来。父亲又想家里的人现在在干什么。父亲首先想到的是革红旗。这个时候革红旗和于有新刚刚喝完酒。他们走出招待食堂，风雪吹醒革红旗的瞬间，他也不会想到，这样的风雪天气里，有一群马和五个人在草原上。他心爱的李晓燕正接受着风雪的袭击，身体正在经受考验。于有新也不会想到，这场风雪会给他的写作生涯带来一个新的里程碑，就叫《远去的马蹄声》吧。

于忠诚和瞎老徐坐在值班室里，等着父亲和她们赶着马群回来。过去也遇见过这种天气，多去两个人接应，马群就回来了。今天去了那么多人，他们相信马群会回来。

50

这个世界在那天晚上都死死地睡去了。

于忠诚惦记着马群，后半夜发现马群还没有回来，找到瞎老徐，问怎么办。瞎老徐说：“找指导员吧。”于忠诚到指导员家，革红旗老婆隔着一块没有玻璃用布挡着的窗户说：“指导员晚上没有回来。”

于忠诚和王天河商量了一下，决定等天一亮去草原找马群。王天河说：“有队长没有问题。”于忠诚说：“昨天一天了，他们没有吃饭，饿也饿昏过去了。”王天河说：“我们天亮带上馒头就去找。今天要是吃不上饭，又这么冷，怕是要出大事。”

场里找部队商量，想在通往中苏边境的电话杆上挂一条军马场的电话线，已经同意，还没有开始施工。三队在部队电话线边上，施工后，就可以通电话。现在有事，要骑马赶马车去场部。革红旗要参加场部的党委会，办公室提前告诉他。如果是紧急会议，场部的吉普车来接他。革红旗到场部转着不走，是听说这两天要开党委会。会上研究李晓燕提拔的事。革红旗早晨踩着泥泞去食堂吃饭，正赶上政委陪客人，政委告诉他，上班开党委会，你就在一个桌子上吃饭吧。吃完饭，跟着政委去场部开党委会。政委问，昨天政治部没有通知你吗？革红旗也忘了，说通知了。

革红旗说："这次讨论李晓燕的事吧？"

政委说："最后一个议题研究干部。要是没有什么事冲击，我看没有问题。"

革红旗很高兴地跟着政委进了场部会议室。

革红旗刚坐下，三队一个人骑马跑来送信，说女子放牧班昨天出牧马群没有回来。革红旗赶紧出来，问情况。会议室里就革红旗一个人，其他人都没来，政委去自己的办公室了。革红旗见没有别人知道，急忙叫来人说清楚。三队谁也不知道情况，革红旗问了半天，最后只知道队长和李晓燕都跟着马群。革红旗放心了。按说这样的事情要向主管场长丁振奎报告，革红旗一想，要是报告了，这次党委会说不定要取消，丁振奎跟着到三队去亲自寻找。那样李晓燕任命的事就又要往后拖，在去北京以前，还是女子放牧班班长的身份。革红旗对来人说："你先回去，告诉王天河和于忠诚，让他们组织人去找，我开完会就回去。"

来人说，是于忠诚让送的信，他们已经出发了。革红旗一听，没有多说。他又回到会场。

于忠诚后悔昨天晚上没有去找马群。他没想到，这么近的草原，会赶不回来马群。原来放马就两个人，现在李晓燕和队长，加上孙洪艳，这么多人也赶不回来马群，说明昨天的风雪太大了。往常一变天，就会急着往回赶马群，马群也会立即顺着来路往回跑。最难哄的时候也有，一晚上也就回来了，怎么他们一夜不回来呢？

女子放牧班的马群比较杂，怀孕母马多，还有一些未成年的母马，一到两岁的都有。于忠诚担心会出问题。

三队对马的分群很严格。一到两岁未成年的在一起，三岁以上成年马在一起。公马、母马分开。女子放牧班成立，从这些群里分了一些老实的马给女子放牧班。女子放牧班要是不成立，这些马都在河南岸北岸的马厩里，不分也一样放牧。用李放春的话说，“妈拉个巴子的，哪有让女人放马的”。革红旗要出这个风头，谁也挡不住。给女子放牧班分马厩的时候，考虑到离草原最近的地方。分马的时候，都是挑的老实马。出牧的时候，往北面一放，也不麻烦。

就是这样，女子放牧班的姑娘们也付出了很多。她们争强好胜，在李晓燕的带领下，要做出一个样子来，怀胎率、成活率都做得非常好。李晓燕认为自己带领的是名副其实的优秀女子放牧班。革红旗也是这么认为的。只有那些男牧工不屑一顾。革红旗在各种场合的会议上，对男牧工的偏见进行了批评。革红旗一说话，谁也不敢说别的。革红旗懂得政治，为了加强女子放牧班的地位，让李晓燕做二排排长代理女子放牧班班长。有了地位就有了话语权，每次队里开会，李晓燕名正言顺地参加。于忠诚熬了半天，才是副排长代理排长。

早晨还阴天，雨雪下着，傍上午，天气开始放晴。于忠诚判断马群和人都没有问题。如果今天再阴雨连绵，人就受不了了。

于忠诚带着两个牧工，王天河带着两个牧工，分两侧向草原出发了。他们带了馒头和水。

林静和王桂梅也要跟着去，于忠诚说：“你们跟着是累赘，还是在家里等着吧。”

于忠诚说完，骑着马走了。

王桂梅在值班室里坐一会儿，王彩兰来了。王彩兰怀孕后肚子很大，坐炕沿不舒服，坐在椅子上。两个人说起孩子来。王桂梅说：

“中午看不着孩子，送不了奶。”王彩兰说：“孩子就吃奶粉哪？”王桂梅说：“是。”王桂梅没有说，革红旗的一巴掌，把她的奶都打回去了，现在一点儿奶都没有了。王彩兰说：“队里的奶牛挤的奶多，你每天买一瓶回去，给孩子吃吧。”王桂梅说：“我怕放酸了。”王彩兰说：“天冷了，用凉水拔上，晚上下班带回去，比奶粉好。”

队里养了两头奶牛，专门给难产母马下的马驹吃的。没有马驹，奶牛挤出的奶，就卖给队里的人吃。几分钱一斤，也没有多少人买，剩下的给食堂单身吃。

王彩兰没心没肺的，说话就往痛处说。她说：“你找找指导员，快调走算了。”

王桂梅叹口气，说：“什么人都求了，‘大眼皮’不放。”

革红旗外号“大眼皮”，但是谁也没有敢喊这个外号的。只有他同级的干部在场部开大会遇见和他开玩笑时叫他“大眼皮”。王桂梅恨他，叫了革红旗一声外号。

王彩兰说：“好事多磨。”

王桂梅说：“谁能磨过他了啊？咱一肚子气，人家整你还乐呵呵的。”

王彩兰说：“叫李班长跟他说说。”

王桂梅说：“什么班长都那样。人家穿一条裤子，能给咱说吗？”

王彩兰说：“我就觉得他们这么起腻，早晚出事。”

王桂梅心烦，不想说他们。王桂梅说：“我又想孩子了。”

王彩兰说：“你回家吧，反正今天也没事。”

王桂梅犹豫，林静说：“你回去吧，谁也看不着，活儿我替你干。”

路上泥泞，骑不了自行车，王桂梅早晨走着来上班，现在又走着回去。王彩兰说：“你不累呀。歇一会儿，再回去吧。”王桂梅说：“想到孩子，浑身都是劲。”

王桂梅走后，值班室里剩下林静和王彩兰。林静担心孙洪艳她们。王彩兰说："反正这一宿得冻够呛。今天要是不晴，非得出大事不可。"

林静坐在炕沿上，自言自语地说，光秃秃的大草甸子，上哪儿去躲一躲呀。

王彩兰说："天一冷，队长就让把大衣棉鞋都穿上，现在看是穿对了。"

林静问王彩兰："大眼皮怎么不放桂梅姐呢？"

王彩兰摇摇头："不知道。"

林静说："打王桂梅就白打了，还不放人家走，太欺负人了。"

王彩兰说："领导打你，是对你好。"

林静愤愤地说："黑白颠倒。"

51

风雪没有停，被云絮遮盖住的天空正在暗淡下来。父亲看看表，晚上五点钟。

我父亲一心想找到柴草点燃一堆篝火，这样就很容易度过寒冷的夜晚。急促的雨雪从空中匆匆而落，落在地上已经不融化了。父亲踩着积雪，找了一圈，没有发现柴草。夏天打草放草堆的地方，薄薄的一层草，早被泡透了。父亲又往前走了一段，低下头在雪地上抠了几下，父亲吓了一跳。走到内蒙古的地界来了。内蒙古这边的草和哈拉海的草不一样。哈拉海的草靠近沼泽地，草长得高。内蒙古这边干旱，草长得矮。昨天天暗雨雪大，父亲没有把握好路线。父亲想，如果家里不来人，就到内蒙古那边找军马场去。

父亲想着，转回来，没有找到干草，还是不甘心。他骑上马，又到远一点儿的地方去找。

这个季节，草都拉回去了，草原上没有草码子，连剩下的草都没有。父亲赶回来的时候，把他吓了一跳。

姑娘们骑上马，正往水沟的方向跑。我父亲急忙追过去。快到水沟跟前，我父亲才发现，水沟中间站着一匹两岁的马。这匹栗色的马没有注意到水沟的危险，越走越深，走到中间陷进稀泥里出不来了。马儿浑身泥水，挣扎了很长时间，脑袋竖着，喘着粗气。

马的四周是冰水，沟边上的雪落下来后没有化。沟坝上都是油一样滑的碱泥。从这匹马胸脯压在泥里的姿势看，它已经没有再努力的力气了。

父亲突然意识到新的危险。父亲脑海里迅速回忆起今年春天六队发生的事情。雨雪将至，马群没有及时回来，回来的路上又走错方向，三十多匹一岁骡子陷入河沟，全部覆灭。现场会上，丁振奎嗓音嘶哑，语无伦次，愤怒至极。草原放牧，河沟非常危险。父亲想过，他带着她们离开马群，撤退回队。但是，马群失去人的看护，这里泡沼纵横，马群会陷入河沟，损失重大。他和姑娘们守候马群，等待救援。没想到，果然有马陷进去了。他对姑娘们喊："不要下去，再看一看。"

李晓燕这回没有理我父亲，她翻身下马，一脚踩进冰水里，向困在水中的马走去。

父亲赶到后，拦住了刘玉凤和孙洪艳（张伟看守马群没过来，李晓燕安排的。李晓燕在指挥工作上还是挺完备的）。父亲望着李晓燕蹚着没膝深的水向马靠近。泥浆浑浊，冰河刺骨。

"队长，我知道你比我们爱护马，马都这样了，不救不行了！"

李晓燕一边蹚水一边对我父亲说。她两条腿艰难地挪动着往前走。水下面的淤泥没过李晓燕的膝盖，水也快到腰的地方了。她吃力地拔出来，每向前迈一步，身体要倾斜得接近水面。离马只有两三步远，她费了很长的时间。

父亲说："你们俩就别下去了，一会儿还要赶马群，我下去。"

两个姑娘拦住我父亲。

父亲对她们摆摆手，说：“你们不用拦，我们都去也弄不动这匹马。我过去看看有办法没有。”

冰冷的水穿透了父亲的骨头。父亲一步步向前走。父亲不想劝李晓燕，李晓燕现在的想法八匹马也拉不动。各种政治运动锻炼了这些青年，也把国家财产高于生命的思想根深蒂固地植入了他们的价值观里，你阻拦他们，就是罪恶。他们认准是对的，领导说的就是错的。

父亲是怕李晓燕有危险，他才下水。李晓燕浑身湿透，又折腾一天，她就是铁人，也没有多少力气了。她要是倒在水里，谁跑去救都晚了。过去也有马陷入泥坑的，多少男牧工都没有办法把马救出来。

李晓燕已经靠近了马，她伸出手去抱住马的脖子，马在泥泞里晃一晃，没有动。我父亲一边拍着马的屁股，一边推。马在泥泞里向前拱了一下，然后扑通一下倒在泥水里。在倒下的瞬间，马头撞在李晓燕的肚子上。这一撞，使李晓燕站立不稳，向水里倒去。我父亲大喊：“拽住马鬃!”李晓燕顺势抓住马头上的鬃毛，没有倒进水里。我父亲赶过去，扶住她。泥水已经淹没了李晓燕的脖子。

大家眼看着马动了一下又倒在了泥水里，冰凌发出破碎的声音，接着是一片水响。

马头在水面上动了动，脖子伸出来，眼睛看着我父亲扶着李晓燕向岸边走。它告别的眼神让人看了心酸。站在岸上的刘玉凤和孙洪艳回过身去，听到水里“扑腾”一响，两个人差点儿流出眼泪来。

我父亲一边扶着李晓燕上岸，一边思考，李晓燕怎么放弃救马了？马头撞击的力量很大，撞在小伙子身上，也要折几根肋条。父亲担心李晓燕身体受伤，连拖再拽，把李晓燕弄到岸边。刘玉凤和孙洪艳见李晓燕没有力气的样子，急忙一人拽一只手，把李晓燕拽上来。

李晓燕躺倒在堤坝上，她像一摊泥似的一屁股坐了下去。坐下去的同时，她还看了看水里的马。泥水中的马头正用左侧的眼睛望着她。阴暗的天空里，马眼睛的亮光像一颗星。

李晓燕脸色煞白，把两个姑娘吓坏了，她们惊慌得直叫："怎么了，燕子！怎么了，燕子！"

李晓燕的裤子上，泥水和血水混到了一起。

"我怕不行了！"

李晓燕说得很伤感。姑娘们听了，一脸茫然。

"怎么了？"

父亲说："看看她是不是让马把哪儿撞坏了。"

孙洪艳看到李晓燕裤腿上的血，自言自语地说："不到来事的时候！"孙洪艳也算不准，随便说了一句。

刘玉凤伸手摸李晓燕的脖子，摸李晓燕的胸，摸李晓燕的肚子，摸一个地方，问李晓燕痛不痛。李晓燕摇着头。刘玉凤又开始按，问她痛不痛。李晓燕又摇头。

孙洪艳说："都不痛，这血是从哪儿来的啊？"

刘玉凤又去摸李晓燕的肚子，一边摸，一边说："也没到来例假的日子啊。"问李晓燕："姐，你是不是提前来了呀？快说呀，都吓死我了。"

我父亲在一边站着，看着她们忙活。回头看看马群，马群很安静。张伟站在远处往这面看。父亲看看天空，雨雪犹犹豫豫的，一会儿大，一会儿小，好像故意和他们过不去。

面对着刘玉凤孙洪艳焦急的追问，李晓燕心烦意乱。她低下头，又扬起来。她鼓足力气说：

"不要问了，我……可能是……"

刘玉凤和孙洪艳盯住李晓燕的脸，我父亲蹲下，想听到李晓燕说出哪里痛。

李晓燕说："我可能流产了……"

李晓燕说完，眼睛一闭，躺在刘玉凤身上，嘴里大口地喘息。

当她们终于明白怎么回事之后，都慌了。她们不知道怎么办好，看着我父亲。

我父亲天下的事都经历遍了，头一次在草原上遇见女人流产。父亲不能惊慌，要稳住大家。他挥挥手说："这算什么，不就小产吗？你们帮助收拾收拾。"

我父亲说完，把雨衣脱下来，把棉袄脱下来……

她们看着我父亲一件件脱衣服，雪和雨落在我父亲的身上。她们疑惑地互相看看，不知道父亲要做什么。刚才还不让我们脱大衣救马驹呢，你怎么脱上了？脱衣服和李晓燕的流产有关系吗？

我父亲脱下里面的线衣、背心，然后又把棉袄，雨衣穿上。

父亲拿起线衣和背心，说："这是干的，还热乎，你们用这个赶紧给她处理一下。"

张伟看出这边出了事，也骑马跑过来了。父亲说："我去看马。你们还记得今年六队出的事吧？我们要把马看住。"父亲对孙洪艳说："你们帮助李晓燕弄一下。只要不大出血，问题不大。"

刘玉凤说："我们谁也没有经历过。"

我父亲说："你不给马接过马驹吗？人和马差不了哪儿去。"

孙洪艳说："我们里面的衣服有没湿的，队长，你还是穿上吧。你要是倒下，我们就完了。"我父亲说："我没事。你们的就不要脱了。"

孙洪艳把父亲的衣服放到怀里，怕淋湿了。她和刘玉凤一起忙活李晓燕。我父亲说："我去看看马群。"父亲骑马走了。

她们几个给李晓燕擦啊垫啊，我父亲热乎乎的内衣用在了李晓燕身上，李晓燕温暖了很多。张伟把李晓燕的泥裤子拿到水沟里洗干净，拧干，给李晓燕穿上。很快，李晓燕的裤子又被血染红了。张伟看着孙洪艳，意思是还洗不洗。孙洪艳摇着头，说："算了。"

李晓燕吃力地看着她们，充满了恐惧。她脸上苍白，嘴唇干裂。她吃力地说："我会不会死在这儿？"

三个姑娘围在一起，守护着李晓燕。她们不知道李晓燕为什么说这话。她们齐声说："不会，我们还要活下去。"刘玉凤说："你还要去北京呢。"

李晓燕浑身瘫软，没有一丝力气。她慌乱地看看阴沉的天空，哗哗啦啦的雪粒子打在她的怀里。她觉得自己马上会像刚才的小马驹那样被雪埋葬。第二个雪堆就要出现了。李晓燕昏昏沉沉地看到那个雪堆越来越高，自己在里面压得透不过气，她使劲地挺起胸脯。胸脯发闷，呼吸困难。合上眼睛，红色的眼皮幕布上，是一个个晃动的人影。

李晓燕迷迷糊糊地喊："王桂梅，你来，你过来。"

刘玉凤想告诉李晓燕，王桂梅没在这儿，这里没有王桂梅。孙洪艳马上轻轻地答应一声，说："来了。"

李晓燕摸着孙洪艳的头说："我对不起你，不应该批判你。你做得对。女人就是生孩子的。你有了后代，我什么也留不下了。"

孙洪艳抓住李晓燕的手，握得紧紧的。李晓燕的话感动了她，她的眼泪要流出来了。

李晓燕又喊："林静，你过来。林静……"

张伟伸出手来，握住李晓燕的另一只手。张伟也很紧张，她说："燕子姐怎么了，昏迷了吗？"孙洪艳说："她糊涂了，你看她头上热的，发烫。"张伟说："她说胡话吗？"孙洪艳说："不知道。"

李晓燕握紧张伟的手，说："林静，我对不起你，净欺负你了。你上吊才把我惊醒。人再弱小，都是生命，都不能欺负。大姐现在明白了，大姐以后不欺负你了。你自己照顾好自己吧。"

三个女孩子第一次听说林静上吊的事，非常的震惊。林静什么时候上吊了呢？王桂梅被批判，被革红旗打了一嘴巴，脸面都丢尽了，没有上吊，林静挨李晓燕批评几句就上吊了。在女子放牧班这样一个大家庭里，李晓燕作为主人，没给林静温暖，没给林静半点儿喘气的缝隙，林静肯定没有活下去的信心了。

张伟的手，没有抓紧李晓燕的手。她对李晓燕把人往死里整的做法很有意见。大家劳动工作在一起，说好的互相关心互相帮助，出点儿事，不护着自己的人，怎么还欲置人于死地而后快呢？

三个女孩子一边围着李晓燕，一边想，李晓燕怎么怀孕的，孩子是谁的？她们想吴连富，想于忠诚，谁也不敢想革红旗。

李晓燕说话的声音微弱了，是在喃喃地自语，是在对自己说："指导员，北京我不想去了，我想活着，活着……都是你……"

我父亲判断，这件事肯定是革红旗作的孽。父亲暗暗自责，自己想保护这些女孩子，费尽心机，也没有看住。这种伤害，带给她们的是永久的阴影。父亲在雨夜里思考了很久，内心充满了痛苦。父亲担忧，一个产妇，在这么潮湿寒冷的夜里，能不能熬到天亮。

夜深了，天寒地冻，雪雨交加。父亲走到她们身边，她们相拥着，雪盖在她们的身上，厚厚的一层，白白的坟墓一样。父亲心寒，雨雪不停，谁也走不出去，只能等待死亡。父亲在心里研究着方案。明天雨雪仍然下，就把马群留在这儿，带她们走出草原。绝不能把她们丢在冰雪里。父亲想起部队突围的一个夜晚，也是这样一个雨夜，大别山里他带领队伍冲出重重包围后，失散了。他和战友互相抱着对方的脚，给对方取暖。天亮的时候，战友的脚凉了，他的脚还抱在战友的怀抱里。时空回转，今昔无别，父亲心情十分的沉重。父亲担忧李晓燕挺不住。李晓燕发烧，几度昏迷，很危险。父亲让姑娘们拥抱在一起，给李晓燕温暖，怕她流产后经受不住寒冷和饥饿。

这些女孩子现在靠自己的年轻靠自己身体的强壮煎熬着，与风雪斗争。父亲很感动。和平时期，依然有很多对生命的掠夺，人也时刻面对自然的考验。父亲暗暗下决心，和她们一起迎来明天早晨的曙光，一起回到三队。

父亲看看天空，天空一片黑暗。

52

每次遇见这种天气，马群天黑还没有回来，父亲就要组织人去找。他是队长，他有责任。现在父亲跟着马群走了，家里的革红旗会带人去找。这是规矩。为了给李晓燕留位置，三队没有配备畜牧副队长。按说李晓燕提拔也是畜牧副队长。革红旗留了一个心眼儿。提拔李晓燕当副指导员，管畜牧。等他提拔了，接替他当指导员。如果李晓燕提拔成副队长，他要走了，我父亲就要当指导员。革红旗不想把这个职位给父亲。

父亲对职位的追求很淡薄。革红旗想怎么做，就怎么做，父亲不问。父亲对自己分管的工作非常的认真。军马生产里一系列的事务都管得很细致，放牧，马厩，配种，人员安排，秋天还要储存好过冬的羊草，保障马厩供给。解决好单身的生活很重要。老卞负责任，办法少。父亲让他带领单身养猪，要不食堂一年都吃不上肉，职工的生活能上去吗？于忠诚最支持父亲的工作。他听说食堂养猪，赶着炮车，拉着李晓燕去挖猪菜。革红旗找李晓燕研究工作，见李晓燕被于忠诚拉走了，把于忠诚训了一顿。

父亲见李晓燕流产，在心里也自责了一番。父亲想保护好这些女孩子，没有做到。所谓道高一尺，魔高一丈，父亲没有想到革红旗会对李晓燕下手。既然要培养李晓燕当官，培养李晓燕当模范，那也应该忍着点儿，等一切都成为现实的时候再动手啊。典型刚刚树立起来，又要去北京，露脸的机会来了，以后的事更是顺风顺水。李晓燕升迁的机会到了，你革红旗升迁的机会不也来了吗？你又想光明前途，又想着自己的私欲，最后肯定一场空。

我父亲想用水壶挤点儿奶。孙洪艳说：“没有奶，刚才挤过了。”我父亲说：“六七个小时后，能出点儿奶。”父亲迈着沉重的脚步往马群里走。刚才她们在一个河坝上，地势高，风吹得硬。父亲叫她们把李晓燕抱到马群跟前。动物保护自己靠本能。马群待的地方，风最小。父亲怕马到河沟里饮水，把马圈得距离河沟远一点儿。每次少量马去饮水，不拥挤，就安全。父亲把鞍子上面的鬃垫拿下来，铺好，让李晓燕坐在上面，又用一个鬃垫盖在李晓燕身上，挡住风雪。父亲站在马群边上，举着水壶对她们说："要是没有奶，我们就只能吃刚才我放在雪堆上的东西了。"

刘玉凤说："我现在都快饿死了，什么我都敢吃了。"

我父亲走到母马跟前，弯下腰。父亲摸摸马的奶盒子，粗瓷碗一样大的奶盒子棒得和小盆似的。父亲用双手揉了揉，马舒服中抬抬蹄子。父亲伸手擦一擦奶头，撸了一下，奶水出来了。父亲把水壶口对准奶头，往壶里撸奶。白色的乳汁进到壶里，父亲悬着的心落下来。这一刻，好像把五个人的生命都装进壶里了。

父亲拿着水壶，走到她们坐的地方，把水壶递给孙洪艳："奶还是热的呢，给燕子喝点儿。"

李晓燕听到父亲的声音，动了一下。父亲看着李晓燕微微睁开眼睛，喝了一口奶。马奶好像喝到了父亲的肚子里，父亲很满足地看着李晓燕。孙洪艳说："队长，班长的头很热，发烧了吧？"

父亲没有说话。天色太黑了。父亲想派两个人回去送信，可是这里面谁回去都怕她们迷路，或者回去了带人来找不到马群。自己回去，害怕她们无法应对面前的困难。尤其李晓燕出现这种情况，流产后怎么护理，下一步怎么办，父亲没有考虑成熟。父亲盼着雪停雨住，灾难早日过去。

深夜，雨雪小了，寒冷狂怒地袭击着他们。他们的衣服上结了一层冰，一活动就发出哗哗的声音。风雪减弱，姑娘们疲倦得想坐一会儿。父亲一直站着，走着，在马群周围转着，观察着马群。姑娘们坐了一会儿，父亲把她们叫醒，然后领着她们原地走步。父亲说，很多人在这种天气里冻死，就是因为休息。越休息，身体热量越少，越没有力气，最后站都站不起来。父亲对她们讲，他和瞎老徐在苇塘里小跑一夜，天亮才走出苇塘。他们只穿了一件破棉袄，跑得热气腾腾的。要是不跑，都冻死在苇塘里。李晓燕动不了，父亲过一会儿就看她一眼，叫她一声。黑暗里，李晓燕萎在大衣里，微弱的声音响起，好像从地底下传来，父亲听了还是安心点点头。地上湿，上面是雨雪，迷迷糊糊地昏睡。三个女孩子轮流扶着她，让她靠在自己的身上。

李晓燕向父亲要水壶，父亲知道李晓燕要喝奶。水壶是空的，父亲提起水壶，亲自去母马跟前挤奶。温热的奶，喝到肚子里热乎乎的。喝了两口，李晓燕又安静下来。

白天发生的一切，姑娘们全理解了。事情过后，当她们知道五队几个出去扫碱的家属迷了路，都冻死在草甸子上，想想那个风雪的夜晚，要不是父亲帮助，她们也许会冻死在草原上。

雨雪微小了，风从平原上扫过来，更加猛烈。父亲看看表，后半夜一点。这是放马值班最难熬的时刻。从一点到四点，仿佛魔鬼在作怪，眼睛到这时候怎么也睁不开了。就是在泥水里，也能睡着。每次在值班室，浓稠的黑夜压扁了土屋，姑娘们脑袋歪在胳膊上，睡得口角流出一摊口水。

刘玉凤问父亲："几点了？"

父亲没有告诉她是一点钟，她们知道刚刚一点钟，会失望，会困倦。父亲说："天快亮了，来，咱们再唱唱歌。"

姑娘们说话的力气都没有了。

父亲自己先唱了起来：

"我爱马场哎我爱马，我爱马……"

姑娘们默默地在心里唱：

"马场就是我的家……"

唱着唱着，姑娘们昏昏欲睡，声音越来越小。

刘玉凤问父亲："离队里老远了吧？"

父亲说："不远。我们出来的时候是顺风走，路偏了。回去的时候朝直走，一会儿就到。来，接着唱。"父亲没有告诉她们，现在是和内蒙古交界的地方，离家有百十里地。

"我爱马场哎我爱马……"

唱着唱着，只听扑通一声，一个黑影倒下了。

——张伟。

大家急忙去扶她。她刚才走到骑马跟前，看一看骑马，刚抓住马缰绳，一屁股坐在地上。水和泥发出的响动刻骨铭心。

张伟浑身无力，父亲和其他人把她抱到马群跟前，坐在鬃垫上。张伟靠着父亲，一动不动。

父亲喊："孙洪艳，去接点儿马奶。"

我父亲叫职工都是喊全名。这是在部队养成的习惯。不像革红旗"燕子、燕子"地喊得那么亲切。听父亲喊的人，也会像战士听从指挥一样，站在他面前。

孙洪艳说："报告队长，张伟不喝奶。"

"执行命令，快去！"父亲继续喊着。

孙洪艳一边做一个"是"的动作，一边拿起父亲的水壶，走向马群。

父亲知道张伟不喝奶。女子放牧班里，谁什么样，我父亲一清二楚。张伟不仅不喝奶，肉也不吃。她嫌肉脏。小时候看到猪在圈里滚，浑身是泥，以后就再也不吃肉了。牛奶也是这样，她一口不喝，喝了就反胃。队里奶牛挤出的奶，卖不出去的时候都送到单身食堂。队里单身也没有喝奶的习惯。食堂早晨煮好，放在盆里随便喝。大家都喝粥，没有人喝牛奶。食堂见牛奶用不了，蒸馒头的时候用牛奶和面，都说好吃，只有张伟吃了要吐。

张伟很有特性，干净、利索。身上的衣服天天洗，总是觉得不干净。手也是天天洗，说有马粪味。从王幸福那儿拿回来一瓶消毒水，天天往床铺周围洒，大家对她有意见。一次配种，她站在跟前，母马尿出来的尿弄到她脸上，她又洗又擦，脸上抹了好多雪花膏，还说脸上有尿。

女子放牧班值班室的物品也都是张伟管。什么东西放在哪儿、怎么放，张伟弄得井井有条。有一次刘玉凤把马鞍子放错了地方，她都生气，两个人出牧不说话。夏天放牧，张伟都要采回一把花插在值班室的瓶子里，有时候是蓝色的水仙，有时候是黄色的忘忧草。紫色的大蓟花开得最长久，她就把红色的野菊和粉色的豆角花混在一起插到瓶子里，生机盎然的。受她的影响，其他人放牧的时候遇到好花都采回来，值班室里天天都有鲜花开放。

天黑得塌下来一样，低垂的云絮沉落到草原上。天和地的缝隙越来越小，风在缝隙里钻过，发出吹口哨一样尖厉的声音。刺骨的寒冷聚集在风里，万箭齐发，向他们射过来。寒冷好像一群瞎虻对着他们乱咬。他们没有还手的力气。

孙洪艳把马奶接回来，递到我父亲的手里。

我父亲像抱着自己的孩子一样，喊着："把嘴张开!"

张伟的嘴紧闭着，没动。

我父亲耐心地说：

"喝点儿吧，你身体弱，不补充营养，扛不住。"

张伟闭着眼睛，小声地说："我们能回去吗?"

"能!"

父亲的声音十分坚定。父亲不能把自己的担忧告诉给她们，虽然现在没有多少把握。他担心这雪会下大下长，担心队里的人找不到他们。他不知道革指导员在干什么，是不是组织人在营救。一切都不能多想。父亲从两场战争（抗日、解放战争）中走来，每一次战争都是对生命的浪费，每一个胜利都是生命堆积起来的。一次战役和战友们同死疆场，是他的骑马把他一点儿一点儿地用嘴拱醒，他拽着马缰绳从死人堆里爬出来。他有今天，他感激马。战争告诉他，生命是最宝贵的，面对着他的女牧工，他首先想到的就是如何保护她们的生命。有了生命，就可以去做应该做的一切。在生命面前，一切都会让步的。张伟喜欢采摘草原上的花朵，她就会更珍惜生命。

父亲说完，想给她喝牛奶，发现张伟一点儿声息都没有了。父亲吓一跳，急忙喊“张伟”。父亲的惊慌影响了周围的人。除了站不起来的李晓燕，她们两个都跑过来了。父亲说：“张伟昏过去了。”她们看着父亲，不知道怎么办。

刘玉凤呜呜地哭起来。孙洪艳说：“哭什么呀？”

刘玉凤说：“我不能没有张伟。没有她，我值班就一个人了。”

孙洪艳心里笑了。刘玉凤怕张伟死，是怕没有人和她值班。张伟活在这个世界上，就必须在女子放牧班和你值班吗？她是干部子弟，以后还有美好前程呢。她是女孩子，以后还要生儿育女呢。刘玉凤你怎么没有想过这些呢？女子放牧班的人，都像刘玉凤那样没有长大。孙洪艳想，整天和马在一起，马那么大的脑袋也不会说话，人也跟着退化了，没心没肺的，挺可怜。孙洪艳对刘玉凤说：“队长在，你怕啥。”孙洪艳现在对队长也没有信心了。她眼睛一眨不眨地看着父亲，眼睛湿润，想哭。

父亲的手按在张伟的人中上，按了很长时间，张伟苏醒了。父亲高兴地说：“醒了，醒了。”

刘玉凤伸过脑袋就喊：“张伟，张伟，我是刘玉凤啊。”

张伟睁开眼睛，“嗯”了一声，又闭上了。

刘玉凤说：“看看你嘴上都是泥，队长的手也没有洗，就按上了。”

张伟的嘴唇动了一下，嘴唇上面的泥粒滑到她的牙齿上，在牙齿的表面融化了。刘玉凤用手指去擦，越擦越多。

父亲拦住刘玉凤，说：“快，喝奶。”刚才忙活的时候，把水壶放在一边了。孙洪艳把水壶拿起来，递给父亲。父亲开始给张伟喝奶。

张伟在昏睡里把嘴慢慢张开，像马厩屋檐下的雏燕，焦急而饥渴地等待着马奶。父亲在黑暗里，把水壶对着她的嘴，慢慢往里面倒。张伟抬起头，含住水壶口，将乳汁喝下去。

张伟的嘴慢慢地嚅动，牙齿的泥沙也咽到嘴里。刘玉凤眼睁睁地看着，欲说无语。张伟眼睛紧紧地闭着，一边喝马奶一边睡着了。旁边的姑娘们提心吊胆地面对着张伟。刘玉凤说："张伟好了吗？还能昏过去吗？"父亲没有回答她。父亲不知道张伟还能不能再昏过去。刘玉凤继续问："队长，刚才你按哪儿了，接着按哪！"刘玉凤急得疯了一样。

黑夜和风雪又一次碾压过来。父亲的手臂抖动着，抓着水壶的手麻木了。父亲坚持着，举着，等张伟张开眼睛，说一句话。父亲想，没有马奶，张伟虚弱的身体就无法解救，很可能是小马驹后，又一个雪堆。这种环境，人非常的脆弱，哪怕风再强劲一点儿，人们就会倒下。就像当年打扫战场，除了马群，雪地上倒着五具尸体。

张伟离开母乳后第一次接触生命的乳汁。这乳汁来自她心爱的军马。她为军马的付出，军马回报给她了。看到张伟的头慢慢地移动，眼皮奋力地张开，大家放心了。她们又急忙看李晓燕。李晓燕压在大衣下面，没有一点儿声息。孙洪艳低下头，把耳朵贴在李晓燕的鼻子上，听了半天。大家屏住呼吸，等着孙洪艳的消息。孙洪艳站起来，点点头。大家放心了。

父亲把大衣给张伟整理严实，一边给大家讲自己的故事。战争年代，十分艰苦，为了给战士补充体力，炊事班杀猪。炼出猪油，每人装一小瓶。吃饭的时候蘸着吃。打起仗来，身体有劲。

父亲说："别小看这点儿猪油，不吃猪肉，体力不行。"

刘玉凤冒出一句话："和尚不吃肉，我看也挺胖的。"

大家忍不住笑了……

53

女子放牧班的值班室里非常的安静。李晓燕自己坐在炕沿上，眼睛盯住挂在墙上的折叠式冲锋枪。

在宿舍里躺了三天，李洪贵给她打了三针青霉素。李洪贵要她去场部卫生所，她坚决不去。父亲叫来吕杰，给李晓燕检查一下。吕杰带着器械，在宿舍里很认真地查看了需要查看的地方，然后一边用酒精棉擦着每一个手指头，一边笑着对我父亲说："女子放牧班的女孩子身体都结实，啥事都没有。"出了单身宿舍的门，吕杰对我父亲说："这么折腾，以后能不能怀孕还两说着呢。"父亲担忧的事情真的出现了。

革红旗拿着李晓燕任职令回到场里，李晓燕已经被送到宿舍。

于忠诚没有赶炮车去，草地上的泥泞炮车也走不了。李晓燕吃饭后休息片刻，体力无法马上恢复。她上了几次马都没有上去。于忠诚跪在地上，让李晓燕踩着他的肩膀，他慢慢站起来，让李晓燕骑到马上。李晓燕犹豫了一下，于忠诚抓住李晓燕的腿，发现她裤子被血染红了。于忠诚把头伸到她的两腿之间，抓住她的两条小腿，用肩膀拱起她的屁股把李晓燕托上马背。李晓燕端坐在马鞍子里，泪眼模糊。王天河和其他牧工帮助张伟、刘玉凤和孙洪艳骑到马上。于忠诚陪着我父亲一行五人回到了三队。

革红旗还不知道李晓燕流产的事，他匆匆忙忙地赶到宿舍，把任职的消息告诉李晓燕。李晓燕在被窝里哭起来。屋子里的人都躲出去了。革红旗面对着被子里的李晓燕，不知道说什么好。革红旗以为李晓燕经受了这么大的磨难，肯定委屈和痛苦。等她哭泣后，就劝她，以后会好起来。革红旗把任职文件放在李晓燕的被子旁边，说："等你休息过来，看看，你是副指导员了。"

革红旗没有记住是第几天，政治部让革红旗把李晓燕的命令拿回去，让他也来一趟政治部。革红旗已经模模糊糊地知道是怎么回事，他出门前长长地叹了一口气。

哈拉海当时没有自己的广播，电话也没有。可是女子放牧班被风雪围困的消息迅速地传遍了全场。丁振奎专门来三队看望女子放牧班的牧工。中午我父亲又在我家招待他喝酒。

李晓燕的消息好像比马群被围困的消息传播得还快。革红旗在三队支部做了深刻的检讨后，免去了场党委委员，被调到一队当畜牧副队长，接替吴连富。吴连富回三队代理队长。上海人也是复转军人的姜忠仁调任三队指导员。我父亲到子弟学校当校长。我不知道我父亲为什么能当学校的校长，也许父亲的京剧唱得好。主持学校工作的副校长王宜荣做我父亲副手。

李晓燕从炕上起来后，浑身没有力气，软软的腿，走在路上就要弯下去，险些跪倒在地上。三队异常的宁静。女子放牧班的马群又出牧了。李晓燕在马圈里转了一圈，仔仔细细地看了马厩，又到外面扶着喂马的木杆。这里林静曾经绑过一条粗绳子，是牵马用的绳子。林静那么小，怎么会把绳子系成套，套在自己的脖子上呢？经过了这番磨难，李晓燕理解林静了。一个人发现一切都没有意思，谁都用异样的眼光看着你的时候，你就没有了生存下去的勇气。活着是要有气氛的。李晓燕曾经的激昂，是气氛抬起来的。那种冲破天的革命气氛，谁都会被推着往前走。

现在，风停了，李晓燕也停下来了。

李晓燕摇摇晃晃地从炕上站起来，把墙壁上的冲锋枪拿到手里。她先瞄准了墙上挂的防蚊帽，嘴里“啪”了一声。又对着窗户瞄准，嘴里又“啪”了一声。她想起和周成顺在草原上打猎的时候，自己这么“啪”的一声，一个动物就会倒下，一个心脏就会停止跳动。周成顺笑着把兔子的耳朵提起来，冲大家说：“真准，你们猜打着哪个地方了。”周成顺一嘴四川口音，大家没有听明白。周成顺要动物的皮，李晓燕就打动物的腿；周成顺要动物的肉，李晓燕就打动物的脑袋。领导要什么，李晓燕干什么。

李晓燕看看枪口，枪口对着自己的脸，丝丝冒出来的擦枪油的味道，呛得她咳嗽了一下。李晓燕不想把脸打坏。打别的地方，没有那么快。李晓燕把枪口对着胸膛，对着脖子，对着脑袋，比画了一会儿，最后顶在了胸膛上。

李晓燕头一次感觉这么清醒，感觉自己生命已经没有意义。她不能像小媳妇那样去跳河，多深多急的河水她都游过，学生时代就和吴连富横渡松花江了。就是不会游泳她也不想去跳河。她不愿意像小媳妇那样被水扒光了衣服赤裸在于忠诚面前，也不愿意李放春骂她“妈拉个巴子的”。

李晓燕也想到了林静的方法。李晓燕不会。只有生活在农村的人，才用绳子套。李晓燕觉得太土了。

李晓燕想到了革红旗，想到了革红旗的枪。

她永远也不会否定自己喜欢革红旗。她不懂得于忠诚说的书上的爱情，她就觉得一天不见革红旗，心里空落落的。事情发生后，她怕开革红旗的批判会。革红旗在台上讲起搞破鞋的过程，会把李晓燕说成什么样子，他习惯到房山头去尿尿的动作一定会传播全场。革红旗幸亏有官职挡着，没开批判会，在三队支部做了检讨后，降级当了副队长。去的地方是一队，接的人是吴连富。这是天意吧。李晓燕想过，革红旗专门找她暗示过，推到吴连富身上。毕竟在送他去一队那个夜晚，两个人在一起了。想到吴连富，李晓燕内心就翻腾起来。

吴连富从一队赶过来，他第一句话就是对李晓燕说：“你是无辜的，责任在我。我去跟组织说，你的一切是我造成的。我们也是未婚先孕。我们是真正的恋爱。”

吴连富抓着李晓燕的手，李晓燕怎么挣脱，吴连富也不放。李晓燕说：“你给我的爱，你走的那天晚上我都答谢给你了。你不要再缠着我了。”

吴连富说：“你不去我去说。你没有错，都是我。你还应该是指导员，还要去北京。”

李晓燕笑了：“我这样的人还有资格去北京吗？我都这样了，我还要那个指导员干什么。”

吴连富说：“你奋斗了这么多年，你为了什么？你的青春，你的汗水不能白流啊。我做梦还梦见总理问李月荣，李晓燕怎么没来呀？”

李晓燕说：“我没有白流。我爱革红旗，我死心塌地地爱他。你知道了吧？你走吧。我不想看见你，你当你的队长去吧。”

吴连富看着李晓燕，他真爱着她，他不想她离开自己。吴连富被李晓燕逼得走投无路，去找我父亲，希望我父亲帮助他说句话。我父亲看着吴连富，很长时间没有说话。我母亲在一边说：“女人有的是，你非要李晓燕吗？我看她一直都没有喜欢过你。”吴连富一时无语。我父亲对吴连富说：“李晓燕这个人你不了解吗，谁能劝得了她呀。”吴连富说：“我们是恋爱，这样她就没有多大错误了。”我父亲说：“她本来就没有多大错误，是革红旗毁坏了她的一生。”

吴连富看着我父亲，说：“你能不能和政委说一说，接着让她当副指导员？”

我父亲说：“晚了。李晓燕的政治生命已经结束了。你救不了她，我也救不了她。”

吴连富几乎痛哭着说：“我们一起来，好好的。整什么女子放牧班，当什么先进，去什么北京。把一个好好的姑娘整成这样，这是谁的责任啊？我回去怎么和她爸妈说呀？”

父亲没有接吴连富的话，默默地看看我们家空荡荡的四周，看看我的母亲。我们已经来这里十年了。东西都打了包装，现在也要走，搬到学校去。我小学毕业，到父亲当校长的子弟学校上初中。我们一家要离开这个地方，我母亲竟然有点儿舍不得了。收拾东西的时候，掉下几颗眼泪。

吴连富在我们家也没有地方坐，他就在屋子中间站着，和我父母说话。当了几天队长，吴连富变了一个人似的，能说会道了。

吴连富说：“我要控诉，控诉那个革红旗，妈拉个巴子的王八蛋，把我的婚姻毁了，把我的爱人毁了，把我的一切都毁了。”

我父亲异常的冷静，对吴连富说：“你再找李晓燕谈谈吧。成不了夫妻，也是一个地方来的，还是同学呢。”

吴连富点点头。他从我们家出来奔宿舍找李晓燕，李晓燕不在宿舍了。吴连富跑到马厩，看到的一幕把他惊呆了。

李晓燕自己到了这种地步，自己承担，她不想给吴连富带来麻烦。吴连富还要进步，还要发展，自己绝对不能往吴连富身上推，也不会听革红旗的话往吴连富身上赖。她觉得这么做非常的耻辱。事情已经这样，都是自己的事，谁也不用推。革红旗耷拉着眼皮看着自己，求自己放过他，把一切都推出去，推出去他就是副场长了。李晓燕见现在革红旗还惦记着当官的事，自己过去对他的一腔感情，原来就是他的一泡尿。李晓燕失望失落失去了所有的信念。政治部告诉她，政委说了，你要是说清楚，副指导员给你保留，给你个党内处分就行了。

李晓燕觉得要那个任命已经没有意义了。

现在觉得活着都没有意义了。

李晓燕临钩动扳机的时候，眼前出现了革红旗。革红旗拉着她的手，又去摸她的腰带。她浑身战栗，枪口在胸前抖动了一下。她咬紧嘴唇，眼前是一片黑暗。

扳机在她手下慢慢地运行。

革红旗不是问她打枪的诀窍吗，这就是她打枪的诀窍。任何时候都不能猛的一下钩动扳机。动作猛了，枪会抖动，抖动一丝，飞出去的子弹就在十环以外。慢慢地把扳机拉紧，最后一刻，枪对准了目标，扳机也动了，枪也响了，一切都结束了。

扳机“咔嗒”一声，屋子里非常的静，灰尘纷纷掉落……

过去了很长时间，李晓燕才从梦里醒过来，看着值班室，看着面前发黑的墙壁。靠着墙壁，坐着于忠诚。

于忠诚坐着，看着，等着李晓燕睁开眼睛。

于忠诚把手伸进衣兜，从衣兜里掏东西。掏了半天，于忠诚的右手开始往一块帆布上放子弹。金黄色的子弹，闪闪发光。一颗，二颗，三颗……

于忠诚一边放，嘴里一边数着。

李晓燕看到于忠诚放到帆布上二十颗子弹。是这支枪梭子里她装的整整二十颗子弹。上次和革红旗在一起打开看过，满满的一梭子，满满的子弹，有事的时候，提起枪，就可以冲出去。

李晓燕回手把梭子熟练地卸下来，里面是空的。刚才紧张，忘了查看弹夹，忘了没有子弹的枪是轻的，有子弹的枪是重的。

于忠诚得意地笑。

李晓燕冲过去，把子弹抓在手里。于忠诚在她抓子弹的一刹那，把李晓燕抱在怀里。李晓燕发现自己身体非常的虚弱，怎么也挣不开于忠诚的两个手臂。

于忠诚说：“我爱你。”

李晓燕说：“我不值得爱。”

于忠诚说：“我爱你。”

李晓燕说：“你不要碰我，我很脏。”

于忠诚说：“我爱你。”

李晓燕紧紧地把于忠诚搂住，怕他跑了一样。子弹从她手里滑落到地上，一颗、二颗、三颗……子弹落地的声音非常的清脆，如水珠落到水面上，在屋子里回响。

于忠诚说：“我们结婚后，远走高飞。”

李晓燕摇摇头，说：“不。”

于忠诚惊讶地看着李晓燕。

李晓燕平静地说："你要是爱我，就扶我一把。我从哪里跌倒从哪里爬起来。"

于忠诚没有想到李晓燕在自己的怀抱里恢复了坚强性格。他找不到合适的语言，不住地说"我爱你"。

李晓燕说："我们还年轻，五年不行，我们就用十年。我要重新活出一个李晓燕。"

"我帮助你站起来。"站在门口看着这一切的吴连富，终于忍不住闯进值班室，对李晓燕说。

三个人互相看着，热烈地抱在一起。

……

54

1972 年 5 月 4 日，我们家从哈拉海三队搬到子弟学校。搬家的时候，队里来了很多人。于忠诚、吴连富、李晓燕都来了。李晓燕见到父亲，还有几分忐忑。父亲对她说："我们是患难之交啊。"他们互相望着，李晓燕顿时流下眼泪。队里的人谁都不愿意再一次提起那场暴风雪。一场风雪掀过去三队一段沉重历史，女子放牧班黯然失色，马蹄声碎。功绩变成了罪恶。我父亲站起来，力挺女子放牧班的伟大业绩，令人震撼。政委对我父亲说："你是一个汉子，是一名真正的军人。"父亲说："女子放牧班的历史，是我们制造的。姑娘们付出的辛苦是有目共睹的。我们不能在颠倒历史的时候，把做出贡献的人也颠倒了。无论李晓燕和她们的战友们犯什么错误，组织要负全部责任，是我们把她们卷入到这个洪流里面的。"

政委和我父亲紧紧地握手。

父亲从风雪里回到家，坚持上班，处理队里各种各样的事情。忙碌过后，稍事松懈，父亲的两条腿突然不能走动。父亲忧心忡忡，担心会瘫在炕上。父亲的战友把他接到203医院，治疗后恢复了健康。父亲病愈出院，和我母亲说起被残酷的风雪围困的情景，还非常的激动。父亲告诉母亲："躲过了战争的枪林弹雨，这场暴风雪差点儿让我丢了荣誉。于忠诚他们再来晚一刻钟，我们就是五座雪塚。天气再晚晴一小时，我们就是五具尸体。我要是晚上耽误五分钟，不把她们拉起来，手拉着手，走步，我们都回不来了。"

汽车一声喇叭，我们告别了三队。来的时候的全家人，现在就我和父母三个人了。在这里我永远地失去了爷爷。我坐在车厢里面的家具上，回望草原，回望土屋，还有几分留恋。在很远很远的地方，我还看见美娥牵着四个孩子，站在我家的房山头，瞭望着我们。我把我的花猫送给了她的孩子。

汽车驶过闸门，正是傍晚，夕阳里，马群黑色的浪涌一样，从草原上奔来，马蹄扣起的尘土飘荡在草原的上空。沟渠内波涛汹涌，两岸镀上了小媳妇花布衣服一样的阳光。一排排的土屋炊烟袅袅，宿舍门前一群下班的单身在等着开饭。别了，我的三队。别了，我亲爱的人。

我开始了初中学习，开始了新的生活。

同年的12月份，于忠诚经过大家的推荐，政审合格，体检合格，从队里一百多人里脱颖而出，去部队当兵。12月8日验兵通过，12月15日，他赶着炮车拉着李晓燕到我们家看我父亲，和我们家告别。这是我们一家三口最后一次和他们见面。于有新正好来找我父亲喝酒，他们一起在我家畅饮。于有新带着照相机，给我父母和于忠诚李晓燕照了一张全家福。于有新一边照相，一边喊："李晓燕，看着我。"李晓燕给他一个美丽的微笑。

于忠诚当兵的第二年，八一建军节，于忠诚打开李晓燕的来信。李晓燕在信里提出和于忠诚解除婚约，正式分手。随信还邮来一个邮单，邮单里面的三十元钱，是于忠诚给她的订婚钱。

1976年冬，女子放牧班解散，李晓燕和吴连富结婚。

吴连富和李晓燕结婚的前一天，他们收到了于忠诚的一封信。信写得很长，叙述了和李晓燕的爱情、工作、读书的整个经历，信的结尾告诉吴连富，他和李晓燕在一起发生了世界最美好的事情。李晓燕永远属于他。请吴连富慎重考虑他们的婚姻，不要留下遗憾。

李晓燕要把信撕掉，吴连富接过来，从抽屉里拿出一个信封，把这封信装进去，邮回了部队。

吴连富和李晓燕结婚的第二年春节前，两个人一起调转回城。

吴连富回城后参加了国家刚恢复的高考，考进东北农学院兽医系。李晓燕回城在一个工厂当工人。两个人一直没有生育。李晓燕要到医院查看是不是自己的毛病，吴连富拦住了。他告诉李晓燕，这样清静的生活已经习惯了，不想要孩子。李晓燕听了之后，伏在吴连富身上，轻轻地哭泣。

李晓燕在工厂工作非常顺利，从工人、班长、车间主任，到厂长。她在工厂干了十年。1992 年 3 月 6 日，她和吴连富离婚。3 月 8 日，她辞去厂长职务，在这个城市消失了。

吴连富把这一切告诉了于忠诚。

1979 年 2 月 17 日，对越自卫反击战开始。战事发生后，敌方崇山峻岭，遍布地雷，使部队补给遇阻，冲锋受限。于忠诚代表部队到哈拉海军马场调运军马。这是最后一匹出场的军马。王天河带领十名牧工参与押运。于忠诚把军马运到前线，负责管理军马的工作。哈拉海调运的三百匹军马集结到位。拂晓发起攻击，军马结队，冲锋号响起，遍野的军马冲出阵地。军马的嘶鸣，地雷的爆炸，响彻山谷。苍山如海，残阳如血，喇叭声咽，马蹄声碎。

于忠诚目睹这一切，想起了哈拉海那些养育军马的牧工，想起了李晓燕。自卫反击战结束后，于忠诚作为军马指挥的有功之臣，参加了国防部召开的表彰大会。在人民大会堂，他和中央军委的领导握手留念。在他把手伸出的一瞬间，他脑海一片空白，险些晕倒。如果不是那场风雪，这里应该是李晓燕站过的地方。

于忠诚和李晓燕分手，非常痛苦。一个细雨霏霏的早晨，林静出现在部队的大门口。她打着一把红伞，穿着一条白地红花的连衣裙，等着于忠诚来接她。他们在部队举行了婚礼。结婚的洞房里，已经是军官的于忠诚脱下戎装，去抱林静。林静“哎呀”一声，吓得于忠诚站在对面不敢动。林静说：“我的屁股疼。”于忠诚想起往事，不由得把林静搂紧在怀里。

于忠诚和林静养育了一对双胞胎。是做试管得到的，他们很高兴。林静和于忠诚在一起，经常回忆在哈拉海的日子。林静特别想念李晓燕，赞美她为那个时代牺牲了一切。

于忠诚部队转业后，到公安工作。他一直对公安情有独钟，羡慕《悲惨世界》里的沙风。他到任后多次立功，成为一名智勇双全的警察。突然有一天提出病退，获得批准后，他带领林静和孩子来到了吴连富所在的城市。于忠诚听吴连富说，他和李晓燕离婚后，李晓燕不知了去向。于忠诚非常着急。他放弃所有的一切，来到这座城市，寻找李晓燕。

于忠诚回到哈拉海军马场，问询李晓燕的事情。哈拉海军马场已经变成哈拉海农场，机关和作业区没有人记得李晓燕这个人了。军马场的班子里最后一个退休的革红旗从副场长的位置上下来，家搬到海南省安度晚年去了。于忠诚到三队去找当年的马厩，荒草萋萋，连废墟都被碱蒿和爬行着繁衍的马枝菜覆盖。于忠诚走过所有马厩的遗址，坐在已经干涸的河岸上打理思绪。摆渡的铁索断落，两岸拴着半截铁丝的木桩像夫妻在对望。河水带走了过去所有的历史的影子，河床如一个千万里跋涉后的旅行者扔下的一条破裤子的裤腿，干瘪在中午的阳光里。于忠诚无奈地感叹，转身离开。

回到场部，于忠诚找到了王桂梅。她正在家抱孙子。于忠诚发现，她依然没有失去过去的美艳。王桂梅告诉他，她想组织一次女子放牧班的聚会，因为你现在都没有找到李晓燕，她放弃了。王桂梅叹口气说：“没有李晓燕，还叫什么女子放牧班的聚会呀。”

于忠诚点点头。晚上他住在王桂梅家里。女子放牧班的孙洪艳随军了，张伟在部队当兵提干，结婚生子。王彩兰长毛和其其格都和丈夫一起去了乌兰浩特市。当年哈拉海知青里有一句顺口溜，哈尔滨的美，长春的浪，乌兰浩特大泥像。乌兰浩特的人憨厚，在哈拉海找对象的多，回去的也多。哈拉海就剩下王桂梅一个人。两个人再次回忆起过去的峥嵘岁月，感慨万分，夜不能寐。

于忠诚又回到这座城市，继续寻找李晓燕。吴连富告诉他李晓燕工作过的工厂地址，于忠诚赶到那里，面前是一片崭新的没有入住的楼群。转了一天，好容易有一个老头知道李晓燕，于忠诚非常高兴。老人告诉他说，这片楼群就是他们的工厂。李晓燕在这里当过厂长，她当厂长把工厂搞得非常好，还关心工人。后来改革，苹果先挑好的卖，上级要卖工厂，她坚决不干；上级要把工厂优先卖给她，她也不干。争执不下，上级说她保守，让她写检讨，开她的批斗会。她辞职走了。离开工厂，好像到废品收购站捡垃圾去了。于忠诚立即找遍了这座城市所有的废品收购站。

我是在一次旅游的时候见到于忠诚的。我们也几十年没有见面了。要不是他的朋友也是我的朋友，我们见面都不一定认识。我们坐在旅游景区的亭台上，他给我讲述了这些年的一切。谈唠间，他给我做了一个倒立。六十多岁的人了，依然矫健。他把胳膊伸直，说起他在我父亲胳膊上翻单杠的事，情谊浓浓。他拨通了林静的电话，让我和他妻子通话。林静在电话那边竟然长时间地无语，接着一句“我上厕所了”，电话就断了。于忠诚又拨通了吴连富的电话，让我们在电话里说两句。吴连富已经是教授了，他还是没有什么语言，敷衍几句，就把电话撂下了。

我谁也不想对话。我那时候小，我已经对他们没有什么记忆了。旅游团各自出发，下次不知道什么时候和于忠诚再见。于忠诚有几分恋恋不舍。他问我：“还记得我借你们家书的事吗？”我说：“有过吗？”他说：“你还记得李晓燕长的什么样子吗？”我说：“记得，特别漂亮。”他说：“我以后给你讲我们恋爱的故事。”我说：“我到现在还觉得你们不般配，她太漂亮了。”

我的话没有伤害于忠诚。他点点头，告诉我，李晓燕和他分手，就是不想影响他在部队提干。她总是为别人着想。

我说，她是一个好人。

他说，天底下最好的人。

我说，整座城市你都找遍了吗？

他说找遍了，还要找，不信找不到她。

我说，她会不会离开这座城市，或者出国了呢？

于忠诚坚定地说，没有。

我还想说什么，想打消他继续寻找的念头。他一边和我招手告别，一边对我说，你还记得我和你说的那个沙风吗？你要是记得就好了。

……

图书在版编目(CIP)数据

单纯/刘海生著. —北京:中国文史出版社,2018.1
(跨度长篇小说文库)
ISBN 978-7-5034-9377-5

Ⅰ.①单… Ⅱ.①刘… Ⅲ.①长篇小说-中国-当代
Ⅳ.①I247.5

中国版本图书馆CIP数据核字(2017)第150760号

责任编辑:马合省　薛媛媛

出版发行:中国文史出版社
网　　址:http://www.chinawenshi.net
社　　址:北京市西城区太平桥大街23号　邮编:100811
电　　话:010-66173572　66168268　66192736(发行部)
传　　真:010-66192703
印　　装:北京盛彩捷印刷有限公司
经　　销:全国新华书店
开　　本:720×1020　1/16
印　　张:18　　字数:237千字
版　　次:2018年1月第1版
印　　次:2018年1月第1次印刷
定　　价:48.00元